PATRICIA HIGHSMITH
O garoto que seguiu Ripley

PATRICIA HIGHSMITH
O garoto que seguiu Ripley

TRADUÇÃO DE **FERNANDA ABREU**

VOLUME 4

Copyright © 1993 by Diogenes Verlag AG Zürich
Primeira publicação em 1980.
Todos os direitos reservados.

TÍTULO ORIGINAL
The Boy Who Followed Ripley

PREPARAÇÃO
Rachel Rimas
Gabriela Peres

REVISÃO
Eduardo Carneiro
Paula Vivian

PROJETO GRÁFICO E DIAGRAMAÇÃO
Henrique Diniz

IMAGEM DE CAPA
Michel Casarramona
Copyright © 2024 Diogenes Verlag AG Zurique, Suíça
Todos os direitos reservados.

CIP-BRASIL. CATALOGAÇÃO NA PUBLICAÇÃO
SINDICATO NACIONAL DOS EDITORES DE LIVROS, RJ

H541t
v. 4

    Highsmith, Patricia, 1921-1995
      O garoto que seguiu Ripley / Patricia Highsmith ; tradução Fernanda Abreu. - 1.
ed. - Rio de Janeiro : Intrínseca, 2025.
      21 cm.   (Ripley ; 4)

    Tradução de: The boy who followed Ripley
    Sequência de: O jogo de Ripley
    Continua com: Ripley debaixo d'água
    ISBN 978-85-510-1266-6

    1. Ficção americana. I. Abreu, Fernanda. II. Título. III. Série.

	CDD: 813	
25-97116.1	CDU: 82-3(73)	

Meri Gleice Rodrigues de Souza - Bibliotecária - CRB-7/6439

[2025]
Todos os direitos desta edição reservados à
EDITORA INTRÍNSECA LTDA.
Av. das Américas, 500, bloco 12, sala 303
22640-904 – Barra da Tijuca
Rio de Janeiro – RJ
Tel./Fax: (21) 3206-7400
www.intrinseca.com.br

Para Monique Buffet

1

Na ponta dos pés, Tom avançou o mais silenciosamente possível pelo piso de tábuas corridas. Entrou no banheiro, parou e ficou escutando.

Zz-zzz... zz-zzz... zz-zzz...

Os bichinhos laboriosos tinham recomeçado, embora ainda desse para sentir o cheiro do inseticida que ele injetara com todo o cuidado naquela tarde nos orifícios de saída deles, ou fossem lá o que fossem aqueles furinhos na madeira. O barulho de algo sendo serrado prosseguia, como se os esforços de Tom tivessem sido em vão. Ele olhou para uma toalha de mão cor-de-rosa dobrada sob uma das prateleiras de madeira e na mesma hora viu um minúsculo montinho de serragem fina e amarelada.

— Calem a *boca*! — gritou e bateu no armário com a lateral do punho.

As criaturas se calaram. Silêncio. Tom imaginou os pequenos insetos com serras nas mãos interrompendo o trabalho para se entreolhar, apreensivos, mas talvez também conformados, como se dissessem: "Nós já passamos por isso. É o 'patrão' outra vez, mas daqui a pouco ele vai embora." Tom também já tinha passado por aquela experiência: se entrasse no banheiro distraído, com um passo normal, sem sequer pensar em formigas-carpinteiras, às vezes conseguia detectar o zumbido diligente antes de elas detectarem a presença dele, mas outro passo que desse, ou então a abertura de uma torneira, fazia as formigas se calarem por alguns minutos.

Heloise achava que Tom se preocupava sem necessidade. "Vai demorar anos até elas *destruírem* o armário."

Tom, porém, não gostava de saber que fora derrotado pelas formigas, de pegar um pijama limpo e dobrado na prateleira do armário e se ver obrigado a espanar a serragem, do fato de que a compra e a aplicação de um produto francês chamado Xylophene (um nome elegante para querosene) e a consulta a duas enciclopédias tinham sido inúteis. As *Camponotus* são conhecidas por abrir galerias na madeira para construir ninhos. Ver *Campodea*. Sem asas, cegas porém ágeis, temem a luz, vivem debaixo das pedras. Tom não conseguia acreditar que aquelas pragas tivessem um pingo de agilidade, e naquele momento não viviam debaixo de pedra alguma. Ele fizera uma viagem a Fontainebleau na véspera especificamente para comprar o bom e velho inseticida Rentokill. Sim, no dia anterior ele dera início a uma *Blitzkrieg*. O segundo ataque se dera algumas horas antes, e ele seguia derrotado. Naturalmente, era difícil disparar o Rentokill para cima, como convinha, já que os orifícios ficavam na parte de baixo das prateleiras.

O zz-zz-zz recomeçou, bem na hora em que as notas de *O lago dos cisnes* no gramofone no térreo também adentravam graciosamente o próximo ato, uma valsa elegante que parecia feita para zombar dele, da mesma forma que os insetos estavam fazendo.

Está bem, desista, disse Tom para si mesmo, *pelo menos por hoje*. Queria tanto que aqueles dois últimos dias tivessem sido proveitosos: havia limpado a escrivaninha, jogado papéis fora, varrido a estufa e escrito cartas comerciais, entre elas uma importante para Jeff Constant no endereço particular em Londres. Tom vinha adiando aquele momento, mas enfim escrevera uma carta a Jeff, com instruções para que fosse destruída imediatamente após ter sido lida, na qual recomendava veementemente que nenhuma outra pretensa descoberta de telas ou esboços de Derwatt fosse feita, e perguntava de maneira retórica se os lucros da ainda próspera empresa de materiais artísticos e da escola de arte em Perúgia não bastavam. A Galeria Buckmaster, em especial Jeff Constant, fotógrafo profissional que se tornara um dos proprietários do estabelecimento junto com o jornalista Edmund Banbury, vinha flertando com a ideia de vender mais fracassos de Bernard Tufts, isto é, imitações não muito boas da obra de Derwatt. Até o momento, a galeria fora bem-sucedida em tal empreitada, mas Tom queria pôr um fim na falcatrua por motivos de segurança.

Decidiu dar uma volta, tomar um café no bar de Georges e arejar a cabeça. Ainda eram nove e meia da noite. Heloise estava na sala, conversando em francês com a amiga Noëlle, uma mulher casada que morava em Paris e passaria a noite ali, mas sem o marido.

— Sucesso, *chéri*? — perguntou Heloise, animada, empertigando-se no sofá amarelo.

Tom teve que rir, com certo sarcasmo.

— *Non!* — respondeu, e continuou em francês: — Aceitei minha derrota. Fui vencido pelas formigas-carpinteiras!

— Aaaaah — lamentou-se Noëlle, solidária com a frustração dele, e então deixou escapar uma risada expressiva.

Sem dúvida estava pensando em outra coisa, ansiosa para retomar a conversa com Heloise. Tom sabia que as duas tinham planos de fazer um cruzeiro juntas no fim de setembro ou no início de outubro, talvez à Antártida, e queriam que ele as acompanhasse. O marido de Noëlle já tinha recusado com firmeza, alegando compromissos de trabalho.

— Vou dar uma caminhada. Volto daqui a meia hora, mais ou menos. Precisam de cigarros? — perguntou Tom.

— Ah, *oui*! — respondeu Heloise, o que significava que queria um maço de Marlboro.

— Eu parei! — disse Noëlle.

Pela terceira vez, no mínimo, pelo que Tom conseguia se lembrar. Ele aquiesceu e saiu da casa.

Madame Annette ainda não tinha fechado os portões. Tom se encarregaria da tarefa na volta. Virou à esquerda e foi andando em direção ao centro de Villeperce. Estava fresco para meados de agosto. Rosas floresciam em profusão nos jardins dos vizinhos, visíveis por trás de cercas de arame. Devido ao horário de verão, estava mais claro do que de costume, mas Tom desejou ter levado uma lanterna para a volta. Não havia calçadas apropriadas naquela rua. Ele inspirou fundo. Estava determinado a pensar em Scarlatti no dia seguinte, a pensar na espineta em vez de nas formigas. Cogitava convidar Heloise para ir aos Estados Unidos no fim de outubro. Seria a segunda vez da esposa visitando o país. Ela havia adorado Nova York e achado São Francisco deslumbrante, assim como o Pacífico azul.

Luzes amareladas tinham sido acesas em algumas das casinhas do vilarejo. Ali estava o símbolo vermelho inclinado do bar-tabacaria de Georges, com um facho de luz logo abaixo.

— Marie — disse Tom ao entrar, com um meneio de cabeça para saudar a dona do estabelecimento, que naquele instante pousava com um baque um copo de cerveja no balcão para um freguês.

Era um bar da classe trabalhadora, o mais próximo da casa de Tom no vilarejo, e com frequência o mais divertido.

— Monsieur Tome! *Ça va?*

Marie agitou os cabelos pretos encaracolados com um pouco de charme, a boca grande e pintada de batom escancarou um sorriso destemido. Devia ter 55 anos, no mínimo.

— *Dis donc!* — berrou ela, tornando a mergulhar em uma conversa com dois fregueses curvados sobre os *pastis* no balcão. — Que babaca... Que *babaca!* — exclamou bem alto, decerto para despertar o interesse dos presentes, ainda que bradasse uma palavra que devia ser repetida um sem-número de vezes ali. Ignorada pelos homens que falavam ao mesmo tempo com vozes ribombantes, continuou:

— O *babaca* fica se oferecendo feito uma puta requisitada! Bem feito para ele!

Estaria se referindo a Giscard, perguntava-se Tom, ou a algum pedreiro das redondezas?

— Um café — pediu ele quando conseguiu um segundo da atenção de Marie. — E um maço de Marlboro!

Sabia que Georges e Marie eram pró-Chirac, o suposto fascista.

— Chega, Marie! — ralhou Georges com a característica voz de barítono, à esquerda de Tom, tentando acalmar a esposa.

Homem parrudo de mãos gorduchas, Georges estava polindo taças antes de guardar cada uma delas, com toda a delicadeza, na prateleira à direita do caixa. Atrás de Tom estava em curso uma ruidosa partida de futebol de mesa: quatro adolescentes giravam bastões para a frente e para trás, fazendo homenzinhos de chumbo trajados de calções de chumbo chutarem uma bolinha diminuta. Tom então avistou, à sua extrema esquerda, depois da curva do balcão, um jovem que vira na rua perto de Belle Ombre alguns dias antes. O garoto tinha cabelos castanhos e, assim como naquela primeira ocasião, usava uma jaqueta de operário azul, comum na França, e calça jeans. Naquela tarde, Tom abria os portões de casa para uma visita quando do viu o jovem saindo de onde estava, embaixo de uma grande castanheira do outro lado da rua, e se afastando no sentido contrário ao de Villeperce. Estaria vigiando a propriedade para descobrir os hábitos da família? Outra preocupação sem grande importância, achava Tom, como as formigas-carpinteiras. Seria melhor pensar em outra coisa. Mexeu o café, tomou um golinho, olhou de relance para o garoto e viu que ele o encarava, mas logo baixou a cabeça e pegou o copo de cerveja.

— '*Coutez*, Monsieur Tome!

Marie estava debruçada sobre o balcão na direção dele e indicou o garoto com o polegar.

— *Américain* — sussurrou ela um tanto alto para se fazer escutar em meio ao alarido terrível do jukebox que começava a tocar. — Diz que veio para trabalhar durante o verão. Ha-ha-haaa!

A mulher deu uma risada rouca, como se fosse hilariante um americano trabalhar, ou talvez por acreditar que não havia trabalho disponível na França, daí os índices elevados de desemprego.

— Quer conhecer o rapaz? — ofereceu.

— *Merci, non.* Ele trabalha aqui? — perguntou Tom.

Marie deu de ombros e atendeu a um pedido gritado de cerveja.

— Ah, pode enfiar *isso* você sabe onde! — berrou com alegria para outro freguês enquanto acionava a torneira de chope.

Tom estava pensando em Heloise e na possível temporada nos Estados Unidos. Dessa vez, precisavam visitar a Nova Inglaterra. Boston. Conhecer o mercado de peixe, o Independence Hall, a Milk Street e a Bread Street. Aquela era a terra natal de Tom, mesmo que ele achasse que mal a reconheceria. Tia Dottie, a dos relutantes presentes de 11,79 dólares na forma de cheques, já tinha morrido, deixando para ele 10 mil dólares, mas não a abafada casinha que Tom teria apreciado. Ele poderia pelo menos levar Heloise para ver a casa em que havia crescido, mostrá-la pelo lado de fora. Imaginava que os outros sobrinhos de tia Dottie tivessem herdado a casa, já que a mulher não tivera filhos. Tom pôs 7 francos no balcão para pagar o café e os cigarros, olhou outra vez de relance para o garoto de jaqueta azul e o viu pagar a própria conta. Tom apagou o cigarro, desejou *"Soir!"* para ninguém em específico e saiu.

Estava escuro. Tom atravessou a rua principal sob a luz difusa de um poste de rua e depois seguiu pela viela mais escura que daria em casa, a uns duzentos metros dali. A rua da propriedade era reta, com duas pistas asfaltadas, e Tom a conhecia bem. Ainda assim, ficou grato pela aproximação de um carro cujos faróis lhe permitiram ver por onde andava. Quando o veículo passou, Tom tomou consciência de passos rápidos porém suaves atrás dele e se virou.

A figura segurava uma lanterna. Tom reconheceu os jeans e os tênis. O garoto do bar.

— Sr. Ripley!

Tom ficou tenso.

— Sim?

— Boa noite.

O garoto parou e mexeu na lanterna.

— B-Billy Rollins… é como eu me chamo. Já que tenho uma lanterna… quem sabe posso acompanhar o senhor até em casa?

Tom distinguiu vagamente um rosto meio quadrado, olhos escuros. O garoto era mais baixo do que ele. O tom de voz era educado. Seria um assalto? Ou os nervos de Tom estavam apenas muito afloraados naquela noite? Tinha só alguns tostões no bolso, mas também não estava com disposição para se envolver em uma briga.

— Não precisa, obrigado. Eu moro aqui perto.

— Eu sei. Bem… Estou indo na mesma direção.

Tom lançou um olhar apreensivo para a escuridão adiante e depois retomou a caminhada.

— Americano? — perguntou.

— Sim, senhor.

O garoto apontava a lanterna para a frente em um ângulo cuidadoso, conveniente para ambos, mas tinha os olhos mais concentrados em Tom do que na rua.

Tom se manteve afastado, com as mãos pendendo ao lado do corpo, prontas para agir.

— Está de férias?

— Mais ou menos. Trabalho um pouco também. Como jardineiro.

— Ah, é? Onde?

— Em uma residência em Moret.

Tom desejou que outro carro se aproximasse para lhe dar um vislumbre da expressão do garoto, pois sentiu nele um nervosismo que poderia ser perigoso.

— Onde em Moret?

— Na casa de Madame Jeanne Boutin, rue de Paris, 78 — respondeu o garoto, sem demora. — Ela tem um jardim bem grande, cheio de árvores frutíferas. Mas o que eu mais faço é tirar ervas daninhas... Cortar a grama.

Tom cerrou os punhos, aflito.

— Costuma dormir em Moret?

— Sim. Madame Boutin tem uma casinha no jardim, com uma cama e uma pia. A água é gelada, mas no verão é tranquilo.

Tom estava genuinamente surpreso.

— É pouco usual um americano escolher a zona rural em vez de Paris. De onde você é?

— De Nova York.

— E quantos anos você tem?

— Vou fazer 19.

Tom pensou que fosse menos.

— Tem visto de trabalho?

Ele viu o garoto sorrir pela primeira vez.

— Não. É um contrato informal. Cinquenta francos por dia, o que é pouco, eu sei, então Madame Boutin me deixa dormir lá. Ela até me convidou uma vez para almoçar. Claro, eu posso comprar pão e queijo e comer na casinha ou em algum café.

Tom deduziu, pelo modo como o garoto falava, que ele não vinha da sarjeta, e a pronúncia do nome da patroa indicava que sabia um pouco de francês.

— Começou há muito tempo? — perguntou Tom em francês.

— *Cinq, six jours* — respondeu o garoto, encarando-o.

Tom ficou contente ao ver o grande olmo inclinado em direção à rua, sinal de que estava a poucos metros de casa.

— O que o trouxe para esta região da França?

— Ah... A floresta de Fontainebleau, talvez. Eu gosto de andar pelos bosques. E fica perto de Paris. Passei uma semana lá... explorando a cidade.

Tom diminuiu o passo. Por que o garoto estava interessado nele a ponto de conhecer a casa?

— Vamos atravessar — disse.

A luz da porta iluminava o cascalho bege do pátio em frente a Belle Ombre, já a poucos metros de distância.

— Como soube onde eu moro? — questionou Tom, e sentiu o constrangimento do garoto no inclinar de cabeça, no movimento da luz da lanterna. — Eu o vi aqui na rua... uns dois ou três dias atrás, não foi?

— Foi, sim — confirmou Billy, com a voz mais grave. — Eu vi seu nome no jornal... nos Estados Unidos. Pensei que gostaria de ver onde o senhor morava, já que estava perto de Villeperce.

No jornal? Quando e por quê?, pensou Tom, mas sabia que havia um dossiê sobre ele.

— Por acaso deixou uma bicicleta aqui no vilarejo?

— Não — respondeu o garoto.

— Como pretende voltar para Moret hoje?

— Ah, peço uma carona. Ou vou a pé.

Sete quilômetros. Por que alguém hospedado em Moret percorreria sete quilômetros até Villeperce depois das nove da noite sem ter como voltar? Tom viu um pouco de claridade à esquerda das árvores: Madame Annette ainda estava acordada, mas no próprio quarto. A mão de Tom estava pousada em um dos portões de ferro, não de todo fechados.

— Se quiser entrar e tomar uma cerveja, será bem-vindo.

O garoto franziu as sobrancelhas escuras, mordeu o lábio inferior e ergueu o olhar para as duas torretas da fachada de Belle Ombre com um ar desolado, como se entrar ou não fosse uma decisão importante.

— Eu...

A hesitação dele deixou Tom ainda mais intrigado.

— Meu carro está aqui. Posso lhe dar uma carona até Moret.

O garoto parecia indeciso. Será que de fato trabalhava e dormia em Moret?

— Está bem. Obrigado. Vou entrar um minuto.

Os dois passaram pelos portões e Tom os fechou, mas não trancou. A chave grande estava na fechadura por dentro. À noite, ficava escondida ao pé de um rododendro perto do portão.

— Minha esposa está com uma visita hoje, mas podemos tomar uma cerveja na cozinha — avisou Tom.

A porta da frente estava destrancada. Havia uma luz acesa na sala, mas Heloise e Noëlle não estavam mais ali. As duas muitas vezes conversavam até tarde no quarto de hóspedes ou nos aposentos de Heloise.

— Cerveja? Café?

— Que casa bonita! — comentou o garoto, olhando em volta. — O senhor toca espineta?

Tom sorriu.

— Estou aprendendo. Tenho aulas duas vezes por semana. Venha, vamos para a cozinha.

Eles entraram no cômodo à esquerda. Tom acendeu a luz, abriu a geladeira e pegou um fardo de seis cervejas Heineken.

— Está com fome? — perguntou ao ver os restos de rosbife cobertos com papel-alumínio na travessa.

— Não, senhor. Obrigado.

De volta à sala, o garoto olhou para o quadro *Homem na cadeira*, acima da lareira, e em seguida para o Derwatt, um pouco menor mas verdadeiro, chamado *As cadeiras vermelhas*, na parede perto das portas do jardim. Os olhares do garoto duraram meros segundos, mas Tom os notou. Por que tinha sido atraído pelo Derwatt e não pelo Soutine maior, pendurado acima da espineta, com os exuberantes vermelhos e azuis?

Tom indicou o sofá.

— Não posso me sentar aí… com esta calça. Está imunda.

O sofá era forrado de cetim amarelo. Havia uma ou duas cadeiras simples sem estofamento, mas Tom sugeriu:

— Vamos para o meu quarto.

Eles subiram a escada curva, Tom com as cervejas e o abridor na mão. O quarto de Noëlle encontrava-se aberto, com uma luz acesa, e a porta de Heloise estava entreaberta. Tom ouviu vozes e risos vindos lá de dentro. Dobrou à esquerda em direção ao próprio quarto e acendeu a luz.

— Pode se sentar na minha cadeira. É de madeira — declarou, virando a cadeira da escrivaninha, que tinha apoio para braços, na direção do centro do cômodo.

Em seguida, abriu duas garrafas.

Os olhos do garoto se demoraram sobre o gaveteiro quadrado no estilo Wellington, cuja superfície, as cantoneiras de latão e os puxadores embutidos estavam, como sempre, lustrados com perfeição por Madame Annette. Ele assentiu, com ar de aprovação. Tinha um belo rosto, um pouco sério, o maxilar forte e imberbe.

— O senhor tem uma vida *boa*, não é? — perguntou o garoto, em um tom que podia ser considerado zombeteiro ou melancólico.

Por acaso teria examinado o dossiê sobre Tom e o rotulado de trambiqueiro?

— Por que não teria? — devolveu Tom, e passou uma garrafa de cerveja. — Desculpe, esqueci os copos.

— O senhor se importaria se eu lavasse as mãos primeiro? — perguntou o garoto com uma polidez genuína.

— Claro que não. É por ali.

Tom acendeu a luz do banheiro.

O garoto se curvou sobre a pia e passou quase um minuto esfregando as mãos. Não tinha fechado a porta. Voltou sorrindo. Tinha lábios suaves, dentes fortes, cabelos castanho-escuros lisos.

— Agora, sim. Água quente! — exclamou, sorriu para as próprias mãos e então pegou a cerveja. — Que cheiro é esse lá dentro? É terebintina? O senhor pinta?

Tom deu uma risadinha.

— Às vezes, sim, mas hoje estava atacando formigas-carpinteiras nas prateleiras do armário.

Não queria tocar no assunto.

Já acomodado em outra cadeira de madeira, esperou o garoto se sentar para perguntar:

— Quanto tempo você pretende ficar na França?

O garoto pareceu refletir.

— Talvez mais um mês, ou algo assim.

— E então vai voltar para a faculdade? Você está na faculdade?

— Ainda não. Não sei se quero mesmo fazer faculdade. Vou ter que decidir.

Ele enfiou os dedos entre os cabelos e os jogou para o lado, mas parte dos fios insistiu em ficar espetada para cima. Parecendo envergonhado com o escrutínio de Tom, o garoto tomou um gole de cerveja.

Tom reparou então em uma pintinha, um sinal, na bochecha direita do garoto. Comentou casualmente:

— Fique à vontade para tomar um banho quente. Não é incômodo algum.

— Ah, não, muito obrigado. Talvez eu esteja com um aspecto sujo, mas eu *consigo* tomar banho com a água fria. Mesmo. Qualquer um consegue.

Os lábios carnudos e jovens esboçaram um sorriso. O garoto pousou a garrafa no chão e reparou em algo dentro do cesto de lixo perto da cadeira. Olhou mais de perto.

— Auberge Réserve des Quatre Pattes — leu no envelope descartado. — Que engraçado! O senhor esteve lá?

— Não, nunca. Eles me mandam cartas mimeografadas de vez em quando, pedindo doações. Por quê?

— Porque esta semana mesmo eu estava andando pelos bosques, por uma estrada de terra a leste de Moret, e um casal parou para me perguntar se eu conhecia esse Auberge Réserve, porque supostamente ficava perto de Veneux-les-Sablons. Disseram que estavam procurando já fazia umas duas horas. E também que tinham mandado dinheiro para lá uma ou duas vezes e queriam conhecer o lugar.

— Nos folhetos eles avisam que não recebem visitantes para não estressar os animais. Tentam encontrar lares pelo correio e depois escrevem histórias de sucesso contando como o cachorro ou o gato estão felizes no novo lar.

Tom sorriu ao recordar como algumas das histórias eram sentimentaloides.

— O senhor mandou dinheiro para eles?

— Ah... Trinta francos, uma ou duas vezes.

— Mandou para onde?

— Eles têm um endereço em Paris. Caixa postal, acho.

Billy abriu um sorriso.

— Não seria engraçado se o lugar não existisse?

Tom também achava graça nessa possibilidade.

— Sim. Só um golpe de caridade. Por que isso não me ocorreu?

Ele abriu mais duas cervejas.

— Posso dar uma olhada? — perguntou Billy, referindo-se ao envelope dentro do cesto.

— Por que não?

O garoto pescou as páginas mimeografadas que estavam dentro do envelope, passou os olhos por elas e leu em voz alta:

— "... essa adorável criaturinha merece o lar paradisíaco que a Providência lhe encontrou." É um filhote de gato. "E agora apareceu na nossa porta um terrier branco e marrom muito magrinho que precisa de penicilina e de diversas vacinas..."

Billy ergueu o olhar para Tom e acrescentou:

— Queria muito saber onde fica a sede deles. E se essa instituição realmente for uma *fraude*? — perguntou, e pronunciou "fraude" como se a palavra lhe causasse deleite. — Se esse lugar existe mesmo, vou fazer de tudo para descobrir o endereço. Estou curioso.

Tom o observou com interesse. Billy... Billy Rollins, não era isso? O garoto de repente tinha ganhado vida.

— Posta-restante número 287, 18º *arrondissement* — leu o garoto. — De qual agência dos Correios será que é? Tem algumas por lá. Posso ficar com isto, já que pelo visto o senhor ia jogar fora?

O zelo de Billy o deixou impressionado. Por que um rapaz jovem daqueles estava imbuído de tamanho entusiasmo para desvendar fraudes?

Tom tornou a se sentar.

— Claro, pode ficar — assentiu. — Você próprio já foi vítima de fraude, afinal?

Billy deu uma risada rápida, parecendo buscar na memória a resposta para aquela pergunta.

— Não, nenhuma. Pelo menos não de uma fraude explícita.

Algum tipo de engodo, talvez, imaginava Tom, mas decidiu não insistir no assunto. Limitou-se a dizer:

— Não seria divertido usar um nome falso para enviar uma carta aos responsáveis, avisar que descobrimos a tramoia deles de ganhar dinheiro com animais que não existem e que seria melhor se prepararem para uma visita da polícia à... caixa postal?

— Seria melhor não dar aviso algum. Deveríamos descobrir o endereço deles e aparecer de surpresa. Imagine só se forem dois brutamontes em algum apartamento chique em Paris? Seria necessário seguir o rastro deles a partir da caixa postal.

Nesse exato instante, Tom ouviu uma batida na porta e se levantou.

Heloise estava no corredor, de pijama e roupão de anarruga cor-de-rosa.

— Ah, Tome, você tem visita! Achei que as vozes viessem do rádio!

— Um americano que acabei de conhecer no vilarejo. Billy... — explicou Tom, depois se virou e a puxou pela mão. — Esta é minha esposa, Heloise.

— Billy Rollins. *Enchanté*, Madame.

De pé, Billy fez uma pequena mesura.

Tom prosseguiu em francês:

— Billy está trabalhando como jardineiro em Moret. Ele é de Nova York... Um bom jardineiro, certo, rapaz?

Tom sorriu.

— Eu... faço o possível — respondeu o garoto.

Em seguida baixou a cabeça e mais uma vez pousou a garrafa de cerveja com cuidado no chão, ao lado da escrivaninha.

— Espero que aproveite a França — disse Heloise, a voz afável, mas os olhos ligeiros percorriam o garoto de cima a baixo. — Vim só dar boa-noite, Tome. Amanhã de manhã... Noëlle e eu vamos ao antiquário em Le Pavé du Roi e depois vamos almoçar no Aigle Noir, em Fontainebleau. Quer ir junto?

— Acho que não, querida, obrigado. Aproveitem. Vejo vocês duas amanhã antes de saírem, tudo bem? Boa noite, durma bem — despediu-se e beijou a esposa no rosto. — Vou levar Billy para casa de carro, então não fique alarmada se me ouvir chegando muito tarde. Eu tranco a porta quando sair.

Billy insistiu que conseguiria arranjar uma carona, mas Tom fez questão de levar o garoto. Queria ver se a casa em Moret, na rue de Paris, existia.

No carro com Billy, perguntou:

— Sua família está em Nova York? Se me permite a pergunta, o que seu pai faz da vida?

— Ele... trabalha com eletrônica. Fabrica equipamentos de mensuração para medir todo tipo de coisa eletronicamente. É um dos gerentes da empresa.

Algo dizia a Tom que era tudo mentira.

— Você se dá bem com sua família?

— Ah, claro. Eles...

— Eles lhe escrevem?

— Sim, sim. Eles sabem onde estou.

— E depois da França, para onde vai? Para casa?

Uma pausa.

— Talvez eu vá para a Itália. Não tenho certeza.

— É essa a rua? Viramos aqui?

— Não, do outro lado — respondeu o garoto bem a tempo. — Mas é a rua certa, sim.

Em seguida, o garoto indicou onde Tom deveria parar: diante de uma casa não muito grande e de aspecto modesto, com as janelas todas às escuras, o jardim da frente cercado por uma mureta branca baixa paralela à calçada e portões altos fechados em um dos lados.

— Minha chave — disse Billy, tirando uma chave bem comprida do bolso da jaqueta. — Não posso fazer barulho. Muito obrigado, Sr. Ripley.

Ele abriu a porta do carro.

— Depois me conte o que descobrir sobre o lar de animais.

O garoto sorriu.

— Sim, senhor.

Tom o observou andar até os portões escuros, iluminar a fechadura com a lanterna e então girar a chave. Billy entrou, acenou e fechou os portões. Enquanto Tom estava dando ré, avistou o número 78 na clássica placa de metal azul ao lado da porta principal. Era estranho, achava Tom. Por que o garoto iria querer um emprego maçante como aquele, mesmo que temporário, a não ser que estivesse se escondendo de alguém? Mas Billy não parecia um delinquente. O mais provável, deduziu Tom, era que tivesse brigado com os pais ou sofrido por alguma garota e decidido pular para dentro de um avião a fim de mudar de ares e tentar esquecer os problemas. Tom tinha a sensação de que o garoto era endinheirado e não precisava de modo algum trabalhar como jardineiro em troca de uma merreca.

2

Três dias depois, uma sexta-feira, Tom e Heloise estavam sentados à mesa no cômodo contíguo à sala de estar, tomando café da manhã e examinando as cartas e os jornais do correio das nove e meia. Era o segundo café de Tom, já que Madame Annette tinha levado a primeira xícara e o chá de Heloise por volta das oito. Uma tempestade estava se formando, ou se armando, o que criou uma atmosfera de tensão que o fez acordar cedo, antes da chegada da governanta. O céu estava ameaçadoramente escuro, nenhuma brisa soprava do lado de fora e trovoadas ressoavam ao longe.

— Um postal dos Clegg! — exclamou Heloise, descobrindo o cartão debaixo de cartas e de uma revista. — Da Noruega! Eles estão no cruzeiro. Lembra, Tome? Dê só uma olhada! Não é lindo?

Tom desviou a atenção do *International Herald Tribune* e pegou o postal que a esposa lhe estendia. A imagem mostrava um barco branco subindo por um fiorde entre montanhas verdejantes e alguns chalés aninhados em um sulco no litoral ao longe.

— Parece fundo — comentou, a mente voltada para possíveis afogamentos.

Tinha medo de águas profundas, detestava nadar ou tentar nadar, e muitas vezes pensava que, por algum motivo, seu fim se daria na água.

— Leia o postal — pediu Heloise.

Estava em inglês, assinado tanto por Howard quanto por Rosemary Clegg, os ingleses que tinham uma casa a uns cinco quilômetros dali.

— "Cruzeiro divino e relaxante. Pusemos Sibelius no toca-fitas para manter o clima. Com amor, Rosemary. Queria que vocês dois estivessem aqui para ver o sol da meia-noite…"

Um trovão estalou e rugiu feito um cão bravo, fazendo Tom se calar.

— Hoje vai chover mesmo — disse ele. — Tomara que as dálias resistam.

Havia prendido todas com estacas, só por precaução.

Heloise estendeu a mão para pegar o postal, que Tom lhe devolveu.

— Você está tão nervoso, Tome. Já tivemos tempestades antes. Que bom que está vindo agora e não mais tarde. Preciso ir à casa de Papa às seis da tarde, você sabe.

Tom sabia mesmo. A esposa iria a Chantilly. Tinha um compromisso semanal para jantar com os pais às sextas, e em geral comparecia. Às vezes Tom ia junto, outras não. Preferia não ir, porque os sogros eram antiquados e o deixavam entediado, sem contar que nunca tinham gostado muito dele. Tom achava interessante Heloise sempre dizer que precisava ir à casa de "Papa", e não à casa dos "pais". Era Papa quem controlava o dinheiro. Mama era consideravelmente mais generosa por natureza, mas, no caso de uma crise de verdade, se Tom saísse da linha como quase acontecera na confusão das obras de Derwatt com Bernard e o americano Murchison, era pouco provável que Mama pudesse impedir Papa de cortar a mesada da filha. A administração e a manutenção de Belle Ombre dependiam desse dinheiro. Tom acendeu um cigarro, preparou-se para o raio seguinte com um misto de prazer e ansiedade, e então pensou em Jacques Plisson, pai de Heloise, homem roliço e pomposo, a manejar as cordinhas do destino (isto é, a bolsa de dinheiro), que segurava com força, feito um condutor de carruagem do século XX. Era uma pena que o dinheiro tivesse tanto poder, mas não poderia ser diferente.

— *Encore du café*, Monsieur Tome?

Madame Annette de repente estava parada ao lado dele com o bule de prata, que parecia tremer ligeiramente.

— Não, Madame Annette, obrigado, mas deixe o bule, pode ser que mais tarde eu queira.

— Vou verificar as janelas — avisou a governanta, pousando o bule em uma toalhinha no centro da mesa. — Que breu! Vai ser uma tempestade das boas!

Os olhos azuis penetrantes de mulher da Normandia encontraram os de Tom por um instante, e então ela se apressou na direção da escada. Ela já tinha verificado as janelas, achava Tom, talvez até fechado algumas das persianas, mas gostava de conferir tudo outra vez. Ele também gostava. Levantou-se, inquieto, foi para perto da janela, onde havia um pouco mais de luz, e passou os olhos pela coluna "Gente", no verso do jornal. **Frank Sinatra** iria fazer mais uma última aparição, dessa vez em um filme a ser lançado. **Frank Pierson**, 16 anos, filho predileto do finado magnata do setor de alimentos **John Pierson**, tinha fugido da casa da família, no Maine, e os parentes estavam preocupados após três semanas sem notícias. Frank ficara extremamente abalado com a morte do pai, em julho.

Tom recordou um obituário de John Pierson. Até mesmo o *Sunday Times*, de Londres, havia lhe dedicado algumas linhas. O magnata usava cadeira de rodas, tal como George Wallace, político do Alabama, e pelo mesmo motivo: sofrera uma tentativa de assassinato. Era riquíssimo, não tão abastado quanto Howard Hughes, mas ainda assim dono de uma fortuna de centenas de milhões acumulada com a comercialização de produtos comestíveis: alimentos gourmet, saudáveis e dietéticos. Tom se lembrava especificamente daquele obituário porque não ficara claro se a queda do penhasco tinha sido causada por acidente ou fora suicídio. John Pierson gostava de ver o sol se pôr desse penhasco e tinha se recusado a mandar instalar um guarda-corpo, porque estragaria a vista.

Tr-rr-rac!

Ao ouvir o som, Tom recuou para longe das portas do jardim e, preocupado, olhou para o lado de fora com o objetivo de ver se a estrutura de vidro da estufa permanecia intacta. O vento começou a soprar, e fez algo descer chacoalhando pelas telhas. Tom torceu para não ser nada além de um graveto.

Heloise lia uma revista, indiferente aos efeitos da tempestade.

— Preciso me vestir — disse Tom. — Você não tem compromisso para o almoço, tem?

— Não, *chéri*. Só vou sair às cinco. Você sempre se preocupa com as coisas erradas. Esta casa é muito firme!

Tom conseguiu assentir, mas lhe parecia natural ficar nervoso com aquele festival de raios. Pegou o jornal na mesa e foi para o andar de cima, onde tomou um banho e fez a barba, entregando-se a devaneios. Quando seria a vez do velho Plisson bater as botas, morrer de causas naturais? Não que Tom e Heloise precisassem de dinheiro, ou de mais dinheiro, longe disso. Acontece que o homem era um chato de galocha clássico, assim como a desagradável sogra. Jacques Plisson também era a favor de Chirac, naturalmente. Já vestido, Tom abriu a janela lateral do quarto e recebeu no rosto uma rajada de vento chuvosa, que ele inspirou por ser refrescante e deliciosa, mas fechou-a imediatamente. Que cheiro bom o da chuva na terra seca! Em seguida, foi até o quarto de Heloise e viu que estava tudo fechado. A chuva fazia as vidraças sibilarem. Madame Annette se ocupava em esticar as cobertas cuidadosamente por cima dos travesseiros na cama de casal em que os patrões tinham dormido.

— Estão todas trancadas, Monsieur Tome — disse ela, concluindo o serviço com tapinhas no travesseiro antes de endireitar a postura.

A silhueta baixa e robusta parecia dotada da energia de uma pessoa bem mais nova. A governanta beirava os 70 anos, mas ainda tinha muita vida pela frente, concluiu Tom, e pensar isso o reconfortou.

— Vou dar uma olhada rápida no jardim — disse ele e, virando-se de costas, saiu do quarto.

Correu escada abaixo, saiu pela porta da frente e deu a volta até o gramado dos fundos. As estacas das dálias e os respectivos barbantes ainda resistiam. As flores da variedade Crimson Sunburst, com pétalas vermelhas e amarelas, balançavam com força, mas não seriam levadas pelo vento nem tampouco o vento carregaria as dálias crespas alaranjadas, as preferidas de Tom.

Um raio clareou o céu cor de ardósia e Tom ficou parado esperando a trovoada, sentindo a chuva molhar seu rosto. O trovão ecoou com um estrondo arrogante, violento e oco.

E se o garoto daquela noite fosse Frank Pierson? Dezesseis anos de idade. Com certeza mais provável do que os 19 que ele havia alegado ter. Maine, não Nova York. Na ocasião da morte do velho Pierson, não haviam publicado uma foto da família inteira no *International Herald Tribune*? De toda forma, saíra um retrato do pai, de cujo rosto Tom não conseguia se lembrar em absoluto. Ou teria sido no *Sunday Times*? Do garoto de três dias antes, porém, tinha lembranças mais nítidas do que de costume. O rosto era um tanto sombrio e sério, e ele não sorria facilmente. Uma boca firme, sobrancelhas escuras retas. E havia a pinta na bochecha direita, que talvez não fosse grande a ponto de aparecer em alguma fotografia, mas era um sinal característico. O garoto tinha se mostrado não apenas educado, mas também cauteloso.

— Tome... *Entre*!

Era Heloise, gritando das portas do jardim.

Tom correu até ela.

— Quer ser atingido por um raio? — repreendeu a esposa.

Tom limpou as botas de caminhada no capacho da porta.

— Não estou molhado! Estava pensando em outra coisa!

— Em quê? Seque os cabelos.

Ela lhe passou uma toalha azul do lavabo.

— Roger vai chegar às três da tarde — respondeu Tom, enxugando o rosto. — Vamos tocar Scarlatti. Preciso ensaiar agora de manhã e depois do almoço.

Heloise sorriu. Sob a luz da chuva, seus olhos azul-acinzentados exibiam riscas lilases que irradiavam das pupilas, o que Tom achava encantador. Teria ela escolhido o vestido lilás especialmente para aquele dia? Era provável que não. Devia ter sido apenas um golpe de sorte estético.

— Eu ia começar a ensaiar agora — retrucou Heloise em inglês, com um ar afetado —, quando vi você parado na grama feito um idiota.

Depois sentou-se diante do instrumento, endireitou as costas e flexionou as mãos. Parecia uma profissional, pensou Tom.

Ele foi até a cozinha. Madame Annette estava esvaziando o armário acima da bancada à direita da pia. Tinha um espanador na mão e limpava um pote de tempero depois do outro, empoleirada no banquinho de três pernas. Era muito cedo para preparar o almoço e talvez ela tivesse deixado para fazer as compras no vilarejo mais tarde, por causa do temporal.

— Só queria dar uma olhada nos jornais velhos — explicou Tom, abaixando-se perto da soleira do corredor seguinte, que conduzia aos aposentos da governanta, à direita.

Os jornais velhos ficavam guardados em um cesto com alça, do tipo usado para lenha.

— Alguma coisa em especial, Monsieur Tome? Precisa de ajuda?

— Obrigado… Eu já vou saber. Preciso dos jornais americanos. Acho que consigo encontrar sozinho — respondeu Tom, distraído, folheando as edições de julho.

A página de obituários, era isso que ele tanto queria, e se lembrava de que a notícia sobre o falecimento de Pierson saíra na coluna esquerda superior de uma página da direita, estampada com uma fotografia. Havia apenas uns dez exemplares do *International Herald Tribune* para examinar, pois os outros já tinham sido jogados fora. Tom subiu até seu quarto. Lá encontrou mais jornais, porém nenhum deles tinha algo sobre Pierson.

Ali do quarto, a Invenção de Bach, tocada por Heloise, lhe soava ótima. Estaria ele com inveja? Sentiu vontade de rir. Será que o Scarlatti dele não sairia tão bom (aos ouvidos de Roger Lepetit, naturalmente) quanto o Bach de Heloise? Tom, então, de fato riu, depois pôs as mãos na cintura e olhou desapontado para a pequena pilha de jornais no chão. *Who's Who*, pensou, e atravessou o vestíbulo até o cômodo da frente, a torreta onde ficava a biblioteca do casal, em busca do livro com biografias de pessoas ilustres. Pegou a obra, mas não encontrou nenhum registro de John Pierson. Tentou o *Who's Who in America*, volume um pouco mais antigo do que o inglês, mas também não encontrou nada relacionado a John Pierson. As duas edições tinham cerca de cinco anos, e John Pierson talvez tivesse sido o tipo de pessoa que não autorizava ter o nome incluído em tais publicações.

A terceira execução da Invenção por Heloise se concluiu com o delicado som de um *Schlussakkord*.

Será que o garoto chamado Billy tornaria a procurá-lo? Tom achava que sim.

Depois do almoço, ensaiou o Scarlatti. Vinha conseguindo se concentrar, praticando por meia hora ou mais sem fazer intervalos no jardim, um grande progresso em comparação com as sessões de quinze minutos de meses antes. Roger Lepetit (que de *petit* não tinha nada, pois era um rapaz alto e roliço, um Schubert francês de óculos e cabelos encaracolados, achava Tom) dizia que a jardinagem era uma tragédia para as mãos de um pianista ou de um cravista, mas Tom preferia um meio-termo: não queria abandonar a jardinagem, mas talvez pudesse deixar a tarefa de arrancar a erva-leiteira e afins a cargo do jardineiro, Henri. Afinal, seu objetivo não era se tornar um concertista. A vida era feita de meios-termos.

Às cinco e quinze, Roger Lepetit estava dizendo:

— Isto aqui é um *legato*. Na espineta é preciso fazer um *esforço* para conseguir um *legato*...

O telefone tocou.

Tom se esforçava para chegar à tensão correta, ao grau de relaxamento necessário para executar a peça simples de forma satisfatória. Então inspirou fundo e se levantou, pedindo desculpas. Heloise, que já tinha terminado sua aula, estava no andar de cima se vestindo para ir à casa dos pais. Tom atendeu a extensão no térreo.

Heloise já havia atendido no andar de cima e estava falando em francês. Tom reconheceu a voz de Billy e interrompeu.

— Sr. Ripley — disse Billy. — Estive em Paris. Aquela história do Auberge... O senhor sabe. Foi... interessante.

O tom de voz do garoto era tímido.

— Descobriu alguma coisa?

— Um pouco e... como isso talvez o divirta, pensei... Se o senhor tiver algum tempo livre hoje por volta das sete...

— Hoje está ótimo — respondeu Tom.

A ligação se encerrou de modo abrupto, antes de Tom ter tempo de perguntar como o garoto chegaria até ali. Bem, já tinha feito o trajeto uma vez. Depois de alongar os ombros, voltou para a espineta e sentou-se com as costas retas. Achou que a execução seguinte da *piccola sonata* de Scarlatti foi melhor.

Roger Lepetit a descreveu como graciosa. Um grande elogio.

Ao meio-dia o temporal tinha se exaurido, e no fim da tarde o jardim estava claro e límpido sob a luz do sol, sem partículas de poeira dispersas no ar, o que era raro. Heloise saiu, não sem antes dizer que estaria de volta no máximo à meia-noite. Levava uma hora e meia de carro até Chantilly, e ela e a mãe sempre ficavam conversando após o jantar, ao passo que o pai nunca se recolhia depois das dez e meia.

— Aquele garoto americano que você conheceu vem aqui hoje às sete — disse Tom. — Billy Rollins.

— Ah. O da outra noite, sim.

— Vou oferecer algo para ele comer. Pode ser que ainda esteja aqui quando você voltar.

Heloise nada respondeu, sem dar qualquer importância ao fato.

— Tchau, tchau, Tome! — despediu-se ela, pegando o buquê de margaridas Shasta de caules compridos misturadas a uma única peônia vermelha, praticamente a última do jardim deles.

Precavida, usava uma capa de chuva por cima da saia e da blusa.

Tom estava escutando as notícias das sete quando a campainha tocou. Já tinha avisado a Madame Annette que esperava uma visita a essa hora e, ao passar pela sala, interceptou a mulher e disse que iria ele mesmo receber o amigo.

Quando chegou ao lado de fora, viu Billy Rollins percorrendo o trecho de cascalho entre os portões da residência, que tinham sido abertos, e a porta da frente. Nesse dia, o jovem vestia uma calça de flanela cinza, camisa e paletó. Carregava algo fino debaixo do braço, dentro de um saco plástico.

— Boa noite, Sr. Ripley — cumprimentou, sorrindo.

— Boa noite. Entre. Como chegou aqui sem se atrasar?

— Vim de táxi. Hoje decidi esbanjar — respondeu o garoto, limpando os sapatos no capacho. — Isto é para o senhor.

Tom abriu o saco plástico e pegou um disco com os Lieder de Schubert cantados por Fischer-Dieskau, uma gravação nova que escutara recentemente.

— Muito obrigado. Era exatamente o que eu queria, como dizem. De verdade, Billy.

Em contraste com a outra noite, as roupas do garoto tinham um aspecto impecável. Madame Annette entrou para perguntar se desejavam alguma coisa e Tom os apresentou.

— Sente-se, Billy. Aceita uma cerveja? Ou outra coisa?

O jovem se acomodou no sofá. Madame Annette foi buscar uma cerveja para acrescentar às bebidas contidas no carrinho do bar.

— Minha esposa foi visitar os pais — contou Tom. — É um compromisso habitual às sextas-feiras.

Naquela noite, Madame Annette se dedicou a preparar o gim-tônica de Tom, com uma raspa de limão. Quanto mais trabalhava, mais feliz ela ficava, e Tom não tinha do que reclamar dos drinques preparados pela governanta.

— Teve aula de espineta hoje?

Billy reparou nos livros de música sobre o instrumento aberto.

Tom respondeu que sim, Scarlatti, e uma Invenção de Bach para a esposa.

— Muito mais divertido do que jogar bridge à tarde — comentou, feliz por Billy não sugerir que ele tocasse algo. — Mas vamos falar sobre sua ida a Paris… e nossos amigos de quatro patas.

— Sim — concordou o garoto, inclinando a cabeça para trás como se tentasse escolher as palavras com cuidado. — Dediquei a manhã de quarta-feira a me certificar de que o Auberge de fato não existia. Perguntei em um café e em uma oficina, e lá me disseram que outras pessoas já tinham questionado sobre o lugar. Cheguei até a falar com a polícia de Veneux, mas sem sucesso. Eles consultaram um mapa detalhado, mas nada de encontrar o tal lugar. Então assuntei um grande hotel ali da região e eles *também* nunca tinham ouvido falar do Auberge.

Billy provavelmente se referia ao Hôtel Grand Veneux, que Tom conhecia e cujo nome sempre o fazia pensar na "grande Vênus" e em uma devassidão de algum tipo. Os próprios pensamentos o fizeram se retrair.

— Pelo visto teve uma manhã bem cheia na quarta-feira.

— Sim, e trabalhei na quarta à tarde, claro, porque dedico cinco ou seis horas por dia aos serviços prestados a Madame Boutin

— explicou, e fez uma pausa para tomar um gole de cerveja. — Aí, na quinta, ontem, fui a Paris, ao 18º *arrondissement*, onde comecei com a estação de metrô Les Abbesses. Depois visitei a place Pigalle. Fui às agências dos Correios de lá e perguntei sobre a caixa postal 287. Não é uma informação que divulgavam para o público, disseram eles. Perguntei o nome da pessoa responsável pela coleta da correspondência, veja bem. — Billy abriu um leve sorriso. — Eu estava com minhas roupas de trabalho e disse que queria doar 10 francos para uma instituição de proteção aos animais, e por acaso aquela caixa postal não pertencia a uma organização beneficente daquele tipo? Pelo jeito como me olharam, até parecia que o farsante era *eu*!

— Mas será que você perguntou na agência certa?

— Eu não tinha como saber, porque todas as agências do 18º, ou quatro delas, se recusaram a sequer dizer se *tinham* uma caixa postal com aquele número. Então tive uma ideia brilhante… Algo lógico, achei — continuou Billy, e encarou Tom como se esperasse que ele fosse adivinhar seus feitos.

Tom não conseguiu pensar em nada, não naquele momento.

— O quê?

— Comprei papel e um selo, fui até o café mais próximo e escrevi uma carta para o Auberge na qual dizia "Prezado Auberge, *et cetera*, o estabelecimento mimeografado não existe. Eu sou um dos muitos enganados…". *Trompés*, o senhor sabe…

Tom aquiesceu com um ar de aprovação.

— "… e me aliei a outros amigos bem-intencionados para desmascarar a sua… *fraude* de caridade. Portanto, estejam preparados para uma visita das autoridades legais."

Billy se inclinou para a frente, e no rosto ou na mente dele uma batalha parecia estar sendo travada, como se não soubesse se considerava a situação hilariante ou devidamente revoltante. Com a face corada, ao mesmo tempo sorria e franzia a testa.

— Por fim, falei que a *caixa postal* estaria sendo vigiada.

— Excelente — elogiou Tom. — Espero que eles estejam roendo as unhas de preocupação.

— Eu até fiquei rondando uma das prováveis agências, esperançoso. Perguntei para uma moça atrás do vidro de quanto em quanto tempo eles recolhiam a correspondência. Ela não quis me dizer. Isso é tão francês. Não acho que ela estivesse necessariamente tentando proteger alguém.

Tom entendia bem.

— Como é que você sabe tanto sobre os franceses? E seu francês é ótimo também, não é?

— Ah... Estudei francês na escola, essas coisas. Depois, uns dois anos atrás, eu... Minha família passou um verão na França. No sul.

Tom teve a sensação de que o garoto já estivera na França várias vezes, talvez desde os 5 anos de idade. Ninguém aprendia a falar francês decentemente em uma escola de ensino médio comum dos Estados Unidos. Ele buscou outra Heineken no carrinho de bebidas e a levou até a mesa de centro. Estava decidido a abrir o jogo.

— Você leu sobre a morte de John Pierson, um americano, mais ou menos um mês atrás?

Os olhos do garoto demonstraram surpresa por um instante, e então ele pareceu estar tentando se lembrar.

— Acho que vi alguma coisa... em algum lugar.

Tom aguardou e depois disse:

— Um dos filhos dele desapareceu. Frank, se não me engano. A família está preocupada.

— Ah, é? Não sabia.

Teria o rosto do garoto empalidecido?

— Acabou de me ocorrer... que poderia ser você — declarou Tom.

— Eu? — perguntou o garoto enquanto se inclinava para a frente, com o copo de cerveja na mão, os olhos se desviando de Tom e se fixando na lareira. — Eu acho que não estaria trabalhando como jardineiro se…

Tom deixou passar uns quinze segundos. O garoto não falou mais nada.

— Vamos colocar o disco para tocar? Como soube que eu gosto de Fischer-Dieskau? Por causa da espineta? — Tom riu.

Ele ligou os controles do aparelho de som, que ficava na prateleira à esquerda da lareira.

O piano começou, acompanhado do leve barítono de Fischer-Dieskau cantando em alemão. Na mesma hora Tom se sentiu mais vivo, mais feliz, e então sorriu, pensando no terrível e grave barítono que por acaso havia captado no transistor na noite da véspera, um britânico que cantava em inglês aos grunhidos e o fizera pensar em um búfalo-asiático agonizante, talvez caído na lama de patas para o ar, embora a letra da música falasse sobre uma delicada donzela da Cornualha que ele havia amado e perdido anos antes, muitos anos antes, a julgar pela maturidade da voz. De repente, soltou uma gargalhada e se deu conta de que estava mais tenso do que o normal.

— Qual é a graça? — perguntou o garoto.

— Estava pensando no título que inventei para um Lied: "Minha alma não é mais a mesma desde quinta-feira à tarde, quando, ao abrir um livro de poemas de Goethe, encontrei uma velha lista de lavanderia." Fica melhor em alemão: *"Seit Donnerstag nachmittag ist meine Seele nicht dieselbe, denn ich fand beim Durchblättern eines Bandes von Goethegedichten eine alte Wäscheliste."*

Billy também começou a rir… Com o mesmo tipo de tensão? Ele balançou a cabeça.

— Eu não entendo muitas palavras em alemão, mas é engraçado. Alma! Ha!

A bela música prosseguiu. Tom acendeu um Gauloises e se pôs a andar vagarosamente pela sala, pensando na melhor forma de agir.

Adiantaria forçar uma situação para resolver a questão, pedir ao garoto que lhe mostrasse o passaporte, qualquer coisa, talvez uma carta endereçada ao jovem?

Ao fim de uma música, o garoto disse:

— Não gostaria de ouvir o lado inteiro, se o senhor não se importar.

— É claro que não me importo.

Tom desligou o aparelho e guardou o disco na capa.

— O senhor me perguntou — começou o garoto — sobre o homem chamado Pierson.

— Sim.

— E se eu lhe dissesse — continuou em tom mais baixo, como se outra pessoa na sala, ou quem sabe Madame Annette na cozinha, pudesse estar escutando — que sou o filho dele que fugiu?

— Ah — respondeu Tom com calma. — Eu diria que isso não é da minha conta. Você não seria o primeiro a vir para a Europa escondido.

O garoto pareceu aliviado e um dos cantos de sua boca se moveu, mas ele continuou calado, girando entre as mãos o copo de cerveja pela metade.

— É que sua família está preocupada, entende? — comentou Tom.

Bem nesse instante, Madame Annette entrou.

— Com licença, Monsieur Tome, vão ser duas pe…

— Sim, acho que sim — interrompeu ele, porque a governanta estivera a ponto de perguntar se deveria servir o jantar para duas pessoas. — Você pode ficar mais um pouco, não pode, Billy?

— Sim, com prazer. Obrigado.

Madame Annette sorriu para o garoto, mais com os olhos do que com a boca. Gostava de convidados, gostava de lhes agradar.

— Daqui a uns quinze minutos, Monsieur Tome?

Depois de Madame Annette voltar à cozinha, o garoto se chegou para a beirada do sofá e perguntou:

— Podemos dar uma espiada no seu jardim antes de escurecer?

Tom se levantou. Os dois saíram pelas portas e desceram os poucos degraus até a grama. O sol afundava no canto esquerdo do horizonte e reluzia em matizes de laranja e rosa por entre os pinheiros. Tom sentiu que o garoto queria se afastar dos ouvidos da governanta, mas por enquanto parecia entretido com a vista.

— Que estilo interessante o desse jardim... Bonito, mas não muito formal.

— Não posso levar o crédito pelo projeto. Já era assim quando nos mudamos para cá. Eu só tento manter tudo igual.

O garoto se inclinou para examinar um arbusto de saxífraga, ainda não florido, e, para surpresa de Tom, o jovem conhecia a planta pelo nome. Em seguida voltou a atenção para a estufa.

Ali havia folhas, flores e plantas multicoloridas prontas para serem dadas de presente a amigos, todas em condições adequadas de umidade e solo. O garoto respirou fundo, como se adorasse aquilo. Seria aquele de fato o filho de John Pierson, criado em meio ao luxo para assumir as rédeas dos negócios da família, ou esse dever seria prerrogativa do filho mais velho? Por que Billy não dizia nada ali, na privacidade da estufa? Apenas continuou a observar os vasos, e tocou delicadamente uma planta com a ponta do dedo.

— Vamos voltar — sugeriu Tom, um pouco impaciente.

— Sim, senhor.

O garoto se endireitou como se tivesse feito alguma coisa errada e o seguiu até o lado de fora. Que tipo de escola exigia que os alunos respondessem "Sim, senhor"? Um colégio militar?

Os dois jantaram no cômodo anexo ao salão. O prato principal foi frango com bolinhos recheados, complemento acrescentado naquela tarde a pedido de Tom, após o telefonema do garoto. Ele tinha ensinado Madame Annette a preparar a iguaria à moda americana. Billy comeu bem e pareceu apreciar o vinho, um Montrachet. Fez perguntas educadas sobre Heloise, onde os pais dela moravam e como eles eram. Tom se conteve para não dar uma opinião sincera sobre os Plisson, em especial o pai.

— A sua… Hum, Madame Annette fala inglês?

Tom sorriu.

— Não sabe nem dizer "bom dia". Não gosta muito do idioma, acho. Por quê?

O garoto umedeceu os lábios e se inclinou para a frente. Mais de um metro de mesa ainda os separava.

— E se eu lhe dissesse que sou… que sou a pessoa a quem o senhor estava se referindo? Frank.

— Sim, você já me apresentou a hipótese — respondeu Tom, ciente de que o garoto já começava a sentir os efeitos da bebida. Melhor assim! — Está aqui só para se afastar de casa por um tempo?

— Isso! — exclamou Frank, com sinceridade. — Não vai me entregar, vai? Espero que não.

Falava quase aos cochichos e tentava encarar Tom com firmeza, mas os olhos estavam um pouco desfocados.

— Certamente não. Pode confiar em mim. Você deve ter tido seus motivos…

— *Sim* — interrompeu o garoto. — Eu queria ser outra pessoa por alguns…

Ele se calou por um instante.

— Lamento ter fugido como fugi, mas… mas…

Tom escutou, pressentindo que Frank confessava apenas parte da verdade e talvez não fosse revelar mais nada naquela noite. Sentiu-se grato pelo poder do *vino* de evocar a *veritas*, de fazer com que algumas verdades escapassem, pelo menos de alguém tão jovem quanto Frank Pierson.

— Quero saber mais sobre sua família. Existe um John Junior?

— Sim. Johnny.

Frank girou a haste da taça de vinho, sem tirar os olhos da mesa.

— Peguei o passaporte dele. Roubei de seu quarto. Johnny tem 18 anos, quase 19. Sei falsificar a assinatura dele... Pelo menos bem o bastante para enganar. Não que algum dia já tivesse tentado... Não antes de vir para cá.

Frank parou de falar e meneou a cabeça, como se estivesse confuso com tantos pensamentos.

— E o que você fez depois de fugir?

— Peguei um avião para Londres, fiquei lá por... uns cinco dias, acho. Depois vim para a França. Paris.

— Entendo. E tinha dinheiro suficiente? Não precisou falsificar cheques de viagem?

— Ah, não, eu trouxe um pouco de dinheiro, 2 ou 3 mil. Foi fácil... Peguei em casa. Eu sei abrir o cofre, claro.

Nesse momento, Madame Annette entrou para recolher alguns pratos e servir o doce de morango, *fraises des bois*, com creme chantilly.

— E Johnny... — disse Tom após a saída da governanta, retomando a conversa.

— Johnny está em Harvard. Mas agora está de férias.

— E onde fica a casa?

O olhar de Frank tornou a fugir, como se não soubesse a que casa Tom se referia.

— No Maine. Kennebunkport. Essa casa?

— O funeral foi no Maine, não foi? Acho que me lembro de ter lido algo assim. Você fugiu da casa do Maine?

Tom ficou surpreso com o choque aparente do garoto diante da pergunta.

— Isso, de Kennebunkport. Costumamos ir para lá nessa época do ano. O funeral foi lá... A cremação.

Você acha que seu pai se matou?, quis perguntar Tom, mas achou que seria vulgar e serviria apenas para satisfazer a própria curiosidade, então preferiu não tocar no assunto.

— E como é sua mãe? — perguntou em vez do que havia pensado, como se conhecesse a mãe de Frank e estivesse curioso sobre o estado de saúde dela.

— Ah, ela é… bem bonita… apesar de ter 40 e poucos anos. Loira.

— Você se dá bem com ela?

— Sim, claro. Ela é mais alegre… do que meu pai era. Gosta da vida social. E de política.

— Política? Que tipo de política?

— Republicana.

Nesse ponto Frank sorriu e olhou para Tom.

— É a segunda esposa do seu pai, certo?

Tom acreditava ter lido isso no obituário.

— Sim.

— E você disse à sua mãe onde está?

— Bem, não. Deixei um bilhete avisando que ia para Nova Orleans, porque eles sabem que eu gosto de lá. Uma vez fiquei no hotel Monteleone sozinho. Fui a pé até o ponto de ônibus, senão Eugene, o chofer, teria me levado até a estação de trem e eles teriam descoberto que eu não pretendia ir para Nova Orleans. Eu só queria ir embora sozinho, então fui, e cheguei até Bangor, depois até Nova York, e peguei um avião para cá. Posso? — Frank estendeu a mão para pegar um cigarro no recipiente de prata. — Com certeza minha família ligou para o hotel e descobriu que eu não estava lá, então isso explica… bem, o que eu li no *Trib*, que compro de vez em quando.

— Você demorou quantos dias para ir embora depois do funeral?

O garoto pareceu ter dificuldade para dar uma resposta exata.

— Uma semana… Oito dias, talvez.

— Por que não envia um telegrama para sua mãe e conta que está bem, que está na França e pretende ficar mais um pouco? É uma chatice precisar se esconder, não acha?

Ou talvez aquele jogo divertisse Frank, considerou Tom.

— No momento não quero ter nenhum contato com eles. Gosto de estar sozinho. Livre.

As palavras foram ditas com determinação.

Tom aquiesceu.

— Pelo menos agora eu sei por que seus cabelos estão espetados. Você costumava pentear tudo para a esquerda.

— Sim, isso mesmo.

Madame Annette entrou com uma bandeja de café. Frank se levantou e Tom olhou para o relógio. Ainda não eram nem dez da noite. O que teria feito Frank Pierson decidir que Tom Ripley entenderia seus motivos para partir? O fato de Ripley ter uma reputação duvidosa, segundo os arquivos dos jornais que o garoto talvez tivesse visto? Teria Frank feito algo errado também? Matado o pai, talvez, empurrando o sujeito do alto do penhasco?

Soltou um pigarro sem motivo, balançou o pé e andou até a mesa de centro.

Aquele pensamento era perturbador. Talvez nem sequer fosse a primeira vez que aquela possibilidade lhe passava pela cabeça. Tom não tinha certeza. De toda forma, deixaria o garoto lhe contar a verdade se e quando quisesse.

— *Café* — anunciou Tom com firmeza.

— O senhor prefere que eu vá indo? — perguntou Frank ao perceber que o anfitrião olhava para o relógio.

— Não, não, eu estava pensando em Heloise. Ela disse que voltaria antes da meia-noite, mas ainda falta muito. Pode se sentar.

Em seguida foi pegar a garrafa de conhaque no carrinho de bebidas. Quanto mais Frank falasse naquela noite, melhor, e Tom o levaria para casa depois. Serviu uma dose ao garoto e outra para si, embora não gostasse muito da bebida.

Frank olhou para o próprio relógio de pulso.

— Vou embora antes de sua esposa voltar.

Tom imaginou que, para o garoto, Heloise seria mais uma pessoa a descobrir a verdadeira identidade dele.

— Infelizmente eles vão ampliar as buscas, Frank. Já não sabem que você está na França?

— Não sei.

— Venha, sente-se. Eles devem saber. Depois que terminarem de vasculhar Paris, a busca pode até chegar a uma cidadezinha como Moret.

— Não se eu usar roupas velhas e tiver um emprego... e outro nome.

O garoto corria risco de ser sequestrado, achava Tom. Aquela com certeza era uma possibilidade. Não quis lembrar a Frank do sequestro do jovem Getty, daquela busca minuciosa que mesmo assim fora inútil. Os sequestradores haviam cortado o lóbulo de uma das orelhas do garoto para provar que estavam com ele, e o resgate de 3 milhões de dólares tinha sido pago. Frank Pierson também valia muito dinheiro. Se marginais o reconhecessem (e decerto estariam mais determinados do que o público em geral), seria mais rentável sequestrar o garoto do que dirigir a atenção da polícia para ele.

— Por que pegou o passaporte do seu irmão? — perguntou Tom.

— Você não tem passaporte?

— Tenho. Um novo — respondeu Frank, acomodado no mesmo canto de antes no sofá. — Não sei. Talvez por ele ser mais velho e eu me sentir mais seguro. Nós somos um pouco parecidos. Só que ele é mais loiro.

Frank se retraiu, um pouco envergonhado.

— Você se dá bem com Johnny? Gosta dele?

— Claro. Muito bem, sim.

Frank o encarou, e Tom sentiu que a resposta tinha sido genuína.

— E se dava bem com seu pai? — perguntou.

Frank olhou para a lareira.

— É difícil falar disso desde a...

Tom o deixou lutar para achar as palavras.

— Primeiro ele quis que Johnny se interessasse pela Pierson, a empresa. Depois quis que eu me interessasse também. Johnny não conseguiu entrar na Harvard Business School, ou simplesmente não quer. Ele se interessa por *fotografia*.

Frank contou como se isso fosse uma coisa bizarra, e olhou de relance para Tom.

— Depois disso, meu pai começou a tentar me convencer. Já faz... Ah, faz mais de *um ano*. Eu vivia dizendo que não tinha certeza, porque é uma empresa grande... uma empresa enorme, sabe, e por que eu iria querer... dedicar minha *vida* a isso.

Um clarão de fúria tomou os olhos de Frank.

Tom aguardou.

— Então... para ser sincero, acho que eu não me dava muito bem com meu pai.

O garoto pegou a xícara de café.

Não tinha nem provado o conhaque e talvez não precisasse, porque já falava sem entraves.

Os segundos foram passando e Frank permaneceu em silêncio. Por misericórdia, ao perceber que ainda haveria mais sofrimento pela frente, Tom se pronunciou.

— Notei você olhando para o Derwatt — comentou, meneando a cabeça em direção à pintura acima da lareira. — Gosta do quadro? É o meu preferido.

— Eu não conhecia esse. Aquele ali eu conheço... de um catálogo — respondeu Frank, olhando para trás.

Ele se referia a *As cadeiras vermelhas*, um Derwatt genuíno, e Tom soube de imediato qual fora o catálogo que o garoto devia ter visto, um recente da Galeria Buckmaster. O lugar vinha se esforçando para manter as falsificações fora dos catálogos.

— Alguns foram mesmo falsificados? — quis saber Frank.

— Não sei — disse Tom, tentando ao máximo parecer sincero. — Nunca conseguiram provar nada. Não. Acho que Derwatt chegou a vir a Londres confirmar a veracidade de algumas obras.

— Sim, eu pensei que talvez o senhor estivesse lá, porque conhece o pessoal da galeria, não conhece? — perguntou Frank, um pouco mais animado. — Meu pai tem um Derwatt, sabia?

Tom ficou feliz em mudar de assunto.

— Qual?

— Chama-se *Arco-íris*. Conhece? Tons de bege na parte inferior e um arco-íris quase todo em vermelho mais acima. Uma paisagem embaçada e irregular. Não dá para saber que cidade é, se a do México ou Nova York.

Tom conhecia o quadro. Uma falsificação pintada por Bernard Tufts.

— Ah, sim, sei qual é — respondeu, como se estivesse recordando com afeto uma obra genuína. — Seu pai gostava de Derwatt?

— Quem não gosta? O trabalho dele tem certo calor… alguma humanidade, por assim dizer, algo difícil de encontrar em obras modernas. Bem, para quem gosta de calor. Francis Bacon, por exemplo, é duro e real, mas *isto aqui* também, mesmo que sejam só duas menininhas.

Frank olhou por cima do ombro para as duas menininhas nas cadeiras vermelhas, com o fogo chamejante aceso mais atrás, quadro que certamente podia ser chamado de quente por causa do tema, mas Tom sabia que Frank se referia a uma atitude calorosa por parte de Derwatt, que transparecia nos contornos repetidos de corpos e rostos.

Tom se sentiu surpreendentemente ofendido com a opinião do garoto, já que pelo visto ele não preferia *Homem na cadeira*, obra também imbuída do calor que o pintor pretendera transmitir, embora nem o homem nem a cadeira estivessem em chamas. Só que o quadro era falso. Por isso Tom gostava mais dele. Pelo menos Frank ainda não questionara se a pintura poderia ser falsa, o que indicaria que já havia ouvido ou lido algo sobre o assunto, pensou Tom.

— Dá para ver que gosta de arte.

Frank se remexeu um pouco no assento.

— Gosto muito de Rembrandt. O senhor talvez ache isso engraçado. Meu pai tinha um. Fica guardado em um *cofre* em algum lugar. Eu já o vi várias vezes. Não é muito grande — contou Frank, então limpou a garganta com um pigarro e ajeitou a postura. — Mas para o prazer...

Era nisso que consistia a pintura, acreditava Tom, independentemente de Picasso dizer que quadros eram feitos para travar guerras.

— Eu gosto de Vuillard e de Bonnard. *Eles*, sim, são aconchegantes. Essas coisas modernas, abstratas... Talvez um dia eu entenda.

— Bom, então pelo menos você tinha alguma coisa em comum com seu pai: os dois gostavam de quadros. Ele levava você a exposições de arte?

— Ah, eu ia. Digo, eu gostava de ir, sim. Desde os 12 anos, mais ou menos. Mas meu pai usava cadeira de rodas desde que eu era bem criancinha. Ele levou um tiro, sabia?

Tom assentiu, dando-se conta subitamente de que a condição de John Pierson devia ter feito a mãe do garoto levar uma vida bastante complicada nos últimos onze anos.

— Os negócios, os encantadores negócios — queixou-se Frank com cinismo. — Meu pai sabia quem estava por trás do atentado, uma outra empresa do ramo de alimentos. Matador de aluguel. E mesmo assim ele nunca tentou perseguir ninguém, *processar* ninguém, porque sabia que só iria cutucar onça com vara curta. Sabe? É assim que são as coisas nos Estados Unidos.

Tom tinha alguma ideia.

— Experimente o conhaque.

O garoto pegou a bebida, tomou um gole e fez careta.

— Onde está sua mãe agora? — perguntou Tom.

— No Maine, acho. Ou talvez no apartamento em Nova York, não sei.

Tom quis insistir outra vez no assunto para ver se descobriria algo novo.

— Ligue para ela, Frank. Deve saber os dois números de cor. O telefone fica bem ali — declarou e apontou a mesinha do vestíbulo. — Posso subir, para lhe dar mais privacidade.

Tom se levantou.

— Eu não quero que eles saibam *onde* eu estou.

Frank o encarou com seriedade.

— Até ligaria para uma garota se pudesse, mas não posso avisar nem a *ela* onde estou.

— Que garota?

— Teresa.

— Ela mora em Nova York?

— Sim.

— Por que você não liga para a garota? Ela não está preocupada? Não precisa dizer onde está. Eu subo do mesmo jeito...

Frank negou com a cabeça devagar.

— Talvez ela consiga descobrir que estou ligando da França. Não posso correr esse risco.

Teria ele fugido da garota?

— Você disse a Teresa que ia embora?

— Só que estava pensando em fazer uma viagem curta.

— Vocês brigaram, foi isso?

— Ah, não. Não.

Um bom humor discreto e feliz se espalhou pelo rosto de Frank, um ar sonhador que Tom não tinha visto antes. O garoto então olhou para o relógio de pulso e se levantou.

— Desculpe, senhor.

Eram apenas onze da noite, mas Tom sabia que Frank não queria impor sua presença a Heloise.

— Por acaso tem alguma foto de Teresa?

— Ah, tenho, sim!

A felicidade tornou a iluminar o rosto do garoto enquanto ele enfiava a mão no bolso interno do paletó para pegar a carteira.

— É esta aqui. Minha preferida. Mesmo sendo só uma Polaroid.

Entregou a Tom um pequeno retrato em um envelope transparente.

Lá estava uma menina de cabelos castanhos e olhos vivazes, um sorriso travesso de lábios fechados, os olhos ligeiramente semicerrados. Os cabelos eram lisos e sedosos, mais para curtos, o rosto na verdade mais alegre do que travesso, como se tivesse sido fotografada em plena dança.

— Muito charmosa — comentou Tom.

Frank assentiu, feliz e sem palavras.

— Não se importa em me dar carona? Estes sapatos são confortáveis, mas...

Tom riu.

— Não será nenhum problema.

Frank calçava sapatos Gucci de couro rígido, mocassins pretos, muito bem engraxados. O paletó de tweed marrom e bege, no estilo Harris, tinha uma padronagem interessante em formato de diamante que Tom poderia ter escolhido para ele próprio.

— Vou ver se Madame Annette ainda está acordada e avisá-la de que vou sair e já volto. Ela às vezes fica preocupada quando ouve barulho de carros, mas, de todo modo, está esperando por Heloise. Use o lavabo aqui de baixo se quiser.

Fez um gesto na direção da portinha estreita no saguão de entrada.

O garoto se dirigiu ao banheiro, e Tom foi até a cozinha. Ao olhar a fresta debaixo da porta, viu que a luz dos aposentos da governanta estava apagada. Rabiscou um recado e o deixou na mesa em que ficava o telefone: "Vou levar um amigo em casa. Devo voltar antes da meia-noite. T." Deixou o papel no terceiro degrau da escada, onde Heloise certamente o veria.

3

Tom queria ver a "casinha" de Frank, e no carro, a caminho de lá, mencionou o assunto com naturalidade.

— Posso ver onde você mora? Ou iria incomodar Madame Boutin?

— Ah, ela sempre dorme por volta das dez! Pode sim, claro.

Tinham acabado de entrar em Moret. Tom, que a essa altura já conhecia o caminho, dobrou à esquerda na rue de Paris e diminuiu até chegar ao número 78, à esquerda. Viu um carro estacionado perto da casa dos Boutin, e, como não havia tráfego na rua, ao parar em frente ao outro veículo os faróis iluminaram a placa e lhe mostraram o número 75, sinal de que o automóvel estava registrado em Paris.

Ao mesmo tempo, porém, os faróis do veículo acenderam, incidindo no para-brisa de Tom, e o automóvel se afastou depressa. Tom pensou ter visto dois homens nos bancos da frente.

— O que foi isso? — perguntou Frank, um pouco alarmado.

— Eu estava me perguntando a mesma coisa.

Tom viu o carro ir de ré até a esquina seguinte antes de fazer a curva e se afastar a toda velocidade.

— Carro de Paris — acrescentou Tom, já com o carro parado, mas com os faróis acesos. — Vou estacionar depois da esquina.

Deixou o carro na rua por onde o outro veículo havia sumido. Era uma viela ainda mais escura e estreita do que a anterior. Desligou os faróis e fechou três portas com as travas depois de Frank saltar.

— Não deve ter sido nada — disse Tom, mas ficou um pouco preocupado com a possibilidade de haver um ou dois homens à espreita no jardim de Madame Boutin. — Uma lanterna — anunciou e pegou o objeto no porta-luvas.

Tom trancou a porta do motorista, e eles caminharam em direção à casa dos Boutin.

Frank tirou do bolso interno do paletó a chave comprida e abriu os portões da entrada de automóveis que dava para o jardim.

Tom retesou o corpo, preparado para uma possível briga logo depois de cruzarem os portões, que tinham cerca de três metros de altura e não eram difíceis de escalar, mesmo com as grades pontiagudas. O da frente seria mais fácil ainda.

— Tranque de novo — sussurrou quando já estavam dentro.

Frank obedeceu. Munido da lanterna, o garoto avançou entre videiras e algumas árvores, que talvez fossem macieiras, em direção a uma pequena casa à direita, com Tom logo atrás. A residência de Madame Boutin, à esquerda, estava bastante escura. Tom não ouviu barulho, nem mesmo o som da televisão de um vizinho. Os vilarejos franceses podiam ser mortalmente silenciosos à meia-noite.

— Cuidado — sussurrou Frank, indicando com a lanterna um conjunto de três baldes que Tom deveria evitar. O garoto sacou uma chave menor, abriu a porta da casinha, acendeu a luz e devolveu a lanterna. — É simples, mas é um lar! — exclamou alegremente ao fechar a porta.

Era um cômodo de tamanho mediano, com uma cama de solteiro, uma escrivaninha de madeira pintada de branco sobre a qual havia dois livros em brochura, um jornal francês, canetas esferográficas e uma caneca de café pela metade. Havia uma camisa azul de operário pendurada na cadeira. Em um dos cantos ficava uma pia e um pequeno fogareiro a lenha, além de um cesto de lixo e um porta-toalha. Uma mala de couro marrom, com aspecto um tanto gasto, repousava sobre uma prateleira alta e abaixo dela um bastão com cerca de um metro de comprimento servia de cabideiro, com algumas calças e uma capa de chuva penduradas.

— A cama é mais confortável para sentar do que a cadeira — avisou Frank. — Posso lhe oferecer um Nescafé... feito com água fria.

Tom sorriu.

— Não precisa me oferecer nada. Achei sua casinha bastante... adequada.

As paredes pareciam ter sido caiadas recentemente, talvez por Frank.

— E aquilo ali é bonito — acrescentou Tom ao reparar na aquarela pintada em um pedaço de papelão branco, como aqueles que vinham nos blocos de papel.

A pintura estava apoiada na parede sobre a mesa de cabeceira. O móvel era um caixote de madeira sobre o qual havia também um copo com uma rosa vermelha e algumas flores do campo. A aquarela retratava os portões pelos quais eles tinham acabado de passar, na imagem um pouco abertos. Era direta, firme e nem um pouco trabalhada.

— É, pois é. Encontrei um kit de aquarela infantil ali na gaveta.

O garoto parecia mais sonolento do que embriagado.

— Já vou indo — avisou Tom, com a mão apoiada na maçaneta. — Telefone de novo quando quiser.

Estava com a porta semiaberta quando viu uma luz se acender na casa de Madame Boutin, uns vinte metros à frente.

Frank também viu.

— E agora? — queixou-se o garoto com irritação. — Nós não fizemos nenhum barulho.

Tom quis fugir, mas ouviu, de repente, irrompendo o silêncio absoluto, os passos da mulher sobre o que parecia ser cascalho, cada vez mais próximos.

— Vou me esconder entre os arbustos — sussurrou, já se pondo em movimento.

Saiu e foi para a esquerda, onde sabia que havia lugares escuros, junto ao muro do jardim ou então debaixo de uma árvore.

A velha senhora olhava por onde pisava com a ajuda de uma lanterna fraca que mais parecia um lápis.

— *C'est Billy?*

— *Mais oui, Madame!* — respondeu Frank.

Tom estava agachado, com uma das mãos no chão, a uns seis metros da casinha. Madame Boutin contou que dois homens tinham aparecido por volta das dez da noite e perguntado por Frank.

— Queriam me ver? Quem eram?

— Não chegaram a dizer os nomes. Queriam falar com meu jardineiro, disseram. Eu nunca vi os dois pelas redondezas! E que estranho procurar um jardineiro às dez da noite, pensei.

Madame Boutin parecia irritada e desconfiada.

— Não tenho culpa — defendeu-se Frank. — Como eles eram?

— Ah, eu só vi um. Devia ter uns 30 anos. Perguntou a que horas você estaria de volta. E *eu* lá ia saber?

— Sinto muito por isso, Madame. Não estou procurando outro trabalho, eu lhe garanto.

— Espero que não! Pois saiba que não gosto de pessoas tocando a minha campainha no meio da noite.

A silhueta pequena e um tanto curva começou a recuar.

— Deixo os dois portões trancados, mas fui até o portão da frente para falar com eles.

— É melhor deixarmos para lá, Madame Boutin. Eu sinto muito.

— Boa noite, Billy, durma bem.

— A senhora também, Madame!

Tom esperou enquanto a mulher retornava à casa. Ouviu Frank fechar a porta e então, por fim, uma chave girar na fechadura da residência de Madame Boutin, o leve rangido de uma segunda chave, depois o estalo firme de um trinco. Ela não voltaria, certo? Não houve mais ruídos de nada sendo fechado, mas mesmo assim Tom aguardou.

Uma luz foi acesa no segundo andar, o brilho apenas fraco por trás do vidro fosco. Então se apagou. Frank evidentemente aguardava que ele fizesse o primeiro movimento para sair das sombras, o que Tom julgou uma atitude inteligente. Assim, esgueirou-se para fora dos arbustos, foi até a porta da casinha e bateu de leve com a ponta dos dedos.

O garoto entreabriu a porta e Tom entrou.

— Eu escutei a conversa — sussurrou. — Acho melhor você ir embora hoje à noite. Agora.

— Acha *mesmo*? — perguntou Frank, espantado. — Eu sei que o senhor tem razão. Eu sei, eu sei.

— Venha… Vamos logo fazer essa mala. Vai passar a noite na minha casa, e amanhã pode se preocupar com o resto. Esta é sua única mala?

Tom a pegou na prateleira alta e abriu em cima da cama.

Os dois agiram depressa, Tom passando as coisas para Frank: calças, camisas, tênis, livros, pasta de dentes e escova. Frank se movimentava de cabeça baixa, e Tom percebeu que ele estava à beira das lágrimas.

— Não há nada com que se preocupar se escaparmos daqueles sujeitos hoje — garantiu Tom, suavemente. — Amanhã deixaremos um recado para a boa senhora… Talvez dizendo que você ligou para sua família hoje à noite e precisou voltar para os Estados Unidos o mais rápido possível. Algo desse tipo. Só não podemos perder tempo com isso agora.

Frank pressionou a capa de chuva para caber dentro da mala e a fechou.

Tom pegou a lanterna em cima da mesa.

— Espere um instante, vou ver se eles voltaram.

Com extrema cautela, avançou pela grama aparada em direção aos portões. Só conseguia ver uns três metros em volta, mas não queria acender a lanterna. De toda forma, não havia nenhum carro em frente à casa dos Boutin. Por acaso estariam à espreita depois da esquina, perto do carro de Tom? Que pensamento desagradável. Como os portões estavam trancados, não seria possível dobrar a esquina e averiguar a situação. Então ele voltou para pegar Frank e o encontrou de mala na mão, pronto para partir. O garoto deixou a chave na fechadura da casinha, com a porta trancada, e os dois seguiram juntos até os portões.

— Espere um pouco aqui — orientou Tom depois de Frank destrancar os portões. — Quero dar uma olhada na esquina.

Sem dar ouvidos, Frank o seguiu, mas Tom o empurrou de volta, certificou-se de que o portão parecia fechado e andou até a esquina sem medo, porque os dois estranhos não queriam nada com ele. O único carro ali era o dele, e isso o tranquilizou. A maioria das casas nas redondezas contava com garagem, então não encontrou nenhum carro estacionado na rua. Tom torceu apenas para que os dois homens não tivessem reparado na placa, porque nesse caso poderiam atribuir alguma contravenção ou injúria contra ele para descobrir seu nome e seu endereço na delegacia. Por fim, voltou até Frank, ainda parado atrás dos portões. O garoto saiu quando ele acenou.

— Não sei o que fazer com esta chave.

— Jogue do outro lado do portão — sussurrou Tom. Frank tinha trancado o portão de novo. — Amanhã escrevemos um bilhete para ela e avisamos.

Os dois andaram até o carro, Frank com a mala e Tom com uma pequena bolsa de viagem. Dobraram a esquina e entraram no carro, que pareceu a Tom um refúgio assim que fecharam as portas. Ele se concentrou em sair da cidade por um caminho diferente. Até onde podia ver, não estava sendo seguido. No centro do vilarejo, depois da ponte antiga com as quatro torres, havia poucos postes acesos, um bar quase fechado, apenas dois ou três carros na rua, aparentemente alheios à presença deles. Tom pegou a rodovia N5 e dobrou à direita rumo à minúscula cidade de Obelique por uma estrada que os levaria até Villeperce.

— Não se preocupe — declarou. — Sei para onde estou indo e acho difícil que alguém esteja nos seguindo.

Frank parecia imerso nos próprios pensamentos.

O pequeno mundo de Madame Boutin fora destruído, sabia Tom, e de repente o garoto se via sem rumo.

— Vou ter que avisar Heloise que você vai passar a noite — comentou. — Mas para ela você continuará sendo Billy Rollins. Vou dizer que você quer fazer alguns trabalhos de jardinagem para nós. — Ele tornou a olhar pelo retrovisor, mas não havia nada atrás deles. — Direi que está procurando um emprego de meio período. Fique tranquilo.

Tom olhou de relance para Frank, que observava a estrada além do para-brisa com os dentes cravados no lábio inferior.

Enfim chegaram a Belle Ombre. Tom viu a claridade suave da luz do pátio da frente da propriedade, que Heloise havia deixado acesa para ele, e entrou pelos portões abertos em direção à garagem. Viu que a esposa tinha estacionado o Mercedes-Benz vermelho na vaga da direita. Pediu que Frank esperasse um minutinho e desceu do carro, pegando a grande chave debaixo dos rododendros para trancar os portões.

A essa altura, Frank já estava em pé ao lado do carro, com a mala e a bolsa de viagem. Havia uma luz acesa na sala. Tom acendeu outra, que iluminou a escada, apagou a da sala e então saiu e fez um gesto para que o garoto o seguisse. Eles viraram à esquerda no topo da escadaria, e Tom acendeu a luz no quarto de hóspedes. A porta do aposento de Heloise estava fechada.

— Fique à vontade — disse Tom. — O armário é aqui... — anunciou enquanto abria uma porta creme. — Gavetas aqui... E use o meu banheiro hoje, porque este daqui é o de minha esposa. Ainda devo ficar acordado por mais uma hora.

— Obrigado.

Frank tinha deixado a mala no banquinho de carvalho ao pé de uma das camas de solteiro.

Tom foi até o próprio quarto, acendeu a luz e também a do banheiro. Não conseguiu resistir e foi até a janela da frente, cujas cortinas tinham sido fechadas por Madame Annette, e espiou o lado de fora para ver se havia algum carro estacionado ou de passagem. Não viu nada além de escuridão, iluminada apenas por um poste de rua à esquerda. Poderia haver um carro escondido em meio ao breu, claro, mas Tom preferia pensar que não era o caso.

Frank bateu na porta entreaberta e entrou de pijama, descalço, com a escova de dentes na mão. Tom indicou o banheiro.

— Todo seu, e demore o quanto quiser.

Sorriu e observou o garoto de aparência cansada, com olheiras profundas, entrar no banheiro e fechar a porta. Vestiu o pijama. Estava interessado em ver o que o *IHT* teria a dizer nos dias seguintes sobre o desaparecimento de Frank Pierson. Certamente a procura pelo garoto vinha se tornando mais insistente. Tom seguiu pelo corredor até o quarto de Heloise e, apesar da chave, espiou pelo buraco da fechadura para ver se a luz ainda estava acesa. Não estava.

Voltou para o próprio quarto, e estava na cama folheando uma gramática francesa quando Frank saiu do banheiro sorrindo e com os cabelos úmidos.

— Um banho quente! Uau!

— Vá descansar. Durma até a hora que quiser.

Tom foi fazer a toalete, ainda pensando no carro em frente à casa de Madame Boutin. Quem quer que fossem aqueles dois homens, pareceram, por um lado, não querer arranjar confusão, nem mesmo arriscar um encontro com Frank acompanhado. Mesmo assim, aquilo não era bom sinal. Por outro lado, talvez fosse fruto de uma curiosidade sem importância: alguém em Moret podia ter comentado sobre o garoto novo, um americano, que talvez fosse Frank Pierson, e essa mesma pessoa podia ter um amigo em Paris. Ao que parecia, os homens não tinham perguntado por Frank, apenas pelo "jardineiro" de Madame Boutin. Tom decidiu que iria sozinho entregar o bilhete de Frank para a mulher no dia seguinte, e o mais depressa possível.

4

Um pássaro solitário, que não era uma cotovia, acordou Tom com um canto de seis notas. Qual pássaro seria? A voz soava questionadora, quase tímida, mas também curiosa e cheia de vigor. Aquela ave, ou outra da mesma família, muitas vezes acordava Tom no verão. Então, com os olhos quase fechados, ele olhou para as paredes cinzentas e observou também as sombras de um cinza mais escuro que pareciam um desenho em aquarela. Gostava daquilo, do vulto do baú com arremates em latão, do vulto um pouco maior da escrivaninha. Deu um suspiro e se aconchegou mais fundo no travesseiro para um último cochilo.

Frank!

De repente se lembrou de que o garoto estava na casa e despertou por completo. Pelo seu relógio, mal passava das sete e meia da manhã. Tinha que avisar a Heloise que Frank estava ali, ou melhor, Billy Rollins. Calçou os chinelos, vestiu o roupão e desceu. Seria reconfortante falar com Madame Annette primeiro, e estava adiantado para o café das oito. Hóspedes nunca incomodavam a governanta, e ela nunca perguntava quanto tempo ficariam, mas gostava de se preparar para as diversas refeições que viriam.

A chaleira começou a chiar quando Tom entrou na cozinha.

— *Bonjour*, Madame! — saudou, animado.

— Monsieur Tome! *Vous avez bien dormi?*

— Muito bem, obrigado. Temos um hóspede esta manhã, o jovem americano que a senhora conheceu ontem à noite... Billy Rollins. Está no quarto de hóspedes e talvez passe alguns dias aqui. Gosta de trabalhar no jardim.

— Ah, sim? Que rapaz *simpático*! — comentou Madame Annette, com ar de aprovação. — E a que horas ele gostaria de fazer o desjejum? Seu café, Monsieur Tome.

O café de Tom tinha acabado de ficar pronto; a chaleira era para o chá de Heloise. Ele observou a governanta servir o líquido preto na xícara branca.

— Não se preocupe. Eu disse a ele para dormir o quanto quisesse. Talvez desça para o café. Eu cuido disso.

A bandeja de Heloise estava pronta, e Madame Annette a pegou.

— Vou subir com a senhora — avisou Tom, e a seguiu escada acima com a xícara de café.

Esperou a governanta bater e entrar no quarto da patroa com a bandeja de chá, toranja e torradas, depois foi até a porta aberta.

Heloise estava acordando.

— Ah, Tome, entre! Eu estava tão cansada ontem à noite...

— Mas pelo menos não chegou tarde. Eu mesmo voltei antes da meia-noite, acho. Escute, querida, eu convidei o garoto americano para dormir aqui. Ele vai cuidar do jardim. Está no quarto de hóspedes. Billy Rollins, lembra-se? Você o conheceu.

— Ah — disse Heloise, e levou uma colherada de toranja à boca. Não parecia muito surpresa, mas mesmo assim perguntou: — Ele não tem onde morar? Não tem nenhum dinheiro?

Conversavam em inglês, e Tom respondeu com cuidado:

— Tenho certeza de que ele tem um pouco de dinheiro, o suficiente para se hospedar em algum outro lugar, mas ontem à noite disse que não estava muito satisfeito com as acomodações de onde estava, então eu o convidei para passar a noite aqui e nós fomos buscar as coisas dele. É um menino educado — acrescentou Tom. — Tem 18 anos, gosta de jardinagem e parece entender bastante do assunto. Se ele quiser trabalhar para nós por um tempo, os Jacob têm acomodações baratas.

Os Jacob eram donos de um bar-restaurante em Villeperce com um "hotel" de três quartos no andar de cima.

Mastigando uma torrada, já mais desperta, Heloise continuou:

— Como você é impulsivo, Tome. Um garoto americano na nossa casa... assim, sem mais nem menos! E se ele for um ladrão? Você o convidou para passar a noite... E sabe onde ele está agora?

Tom baixou a cabeça.

— Tem razão. Mas esse garoto não é do tipo... que pede carona por aí. Você já...

Nesse instante, ouviu um zumbido baixo semelhante ao alarme do próprio relógio de viagem. Heloise pareceu não ter escutado, já que não estava tão perto do corredor.

— Acho que ele pôs o despertador para tocar. Já volto, querida.

Ainda carregando a xícara de café, Tom saiu, fechou a porta do quarto de Heloise e bateu na de Frank.

— Sim? Pode entrar.

Avistou Frank apoiado em um dos cotovelos. Na mesa de cabeceira havia um pequeno relógio de viagem bem parecido com o de Tom.

— Bom dia.

— Bom dia, senhor. — O garoto ajeitou os cabelos, se empertigou na cama e colocou os pés no chão.

Tom achou graça.

— Quer dormir mais um pouco?

— Não, acordar às oito já está de bom tamanho.

— Café?

— Sim, obrigado. Posso tomar lá embaixo.

Tom disse que preferia trazer o café e desceu até a cozinha. Madame Annette já havia arrumado uma bandeja com suco de laranja, torradas e os acompanhamentos de sempre. Quando Tom fez menção de pegar a bandeja, a governanta avisou que ainda não tinha servido o café.

Ela despejou a bebida no bule de prata já aquecido.

— O senhor quer mesmo levar, Monsieur Tome? Se o rapaz quiser um ovo...

— Acho que isto aqui está perfeito, Madame Annette.

Tom subiu.

— Humm — disse Frank, após ter experimentado o café.

Tom serviu-se de outra xícara e sentou-se em uma cadeira. Havia pousado a bandeja na escrivaninha.

— Precisa escrever aquele bilhete para Madame Boutin hoje de manhã. Quanto antes melhor, e eu mesmo farei a entrega.

— Certo.

Frank ainda saboreava o café, aos poucos abandonando o sono, com os cabelos desgrenhados, como se soprados pelo vento.

— Vou avisar que você deixou a chave bem atrás dos portões.

O garoto aquiesceu.

Tom esperou até que ele desse uma mordida na torrada com geleia.

— Por acaso se lembra do dia exato em que saiu de casa?

— Foi em 27 de julho.

Já era 19 de agosto, um sábado.

— Passou alguns dias em Londres e depois... Onde ficou em Paris?

— Hôtel d'Angleterre, na rue Jacob.

Tom conhecia o hotel, apesar de nunca ter se hospedado lá. Ficava na região de Saint-Germain-des-Prés.

— Posso ver o passaporte que está com você? O do seu irmão?

Frank foi na mesma hora até a mala, pegou o passaporte no bolso de cima e o entregou para o anfitrião.

Tom abriu o documento e o virou de lado para analisar a foto de um rapaz mais loiro, de cabelos repartidos para a direita e com um rosto mais magro, mas que mesmo assim apresentava certa semelhança com Frank nos olhos, sobrancelhas e boca. Não fazia ideia de como o garoto tinha conseguido se passar pelo irmão sem levantar suspeitas. Sorte, até ali. O rapaz no passaporte devia ter quase 19 anos e media um metro e oitenta, um pouco mais alto do que Frank. Nos hotéis franceses já não era necessário apresentar passaporte ou carteira de identidade, mas àquela altura os escritórios de imigração da Inglaterra e da França já deviam ter sido informados sobre o desaparecimento de Frank Pierson, e talvez tivessem recebido uma fotografia do garoto. E por acaso o irmão já não teria dado falta do passaporte?

— É melhor você desistir, sabe — comentou Tom, tentando uma abordagem nova. — Como vai continuar na Europa desse jeito? Eles vão parar você na fronteira. Principalmente na da França, imagino.

O garoto pareceu atônito e um pouco ofendido.

— Não entendo por que você quer se esconder — insistiu Tom.

Frank desviou o olhar, mas não por desonestidade. Parecia apenas tentar entender as vontades dele próprio.

— Eu gostaria de ficar *tranquilo*... só por mais alguns dias.

Tom reparou no tremor na mão do garoto quando ele foi colocar o guardanapo na bandeja e desistiu. Em vez disso, apenas dobrou o tecido e o largou de qualquer jeito.

— Sua mãe já deve saber que você deixou seu passaporte em casa e trouxe o de Johnny. Vai ser fácil localizar você na França. E ser pego pela polícia daqui vai ser bem mais desagradável do que simplesmente contar a verdade.

Tom pousou a xícara na bandeja de Frank.

— Vou deixar você à vontade para escrever o bilhete a Madame Boutin. Já avisei minha esposa de que você está aqui. Tem papel e caneta?

— Sim, senhor.

Tom estivera prestes a lhe oferecer folhas de sulfite e um envelope barato, pois o papel de carta na gaveta do quarto de hóspedes tinha o endereço de Belle Ombre. Foi até o quarto, fez a barba com o barbeador a pilha e vestiu a velha calça verde de veludo cotelê que muitas vezes usava para trabalhar no jardim. O dia estava lindo, fresco e ensolarado. Tom regou algumas plantas na estufa, pensou no que ele e Frank poderiam fazer naquela manhã e pegou o forcado e as tesouras de poda. Estava interessado nas correspondências do dia, que deveriam chegar dali a poucos minutos. Ao ouvir o rangido conhecido do freio de mão do furgão dos Correios, foi até os portões da frente.

Queria ver se o jornal mencionara o caso de Frank Pierson, e se encarregou disso primeiro, apesar de ter visto uma carta de Jeff Constant. Por mais estranho que parecesse, Jeff, um fotógrafo independente, era um correspondente melhor do que Edmund Banbury, que praticamente não fazia mais nada a não ser administrar a Galeria Buckmaster e passar a maior parte do tempo lá. Não encontrou nada sobre o garoto nas páginas de notícias nem na coluna social. De repente pensou no *France-Dimanche*, o jornaleco de fofoca que saía no fim de semana. Era sábado, então uma edição nova já devia estar nas bancas. O tabloide se concentrava quase exclusivamente nas atividades sexuais das pessoas, mas o dinheiro vinha em segundo lugar na lista de interesses. Tom abriu a carta de Jeff na sala de estar.

Jeff não citava o nome de Derwatt, percebeu ele ao passar os olhos pelas palavras batidas a máquina. Dizia estar de acordo com a necessidade de pôr um fim à empreitada e ter informado isso às pessoas certas após uma conversa com Ed. Tom sabia que ele se referia a um jovem pintor londrino chamado Steuerman, que vinha tentando criar Derwatts falsos para eles, talvez uns cinco até aquele momento, mas cujo trabalho não se comparava ao do dedicado Bernard Tufts. Embora Derwatt tivesse sido dado como morto àquela altura, no pequeno vilarejo mexicano cujo nome nunca revelara, Jeff e Ed vinham querendo "encontrar" novas obras do artista havia anos, com a intenção de vendê-las na galeria. Jeff continuava na carta: "Nossa renda vai sofrer uma queda drástica, mas, como você sabe, nós sempre escutamos seus conselhos, Tom..." Encerrava com o pedido de que, uma vez concluída a leitura, as páginas fossem destruídas. Sentindo-se um pouco aliviado, Tom começou a rasgar, com muita calma, a carta de Jeff em pedacinhos.

Frank desceu com um envelope na mão. Estava de calça jeans.

— Pronto. Pode dar uma olhada? Acho que está bom.

A cena o fez pensar em um colegial entregando um trabalho escolar para o professor. Tom reparou em dois pequenos erros de francês, que considerou normais. No bilhete, Frank dizia que precisava voltar para casa imediatamente por causa de uma doença na família. Agradecia a Madame Boutin pela gentileza e avisava que a chave tinha sido deixada logo atrás dos portões do jardim.

— Está ótimo, acho — opinou Tom. — Vou levar agora mesmo. Pode ficar lendo o jornal ou sair para o jardim. Volto daqui a meia hora.

— O jornal — repetiu Frank baixinho, com uma careta apreensiva.

— Não tem nada. Já olhei.

Tom apontou para a edição em cima do sofá.

— Vou ficar um pouco no jardim.

— Mas evite a frente da casa, sim?

Frank entendeu.

Tom saiu e entrou no Mercedes, cuja chave havia pegado na mesinha do vestíbulo. O carro estava quase sem gasolina, mas ele abasteceria um pouco na volta. Dirigiu tão depressa quanto o limite de velocidade permitia. Uma pena a carta estar escrita com a letra de Frank, mas teria sido estranho se o garoto a tivesse escrito a máquina. A menos que a polícia resolvesse bater na porta de Madame Boutin, a letra de Frank não seria do interesse de ninguém, esperava Tom.

Em Moret, estacionou a cem metros da casa e seguiu a pé. Infelizmente havia uma mulher em frente ao portão, conversando com Madame Boutin, supôs Tom, embora dali não fosse possível ver a dona da casa. Talvez as duas estivessem falando sobre o sumiço de Billy. Tom deu meia-volta e seguiu andando para o outro lado por alguns minutos, devagar. Quando retomou o caminho até a casa dos Boutin, a mulher que vira antes vinha andando na direção dele. Tom seguiu reto, sem dirigir o olhar para ela conforme passava. Largou o envelope no portão da frente, na fenda em que se lia LETTRES, deu a volta no quarteirão e entrou no carro. Por fim, seguiu rumo ao centro da cidade, com destino à ponte sobre o rio Loing, onde sabia que havia uma banca de jornal.

Parou e comprou um exemplar do *France-Dimanche*. O tabloide apresentava as manchetes vermelhas chamativas de sempre, mas eram sobre a namorada do príncipe Charles, e o segundo destaque dizia respeito ao casamento catastrófico de uma herdeira grega. Tom atravessou a ponte e foi abastecer o carro, então continuou sua leitura enquanto o tanque enchia. Uma foto de rosto inteiro de Frank, cabelos repartidos para a esquerda, o pequeno sinal na bochecha direita, fez com que Tom se sobressaltasse. Era um texto em duas colunas. "Filho de milionário americano escondido na França", dizia o título, e abaixo da fotografia: "Frank Pierson. Você viu este rapaz?"

A matéria dizia:

```
Menos de uma semana após a morte do multimi-
lionário John J. Pierson, o magnata americano
dos alimentos, o filho caçula, Frank, de ape-
nas 16 anos, abandonou a casa de luxo no Maine
(EUA), levando o passaporte do irmão mais ve-
lho, John. O sofisticado Frank é conhecido por
sua independência, e, segundo sua linda mãe,
Lily, ficou extremamente abalado com a morte
do pai. O jovem deixou um bilhete no qual di-
zia que pretendia passar alguns dias em Nova
Orleans, na Louisiana. No entanto, a família
e a polícia não encontraram indícios de que o
rapaz tenha ido para lá. A busca, desde então,
```

> conduziu a Londres e agora à França, segundo as autoridades.
>
> A riquíssima família está desesperada, e o irmão mais velho, Johnny, talvez venha à Europa com um detetive particular para descobrir o paradeiro do garoto. "Eu posso encontrar Frank com mais facilidade porque o conheço", declarou John Pierson Junior.
>
> O magnata John Pierson, confinado a uma cadeira de rodas devido a uma tentativa de assassinato onze anos atrás, morreu em 22 de julho ao cair de um penhasco em sua propriedade no Maine. Terá sido suicídio ou acidente? As autoridades americanas atribuíram a morte a "causas acidentais".
>
> Mas… qual será o mistério por trás da fuga do garoto?

Tom pagou e deu uma gorjeta ao frentista. Precisava contar a novidade para Frank o quanto antes e lhe mostrar o jornal. Certamente as notícias tirariam o garoto da inércia e o forçariam a tomar alguma atitude. Feito isso, seria necessário se livrar do jornal para impedir que Heloise ou Madame Annette (mais provavelmente) lessem a matéria.

Eram dez e meia quando Tom passou pelos portões de Belle Ombre e estacionou na garagem. Dobrou o jornal, enfiou-o debaixo do braço e deu a volta na casa pela esquerda, passando pela porta de Madame Annette, ladeada por dois vasos vistosos de gerânios vermelhos em flor, um toque de orgulho, pensou Tom, já que ela mesma os havia comprado. Avistou Frank na outra ponta do jardim, curvado enquanto se dedicava a arrancar ervas daninhas. Da casa, pelas portas do jardim entreabertas, ouviu Heloise ensaiando Bach, virtuosa como sempre. Meia hora depois, sabia, a esposa ou colocaria um disco de música clássica, ou escolheria algo diferente, como um rock, para mudar completamente o clima.

— Billy — chamou Tom bem baixinho, tentando se lembrar de usar o nome falso.

O garoto se levantou da grama e sorriu.

— Entregou a carta? Falou com Madame Boutin? — perguntou ele, também em voz baixa, como se alguém escondido no bosque pudesse escutar os dois.

Tom também tinha certo receio da mata além do jardim: depois de uns dez metros de vegetação rasteira e áspera, as árvores se tornavam mais densas. Já tinha ficado enfurnado lá uma vez, por quinze minutos, talvez. Não era possível ver nada por entre as urtigas altas e os arbustos de amora com três ou quatro metros de comprimento que não davam frutos, sem falar nos altos limoeiros logo atrás, tão grossos que os troncos poderiam ocultar um homem que quisesse se esconder atrás deles. Tom acenou com a cabeça e o garoto se aproximou. Caminharam juntos em direção à estrutura acolhedora da estufa.

— Saiu uma matéria sobre você no jornal de fofocas — contou Tom e abriu a publicação. Estava de costas para a casa, de onde ainda era possível ouvir a melodia tocada por Heloise. — Acho que você devia dar uma olhada.

Frank pegou o jornal, o choque visível no súbito movimento de suas mãos.

— Droga — praguejou baixinho, com o maxilar trincado.

— Acha mesmo que seu irmão pode vir até a França?

— Parece bem possível, mas dizer que a minha família está "desesperada"… Que absurdo.

Com suavidade, Tom perguntou:

— E se Johnny aparecesse aqui hoje e dissesse "Ora, aí está você!"?

— Por que ele apareceria aqui?

— Por acaso chegou a falar sobre mim, ou a mencionar meu nome para sua família? Ou para Johnny?

— Não.

Tom continuou aos sussurros:

— E o quadro de Derwatt? Não conversaram sobre isso? Você se lembra? Um ano atrás, mais ou menos?

— Sim, eu me lembro. Meu pai comentou o caso, por causa do que saiu nos jornais. Não foi particularmente em relação *ao senhor*, de modo algum.

— Quando você disse que leu sobre mim no jornal...

— Foi na Biblioteca Pública de Nova York, umas poucas semanas atrás.

Estava se referindo aos arquivos dos jornais.

— Então não mencionou meu nome para sua família nem para mais ninguém?

— Ah, de jeito nenhum.

Frank o encarou, depois voltou o olhar para alguma coisa logo atrás, e o nervosismo retornou ao semblante do garoto.

Tom se virou e viu se aproximando a passos largos ninguém menos do que Henri Urso Velho, parecendo tão grande e alto quanto se tivesse saído de um conto de fadas.

— É o nosso jardineiro. Trabalha aqui apenas algumas horas. Não precisa fugir nem se preocupar. Bagunce os cabelos um pouco. E não corte... Vai ser útil no futuro. Não fale, diga apenas "*bonjour*". Ele vai embora ao meio-dia.

O gigante francês estava cada vez mais próximo. Mais um pouco e ouviria o que Tom dizia ao garoto.

— *'Jour*, Monsieur Riplí! — saudou Henri, ribombante, com a voz grave e forte.

— *Bonjour* — respondeu Tom. — François — acrescentou, fazendo um gesto em direção a Frank. — Ele está arrancando umas ervas daninhas.

— *Bonjour* — disse Frank.

Havia bagunçado os cabelos e adotado uma nova postura, um pouco curvado, meio corcunda, e se afastou para a extremidade do gramado, mais uma vez dedicado a arrancar cavalinhas e campainhas.

Tom ficou satisfeito com a atuação. Com a jaqueta azul surrada, poderia perfeitamente se passar por um garoto das redondezas trabalhando por umas poucas horas na casa dos Ripley, e Deus bem sabia que não dava para contar com Henri, de modo que o homem não podia exatamente se queixar da concorrência. Pelo visto, o homem não sabia a diferença entre terça e quinta-feira. Nunca aparecia na hora marcada. Não demonstrou a menor surpresa ao ver o garoto, mas manteve um sorriso distraído, visível entre o grande bigode castanho e a barba cheia. Vestia uma calça de trabalho azul folgada, camisa xadrez de flanela e uma boina de algodão listrada de azul e branco, parecida com a de um ferroviário norte-americano. Henri tinha olhos azuis e dava a impressão de estar sempre um pouco embriagado, mas nada muito além disso. Talvez a bebida tivesse feito um estrago no passado, supunha Tom. Henri tinha cerca de 40 anos e recebia 15 francos por hora, mesmo se ficasse de braços cruzados a conversar sobre terra para plantio em vasos ou métodos para armazenar tubérculos de dália durante o inverno.

Tom sugeriu que retomassem os esforços de controlar a sebe de cem metros de extensão que margeava os fundos do jardim, onde Frank ainda trabalhava, embora mais afastado à esquerda, perto da estradinha que desembocava na mata. Tom entregou as tesouras de poda a Henri e se encarregou de levar o forcado e o ancinho de metal.

— Se o senhor construísse um muro de pedra baixo ali, não teria esse problema — murmurou Henri alegremente, empunhando a pá.

Já fizera esse mesmo comentário dezenas de vezes, e Tom não tinha intenção de retomar o ciclo tedioso e repetir que ele e a esposa preferiam que o jardim desse a impressão de se misturar com a mata. Henri diria então que a mata estava se misturando com o jardim.

Ficaram os dois trabalhando. Quinze minutos depois, quando Tom espiou por cima do ombro, percebeu que Frank não estava por perto. *Ótimo*, pensou. Se Henri perguntasse onde o garoto tinha se metido, Tom diria que devia ter ido embora, incapaz de botar as mãos na massa. Henri não disse nada, porém, e era melhor assim. Tom entrou na cozinha pela porta de serviço e encontrou a governanta lavando a louça na pia.

— Madame Annette, um pequeno pedido.

— *Oui,* Monsieur Tome!

— O rapaz que está nos visitando... Ele acaba de ter uma experiência infeliz com a namorada nos Estados Unidos. Estava hospedado com alguns jovens americanos na França, então pediu para passar alguns dias tranquilos aqui. Seria melhor se a senhora não comentasse com ninguém no vilarejo sobre a visita de Billy. O garoto não quer que os amigos venham atrás dele, entende?

— Ah, sim.

O semblante de Madame Annette demonstrava que ela compreendia. Os assuntos do coração eram pessoais, dramáticos, dolorosos, e ele era tão jovem...

— A senhora não comentou sobre Billy com ninguém, comentou?

Tom sabia que Madame Annette visitava com frequência o estabelecimento de Georges para tomar chá, assim como as outras governantas da vizinhança.

— Certamente não, Monsieur.

— Que bom.

Tom tornou a sair para o jardim.

Era quase meio-dia quando Henri deu sinais de diminuir o ritmo do trabalho já vagaroso e comentou que estava calor. Não estava, mas Tom não se importou em parar de manejar o forcado. Os dois foram até a estufa, onde Tom mantinha um estoque de seis ou mais garrafas de cerveja Heineken, guardadas dentro de um nicho de cimento quadrado no chão, usado para drenar a água da chuva. Pegou duas garrafas e as abriu com um abridor enferrujado.

Mal notou a passagem dos minutos seguintes, com os pensamentos em Frank, sem saber onde o garoto estaria. Henri continuou os murmúrios sobre a safra pífia de framboesas naquele verão, andando decidido de um lado para outro com a garrafa de cerveja, curvando-se para olhar esta ou aquela planta nas prateleiras de Tom. Calçava velhas botas de cadarço que subiam até bem acima dos tornozelos e tinham o solado grosso e macio, uma ode ao conforto, mas não à elegância. Tinha os maiores pés que Tom já se lembrava de ter visto. Será que de fato cabiam naquelas botinas? A julgar pelas mãos, porém, talvez coubessem.

— *Non, trente* — disse Henri. — O senhor não se lembra da última vez? Ficaram faltando quinze.

Tom não se lembrava, mas mesmo assim preferiu lhe dar 30 francos a discutir.

Por fim, Henri foi embora com a promessa de voltar na terça ou na quinta-feira seguinte. Para Tom, tanto fazia. O jardineiro estava em "aposentadoria definitiva", ou de *repos*, devido a uma lesão sofrida em outro emprego. Levava uma vida fácil, livre de ansiedade e sob muitos aspectos invejável, pensou Tom enquanto via a enorme silhueta do jardineiro se afastar e dobrar a quina bege e torreada de Belle Ombre. Em seguida, enxaguou as mãos na pia da estufa.

Alguns minutos depois, entrou em casa pela porta da frente. Um quarteto de Brahms tocava no aparelho de som da sala, talvez Heloise estivesse lá. Ele subiu a escada à procura de Frank. A porta do quarto estava fechada, e então ele bateu.

— Pode entrar — respondeu a voz do garoto no tom de pergunta que Tom já escutara antes.

Ao entrar, viu que Frank tinha arrumado a mala, tirado os lençóis e o cobertor da cama e os dobrado com esmero. Já com roupas limpas, ele parecia à beira de um colapso, ou à beira das lágrimas, embora mantivesse uma postura firme.

— Bem — disse Tom suavemente e fechou a porta. — O que foi? Está preocupado com Henri?

Apesar de saber que não era esse o problema, precisava convencer Frank a falar. O jornal ainda despontava de um bolso traseiro da calça de Tom.

— Se não for Henri, vai ser outra pessoa — determinou Frank com voz trêmula, mas bastante grave.

— Mas qual é o problema... até agora?

Johnny estava a caminho, com um detetive particular, e o jogo de gato e rato parecia prestes a chegar ao fim. Mas qual era a intenção por trás daquilo?

— Por que você não quer voltar para casa?

— Eu matei meu pai — confessou Frank com um sussurro. — Sim, eu o empurrei daquele...

O garoto desistiu de falar, a boca parecia murchar como a de um velho, e baixou a cabeça.

Um assassino, pensou Tom. E por quê? Ele nunca tinha visto um assassino tão gentil.

— Johnny sabe?

Frank negou com a cabeça.

— Não. Ninguém viu.

Lágrimas cintilaram naqueles olhos castanhos, sem transbordar.

Tom entendeu, ou estava começando a entender. A consciência do garoto o fizera fugir. Ou as palavras de outra pessoa.

— Alguém *falou* alguma coisa? Sua mãe?

— Minha mãe, não. Susie... A empregada. Mas ela não me viu. Não tinha como. Ela estava dentro de casa. De todo modo, ela é míope e não dá para ver o penhasco lá de dentro.

— Ela disse alguma coisa para você ou para alguma outra pessoa?

— Os dois. A polícia não acreditou. Ela é velha. Meio maluca.

Frank moveu a cabeça como se estivesse sob tortura e procurou a mala no chão.

— Eu contei para o senhor... e só. O senhor é a única pessoa no mundo para quem eu contaria, e não ligo para o que disser. Digo, se disser algo para a polícia ou a qualquer um. Mas é melhor eu ir andando.

— Ora, ir andando para onde?

— Não sei.

Tom sabia. O garoto não conseguiria sair da França, nem mesmo com o passaporte do irmão. Não tinha onde se esconder, exceto nos campos.

— Você não vai conseguir ir a lugar nenhum fora da França, e não muito longe mesmo dentro do país. Escute, Frank, vamos falar sobre isso depois do almoço. Temos todo o…

— Almoço?

Frank soava como se aquela palavra o tivesse deixado indignado. Tom avançou na direção dele.

— Isso é uma ordem. Está na hora do almoço. Você não pode simplesmente desaparecer agora, seria estranho. Recomponha-se, almoce bem e depois conversamos.

Estendeu a mão para apertar a do garoto, mas Frank se retraiu.

— Vou embora enquanto posso!

Tom segurou-lhe o ombro com a mão esquerda e o pescoço com a direita.

— Não vai, não. Não vai!

Ele o sacudiu pelo pescoço e depois o soltou.

Os olhos do garoto estavam arregalados, o choque dominando por inteiro suas feições. Era o que Tom queria.

— Venha comigo. Vamos descer.

A um gesto de Tom, o garoto seguiu na frente em direção à porta. Tom entrou no próprio quarto por um instante para se livrar do *France-Dimanche*. Para que não corressem nenhum risco, enfiou o jornal nos fundos do armário, em meio aos sapatos. Não queria que Madame Annette o encontrasse na lixeira.

5

No térreo, Heloise arrumava um arranjo de gladíolos brancos e alaranjados no vaso alto na mesa de centro. Tom sabia que a esposa não gostava daquela flor, então deviam ter sido colhidas por Madame Annette. Heloise ergueu o rosto e sorriu para os dois. Para relaxar, Tom encolheu os ombros de modo deliberado, como se estivesse ajeitando um paletó. Sua intenção era permanecer calmo e tranquilo.

— Sua manhã foi boa, querida? — perguntou em inglês.

— Foi, sim. Vi que Henri resolveu aparecer.

— E fez o mínimo possível, como sempre. Billy é melhor.

Tom fez um gesto para que Frank o seguisse cozinha adentro, de onde vinha um cheiro que pensou ser de costeletas de cordeiro grelhadas.

— Madame Annette, *excusez-nous*. Eu gostaria de um pequeno *apéritif* antes do almoço.

A governanta de fato vigiava costeletas de cordeiro na grelha acima do fogão.

— Mas, Monsieur Tome, o senhor deveria ter me avisado! *Bonjour*, Monsieur! — acrescentou para Frank.

O garoto respondeu com educação.

Tom foi até o carrinho de bebidas, que estava na cozinha, serviu uma dose moderada de uísque e colocou o copo na mão de Frank.

— Aceita água?

— Um pouco, sim.

Tom acrescentou um pouco de água da torneira da pia e devolveu o copo a Frank.

— Isso vai relaxar *você*, não necessariamente a sua língua — murmurou.

Preparou para ele próprio um gim-tônica sem gelo, embora Madame Annette na mesma hora tenha se oferecido para pegar um pouco na geladeira.

— Vamos voltar — disse Tom para Frank, meneando a cabeça em direção à sala.

Eles assumiram os respectivos lugares à mesa com as bebidas, e Madame Annette logo trouxe o primeiro prato, um consomê gelificado feito em casa. Heloise tagarelou sem parar sobre o cruzeiro marcado para o fim de setembro. Noëlle havia lhe telefonado naquela manhã com mais alguns detalhes.

— Antártida, veja só! — exclamou com alegria. — Nós talvez precisemos de… Ah, imagine de que tipo de roupa! Dois pares de luvas ao mesmo tempo!

Ceroulas compridas, pensava Tom.

— Ou será que pelo preço que cobram eles ligam os aquecedores do navio?

— Ah, Tome! — rebateu Heloise, bem-humorada.

Ela sabia que Tom não dava a mínima para o custo daquela viagem. Provavelmente era um presente de Jacques Plisson para a filha, uma vez que sabia que o genro não iria junto.

Frank perguntou, em francês, quanto tempo o cruzeiro duraria e quantas pessoas estariam no barco, e Tom se pegou apreciando a criação do garoto, aqueles antigos costumes de escrever cartas de agradecimento três dias após receber um presente, gostando-se ou não da escolha da tia. Um adolescente americano comum de 16 anos não teria sido capaz de manter tamanha calma naquelas circunstâncias, achava Tom. Quando Madame Annette passou a travessa de costeletas de cordeiro para a segunda porção, pois Heloise comera apenas uma e ainda restavam quatro, Tom serviu uma terceira para o hóspede.

O telefone tocou de repente.

— Eu atendo — avisou Tom. — Com licença.

Estranho alguém ligar no sagrado horário do almoço francês, e Tom não estava esperando telefonema algum.

— Alô?

— Olá, Tom! É Reeves.

— Espere um instante, sim? — pediu Tom, e pousou o fone na mesa para se dirigir a Heloise. — É do exterior. Vou atender lá em cima para não precisar gritar.

Correu escada acima, tirou o fone do gancho em seu quarto e disse a Reeves outra vez que esperasse um pouco. Desceu e desligou o telefone do térreo. No caminho, pensou que era uma sorte Reeves ter ligado, porque talvez fosse necessário arranjar um passaporte para Frank e ele era a pessoa certa para a tarefa.

— Voltei de novo. Quais as novas, meu amigo?

— Ah, quase nada — respondeu Reeves Minot com a voz rouca e ingênua. — Só um pouco... Hum... Bem, é por isso que estou ligando. Será que você poderia hospedar um amigo... por uma noite?

A ideia não agradava a Tom naquele momento.

— Quando?

— Amanhã. O nome dele é Eric Lanz. O voo parte da Alemanha. Ele vai dar um jeito de chegar até Moret, então não precisa ir buscá-lo no aeroporto, mas... é melhor ele não passar a noite em algum hotel de Paris.

Nervoso, Tom apertou o fone. O homem estava transportando alguma coisa, claro. Acima de tudo, Reeves era um receptador.

— Claro. Sim, claro — concordou, pois caso contrário Reeves talvez não se mostrasse muito disposto a atender qualquer pedido de Tom. — Só por uma noite?

— Isso, só uma noite. Depois ele vai para Paris. Você vai ver. Não posso explicar mais.

— E vou encontrar o sujeito em Moret? Como ele é?

— Ele vai reconhecer você. Tem 30 e muitos anos, não muito alto, cabelos pretos. Estou com o horário aqui, Tom, e Eric deve chegar aí amanhã, pouco antes das oito e meia da noite.

— Está bem — disse Tom.

— Você não parece muito feliz com a ideia, mas é algo importante, Tom, e eu ficaria...

— É claro que seu amigo será bem-vindo, Reeves, meu velho! Aproveitando que você ligou... Vou precisar de um passaporte americano. Mando uma foto na segunda por correio expresso, e você deve receber no máximo até quarta-feira. Ainda está em Hamburgo, imagino.

— Claro, mesmo endereço — respondeu Reeves, afável, como se administrasse uma casa de chá, embora o prédio na região de Alster, e mais especificamente o próprio apartamento em que morava, já tivesse sido alvo de uma bomba certa vez. — O passaporte é para você?

— Não, para um jovem. Não tem mais de 21 anos, Reeves, então não pode ser um passaporte velho e usado. Você consegue isso para mim? Eu dou notícias.

Tom desligou e tornou a descer. Uma granita de framboesa fora servida.

— Desculpem — disse. — Não era nada importante.

Reparou que Frank estava com uma aparência melhor, com o rosto mais corado.

— Quem era? — quis saber Heloise.

A esposa raramente perguntava quem estava do outro lado da linha, e Tom sabia que ela desconfiava de Reeves Minot, ou no mínimo não gostava muito dele, mas respondeu:

— Era Reeves, de Hamburgo.

— Ele nos fará uma visita?

— Ah, não, só queria dizer oi — respondeu Tom. — Aceita um café, Billy?

— Não, obrigado.

Heloise não tinha o costume de tomar café na hora do almoço, e naquele dia não foi diferente. Tom disse que Billy queria dar uma olhada nos volumes do anuário naval *Jane's Fighting Ships*, de modo que os três se levantaram da mesa e os dois rapazes subiram para o quarto.

— Que telefonema mais chato — comentou Tom. — Um amigo meu de Hamburgo perguntou se eu poderia hospedar um conhecido dele amanhã. Só por uma noite. Não pude recusar porque ele é muito prestativo... Reeves.

Frank assentiu.

— Quer que eu vá para um hotel ou algo assim... perto daqui? Ou que eu simplesmente vá embora?

Tom fez que não. Estava deitado na cama, apoiado em um dos cotovelos.

— Vou deixar o sujeito no seu quarto, você fica com o meu... e eu vou dormir no quarto de Heloise. Então este quarto aqui vai ficar fechado... Vou dizer ao nosso hóspede que colocamos veneno para as formigas-carpinteiras, por isso a porta não pode ser aberta — sugeriu Tom, aos risos. — Não se preocupe. Tenho quase certeza de que ele vai embora na segunda de manhã. Já recebi hóspedes de Reeves para passar a noite outras vezes.

Frank tinha se sentado na cadeira de madeira da escrivaninha.

— O sujeito que vai chegar é um dos seus... amigos interessantes?

Tom sorriu.

— Na verdade, é um desconhecido.

Reeves era um dos amigos interessantes. Talvez Frank também tivesse lido o nome dele no jornal, mas Tom achou melhor não perguntar.

— Agora, quanto à sua situação... — retomou Tom em voz baixa, mas se deteve ao reparar no nervosismo e na testa franzida de Frank. Também estava pouco à vontade. Tirou os sapatos, pôs os pés na cama e puxou um travesseiro para debaixo da cabeça. — Aliás, achei que você se saiu muito bem no almoço.

Frank o encarou, ainda apreensivo.

— O senhor já me perguntou antes e eu já disse — reiterou o garoto suavemente. — Você é a única pessoa que sabe.

— E vamos manter assim. Não confesse para ninguém... nunca. Agora me diga: a que hora do dia aconteceu?

— Umas sete, oito da noite — respondeu Frank, e a voz falhou.

— Meu pai sempre assistia ao pôr do sol... quase todas as noites de verão. Eu não tinha... — Fez-se uma longa pausa. — Eu não tinha planejado fazer aquilo, de jeito nenhum. Nem estava muito zangado. Na verdade, zangado era a última coisa que eu estava. Mais tarde... Nem no dia seguinte eu conseguia acreditar que tinha *mesmo* feito aquilo... por algum motivo.

— Eu acredito em você, Frank.

— Nunca fui de acompanhar meu pai naqueles passeios ao pôr do sol. Acho até que ele gostava de ficar sozinho, mas nesse dia pediu que eu fosse junto. Tinha acabado de conversar comigo sobre as minhas notas boas na escola, sobre como a Harvard Business School viria em breve e como seria fácil... Bom, o de sempre. Tentou, inclusive, dizer algo agradável sobre Teresa, porque sabia que... eu gosto dela, embora *ele* parecesse não gostar. Nunca viu com bons olhos a presença de Teresa lá em casa, tanto que ela só nos visitou duas vezes. Meu pai também dizia que era burrice estar apaixonado aos 16 anos, casar cedo ou algo assim, ainda que eu jamais tivesse dito *nada* sobre casamento, nem chegado perto de fazer o pedido a Teresa! Ela teria rido da minha cara, isso, sim! Enfim, acho que nesse dia eu me cansei, simples assim. Estava farto do fingimento, da necessidade de manter as aparências.

Tom começou a dizer alguma coisa, mas o garoto o interrompeu, agitado.

— Nas duas vezes que Teresa esteve na casa do Maine, meu pai foi um pouco grosso com ela. Antipático, sabe? Só porque ela é bonita, acho, e meu pai sabe que as pessoas gostam dela. Sabia. Parecia até que ela era uma garota que eu tinha encontrado perdida na rua! Mas Teresa é a educação em pessoa e sempre soube se comportar. Por isso, não gostou de ser tratada daquele jeito pelo meu pai... E quem gostaria? Deu a entender que nunca mais pisaria naquela casa.

— Deve ter sido muito difícil para você.

— Foi mesmo.

Frank então passou alguns bons segundos calado, sem desviar o olhar do chão. Parecia congelado no lugar.

Parecia óbvio a Tom que Frank ainda poderia visitar Teresa na casa dela, ou então encontrar a garota em Nova York de vez em quando, mas não queria se desviar do que realmente importava ali.

— Quem estava em casa naquele dia? A empregada Susie. Sua mãe?

— E meu irmão também. Estávamos jogando croquê, mas Johnny quis parar. Ele tinha um encontro com a namorada, que mora com a família em... Bom, enfim, meu pai estava na varanda da frente quando Johnny se despediu e saiu no próprio carro. Eu me lembro de ver meu irmão colhendo várias rosas no jardim para presentear a namorada, me lembro de pensar que, se não fosse a atitude do meu pai, Teresa poderia estar ali comigo naquela noite e poderíamos ter saído para algum lugar. Meu pai nem sequer me deixava dirigir, embora eu já soubesse. Johnny me ensinou nas dunas. Meu pai sempre achou que eu fosse me envolver em um acidente e morrer, mas garotos de 15 anos ou menos na Louisiana ou no Texas já dirigem quando querem.

Tom sabia bem.

— E depois? Depois que Johnny saiu. Você estava conversando com seu pai...

— Eu estava escutando meu pai... na biblioteca do andar de baixo. Queria fugir, mas ele disse: "Venha comigo ver o pôr do sol, vai fazer bem a você." Eu estava muito chateado e tentei disfarçar. Deveria ter respondido "Não quero, vou subir para o meu quarto", mas não falei nada. Então Susie... Ela é legal, mas parece criança, até me deixa nervoso. Enfim, ela estava por perto e ajudou meu pai a descer a rampa na cadeira de rodas. Foi feita especialmente para ele, saindo da varanda dos fundos até o jardim. Mas Susie não precisava ter se dado ao trabalho, porque meu pai consegue descer sozinho. Depois ela tornou a entrar em casa e meu pai começou a subir o caminho, um caminho largo calçado com pedras, em direção à mata e ao penhasco. E quando chegamos lá, ele voltou a falar.

Frank baixou a cabeça, cerrou o punho direito e tornou a abrir os dedos.

— Por algum motivo, depois de cinco minutos daquilo, eu simplesmente não aguentava mais.

Tom pestanejou, incapaz de olhar para o garoto que o encarava.

— O penhasco é íngreme? Desce até o mar?

— É bem íngreme, mas não é um paredão. Enfim, o suficiente para... para matar uma pessoa, com certeza. Tem pedras no fundo.

— Tem muitas árvores? Barcos?

Tom ainda pensava em quem mais poderia ter testemunhado a cena.

— Não... Barcos, não. Pelo menos não tem nenhum porto por ali. Árvores, claro. Pinheiros. O trecho faz parte da nossa propriedade, mas só abrimos um caminho até a beira do penhasco. O resto cresce livremente.

— Ninguém poderia ter visto nada da casa, nem mesmo com binóculos?

— Não, eu sei que não. Mesmo no inverno, se meu pai estivesse no penhasco... não dava para ver nada da casa.

O garoto soltou um suspiro pesado.

— Obrigado por escutar tudo isso. Talvez eu devesse colocar por escrito ou então tentar... tentar de algum jeito... tirar isso da cabeça. É terrível. Não sei como analisar. Às vezes não consigo acreditar no que fiz. É estranho.

De repente olhou para a porta, como se a existência de outras pessoas tivesse acabado de lhe ocorrer, mas não havia nenhum barulho vindo daquela direção.

Tom esboçou um sorriso fraco.

— Por que não colocar por escrito? Você poderia mostrar só para mim... se quisesse. Depois poderíamos destruir.

— Sim — concordou Frank baixinho. — Eu me lembro... da sensação de que não aguentaria mais olhar para os ombros e para a nuca dele nem por mais um segundo. Eu pensei... Não sei *o que* pensei, mas corri para a frente, soltei a alavanca do freio com o pé, acionei o botão de avançar e ainda dei um empurrão na cadeira. Então ela despencou, de cabeça para baixo. Depois não olhei. Só escutei um barulho.

Tom sentiu uma náusea momentânea ao imaginar a cena. Por acaso haveria impressões digitais na cadeira? Talvez aquilo por si só não fosse incriminador, já que Frank havia acompanhado o pai até o penhasco.

— Alguém falou sobre impressões digitais na cadeira?

— Não.

A polícia teria procurado as pistas logo de cara, teorizava Tom, se houvesse qualquer suspeita de crime.

— E nesse botão que você mencionou?

— Acho que eu o acionei com a lateral do punho.

— O motor ainda devia estar ligado quando ele foi encontrado.

— Sim, acho que ouvi alguém mencionar isso.

— E depois, o que você fez... logo depois?

— Não olhei para baixo. Comecei a andar de volta para casa. De repente me senti muito cansado. Foi estranho. Então comecei a acelerar o passo, meio que para despertar. Não havia ninguém no gramado, exceto Eugene... nosso chofer, uma espécie de mordomo também. Na verdade, ele estava na sala de jantar do andar de baixo, sozinho, e eu disse: "Meu pai acabou de cair do penhasco." Eugene me disse para contar à minha mãe e pedir a ela que ligasse para o hospital, e saiu correndo em direção ao penhasco. Minha mãe estava assistindo à TV no andar de cima com Tal, e eu contei para ela. Tal ligou para o hospital.

— Quem é Tal?

— Um amigo da minha mãe. Talmadge Stevens, de Nova York. Ele é advogado, mas não é um dos advogados do meu pai. Um cara grandão. Ele...

O garoto tornou a se calar.

Seria possível Tal ser o amante da mãe dele?

— Tal não disse nada para você? Não perguntou nada?

— Não — respondeu Frank. — Bom... Eu contei que meu pai tinha se jogado com a cadeira lá embaixo. Tal não perguntou nada.

— Então... a ambulância... e depois suponho que a polícia tenha chegado.

— Sim. As duas coisas. Acho que demorou uma hora, mais ou menos, para o trazerem lá de baixo. Ele e a cadeira de rodas. Usaram grandes holofotes. Depois chegaram os repórteres, claro, mas minha mãe e Tal se livraram deles bem depressa. Os dois são bons nisso. Minha mãe ficou uma fera, mas eram só repórteres locais nesse dia.

— E depois... como foi com o resto da imprensa?

— Minha mãe teve que receber um ou dois jornalistas. Eu falei com pelo menos um, não tive escolha.

— E o que você disse... exatamente?

— Que meu pai estava perto da borda. Tive a impressão de que ele realmente pretendia se jogar.

Ao pronunciar a última palavra, Frank soou como se não lhe restasse mais fôlego algum. Levantou-se da cadeira e foi até a janela, que estava entreaberta. Em seguida se virou.

— Eu menti, já disse.

— Sua mãe desconfia de você... em algum grau?

Frank negou com a cabeça.

— Eu saberia se desconfiasse, e ela não desconfia. Sou considerado um tanto... hum... *sério*, se é que o senhor me entende. E também honesto.

O garoto abriu um sorriso nervoso.

— Johnny era mais rebelde na minha idade. Meus pais tinham que contratar professores particulares, e ele vivia fugindo de Groton para visitar Nova York. De repente, tomou jeito... Um pouco. Acho que ele nem era muito de beber nem nada, mas fumava maconha às vezes, claro. Um pouco de cocaína. Já está melhor agora. Enfim, comparado a ele, sempre fui considerado quase um santo. Por isso meu pai me pressionava, entende, para eu me interessar pela empresa, pelo *império* dos Pierson!

Frank abriu bem os braços e riu. Tom percebeu que o garoto estava cansado.

Em seguida, Frank tornou a andar até a cadeira, sentou-se e inclinou a cabeça para trás, os olhos semicerrados.

— Sabe o que eu acho, às vezes? Que meu pai já estava muito perto de morrer. Já estava enterrado naquela cadeira e talvez fosse morrer muito em breve. E me pergunto se não penso essas coisas só para me eximir da culpa, sabe? Que pensamento horrível! — exclamou Frank, ofegante.

— Voltemos a Susie por um instante. Ela acha que você empurrou a cadeira e lhe disse isso?

O garoto o encarou.

— Sim, isso mesmo. Disse até que me viu da casa, e justamente por isso ninguém acredita nela. Da casa não dá para ver o penhasco. Mas Susie estava muito abalada quando falou essas coisas. Meio histérica.

— Ela também conversou com sua mãe?

— Ah, com certeza. Mas minha mãe não acreditou. Ela não gosta de Susie. Meu pai gostava porque ela é muito confiável... Era... E está conosco há muitos anos, quase desde que Johnny e eu éramos bebês.

— Ela era uma espécie de governanta?

— Não, era mais a empregada da casa. Sempre houve uma separação entre as empregadas e as governantas, que eram na maioria inglesas — contou Frank e sorriu. — Ajudantes da minha mãe. Só nos livramos da última quando eu tinha uns 12 anos.

— E Eugene? Ele disse alguma coisa?

— Sobre mim? Não. Nadinha.

— Você gosta dele?

Nesse ponto Frank riu um pouco.

— Ele é legal. É de Londres. Tem senso de humor. Quando nos via brincar juntos, meu pai sempre vinha me dizer que eu não deveria brincar com o mordomo nem com o chofer. Eugene, na maior parte do tempo, era as duas coisas.

— Mais alguém na casa? Outros empregados?

— Atualmente, não. Uns temporários aqui e ali. Vic, o jardineiro, nas férias de julho, às vezes um pouco mais, e um ou outro em determinadas épocas do ano. Meu pai sempre queria o mínimo de empregados e secretários por perto.

Tom pensava que talvez Lily e Tal não estivessem tão tristes assim com o fim de John Pierson. O que será que acontecia ali? Ele se levantou e foi até a escrivaninha.

— Só para o caso de você ter vontade de colocar tudo para fora por escrito, com uma caneta ou a máquina — disse e entregou ao garoto umas vinte folhas de papel para a máquina de escrever. — Enfim, as duas estão aqui.

A máquina de escrever ficava bem no centro da escrivaninha.

— Obrigado.

Frank observou o maço de folhas com ar pensativo.

— Imagino que queira dar uma volta... Mas infelizmente não pode.

O garoto se levantou, papéis na mão.

— É exatamente o que eu gostaria de fazer.

— Talvez possa tentar aquela estradinha — sugeriu Tom. — É uma pista de mão única. Quase ninguém passa por lá, exceto um ou outro agricultor. Fica logo depois de onde estávamos trabalhando hoje de manhã, sabe?

O garoto sabia, e foi até a porta.

— E não corra — orientou Tom, porque Frank parecia tomado por uma energia nervosa. — Volte daqui a meia hora, ou vou ficar preocupado. Você tem relógio?

— Ah, sim. São duas e meia.

Tom verificou o dele próprio, um minuto adiantado.

— Se quiser usar a máquina de escrever mais tarde, é só vir pegar.

Frank foi até o quarto ao lado para deixar o papel e depois desceu a escada. Por uma janela lateral, Tom o viu atravessar o gramado, mergulhar em um trecho de arbustos, pular, tropeçar, cair com as mãos no chão e em seguida se levantar outra vez, ágil como um acrobata. O garoto se virou para a direita e ficou escondido pelas árvores quando começou a seguir a estradinha estreita.

Segundos depois, Tom se pegou ligando o rádio. Fez isso em parte por querer ouvir o noticiário francês das três da tarde, em parte por sentir a necessidade de relaxar um pouco após a história de Frank. Na verdade, era surpreendente o garoto não ter desmoronado mais ainda ao confessar tudo. Será que isso aconteceria em breve, ou não? Ou será que tinha acontecido durante a noite, talvez noites antes, quando ainda estava em Londres, ou então sozinho na casa de Madame Boutin, com a mente aterrorizada ao imaginar uma punição vindo de algum lugar? Ou teriam os poucos segundos de lágrimas antes do almoço sido suficientes? Em Nova York havia meninos (e meninas) com cerca de 10 anos que já tinham presenciado assassinatos ou já tinham eles mesmos assassinado alguém, com a ajuda de gangues às quais pertenciam, conhecidos e desconhecidos, mas Frank não era esse tipo de jovem. Cedo ou tarde, uma culpa como a dele acabaria transparecendo. Na opinião de Tom, toda emoção forte, como amor, ódio ou ciúme, acabava se revelando em algum gesto, nem sempre na forma de um retrato claro daquele sentimento, nem sempre o que a própria pessoa ou outras pessoas ao redor poderiam ter esperado.

Inquieto, desceu para falar com Madame Annette, ocupada com a tarefa macabra de jogar uma lagosta viva dentro de um panelão de água fervente. Ao ver a governanta conduzir a lagosta em direção ao vapor, as patas do crustáceo se contorcendo, Tom se retraiu na soleira e fez um gesto para indicar que aguardaria alguns instantes na sala.

Madame Annette dirigiu a ele um sorriso compreensivo, porque já tinha visto aquele tipo de reação antes.

Era impressão ou ele tinha escutado um silvo de protesto da lagosta? Estaria ele, em virtude de alguma parte altamente sintonizada do nervo auditivo, escutando um grito de dor e indignação vindo da cozinha, um guincho agudo no momento em que a vida se esvaía do animal? Onde a pobre criatura teria passado a noite, pois Madame Annette a devia ter comprado na véspera, sexta-feira, do furgão da *poissonnerie* itinerante em Villeperce? Aquela era uma lagosta grande, diferente das criaturazinhas que Tom já vira se remexendo em vão, sempre amarradas de cabeça para baixo nos suportes das prateleiras da geladeira. Ao ouvir o baque da tampa da panela, ele tornou a se aproximar da cozinha, ainda com a cabeça um pouco curvada.

— Não é nada importante, Madame Annette, apenas…

— Ah, Monsieur Tome, o senhor fica sempre tão preocupado com as lagostas! Até com os mexilhões, não é? — perguntou a mulher, rindo com uma alegria genuína. — Sempre comento isso com minhas amigas… Minhas *copines* Geneviève e Marie-Louise…

Eram governantas de aristocratas locais, amigas de Madame Annette, que ela encontrava ao sair para fazer compras e às vezes visitava nas noites de bons programas na TV, pois todas tinham televisores e se revezavam indo às residências umas das outras.

Tom reconheceu a fraqueza com um meneio de cabeça e um sorriso educado.

— Fígado mole — disse Tom em francês; expressão inútil, percebeu, uma vez que sua intenção fora dizer algo como "fraco do estômago" ou "covarde". Pouco importava.

— Madame Annette, vamos ter *mais um* convidado amanhã, mas só de domingo à noite até segunda de manhã. Vou trazer o cavalheiro por volta das oito e meia para jantar, e ele vai ficar no quarto do rapaz. Eu vou dormir no quarto da minha esposa. Monsieur Billy vai dormir no meu quarto. Amanhã eu lhe lembro.

Sabia, porém, que Madame Annette não precisava de lembretes.

— Está bem, Monsieur Tome. Outro americano?

— Não, ele é europeu — respondeu Tom, dando de ombros. Teve a impressão de sentir o cheiro da lagosta e se retirou da cozinha na mesma hora. — *Merci*, Madame!

Em seguida voltou para o quarto e ouviu o noticiário das três em uma estação popular francesa — nenhuma menção a Frank Pierson. Terminadas as notícias, deu-se conta de que havia se passado exatamente meia hora desde a saída do garoto. Tornou a olhar pela janela lateral. A mata no canto do jardim não exibia nenhuma silhueta humana. Aguardou, acendeu um cigarro e voltou para a janela. Eram três e sete da tarde.

Não havia motivo para se preocupar, tentou se convencer Tom. Dez minutos a mais ou a menos. Quem usava aquela estrada, afinal? Agricultores de aparência cansada puxando ou conduzindo um cavalo e uma carroça, de vez em quando um velho montado em um trator a caminho de algum campo depois da estrada principal. Mesmo assim, ele ficou preocupado. E se alguém os estivesse vigiando desde Moret e tivesse seguido Frank até Belle Ombre? Certa noite, Tom tinha ido a pé até o ruidoso estabelecimento de Georges e Marie para tomar um café e ver se algum personagem novo havia aparecido por ali, talvez demonstrando alguma curiosidade a respeito, por menor que fosse. Tom não notara ninguém diferente do habitual, e mais importante ainda: a falastrona Marie não perguntara nada sobre um garoto hospedado em Belle Ombre. Tom havia sentido certo alívio.

Às três e vinte, tornou a descer. Onde estava Heloise? Ele saiu pelas portas do jardim e atravessou devagar o gramado em direção à estradinha. Manteve os olhos pregados na grama, na expectativa de que o garoto fosse gritar um "Olá!" a qualquer momento. Ou será que não? Pegou uma pedra na grama e, um pouco desajeitado, arremessou-a com a mão esquerda em direção à mata. Com um chute, ele se embrenhou por um arbusto de amora-silvestre e finalmente chegou à estradinha. Podia ver pelo menos trinta metros mais adiante, apesar da vegetação cerrada, pois o caminho era reto. Começou a andar, atento, mas tudo que ouviu foram os pios inocentes e distraídos dos pardais e, vindo de algum lugar, o de uma rolinha.

Obviamente, não queria chamar por Frank, e até "Billy" achou melhor evitar. Parou e tornou a apurar os ouvidos. Não havia nada, nenhum barulho de motor de carro, nem mesmo lá atrás, na estrada de Belle Ombre. Tom começou a acelerar o passo, decidindo que era melhor ir até o fim da estradinha dar uma olhada, mas *onde* ela terminava? Achava que a trilha se estendia por mais ou menos um quilômetro, depois daria em outra mais importante, e era toda cercada por campos cultivados, milho para o gado, às vezes repolho ou mostarda. Àquela altura já tinha começado a procurar gravetos partidos nas laterais da via que pudessem indicar uma luta, mas sabia que uma carroça também poderia muito bem ter quebrado alguns gravetos, e tampouco viu nada de anormal na folhagem. Tornou a andar. Enfim alcançou o cruzamento, uma estrada ainda maior que também não era asfaltada, pondo fim à vegetação a que ele se referia como mata. Mais além ficavam campos arados pertencentes a agricultores cujas casas ele não conseguia ver. Tom respirou fundo e deu meia-volta. Teria o garoto refeito o caminho para a casa, retornado antes de ele próprio sair? Estaria naquele exato momento no quarto? Tom tornou a se inclinar para a frente, e mais uma vez correu.

— Tom?

A voz tinha vindo da direita.

Derrapando com as botas de caminhada, ele olhou para dentro da mata.

Frank saiu de trás de uma árvore, ou pelo menos assim lhe pareceu, e surgiu de repente do meio das folhas verdes e dos troncos marrons, a calça cinza e o suéter bege quase camuflados na vegetação naquela luz entrecortada. Estava sozinho.

O alívio de Tom foi tão grande que chegou a doer.

— O que houve? Está tudo bem?

— Claro.

O garoto tornou a baixar a cabeça e acompanhou Tom de volta a Belle Ombre.

Tom entendeu tudo: Frank se escondera de propósito para ver se ele se dava ao trabalho de encontrá-lo. Queria ver se podia confiar nele. Tom enfiou as mãos nos bolsos e levantou a cabeça. Sentiu que o garoto o observava de relance, com timidez.

— Você demorou um pouco, mais do que disse que demoraria.

O garoto não disse nada. Apenas enfiou as mãos nos bolsos da calça, exatamente como ele.

6

Por volta das cinco horas daquela mesma tarde de sábado, Tom disse para Heloise:

— Não estou com vontade de ir à casa dos Grais hoje, querida. É muito ruim? Você pode ir.

Eles haviam sido convidados para jantar lá por volta das oito.

— Ah, Tome, por que não? Podemos perguntar se eles aceitam receber Billy. Tenho certeza de que vão concordar.

Heloise desviou o olhar da mesa triangular que estava encerando, arrematada em um leilão naquela tarde. Estava ajoelhada no chão, de calça jeans.

— Não é por causa de Billy — argumentou Tom, embora fosse justamente o motivo. — Eles sempre convidam mais uma ou duas pessoas... — Pessoas para manter Heloise entretida, na verdade. — Que importância tem eu não ir? Se você quiser, eu telefono e invento alguma desculpa.

Heloise jogou os cabelos loiros para trás.

— Antoine ofendeu você da última vez. É isso?

Tom riu.

— Ofendeu? Se ofendeu, já esqueci. Ele não tem como me ofender, eu apenas riria na cara dele.

Antoine Grais, arquiteto dedicado de 40 anos, jardineiro diligente na casa de campo, tinha certo desprezo pela vida ociosa de Tom, mas os comentários levemente ofensivos nunca o atingiam, e Tom achava que a esposa deixava passar vários deles.

— Velho puritano — continuou. — O lugar dele é nos Estados Unidos de trezentos anos atrás. Estou com vontade de ficar em casa, só isso. Já ouço o suficiente sobre Chirac dos moradores do vilarejo.

Direitista inveterado, Antoine Grais era pretensioso o suficiente para não ser visto nem morto com um exemplar do *France-Dimanche*, mas era exatamente o tipo de homem que daria uma olhada no jornal de outra pessoa em um bar ou café. A última coisa que Tom queria era que Antoine reconhecesse Billy como Frank Pierson. Ele e a esposa, Agnès, um pouco menos puritana, jamais ficariam de boca fechada.

— Quer que eu ligue para eles, querida? — ofereceu Tom.

— Não, eu vou só… aparecer — respondeu Heloise e voltou a encerar a mesa.

— Diga que recebi a visita de um dos meus amigos terríveis. Alguém socialmente inaceitável — brincou Tom.

Sabia que Antoine também achava sua lista de contatos sociais bastante suspeita. Quem mesmo ele havia encontrado certa vez por acidente? Ah, sim, o gênio Bernard Tufts, que com frequência exibia um aspecto sujo e às vezes era sonhador demais para agir com educação.

— Eu acho Billy bastante simpático — comentou Heloise — e sei que você não está preocupado com ele, simplesmente não gosta dos Grais.

A conversa o entediava, e estava tão nervoso com a presença de Billy na casa que precisou reprimir outro comentário sobre os Grais, que eram *mesmo* chatíssimos.

— Eles têm o direito de viver… Talvez.

De repente, decidiu não mencionar a visita de Eric Lanz da noite seguinte, muito embora tivesse sido intenção dele avisar Heloise naquele momento.

— Mas o que achou da mesa, hein? É para o meu quarto, naquele cantinho do lado em que você dorme. E a mesa que está lá ficaria melhor entre as camas de solteiro do quarto de hóspedes — explicou Heloise, admirando o tampo lustroso.

— Eu gostei... Mesmo — admitiu Tom. — Quanto você disse que foi?

— Só 400 francos. É de *chêne*... Réplica de uma peça Luís XV... Ela mesma deve ter uns 100 anos. Eu pechinchei. Muito.

— Fez muito bem — respondeu Tom, sincero, porque a mesa era bonita e parecia sólida a ponto de aguentar o peso de uma pessoa adulta, embora ninguém jamais fosse se sentar nela, e Heloise adorava pensar que tinha conseguido uma pechincha, quando com frequência não era o caso.

Ele estava com a cabeça em outras coisas.

Voltou para o quarto, onde se dedicou à entediante tarefa de passar uma hora anotando a renda e despesas mensais para o contador. Quer dizer, para o contador do pai de Heloise. Esse homem, um tal de Pierre Solway, mantinha as contas do casal separadas das augustas contas de Jacques Plisson, claro, mas Tom ficava bastante satisfeito por não precisar bancar seus honorários (pagos por Jacques Plisson), e também por saber que as contas eram aprovadas pelo sogro, pois o velho cavalheiro com certeza encontrava tempo para analisar uma a uma. A renda ou mesada de Heloise era dada em espécie pelo pai, de modo que não estava sujeita ao imposto sobre a renda nas contas dos Ripley. A renda de Tom proveniente da empresa Derwatt, talvez uns 10 mil francos mensais, ou quase 2 mil dólares caso o dólar estivesse suficientemente forte, também passava por baixo dos panos sob a forma de cheques em francos suíços, e esse dinheiro era quase todo filtrado por Perúgia, onde ficava a Escola de Arte Derwatt, embora parte também viesse das vendas da Galeria Buckmaster. Os dez por cento de Tom nos lucros de Derwatt vinham também dos materiais de arte com a marca do artista, de cavaletes a borrachas, mas era mais fácil contrabandear dinheiro do norte da Itália para a Suíça do que fazê-lo chegar de Londres até Villeperce. Além disso, havia a renda da herança deixada por Dickie Greenleaf para Tom, que, de 300 a 400 dólares, no início, chegara a 1.800 dólares mensais. Sobre esse dinheiro, de modo bastante curioso, ele pagava o imposto de renda norte-americano integral, considerável por se tratar de ganhos de capital. Tom achava a situação irônica e um tanto adequada, já que ele havia forjado o testamento de Dickie depois da sua morte, datilografado na Hermes do próprio, em Veneza, e arrematado o documento com uma assinatura falsa.

No entanto, ao refletir sobre o assunto, como fazia todo mês, o que sustentava Belle Ombre de verdade? Uma ninharia. Depois de quinze minutos listando despesas, a mente dele começou a ser invadida pelo *ennui*, por isso se levantou e foi fumar um cigarro.

Sim, bem, por que deveria reclamar?, pensou ao olhar pela janela. Declarava aos franceses parte da renda da empresa Derwatt, mas não toda, identificando a origem como ações da Derwatt Ltda. Também tinha suas próprias ações, além de alguns títulos do Tesouro norte-americano, cujos juros era obrigado a declarar. Sua *déclaration* na França dizia respeito apenas à renda obtida no país (um pouco para Heloise, para ele não), enquanto os americanos exigiam conhecer a renda global dele. Embora mantivesse o passaporte dos Estados Unidos, Tom era residente francês. Era necessário fazer um relatório separado para Pierre Solway em inglês, já que o contador cuidava também dos impostos dos Ripley em solo americano. Era enlouquecedor. A burocracia era a maldição do povo francês, e até mesmo o mais humilde dos cidadãos precisava preencher uma penca de formulários para ter direito ao seguro-saúde do Estado. Por mais que Tom gostasse de matemática ou de aritmética simples, era um tédio ter que copiar as despesas de correio do registro do mês anterior, e ele encarou o papel pautado verde-claro, muito eficiente, receitas em cima, despesas embaixo, e xingou-o com um palavrão bem feio. Mais alguns minutos e teria completado a hora inteira, pronto. Aqueles gastos eram referentes a julho e deveriam ter sido listados no fim de tal mês, mas já estavam no fim de agosto.

Voltou os pensamentos para Frank, que naquele momento redigia o relato sobre o último dia do pai. De vez em quando, ouvia os leves cliques da máquina de escrever. O garoto a tinha levado para o quarto. Chegou a escutar um "Uff!" exaurido vindo de lá. Estaria ele sofrendo? Houve silêncios tão longos da máquina que Tom se perguntou se o garoto estaria escrevendo parte do texto a mão.

Juntou a última leva de recibos — telefone, energia elétrica, conta de água, conserto do carro — e sentou-se para um último esforço, decidido a terminar. E conseguiu concluir, finalmente, a tabela e os recibos, mas não os cheques cancelados, porque esses o banco francês guardava. Tom colocou os documentos dentro de um envelope pardo, a ser guardado dentro de um envelope maior junto com os outros relatórios mensais que seriam enviados para Pierre Solway. Enfiou o envelope grande dentro de uma gaveta da escrivaninha e levantou-se com uma sensação de alegria e virtude.

Espreguiçou-se. E bem nesse instante um dos discos de rock de Heloise começou a tocar no andar de baixo. Justo o que ele precisava! Era um disco de Lou Reed. Tom foi até o banheiro e lavou o rosto com água fria. Que horas seriam? Seis e cinquenta e cinco, já! Decidiu contar sobre Eric para a esposa.

Na mesma hora, Frank saiu do outro quarto.

— Eu ouvi a música — comentou, ainda no corredor. — É o rádio? Não, é um disco, não é?

— Sim, de Heloise. Vamos descer.

O garoto tinha trocado o suéter por uma camisa, que estava para fora da calça. Deslizou escada abaixo com um sorriso feliz, como alguém em transe, achava Tom. A música havia mesmo despertado algo em Frank.

Heloise tinha aumentado o volume e dançava sozinha na sala, com movimentos ritmados dos ombros, mas parou quando os dois desceram a escada, tímida, e diminuiu o volume.

— Não precisa abaixar por minha causa! — avisou Frank. — Eu gosto!

Tom percebeu que os dois iriam se dar bem no departamento de música e dança.

— Acabei as malditas contas! — anunciou ele bem alto. — Está pronta? Está bonita!

Heloise usava um vestido azul-claro com um cinto de verniz preto e sapatos de salto.

— Liguei para Agnès. Ela me disse que eu chegasse mais cedo para podermos conversar.

Frank a encarou com admiração renovada.

— A senhora gosta desse disco?

— Gosto, sim!

— Eu sempre escuto em casa.

— Podem dançar — disse Tom, alegre.

Logo viu, porém, que Frank estava um pouco constrangido. *Que vida complicada a desse garoto*, pensou, *um minuto atrás escrevendo sobre assassinato e de repente mergulhado no rock.*

— Fez algum avanço? — perguntou baixinho.

— Sete páginas e meia. Algumas escritas a mão. Fiquei revezando.

Heloise, em pé junto ao gramofone, não tinha escutado as palavras do garoto.

— Querida, vou buscar um amigo de Reeves amanhã à noite. Ele vai ficar só uma noite. Billy pode ficar no meu quarto, então vou dormir com você.

A esposa virou o rosto bonito e maquiado na direção dele.

— Que amigo?

— Reeves disse que o nome do sujeito é Eric. Vou buscá-lo em Moret. Não temos nenhum compromisso amanhã à noite, temos?

Ela negou com a cabeça.

— Acho que vou indo.

Foi até a mesinha do telefone, onde havia deixado a bolsa, e pegou uma capa de chuva transparente no armário perto da porta, já que o tempo não parecia firme.

Tom a acompanhou até o Mercedes-Benz.

— A propósito, querida, não comente com os Grais sobre nosso hóspede. Não diga nada sobre o garoto americano. Diga apenas que estou esperando um telefonema hoje. E só.

O rosto dela se acendeu com uma ideia repentina.

— Por acaso está *escondendo* Billy? Para fazer um favor a Reeves? — perguntou pela janela aberta do carro.

— Não, querida. Reeves nunca ouviu falar de Billy! Ele é só um garoto americano que veio ajudar no cuidado do nosso jardim. Mas você sabe que Antoine não passa de um burguês esnobe. "Colocar um jardineiro no quarto de hóspedes!" Enfim, divirta-se — desejou Tom, e se curvou para lhe dar um beijo no rosto. — Promete?

Queria saber se ela prometia não dizer nada sobre Billy, e pôde ver pelo sorriso calmo e bem-humorado e pelo seu meneio de cabeça que atenderia ao pedido. Heloise sabia que Tom fazia favores para Reeves de vez em quando, e tinha suspeitas em relação a alguns deles, mas não a todos. De um jeito ou de outro, esses favores significavam dinheiro ganho ou adquirido, o que era útil. Tom abriu os grandes portões e acenou quando a esposa passou e dobrou à direita.

Às nove e quinze da noite, Tom estava deitado na cama, sem sapatos, lendo o relato de Frank. Dizia:

```
Sábado, 22 de julho, tinha começado como um
dia normal. Nada fora do comum. Fazia sol e era
o que todos chamavam de um dia esplêndido, re-
ferindo-se ao clima. Ao olhar para trás, esse
dia me parece duplamente estranho, porque de
```

manhã eu não fazia ideia de como tudo iria terminar. Não tinha planos em relação a nada. Por volta das três da tarde, lembro-me de Eugene me perguntar se eu queria jogar uma partida de tênis, já que não havia nenhuma visita (hóspede) e ele estava com tempo. Recusei, nem sei por qual motivo. Tentei ligar para Teresa. Sua mãe atendeu e disse que ela tinha saído (Bar Harbor) e, que iria passar parte da noite fora e só voltaria para casa depois da meia-noite. Fiquei muito enciumado e me perguntei com quem ela estaria, se com várias pessoas ou com uma só, mas o sentimento teria sido o mesmo. Decidi que iria a Nova York no dia seguinte, acontecesse o que acontecesse, mesmo sem poder ficar no nosso apartamento, fechado durante o verão, com direito a panos por cima dos móveis e tudo o mais. Telefonaria para Teresa e a convenceria a ir até Nova York, e poderíamos alugar um quarto de hotel por vários dias, ou então ela poderia ficar comigo no apartamento. Eu queria tomar uma *atitude*, e Nova York me parecia uma ótima ideia, uma experiência que agradaria aos dois. Eu possivelmente já estaria em Nova York, não fosse o fato de meu pai insistir para que eu "conversasse seriamente" com um sujeito chamado Bumpstead ou algo do tipo, que iria passar umas duas semanas de férias em Hyannisport. Segundo meu pai, o tal Bumpstead tinha cerca de 30 anos e era empresário. Tenho certeza de que meu pai achava que era uma idade jovem o bastante para me converter... ao modo de vida dele, aos negócios. O sujeito chegaria no dia seguinte, mas acabou não indo por causa do ocorrido.

(Nesse ponto, Frank tinha passado a escrever com uma caneta esferográfica.)

Mas eu tinha coisas mais grandiosas em mente, minha vida inteira, se possível. Estava tentando resumir minha vida, como diz Maugham em um livro que batizei de *O resumo*, mas não tenho certeza de que conseguiria ou de que iria muito longe com isso. Eu andava lendo alguns contos de Somerset Maugham (muito bons), e eles pareciam entender tudo em apenas umas poucas páginas. Tentei entender qual era o propósito da minha vida, como se minha vida tivesse algum significado, o que não é necessariamente o caso, é claro. Tentei pensar no que eu queria da vida, e tudo que me veio à mente foi Teresa, porque sou tão feliz quando estou com ela, e ela também parece feliz, e achei que juntos conseguiríamos encontrar o tal significado, ou a felicidade, ou o futuro. Sei que eu quero ser feliz e acho que todos deveriam ser felizes, não limitados por nada nem ninguém. Com isso quero dizer confortáveis fisicamente e em relação a como vivem. Mas

(Frank havia riscado o "mas" e voltado para a máquina de escrever.)

Depois do almoço com Tal, amigo da minha mãe, meu pai, como de costume, fez algum comentário sobre mandar consertar o relógio de pêndulo do andar de baixo. Está quebrado há mais de um ano e meu pai vivia falando em mandar para o conserto, mas não confiava em nenhum dos relojoeiros das redondezas nem queria mandar o relógio todo para Nova York. É uma relíquia da família dele. Fiquei entediado durante o almoço. Minha mãe e Tal conseguiram se divertir, mas eles têm as próprias piadas sobre os amigos nova-iorquinos.

Mais tarde, ouvi meu pai gritar ao telefone da biblioteca com alguém em Tóquio. Fiquei esperando no corredor, deixando a mente vagar para outros lugares. Ele avisou que queria ter uma conversa comigo e pediu que eu fosse à biblioteca por volta das seis da tarde. Podia muito bem ter me dito isso na hora do almoço. Então fui para o meu quarto com raiva. Os outros começaram a jogar croquê no gramado lateral.

Eu detestava meu pai, reconheço, e ouvi dizer que muitas pessoas detestam os pais. Isso não significa que alguém precise matar o pai. Acho que até agora não consigo me dar conta do que fiz, por isso consigo andar por aí como um ser humano mais ou menos normal, embora não devesse. Por dentro, me sinto diferente, nervoso, e talvez nunca vá superar o que aconteceu. Por isso, depois de fazer o que fiz, decidi procurar T. R., por quem eu sentia um interesse inexplicável. Em parte, isso se devia ao mistério da pintura de Derwatt. Minha família tem um Derwatt, e meu pai ficou interessado um ou dois anos atrás quando havia suspeitas de que alguns quadros eram falsificados ou copiados. Eu tinha uns 14 anos na época. Vários nomes foram citados nos jornais, quase todos de Londres. Derwatt morava no México, e eu andava lendo vários livros de espionagem, então fiquei interessado e fui à grande biblioteca de Nova York procurar as referências de todos aqueles nomes nos arquivos dos jornais, como os detetives fazem. As referências a T. R. pareciam as mais interessantes, um americano que vivia na Europa, tinha morado na Itália, algo sobre um amigo ter lhe deixado uma dinheirama ao morrer, sinal de que devia gostar de T. R., e também algo sobre um americano desaparecido relacionado ao mistério de Derwatt, um tal de Murchison, cujo sumiço acontecera depois de ele ter visitado a casa de T. R. Ao ler essas coisas, pensei que T. R. talvez também tivesse matado alguém, só talvez, mas que de toda forma não parecia durão, nem mesmo pomposo, pois havia duas fotos dele nos artigos de jornal que eu vi. Ele era bastante bonito e não parecia cruel. Quanto a ter matado alguém, isso parecia longe de estar provado.

(A partir desse ponto, Frank tornou a pegar a caneta.)

Nesse dia eu pensei, não pela primeira vez: por que deveria me juntar ao antigo sistema, que já tinha matado os ratos que faziam parte dele? Que tinha matado e mataria muitos outros com suicídios, colapsos nervosos, talvez com uma simples loucura? Johnny já havia se recusado terminantemente a se envolver nessas coisas, e, sendo mais velho do que eu, devia saber o que estava fazendo, pensei. Por que eu não deveria seguir Johnny em vez do meu pai?

Esta carta é uma confissão, e eu confesso agora para apenas uma pessoa, T. R., que matei meu pai. Empurrei a cadeira dele da beira daquele penhasco. Às vezes não consigo acreditar que fiz isso, e no entanto sei que fiz. Já li sobre covardes que não querem encarar os próprios atos. Eu não quero ser assim. Às vezes tenho um pensamento cruel: meu pai já tinha vivido demais. Na maior parte do tempo, ele era cruel e frio com Johnny e comigo. Às vezes mudava de atitude, sim, mas vivia tentando nos convencer ou nos fazer mudar. Teve a própria vida, duas esposas, garotas antes disso, dinheiro a rodo, luxo. Estava em uma cadeira de rodas havia onze anos porque um "inimigo profissional" tentara abatê-lo a tiros. Meus atos terão sido tão graves assim?

Estou escrevendo estas linhas para T. R. apenas, porque ele é a única pessoa do mundo a quem eu contaria esses fatos. Sei que ele não me detesta, porque me abrigou na própria casa, onde estou neste exato momento.

Eu quero ser livre e me sentir livre. Só quero ser livre e ser eu mesmo, seja lá o que isso signifique. Acho que T. R. é livre no espírito, nas atitudes. Ele também parece gentil e educado com as pessoas. Acho que devo parar por aqui. Talvez já tenha dito o bastante.

Música é bom, qualquer tipo de música, clássica ou seja qual for. Não estar em nenhum tipo de prisão, isso é bom. Não manipular os outros, isso é bom.

Frank Pierson

A assinatura era firme e legível, sublinhada com o que parecia ser uma tentativa de ênfase. Tom desconfiou que sublinhar a assinatura não fosse costume do garoto.

O relato era tocante, mas ele tivera esperança de ler uma descrição do exato momento em que Frank empurrara o pai da beira do precipício. Seria esperar demais? Teria o garoto apagado a cena da memória, ou seria ele incapaz de traduzir em palavras o instante de violência, o que exigiria, além da descrição de um ato físico, uma análise? Provavelmente uma tendência saudável à autopreservação impedia Frank de voltar àquele instante específico, pensou Tom, e se viu obrigado a reconhecer que também não tinha o menor interesse em analisar ou reviver os sete ou oito assassinatos que já cometera, sendo o pior de todos, sem dúvida, o de Dickie Greenleaf, morto a pancadas com a pá ou o cabo de um remo. Havia sempre algo de curioso e secreto, além de horrível, no ato de tirar a vida de outro ser. Talvez as pessoas não quisessem encarar a verdade pelo simples fato de não conseguirem compreender. Era muito fácil assassinar alguém no caso de um matador de aluguel, supunha Tom, livrar-se de algum membro de gangue ou inimigo político desconhecido. Mas Tom conhecia Dickie muito bem, e Frank conhecia o pai. Daí o esquecimento, talvez, ou assim ele suspeitava. De toda forma, não tinha intenção de pressionar mais o garoto.

Ainda assim, sabia que Frank devia estar ansioso para ouvir a opinião dele sobre o relato e que no mínimo iria querer algum elogio pela franqueza, e de fato dava para ver que tentara ser honesto.

O garoto estava no salão. Tom tinha ligado a TV para ele depois do jantar, mas Frank evidentemente ficara entediado (algo muito provável em um sábado à noite), pois colocara o disco de Lou Reed para tocar outra vez, embora não tão alto quanto Heloise o pusera. Tom deixou no quarto as páginas escritas pelo hóspede e desceu.

Frank estava deitado no sofá amarelo, com os pés cuidadosamente estendidos para não sujar o cetim, as mãos atrás da cabeça e os olhos fechados. Nem sequer havia escutado a aproximação de Tom. Ou estaria dormindo?

— Billy?

Mais uma vez, Tom tentou manter o nome falso na mente pelo tempo que fosse necessário, e quanto seria?

O garoto se sentou na mesma hora.

— Sim, senhor.

— Acho que seu relato está muito bom... Interessante, para o que é.

— Acha mesmo? Como assim, para o que é?

— Eu tinha esperança...

Tom olhou de relance para a cozinha e viu pela porta entreaberta que a luz já estava apagada. Entretanto, tinha decidido interromper a frase. Por que forçar os próprios pensamentos na mente de um garoto de 16 anos?

— Bem, no momento em que você fez o que fez, quando correu para a frente em direção à borda do penhasco...

Frank assentiu depressa.

— Incrível eu mesmo não ter caído. Penso muito nisso.

Tom entendia, mas não foi isso que ele quis dizer. Estava se referindo à consciência de ter posto fim à vida de outra pessoa. Se o garoto até então havia escapado desse mistério, ou da perplexidade que causava, então talvez fosse melhor assim, pois o que se poderia ganhar ao pensar no assunto, ou mesmo ao compreender o significado de tal ato? Seria a compreensão sequer possível?

Frank esperou em silêncio, mas Tom não tinha mais nada a acrescentar.

— O senhor já matou alguém? — perguntou o garoto.

Tom se aproximou do sofá, tentando adotar uma postura mais relaxada, ao mesmo tempo que se distanciava mais dos aposentos de Madame Annette.

— Já, sim.

— Até mais de uma pessoa?

— Para ser sincero, sim.

O garoto devia ter vasculhado muito bem o dossiê sobre ele nos arquivos dos jornais da Biblioteca Pública de Nova York e usado também um pouco de imaginação. Suspeitas, boatos, nada além disso, Tom sabia, nunca uma acusação direta. A morte de Bernard Tufts nas montanhas próximas a Salzburgo, estranhamente, tinha sido o mais perto que Tom chegara de ser acusado, mas Bernard, que Deus desse o descanso àquela alma atormentada, na verdade cometera suicídio.

— Acho que ainda não assimilei o que fiz — admitiu Frank com a voz quase inaudível. Seu cotovelo esquerdo repousava no braço do sofá, uma postura mais relaxada do que a de alguns minutos antes, embora não estivesse nem de longe relaxado. — Algum dia vou conseguir?

Tom deu de ombros.

— Talvez nós não sejamos capazes de encarar o fato.

O "nós" nessa hora teve um significado especial para Tom. Não estava conversando com um matador de aluguel, e já conhecera alguns.

— Espero que não se importe de eu ter colocado a mesma música de antes. Teresa tem o disco, e eu também, e nós sempre escutávamos juntos. Então…

Frank não conseguiu completar a frase, mas Tom entendeu, e ficou satisfeito ao ver que a expressão do garoto parecia tender mais para a autoconfiança, para um sorriso até, do que para as lágrimas de um colapso nervoso. *Que tal ligar para Teresa agora*, quis dizer Tom, *aumentar o som e dizer a ela que você está bem e está indo para casa?* Mas já sugerira essa ideia uma vez, sem resultado. Ele puxou uma das cadeiras estofadas.

— Sabe… Frank, se ninguém desconfia de você, não tem motivo nenhum para se esconder. Talvez possa voltar para casa… em breve, agora que colocou tudo para fora. Não acha?

Os olhos de Frank encontraram os de Tom.

— Eu só preciso ficar com o senhor por alguns dias. Vou trabalhar, sabe? Não quero ser um estorvo nesta casa. Talvez o senhor ache que eu represento alguma espécie de perigo.

— Não.

Representava certo perigo, sim, mas Tom não teria conseguido explicar o motivo exato sem recorrer ao fato de que o nome Pierson era perigoso porque poderia chamar a atenção de sequestradores.

— Vou arrumar um passaporte novo para você... semana que vem, no máximo. Com outro nome.

Frank sorriu como se Tom tivesse lhe oferecido uma surpresa, um presente.

— Vai? Como?

Mais uma vez Tom relanceou o olhar para a cozinha, apreensivo, mas não havia indício algum de que alguém os ouvia.

— Vamos a Paris na segunda tirar uma foto nova. O passaporte vai ser feito em Hamburgo.

Tom não tinha o costume de revelar o nome do contato em Hamburgo, Reeves Minot.

— Encomendei hoje. O telefonema da hora do almoço. Você vai ter outro nome americano.

— Ótimo!

A agulha pulou para outra faixa, um ritmo diferente, mais simples. Tom observou a expressão sonhadora do garoto. Estaria ele pensando na nova identidade ou na garota bonita chamada Teresa?

— Teresa também está apaixonada por você? — perguntou.

Frank ergueu um cantinho dos lábios, não exatamente em um sorriso.

— Ela não *diz* que está. Chegou a admitir uma vez, semanas atrás. Mas tem outros caras... Não que ela goste deles, mas vivem atrás dela. Eu sei, porque já lhe contei, acho que contei, que a família de Teresa tem casa perto de Bar Harbor, além de um apartamento em Nova York. Então eu sei. É melhor não fazer discursos sobre o que *eu* sinto... nem para ela nem para ninguém. Mas *ela* sabe.

— Ela é sua única namorada?

Frank sorriu.

— Ah, sim. Não consigo imaginar gostar de duas meninas ao mesmo tempo. Um pouco, talvez, mas não de verdade.

Tom o deixou escutando a música.

Estava no próprio quarto, de pijama, lendo *Christopher and His Kind*, de Christopher Isherwood, quando ouviu um carro entrando em Belle Ombre. Heloise. Olhou para o relógio de pulso: cinco para a meia-noite. Frank ainda estava no andar de baixo escutando discos, perdido nos próprios devaneios, imaginava Tom, e torcia para que estivesse aproveitando o momento. Ouviu o carro soltar um *vrrrum* antes de o motor ser desligado e percebeu que não era Heloise. Pulou da cama, agarrou o roupão e o vestiu enquanto descia a escada. Abriu de leve a porta e viu o Citroën creme de Antoine Grais no cascalho em frente aos degraus. Heloise desceu pelo lado do carona. Tom fechou a porta e girou a chave.

Frank estava em pé na sala, com uma expressão preocupada.

— Vá lá para cima — instruiu Tom. — É Heloise. Ela voltou com uma visita. Apenas suba e feche a porta do quarto.

O garoto correu.

Tom estava andando em direção à porta quando a esposa girou a maçaneta. Ele a destrancou e Heloise entrou, seguida de Antoine, que exibia um sorriso afável. Os olhos do homem se ergueram em direção à escada. Será que tinha escutado alguma coisa?

— Como vai, Antoine? — perguntou Tom.

— Tome, que coisa mais estranha! — disse Heloise em francês. — O carro não quis pegar, simplesmente não ligou! Então Antoine fez a gentileza de me trazer em casa. Entre, fique à vontade! Antoine acha que é só...

A voz de barítono do sujeito a interrompeu:

— Acho que é mau contato na bateria. Dei uma olhada. Precisa de uma chave grande, uma limpeza com lixa. Coisa simples. Só que eu não tenho a chave grande. Ha-ha. Como vai, Tome?

— Muito bem, obrigado.

Os três estavam na sala, onde a música ainda tocava.

— Posso lhe oferecer alguma coisa, Antoine? — acrescentou Tom. — Sente-se.

— Ah, chega de música de espineta — queixou-se Antoine, referindo-se ao gramofone, e pareceu farejar o ar como na esperança de captar algum aroma de perfume.

Tinha cabelos pretos já grisalhos e um físico atarracado que naquele momento se balançava, apoiado na ponta dos pés.

— Qual é o problema com rock? — quis saber Tom. — Espero que meu gosto seja católico.

Enquanto observava os olhos de Antoine percorrerem a sala em busca de alguma pista sobre quem poderia ter subido correndo a escada, talvez, Tom se lembrou da discussão enfadonha que os dois haviam travado certa vez por causa da estrutura azul-clara parecida com um tubo de borracha chamada Centre Pompidou, ou Beaubourg. Tom a detestava, Antoine a defendia com a desculpa de que era "nova demais" para o olho destreinado de Tom conseguir apreciar (era isso que parecia sugerir, ao menos).

— Você está com um amigo? Sinto muito incomodar — disse Antoine. — Homem ou mulher?

A intenção foi ser engraçado, mas a pergunta teve um tom curioso desagradável.

Tom teria batido nele com prazer, mas apenas deu um sorrisinho com os lábios contraídos e respondeu:

— Adivinhe.

Heloise estava na cozinha durante esse diálogo, e logo apareceu com uma pequena xícara de café para a visita.

— Tome aqui, Antoine, meu caro. Um pouco de *force* para a volta para casa.

O abstêmio Antoine bebia apenas um pouco de vinho no jantar.

— Sente-se, Antoine — sugeriu Heloise.

— Não, minha cara, assim está bem — disse Antoine, e tomou um golinho de café. — Nós vimos a luz no quarto, sabe, e a luz da sala acesa... então eu me convidei para entrar.

Tom assentiu com educação, como o movimento de um pássaro de brinquedo. Estaria Antoine pensando que uma garota — ou um garoto — havia fugido imediatamente para o quarto de Tom, e que Heloise era conivente? Tom cruzou os braços, e bem nessa hora o disco acabou.

— Tome vai me levar até Moret amanhã, Antoine — contou Heloise. — Vamos até a oficina e depois levamos o mecânico até a sua casa para buscar o carro. Marcel. Você o conhece?

Antoine pousou a xícara vazia, eficiente como sempre, mesmo para tomar café quente depressa.

— Está ótimo, Heloise. Agora preciso ir. Boa noite, Tome.

Heloise e Antoine trocaram despedidas à moda francesa perto da porta, beijos no rosto, um, dois. Tom detestava aquilo. Com certeza em nada se pareciam com "os beijos franceses" dos Estados Unidos, expressão usada para se referir a beijos de língua. Aqueles nada tinham de sensual, eram apenas bobos. Teria Antoine conseguido ver as pernas de Frank correndo escada acima? Tom achava que não.

— Então Antoine suspeita que eu tenha uma namorada! — comentou com uma risadinha depois de Heloise fechar a porta.

— É claro que não! Mas por que você está escondendo Billy?

— Não estou, é ele quem está se escondendo. Até de Henri ele tem um pouco de vergonha, acredite se quiser. Enfim, querida, deixe que eu cuido do Mercedes na terça.

Só poderia ser na terça-feira, porque o dia seguinte era domingo e a oficina a que recorriam, como a maioria das oficinas francesas, só abria de terça a sábado.

Heloise tirou os sapatos de salto e ficou descalça.

— Noite agradável? Tinha mais alguém lá?

Tom guardou o disco na capa.

— Um casal de Fontainebleau, outro arquiteto… mais jovem do que Antoine.

Ele mal escutou. Estava pensando nas páginas de Frank sobre a escrivaninha no quarto, no lugar em que em geral ficava a máquina de escrever. Heloise começara a subir a escada. Como o garoto estava no quarto de hóspedes, ela vinha usando o banheiro de Tom na maior parte do tempo. Tom continuou a guardar os discos. Só faltava um. A esposa não era de parar e remexer papéis de qualquer natureza sobre a escrivaninha. Tom apagou as luzes da sala, trancou a porta da frente e subiu. Heloise estava no próprio quarto, tirando a roupa, imaginava ele. Pegou o relato de Frank, prendeu as folhas com um clipe de papel e as guardou na gaveta de cima, depois pensou melhor e as colocou em uma pasta intitulada PESSOAL. Frank precisaria se livrar daquelas páginas, pensou, independentemente do seu mérito literário. Tom as queimaria. No dia seguinte. Com o consentimento do garoto, claro.

7

No dia seguinte, domingo, Tom levou Frank para conhecer a floresta de Fontainebleau, a oeste da cidade, pois o garoto ainda não a conhecia. Escolheu um trecho pouco movimentado, sabendo que quase ninguém fazia caminhadas ou turismo ali. Heloise não quis participar do passeio, preferiu ficar em casa tomando sol e lendo um romance que Agnès Grais lhe emprestara. Ela ficava bronzeada com bastante facilidade. Nunca exagerava no banho de sol, mas às vezes a pele ficava um pouco mais escura do que os cabelos loiros. Talvez fosse dotada de uma conveniente mistura de genes, já que a mãe era loira e o pai, obviamente, tinha sido moreno na juventude, pois os parcos cabelos do patriarca formavam uma franja castanho-escura com fios grisalhos, o que, para Tom, dava-lhe uma aura santa, embora nada estivesse mais distante da verdade.

Já perto do meio-dia, Tom e Frank estavam no carro a caminho de Larchant, um vilarejo tranquilo localizado vários quilômetros a oeste de Villeperce. Desde o século X, a catedral de Larchant já fora atingida e quase destruída por alguns incêndios. As casinhas geminadas ao longo de ruas de paralelepípedos pareciam saídas de livros infantis, demasiado pequenas para abrigar um casal, o que fez Tom considerar que seria interessante voltar a morar sozinho. Mas quando ele havia morado sozinho? Passara a infância tendo que aturar a maldita tia Dottie, dotada de excentricidade em relação a tudo que não fosse dinheiro, até ir embora da casa dela em Boston na adolescência. Depois tinha pulado de um muquifo para outro em Manhattan, exceto quando se aboletava no quarto de hóspedes ou no sofá de amigos mais abastados. Em seguida Mongibello e Dickie Greenleaf, aos 26 anos. E por que tudo isso passava pela cabeça de Tom enquanto ele olhava para cima e observava o interior creme e acinzentado da catedral de Larchant?

Ele e Frank eram as únicas pessoas ali. Larchant atraía tão poucos turistas que Tom não temia que o garoto fugitivo fosse visto. Já do *château* de Fontainebleau era melhor ficar longe, por exemplo, devido à clientela internacional. Além disso, Frank provavelmente já o tinha visitado. Tom não perguntou.

No balcão vazio perto da porta, Frank comprou alguns postais da catedral e depositou obedientemente a soma correta na fenda de uma caixa de madeira. Ao ver a mão ainda cheia de francos e *centimes*, despejou tudo dentro.

— Sua família frequenta a igreja? — perguntou Tom enquanto desciam um declive íngreme de paralelepípedos em direção ao carro.

— Não, não — respondeu o garoto. — Meu pai sempre disse que a Igreja era um retrocesso cultural, e minha mãe não tem a menor paciência para isso. Nenhum tipo de pressão a convence.

— Sua mãe está apaixonada por Tal?

Frank o encarou e riu.

— Apaixonada? Minha mãe sempre esconde o jogo. Talvez *esteja*, mas ela nunca se comporta feito uma boba, nunca demonstra. Já foi atriz, sabe? Acho que consegue atuar até na vida real.

— Você gosta de Tal?

Frank deu de ombros.

— Acho que ele é razoável. Já vi piores. Ele é do tipo que gosta de ar livre e é bastante atlético, até, levando em conta que é advogado. Eu deixo os dois em paz, sabe?

Tom ainda estava curioso para saber se a mulher pretendia se casar com Talmadge Stevens, mas que diferença faria? Frank era mais importante e, pelo visto, não ligava para o dinheiro da família, caso a mãe e Tal, por algum motivo, talvez até por suspeita de parricídio, decidissem deixar o rapaz sem nada.

— Aquelas páginas que você escreveu... Seria melhor destruir tudo. É perigoso ficar com elas, não acha?

Olhando para onde pisava, o garoto pareceu hesitar.

— Sim — respondeu com firmeza.

— Se alguém as encontrasse, não daria para fingir que é só uma historinha de ficção, não com todos aqueles nomes.

Ele poderia até tentar, pensou Tom, mas seria um pouco estranho alegar tal coisa.

— Ou está considerando confessar? — acrescentou, em um tom que sugeria ser uma completa loucura o que acabara de dizer, fora de cogitação.

— Ah, não. De jeito nenhum.

A firmeza dessa negativa agradou a Tom.

— Então está certo. Com a sua permissão, vou me livrar das páginas hoje à tarde. Talvez você queira ler tudo uma última vez? — perguntou, já abrindo a porta do carro.

O garoto fez que não com a cabeça.

— Acho que não. Já li uma vez.

Após o almoço em Belle Ombre, Tom foi para o jardim (pois Heloise ensaiava diante da espineta, perto da lareira da sala) com as páginas dobradas ao meio. Frank estava perto da estufa, com a pá na mão, vestido com o jeans lavado e passado por Madame Annette. Tom queimou as páginas em um canto afastado do jardim, perto de onde começava a mata.

Pouco antes das oito horas da noite, Tom foi de carro até Moret buscar Eric Lanz, amigo de Reeves, na estação de trem. Frank quis ir junto e voltar andando, e insistiu que conseguiria voltar para Belle

Ombre a pé. Relutante, Tom acabou por concordar. Antes de sair, dissera a Heloise:

— Billy vai jantar no quarto hoje. Não quer encontrar um desconhecido, e eu também não quero que esse amigo de Reeves o veja aqui.

— Ah, é? Por quê? — perguntara a esposa.

— Porque ele pode tentar contratar Billy para algum pequeno trabalho. Não quero que o garoto se meta em encrenca, mesmo se for bem remunerado. Você conhece Reeves e os amiguinhos dele.

Heloise de fato os conhecia, e com frequência Tom precisava repetir para a esposa que "Reeves é *mesmo* útil... às vezes", o que poderia significar, e significava, que Reeves era capaz de fazer serviços muito necessários, como providenciar passaportes novos, agir como intermediário, oferecer um lugar seguro para ficar em Hamburgo. Heloise nem sempre entendia o que estava acontecendo, mas também não fazia a menor questão de entender. Era melhor assim. Desse jeito, seu pai bisbilhoteiro também não conseguia extrair muita coisa da filha.

Em uma clareira na beira da estrada, Tom encostou o carro e parou.

— Vamos combinar uma coisa, Billy. Você está a três ou quatro quilômetros de Belle Ombre, uma boa caminhada. Não quero levar você até Moret.

— Tudo bem.

O garoto começou a abrir a porta do carro.

Tom tirou do bolso da calça uma caixa plana. Era um estojo de base de maquiagem que havia pegado na penteadeira de Heloise.

— Espere um instante. Não quero esse sinal aparecendo.

Passou uma camada do produto na bochecha do garoto e espalhou até ficar uniforme.

Frank abriu um sorriso.

— Isso faz com que eu me sinta um bobo.

— Fique com o estojo. Heloise não vai dar falta, tem muitos outros produtos. Vou voltar um quilômetro.

Tom retornou. Quase não havia tráfego.

O garoto não disse nada.

— Quero que esteja em casa antes de eu voltar. Não daria para você aparecer depois e entrar pela porta da frente — explicou Tom, e parou o carro a apenas um quilômetro de Belle Ombre. — Bom passeio. Madame Annette serviu seu jantar no meu quarto... Ou vai servir. Eu disse a ela que você queria ir para a cama cedo. Fique no meu quarto. Está bem, Billy?

— Sim, senhor.

O garoto então sorriu e, com um aceno, afastou-se em direção a Belle Ombre.

Tom novamente fez a volta e tomou o rumo de Moret. Chegou bem na hora em que o trem vindo de Paris descarregava os passageiros. Sentiu-se pouco à vontade, pois Eric Lanz sabia como ele era, mas ele não sabia nada sobre o sujeito. Andou devagar em direção ao portão de saída, onde um bilheteiro desleixado de quepe se curvava acima da passagem de cada passageiro para ver se era válida para o dia, embora Tom achasse que três quartos dos passageiros da França, por serem estudantes, idosos, funcionários públicos ou mutilados de guerra, de todo modo só pagavam meia tarifa. Não era de espantar que o sistema ferroviário francês estivesse sempre à beira da falência. Tom acendeu um Gauloises e olhou para o céu azul.

— Senhor...

Tom baixou a cabeça e olhou para o rosto sorridente de um homem baixo, de lábios rosados e bigode preto, vestido com um paletó quadriculado horrendo e uma gravata de listras berrantes. O visual era arrematado por óculos redondos de armação preta. Tom aguardou sem dizer nada. O sujeito não parecia nem um pouco alemão, mas nunca se sabia.

— Tom?

— Eu mesmo.

— Eric Lanz — apresentou-se o homem, com uma pequena mesura. — Como vai? E obrigado por me receber.

Eric trazia duas maletas de plástico marrom, ambas tão pequenas que poderiam ser consideradas bagagem de mão em uma aeronave.

— Ah, e saudações de Reeves! — acrescentou.

Ele abriu um sorriso largo, e então os dois caminharam até o carro, cuja posição Tom havia indicado com um gesto. Eric Lanz tinha um leve sotaque alemão.

— Fez boa viagem? — perguntou Tom.

— Sim! E sempre gosto de vir à França! — respondeu ele, como se estivesse pondo os pés em uma praia da Côte d'Azur, ou talvez adentrando um esplêndido museu de cultura francesa.

Por algum motivo, Tom estava se sentindo bastante amargurado, mas de que importava isso? Seria educado, ofereceria a Eric jantar, cama e desjejum, e o que mais o sujeito poderia querer? Eric não quis deixar as maletas nem mesmo nos bancos traseiros do Renault, preferiu manter as duas junto a ele. Tom partiu em direção a Belle Ombre.

— Ah, que alívio — disse Eric, arrancando o bigode. — Melhor assim. Chega dessa coisa de Groucho Marx.

O homem também tirou os óculos, como Tom pôde ver ao relancear para a direita.

— Esse Reeves! Ele é... ele é um pouco excessivo, como dizem os ingleses. Dois passaportes para uma coisa *assim*? — acrescentou.

Eric Lanz então efetuou a troca de passaportes ao pegar o documento do bolso interno do paletó e substituí-lo por outro, tirado dos fundos de um estojo de barbear que estava em uma das horrendas maletas de plástico.

O retrato do passaporte novo devia ser mais condizente com a aparência atual do sujeito, imaginava Tom. Qual seria o nome verdadeiro dele? Os cabelos eram mesmo pretos? O que mais ele fazia além daqueles trabalhos esporádicos para Reeves? Arrombava cofres? Roubava joias na Côte d'Azur? Tom preferiu não questionar.

— O senhor mora em Hamburgo? — perguntou em alemão, por educação e também para treinar o idioma.

— *Nein!* Em Berlim Ocidental. Bem mais divertido — respondeu Eric em inglês.

Talvez mais lucrativo também, supunha Tom, se aquele sujeito fosse um traficante de drogas ou de imigrantes ilegais. O que o camarada estaria transportando naquele momento? Conforme reparou, apenas os sapatos pareciam ser de qualidade.

— Tem compromisso com alguém amanhã? — indagou Tom, novamente em alemão.

— Sim, em Paris. Vou deixar o senhor em paz amanhã às oito da manhã, se for do seu agrado. Desculpe, mas Reeves não conseguiu combinar que o... o homem com quem devo me encontrar fosse me receber no aeroporto. Porque ele ainda não está aqui. Não tinha como estar.

Eles chegaram a Villeperce. Como Eric Lanz parecia bastante extrovertido, Tom se arriscou a perguntar:

— Está trazendo algo para ele? O que é? Se me permite a intromissão...

— Joias! — respondeu Eric Lanz, quase rindo. — Muito bonitas. Pérolas... Sei que hoje em dia ninguém liga para pérolas, mas essas são de verdade. E também um colar de *Smaragd!* Esmeraldas!

Ora, ora, pensou Tom, mas não falou nada.

— O senhor gosta de esmeraldas?

— Sinceramente, não.

As esmeraldas de fato não eram do agrado de Tom, talvez porque Heloise, por ter olhos azuis, não gostasse de verde. Tom também não gostava de mulheres que apreciavam esmeraldas ou que usavam verde.

— Eu estava pensando em mostrar as joias ao senhor. Estou muito satisfeito por termos chegado — comentou Lanz com um ar aliviado, enquanto Tom guiava o carro pelos portões abertos de Belle Ombre. — Ah, aí está a casa deslumbrante da qual Reeves tanto fala.

— Pode esperar aqui um instante?

— Está com algum convidado?

Eric Lanz pareceu ficar mais alerta.

— Não, não é isso.

Tom puxou o freio de mão. Tinha visto uma luz na janela do próprio quarto e supôs que Frank estivesse lá.

— Com licença, volto em um minuto.

Ele subiu aos pulos os degraus da frente e entrou na sala.

Heloise estava deitada de bruços no sofá amarelo, lendo um livro, com os pés descalços estendidos para trás.

— Está sozinho? — perguntou ela, surpresa.

— Não, não, Eric está lá fora. Billy já voltou?

Heloise se virou para se endireitar no sofá.

— Ele está lá em cima.

Tom tornou a sair para buscar Eric Lanz. Depois de apresentar o alemão a Heloise, propôs mostrar-lhe o quarto em que ficaria. Madame Annette entrou na sala e Tom fez as devidas apresentações.

— Monsieur Lanz, Madame Annette. Não se preocupe, Madame, eu mesmo mostro o quarto para o nosso convidado.

Lá em cima, no quarto que vinha sendo ocupado por Frank e agora já não havia mais sinal dele, Tom perguntou:

— Tudo bem eu ter apresentado o senhor à minha esposa como Eric Lanz?

— Ha-ha, é meu nome verdadeiro! É claro que está tudo bem.

Eric pôs as maletas de plástico no chão, junto à cama.

— Ótimo. O banheiro fica ali. Desça daqui a pouco para bebermos alguma coisa.

Já eram dez da noite e Tom se questionava se Eric Lanz de fato precisava pernoitar na casa. Afinal, o sujeito pegaria o trem em Moret às nove e onze da manhã seguinte, com destino a Paris, e deixara claro que, se necessário, poderia ir de táxi até a estação. No dia seguinte, Tom também iria a Paris de carro com Frank, mas não contaria isso a Eric.

Durante o café, Eric Lanz falou sobre Berlim, mas Tom só escutou por alto. Que cidade divertida! Muitos lugares ficavam abertos a noite inteira. Pessoas de todo tipo, *indivíduos*, liberdade total, um vale-tudo. Poucos turistas, só os estrangeiros chatos de sempre convidados para participar de alguma conferência. Cerveja excelente. Lanz andava bebendo a de uma marca chamada Mützig, vendida no supermercado de Moret, e afirmou que era melhor do que a Heineken.

— Mas para mim a melhor é a Pilsner-Urquell… *vom Fass*!

Eric Lanz parecia encantado com Heloise, e tentava exibir para ela o que tinha de melhor. Tom torceu para ele não se inspirar a ponto de sacar as joias naquela noite e mostrar a ela. Seria engraçado! Mostrar algumas joias para uma mulher bonita e depois recolher todas de volta, pois já tinham dono e não poderiam ser dadas de presente.

Eric começou a discorrer sobre possíveis greves industriais na Alemanha, observando que seriam as primeiras desde antes de Hitler. Ele tinha um ar inquieto e afetado e levantou-se pela segunda vez para admirar o teclado bege e preto da espineta. Heloise, entediada quase a ponto de bocejar, pediu licença antes do café.

— Desejo-lhe uma noite de sono agradável, Monsieur Lanz — despediu-se ela, sorrindo, antes de subir.

O sujeito continuou vidrado em Heloise, como se tivesse certeza de que sua noite de sono seria muito mais agradável se a anfitriã partilhasse a cama com ele. Quase tombou para a frente ao se levantar e fazer uma segunda mesura.

— Madame!

— Como vai Reeves? — indagou Tom casualmente. — Ainda naquele apartamento! — Ele deu uma risadinha.

Reeves e Gaby, a empregada de meio período, não estavam em casa quando o apartamento fora atingido por uma bomba.

— Sim, e com a mesma empregada! Gaby. Ela é um doce. Não tem medo de nada! Bom, ela gosta de Reeves. Ele deixa a vida dela um pouco mais animada, sabe?

Tom mudou de posição.

— Posso ver as joias que o senhor mencionou?

Achou que seria interessante entender mais do assunto.

— Por que não?

Lanz tornou a se levantar e lançou o que Tom torceu para ser um último olhar na direção da xícara de café e do copo de Drambuie vazios.

Subiram as escadas até o quarto de hóspedes. Escapava luz da fresta sob a porta dos aposentos de Tom. Aconselhara Frank a trancá-la por dentro e achava que o garoto devia ter feito isso mesmo, porque aquela situação exigia muita cautela. Eric abriu uma das maletas de plástico lotadas e vasculhou o fundo, talvez um fundo falso, até encontrar um pano roxo aveludado. Abriu o tecido na cama, revelando as joias.

O colar de diamantes e esmeraldas não causou a menor comoção em Tom. Não teria comprado a peça mesmo se tivesse dinheiro para tanto, nem para Heloise nem para ninguém. Havia também três ou quatro anéis, um de diamante de tamanho considerável, outro com apenas uma esmeralda.

— E estes dois aqui… são de safira — anunciou Eric Lanz, saboreando a palavra. — Não vou lhe dizer de onde vieram, mas são realmente valiosos.

Tom se perguntou se Elizabeth Taylor teria sido roubada recentemente. Achava incrível como as pessoas eram capazes de atribuir valor a objetos tão essencialmente feios, berrantes até, quanto aquele colar de diamantes e esmeraldas. Ele ficaria muito mais satisfeito com uma gravura de Dürer ou uma pintura de Rembrandt. Talvez seu gosto estivesse melhorando. Por acaso teria ficado impressionado com aquelas joias aos 26 anos de idade, época em que estava com Dickie Greenleaf em Mongibello? Talvez, mas exclusivamente pelo valor monetário dos objetos. E isso já era ruim o bastante. Àquela altura, porém, nem mesmo o valor o impressionava. Tinha, de fato, melhorado. Com um suspiro, disse:

— Muito bonitas. E ninguém deu uma olhada nas suas malas no Charles de Gaulle?

Eric riu baixinho.

— Ninguém se importa comigo. O bigode maluco, as roupas... chatas? Sim, chatas, vagabundas e de mau gosto, ninguém presta atenção em mim. Dizem que passar pela alfândega é questão de técnica, de atitude. Eu tenho a atitude certa: não casual demais, mas nem um pouco ansiosa. É por isso que Reeves gosta de mim. Para carregar coisas para ele, digo.

— Onde essas daqui vão parar?

Eric estava dobrando outra vez o pano roxo com as joias dentro.

— Não sei. Não é problema meu. Tenho um encontro amanhã em Paris.

— Onde?

O alemão sorriu.

— Em um lugar bem público. Na região de Saint-Germain. Acho que seria melhor não lhe contar nem a hora nem o local exatos — respondeu em tom de provocação e riu.

Tom também sorriu, sem dar a mínima importância. Era quase tão bobo quanto a história do conde italiano Bertolozzi. O conde tinha passado uma noite como hóspede em Belle Ombre transportando, sem saber, um microfilme dentro de um tubo de pasta de dentes. Na ocasião, Tom recordou-se, ele precisara roubar o tubo, a pedido de Reeves, do banheiro que nessa noite estava reservado a Eric Lanz.

— Por acaso tem relógio, ou devo pedir para Madame Annette acordar o senhor?

— Ah, tenho um *Wecker*... Um despertador, mas obrigado. Vamos sair um pouco depois das oito, que tal? Não me agrada muito a ideia de pegar um táxi, mas se for cedo demais para o senhor...

— Sem problemas — interrompeu Tom, afável. — Sou muito flexível quanto a horários. Durma bem, Eric.

Tom saiu, consciente de que Eric achou que ele não havia admirado as joias tanto quanto deveria.

Deu-se conta de que tinha esquecido o pijama, e não gostava de dormir sem roupa. A nudez podia vir no decorrer da noite se a pessoa assim desejasse, era o que Tom pensava. Com alguma hesitação, bateu de leve com a ponta dos dedos na porta do próprio quarto. Ainda era possível ver uma luz pela fresta.

— Sou eu — sussurrou, então escutou os passos leves e possivelmente descalços do garoto.

Frank abriu a porta e exibiu um sorriso largo.

Tom levou um dedo aos lábios, entrou, tornou a trancar a porta e, baixinho, explicou:

— Perdão, esqueci meu pijama.

Foi buscar as roupas no banheiro, aproveitando para pegar também os chinelos.

— Ele está lá? Que tipo de sujeito é? — quis saber Frank, apontando para o quarto ao lado.

— Não se importe com isso. Ele vai embora amanhã, logo depois das oito. Fique aqui neste quarto até eu voltar de Moret. Entendeu, Frank?

Tom reparou que o sinal na bochecha direita do garoto estava novamente visível. Decerto Frank havia lavado o rosto ou tomado um banho.

— Sim, senhor.

— Boa noite — despediu-se Tom, depois hesitou e deu-lhe uma palmadinha no braço. — Que bom que você está a salvo em casa.

Frank sorriu.

— Boa noite, senhor.

— Tranque a porta — orientou Tom antes de sair e fechá-la.

Ficou parado do lado de fora até ouvir o barulho da chave. Debaixo da porta do outro quarto, ocupado pelo alemão, era possível ver uma luz, e Tom escutou o barulho de água no banheiro e um cantarolar melodioso, que reconheceu como "Frag Nicht Warum Ich Weine" — uma pequena valsa doce e sentimental! Curvou o corpo em uma risada silenciosa.

Antes de entrar nos aposentos de Heloise, uma pergunta lhe veio à mente: será que Johnny Pierson apareceria na França com um detetive particular à procura do irmão? Se sim, quando? Aquilo era uma chateação, um pequeno problema. No dia seguinte, ele e Frank iriam à região da embaixada americana, pois era fácil tirar fotos para passaporte naquele distrito... E se Johnny estivesse na embaixada fazendo perguntas sobre o irmão? Por que se preocupar tanto com algo que ainda não tinha acontecido? E se acontecesse? Por que deveria proteger Frank com tanto zelo? Era só porque o garoto queria se esconder? Estaria se tornando um especialista em segredos e mistérios do naipe de Reeves Minot? Tom bateu na porta de Heloise.

— Pode entrar — disse ela.

Na manhã seguinte, Tom levou Eric Lanz, ainda sem bigode, até Moret para pegar o trem das nove e onze. Eric estava animado, tagarelando sobre as plantações pelas quais passavam, sobre a ineficiência subsidiada generalizada do agricultor francês e sobre o milho de qualidade inferior cultivado para alimentar os animais, que poderia ser destinado a consumo humano se passasse por melhorias.

— Mesmo assim... é bom estar na França. Vou visitar uma ou duas exposições de arte hoje, já que minha reunião vai terminar às... Hum... Cedo.

Tom não se importava com o horário da reunião, mas estava pensando em visitar o Beaubourg com Frank, pois o museu recebia no momento uma importante exposição chamada *Paris-Berlim*, e seria uma baita coincidência se Eric aparecesse lá na mesma hora que os dois, porque talvez estivesse a par do desaparecimento de Frank Pierson. Era curioso que nenhum jornal houvesse sugerido que Frank pudesse ter sido sequestrado, achava Tom, embora os sequestradores, claro, em geral anunciassem o pedido de resgate com bastante rapidez. Obviamente a família acreditava que Frank fugira por conta própria e que continuava sozinho. Seria um excelente momento para malfeitores pedirem algum resgate, fingindo que estavam com o garoto. Por que não? A ideia o fez sorrir.

— Qual é a graça? Pensei que o senhor, como americano, não fosse gostar de ouvir essas coisas — comentou Eric, tentando ser agradável, mas com um tom germânico inconfundível.

Ele vinha falando sobre a queda do dólar e as políticas inadequadas do presidente Carter em comparação com a administração astuta do governo de Helmut Schmidt.

— Perdão, eu estava distraído com um comentário de Schmidt ou de outra pessoa: "As questões financeiras dos Estados Unidos estão agora nas mãos de completos amadores."

— Exatamente!

Enfim tinham chegado à estação de Moret, então Eric não teve tempo de continuar. Houve apertos de mãos e muitos agradecimentos.

— Tenha um bom dia! — desejou Tom.

— Igualmente!

Eric Lanz sorriu e se foi, levando com ele as duas maletas de plástico.

Tom voltou de carro para Villeperce, viu o furgão amarelo do carteiro no centro do vilarejo fazendo a rota habitual e soube que a correspondência iria chegar no horário, às nove e meia. Aquilo o fez pensar em uma pequena obrigação que seria mais fácil de realizar ali do que na abarrotada Paris. Parou em frente aos Correios e entrou. Naquela manhã, ao tomar o primeiro café, tinha descido e escrito um bilhete para Reeves. "O garoto tem 16, 17 anos, mas *não* menos, no máximo um e oitenta de altura, cabelos castanhos lisos, nascido em qualquer lugar dos Estados Unidos. Mande para mim assim que possível por via expressa. E me diga quanto lhe devo. Obrigado desde já, com pressa. E. L. está aqui. Pelo jeito, tudo bem. Tom." Nos Correios de Villeperce, pagou mais 9 francos pela etiqueta vermelha de EXPRESSO, que a atendente colou no envelope. Ao pegar a carta, a moça comentou que não estava lacrada e Tom lhe disse que ainda precisava colocar algo dentro, assim levou o envelope para casa.

Frank estava na sala, vestido, terminando de tomar café.

Heloise pelo visto ainda não tinha descido.

— Bom dia. Como vai? — perguntou Tom. — Dormiu bem?

O garoto se levantou, todo empertigado, com aquele ar de reverência que sempre deixava Tom um pouco desconfortável. Às vezes Frank o encarava com uma expressão radiante, quase como se estivesse fitando Teresa, a garota por quem estava apaixonado.

— Sim, senhor. Foi levar seu amigo a Moret, não? Madame Annette me contou.

— Isso. Ele já foi. Vamos sair daqui a uns vinte minutos, está bem?

Tom observou o suéter marrom-claro de gola rulê do garoto e concluiu que era uma boa escolha de foto para passaporte. Na imagem do *France-Dimanche*, talvez a foto do passaporte atual, Frank estava de camisa e gravata, então seria melhor se parecesse menos formal no novo documento. Tom chegou mais perto e instruiu:

— Deixe os cabelos repartidos para a direita, mas tente deixar o topo e as laterais mais soltas. Vou recordá-lo disso novamente mais tarde. Tem um pente para levar?

Frank assentiu.

— Sim, senhor.

— E a maquiagem?

O garoto tinha escondido o sinal na bochecha, mas seria necessário manter o disfarce pelo resto do dia.

— Sim, está comigo.

Ele levou a mão ao bolso de trás.

Tom subiu a escada e viu que Madame Annette estava trocando os lençóis no quarto em que Eric Lanz passara a noite e, sempre muito econômica, os substituindo pelos mesmos que Frank vinha usando antes. Aquilo fez Tom se lembrar de uma cena que presenciara no dia anterior: Frank insistindo para que a governanta não trocasse os lençóis de Tom. Parecera preferir dormir neles, e Madame Annette, pelo visto, julgara isso bastante sensato.

— O senhor e o rapaz voltam hoje à noite, Monsieur Tome?

— Sim, a tempo de jantar, acredito eu.

Tom ouviu o furgão do carteiro prestes a estacionar. No armário do seu quarto, pegou um velho blazer azul que sempre tinha ficado um pouco apertado. Não queria que a foto do passaporte incluísse o interessante paletó de tweed estampado de Frank, caso o garoto decidisse usar aquele traje para a ocasião.

A fileira de sapatos no chão do armário atraiu o olhar de Tom. Todos engraxados com perfeição! Enfileirados feito soldados! Nunca tinha visto os mocassins Gucci tão reluzentes nem um brilho tão intenso nos de cordovão. Até os sapatos de festa de verniz, com laços bobos de gorgorão, pareciam novinhos em folha. Tom sabia que aquilo era obra de Frank. Vez ou outra Madame Annette dava uma escovada nos sapatos, mas nada como aquilo. Era impressionante. Frank Pierson, herdeiro milionário, engraxando sapatos! Tom fechou a porta do armário e desceu com o blazer.

A correspondência não trazia nada de interessante, dois ou três envelopes do banco, que Tom não se deu ao trabalho de abrir, e uma carta para Heloise cujo envelope estava endereçado com a caligrafia da amiga Noëlle. Ele rasgou o papel pardo do *International Herald--Tribune*. Frank ainda estava na sala, e Tom anunciou:

— Trouxe isso para você usar em vez daquele de tweed. Um de meus antigos paletós.

Frank vestiu o blazer com cuidado, sentindo um prazer evidente. As mangas estavam um pouco compridas, mas o garoto dobrou os braços delicadamente e disse:

— Que maravilha! Obrigado.

— Na verdade, pode ficar com ele.

O sorriso de Frank aumentou.

— *Obrigado...* mesmo. Com licença, já desço.

E subiu correndo a escada.

Tom passou os olhos pelo jornal e encontrou uma notinha no fim da página dois. "Família Pierson contrata detetive", dizia o modesto título. Não havia fotos. Ele leu:

A Sra. Lily Pierson, viúva do finado John J. Pierson, magnata da indústria alimentícia, enviou um detetive particular para a Europa atrás do filho Frank, 16 anos, que saiu de casa, no Maine, no fim de julho e cujo rastro foi localizado em Londres e Paris. Acompanhando o detetive está o filho mais velho, John, 19 anos, cujo passaporte o caçula levou ao deixar a residência da família. Acredita-se que a busca vá começar na região de Paris. Não há suspeita de sequestro.

Tom sentiu um desconforto e certo constrangimento ao ler aquilo, mas o que aconteceria se dessem de cara com o irmão de Frank e o detetive naquela tarde? A família queria apenas encontrar o garoto. Tom não comentaria nada a esse respeito e deixaria o jornal em casa. Heloise em geral mal lia as notícias, mas talvez desse falta dele caso Tom o jogasse fora. Será que os jornais da França diriam algo sobre o detetive particular e o irmão mais velho? E será que republicariam a foto de Frank?

O garoto estava pronto. Tom subiu para despedir-se da esposa.

— Você podia ter me convidado — disse ela.

A segunda atitude amarga da manhã. Aquilo não era do feitio de Heloise. Ela sempre tinha coisas a fazer.

— Queria que você tivesse me dito isso ontem à noite.

Ela estava usando um jeans listrado de rosa e azul e uma blusa rosada sem manga. Pouco importava o que uma pessoa bonita como Heloise vestisse em Paris no mês de agosto, mas Tom não queria que ela soubesse que Frank iria tirar foto para um passaporte.

— Nós vamos ao Beaubourg, e você já viu a exposição com Noëlle.

— Qual é o problema com esse Billy? — indagou ela enquanto franzia as sobrancelhas loiras, intrigada.

— Problema?

— Vive com um ar preocupado. E parece idolatrar você. Ele é *tapette*?

A palavra significava "homossexual".

— Não que eu tenha percebido. Você acha que é?

— Quanto tempo ele vai ficar por aqui? Já faz quase uma semana que está na nossa casa, não?

— Eu só sei que ele quer ir a uma agência de viagens hoje, em Paris. Estava até falando sobre Roma. Deve viajar esta semana — disse Tom, e sorriu. — Tchau, querida. Volto lá pelas sete.

Ao sair, Tom pegou o jornal, dobrou-o ao meio e o enfiou no bolso de trás da calça.

8

Embora preferisse o Mercedes, Tom foi no Renault. Recriminou-se por não ter perguntado à esposa se ela iria precisar do carro nas próximas horas, porque o Mercedes ainda estava na casa dos Grais. Heloise, porém, teria avisado caso fosse precisar ir a algum lugar, imaginava Tom. Frank parecia feliz, com a cabeça jogada para trás enquanto o vento soprava pela janela aberta. Tom pôs uma fita no cassete. Mendelssohn, para variar.

— Sempre deixo meu carro aqui. Estacionar no centro da cidade é uma chateação.

Tom tinha parado em um estacionamento próximo à Porte d'Orléans.

— Volto lá pelas seis da tarde — dissera em francês para um atendente que conhecia de vista.

Havia passado pela cancela, que lhe entregara mecanicamente um tíquete gravado com o horário de chegada. Por fim, ele e Frank entraram em um táxi.

— Avenue Gabriel, por favor — pediu Tom ao motorista.

Não queria descer em frente à embaixada e tinha esquecido o nome da rua perpendicular à avenue Gabriel, onde ficava o estúdio de fotografia. Quando chegassem ao bairro, pediria ao motorista que os deixasse saltar ali.

— Isso é que é vida, andar com o senhor de táxi por Paris! — exclamou Frank, ainda imerso no sonho de… De que seria? Liberdade?

O garoto insistiu em pagar a corrida. Tirou a carteira do bolso interno do paletó velho.

Tom se perguntou o que mais haveria dentro daquela carteira, caso o garoto fosse revistado. Pediu ao taxista que estacionasse um pouco antes da avenue Gabriel, na rua desejada.

— Ali está o estúdio — anunciou, apontando para uma plaquinha pendurada em uma porta uns vinte metros à frente. — Chama-se Marguerite, ou algo assim. Não quero entrar com você. O sinal está bem escondido, mas não mexa nele. Bagunce os cabelos. Quem sabe... Quem sabe um sorriso leve? *Não* faça cara de sério — alertou Tom, pois o garoto quase sempre estava com uma expressão circunspecta. — Vão pedir a você que assine seu nome. Assine Charles Johnson, por exemplo. Não vão pedir sua identidade. Eu sei porque passei por isso recentemente. Está bem?

— Está bem. Sim, senhor.

— Vou estar ali — disse Tom, apontando para um café e bar do outro lado da rua. — Saia e vá me encontrar, porque vão dizer que você precisa esperar uma hora pelas fotos, mas na verdade leva uns quarenta e cinco minutos.

Em seguida, Tom andou até a avenue Gabriel e dobrou à esquerda em direção à Concorde, onde sabia que encontraria uma banca de jornais. Comprou o *Le Monde*, o *Figaro* e o *Ici Paris*, um jornaleco de fofocas espalhafatoso repleto de manchetes em azul, verde, vermelho e amarelo. Com uma olhada rápida enquanto caminhava de volta em direção ao café e bar, viu que o *Ici Paris* tinha dedicado uma página inteirinha ao surpreendente casamento de Christina Onassis com um proletário russo e outra ao novo e provavelmente imaginário consorte da princesa Margaret, um banqueiro italiano um pouco mais jovem do que ela. Tudo relacionado a sexo, como de costume, quem estava se relacionando com quem, quem poderia começar a se relacionar e quem tinha terminado. Depois de se sentar e pedir um café,

Tom olhou todas as páginas do *Ici Paris* e não encontrou nada relacionado a Frank. A história não tinha nenhum viés sexual, claro. Na penúltima página havia diversos anúncios sobre como encontrar o parceiro ideal — "A vida é curta, então realize seu sonho agora" — e anúncios com ilustrações de várias bonecas de borracha infláveis, cujo preço variava entre 59 e 390 francos. Segundo os anúncios, as bonecas eram despachadas embrulhadas em papel comum e capazes de tudo. Tom se perguntava como se inflava as tais bonecas. Seria preciso todo o fôlego de um homem para empreender tal façanha, e o que diriam a governanta e os amigos de um homem caso vissem no seu apartamento uma bomba de encher pneus de bicicleta, mas nenhuma bicicleta? Mais engraçado ainda, pensou Tom, seria se um homem simplesmente levasse a boneca à oficina junto com o carro e pedisse ao atendente que a enchesse. E se a governanta encontrasse a boneca do homem na cama e pensasse que era um cadáver? Ou abrisse a porta do armário e a boneca caísse em cima dela? Um homem podia comprar mais de uma boneca, certamente, uma como esposa e duas ou três como amantes, o que lhe renderia uma vida de fantasia bem movimentada.

Quando o café foi servido, Tom acendeu um Gauloises. Não encontrou nada no *Le Monde*, nada no *Figaro*. E se a polícia francesa tivesse deixado alguém de guarda *dentro* do estúdio de fotografia, um homem que poderia estar à espreita para encontrar Frank Pierson e outras pessoas procuradas? Fugitivos muitas vezes precisavam de novos passaportes, bem como de novas identidades.

Frank voltou, sorridente.

— Eles disseram que levaria uma hora, igual o senhor falou.

— Igual *ao que* o senhor falou — corrigiu Tom. O sinal continuava coberto, percebeu, e os cabelos do garoto ainda estavam um pouco espetados no topo da cabeça. — Você assinou outro nome?

— No livro de lá, sim. Charles Johnson.

— Bom, podemos dar uma volta... por quarenta e cinco minutos — comentou Tom. — A não ser que queira tomar um café aqui.

Antes de se acomodar diante da mesinha, o corpo de Frank se retesou. Ele encarava algo do outro lado da rua. Tom seguiu seu olhar, mas havia carros passando na frente. O garoto se acomodou na cadeira, virou o rosto para o lado e esfregou a testa, nervoso.

— Acabei de ver...

Tom então se levantou, olhou para a calçada do outro lado da rua e avistou dois homens. Um deles olhou para trás no mesmo instante. Tom reconheceu o sujeito: Johnny Pierson. Tornou a se sentar.

— Ora, ora — disse, olhando de relance para os garçons atrás do balcão, que não pareciam dar a mínima para eles.

Então ficou de pé e foi até a porta olhar outra vez. O detetive (Tom supôs que fosse o detetive) usava um terno cinza leve e estava sem chapéu. Tinha cabelos ruivos ondulados e um físico atarracado. Johnny, mais alto e mais loiro do que Frank, usava um paletó creme que batia na cintura. Tom quis ver se eles entrariam no estúdio de fotografia, que não se anunciava como tal, era apenas um lugar que vendia câmeras e tirava fotos para passaportes, e para alívio dele os dois passaram direto. Sem dúvida haviam feito perguntas na embaixada americana, que ficava logo depois da esquina.

— Ora... — tornou a dizer Tom, sentando-se. — Eles não acharam nada na embaixada, com certeza. Pelo menos nada que *nós* não saibamos.

O garoto permaneceu em silêncio, com o rosto visivelmente pálido.

Tom tirou do bolso uma moeda de 5 francos, mais do que suficiente para uma xícara de café, e fez sinal para que Frank o seguisse.

Saíram juntos e viraram à esquerda, em direção à Concorde e à rue de Rivoli. Tom olhou para o relógio e viu que as fotografias ficariam prontas por volta do meio-dia e quinze.

— Fique calmo — aconselhou enquanto andava pela rua sem pressa. — Vou voltar à loja primeiro sozinho para ver se os dois estão esperando lá. Mas eles acabaram de passar direto.

— Ah, é?

— É, sim — respondeu Tom, com um sorriso.

Claro que Johnny e o detetive poderiam dar meia-volta e entrar na loja se por acaso houvessem questionado na embaixada onde as pessoas em geral tiravam fotos. Poderiam aparecer no estúdio e perguntar se um garoto que correspondia à descrição de Frank tinha passado por lá recentemente, e assim por diante. Mas Tom estava cansado de se preocupar com coisas sobre as quais não tinha controle. Ele e Frank ficaram olhando vitrines na rue de Rivoli — lenços de seda, gôndolas em miniatura, camisas elegantes com punhos franceses, suportes com postais em frente às lojas. Tom até sentiu vontade de dar uma olhada na livraria W. H. Smith, mas conduziu Frank para longe do estabelecimento, dizendo que o lugar vivia cheio de americanos e ingleses. Teria gostado de acreditar que aquela brincadeira de mistério estava divertindo o garoto, mas, desde que vira o irmão, Frank parecia abalado. Enfim chegou a hora de retornar ao estúdio de fotografia. Tom instruiu Frank a andar devagar pela calçada e, caso tornasse a ver o irmão e o detetive, deveria voltar para as arcadas da rue de Rivoli, onde ele o encontraria.

Tom seguiu para o estúdio. Encontrou lá um casal com cara de americanos, ambos sentados nas cadeiras, esperando, e o mesmo rapaz alto e magro de quem se lembrava de alguns meses antes, o próprio fotógrafo, que apresentava o livro de assinaturas a uma nova cliente, uma moça americana. O rapaz e a cliente desapareceram juntos atrás de uma cortina, onde Tom sabia que ficava o estúdio. Passou um tempo fingindo olhar algumas câmeras no mostruário de vidro e, por fim, saiu do estabelecimento. Disse a Frank que o caminho estava livre.

— Vou esperar aqui na rua. Você já pagou pelas fotos, não é? — perguntou Tom, pois conhecia o procedimento. Sim, o garoto havia pagado 35 francos adiantados. — É só ficar calmo. Estarei esperando aqui — acrescentou, com um sorriso de incentivo. — Vá devagar.

Obediente, Frank diminuiu o passo e não olhou para trás.

Tom caminhou até o fim da rua, em um passo relativamente lento, mas determinado. Estava de olho para ver se Johnny e o detetive voltavam, mas não os viu. Quando chegou ao fim do quarteirão do lado da avenue Gabriel e se virou, Frank andava na direção dele, vindo do estúdio. O garoto atravessou a rua, tirou do bolso do paletó um pequeno envelope branco e o entregou para Tom.

As fotos estavam bem diferentes daquela estampada no *France-Dimanche*, os cabelos mais bagunçados no alto, o leve sorriso que Tom sugerira, o sinal coberto, mas ainda assim os mesmos olhos e sobrancelhas. Com uma inspeção cuidadosa, certamente era possível perceber que as duas fotos retratavam o mesmo adolescente.

— Tão boas quanto se poderia esperar — comentou Tom, percebendo que o garoto esperava mais elogios. — Agora vamos pegar um táxi.

Tiveram a sorte de conseguir um táxi antes de chegar à Concorde. Tom pôs uma das fotos dentro do envelope que havia preparado para Reeves Minot e o selou, sentindo-se aliviado. Havia pedido ao taxista que os levasse ao Beaubourg — perto do museu certamente haveria uma lanchonete e uma caixa de correio. Tom encontrou as duas coisas a poucos metros da fachada bulbosa do Centre Pompidou.

— Incrível, não? — perguntou, referindo-se à monstruosidade do exterior do museu. — Eu acho feio... Pelo menos por fora.

O prédio parecia uma porção de balões azuis compridos enrolados uns nos outros e a ponto de estourar. Com certeza aquelas estruturas deviam servir também como canos ou algo do tipo, mas era difícil afirmar se os balões gigantes de três metros de diâmetro poderiam conter água ou ar. Tom mais uma vez pensou nas bonecas infláveis com finalidade sexual e imaginou uma delas estourando debaixo de um homem, o que com certeza devia acontecer de vez em quando. Que decepção! Mordeu o lábio para conter o riso. Comeram um filé com fritas medíocre no estabelecimento em frente ao qual Tom tinha depositado a carta expressa na caixa amarela. O horário de coleta era às quatro.

Na exposição, a obra que mais pareceu impressionar Frank foi *Dança ao redor do bezerro de ouro*, de Emil Nolde, que retratava um trio ou quarteto de damas vulgares saltitando impetuosamente, uma delas quase nua.

— Bezerro de ouro. Isso representa o dinheiro, não é? — perguntou Frank, parecendo atordoado e vidrado diante das obras.

— Sim, dinheiro — confirmou Tom.

Não era uma exposição lá muito relaxante, e Tom também estava tenso, porque vez ou outra se via olhando ao redor, tentando se certificar de que Johnny Pierson e o detetive não estavam por perto. Era estranho tentar absorver as visões dos artistas sobre a sociedade alemã dos anos 1920 expostas em cartazes anti-Kaiser da Primeira Guerra, Kirchner, retratos de Otto Dix, além do genial *Três prostitutas na rua*, e ao mesmo tempo se preocupar com a possível aparição de uma dupla de americanos que daria um súbito fim àquele prazer. *Os americanos que se danem*, pensou Tom, e disse a Frank:

— Fique de olho para ver se... Você sabe, seu irmão. Quero aproveitar um pouco a exposição.

A frase foi dita com certa severidade, mas os quadros ao redor pareciam música a se derramar em silêncio nos ouvidos de Tom, ou pelo menos nos olhos. Ele inspirou fundo. Ah, os Beckmanns!

— Seu irmão gosta de exposições de arte? — perguntou.

— Não tanto quanto eu — respondeu Frank. — Mas gosta, sim.

Não era uma ideia muito animadora. Frank parecia subitamente fascinado por um desenho a carvão do interior de um cômodo com uma janela nos fundos, bem à esquerda, e uma figura masculina em pé no primeiro plano, em uma postura tensa, como se estivesse enclausurada. A perspectiva das paredes e do piso sugeria confinamento. Não era uma obra brilhante, talvez, mas a convicção e a intensidade do artista eram evidentes. Fosse qual fosse o tipo de cômodo, aquilo se assemelhava a uma prisão. Tom entendia por que Frank estava fascinado pelo desenho.

Teve que pousar a mão no ombro do garoto para afastá-lo dali.

— Desculpe — disse Frank, depois balançou a cabeça de leve e olhou para as duas portas do cômodo onde estavam. — Meu pai costumava nos levar a exposições. Ele sempre gostou dos impressionistas. Principalmente dos franceses. Nevascas nas ruas de Paris. Nós temos um Renoir em casa... Disso. De uma nevasca, no caso.

— Então essa é uma coisa positiva em relação a seu pai: ele gostava de quadros. E também tinha dinheiro para comprar as obras.

— Bom... Pelo menos. Quer dizer, *quadros*... Umas poucas centenas de milhares de dólares... — comentou Frank como se fosse uma ninharia. — Reparei que o senhor vive tentando dizer alguma coisa agradável sobre o meu pai — acrescentou, com um leve ressentimento.

Estaria mesmo ressentido? A exposição estava fazendo alguma emoção aflorar no garoto.

— *De mortuis* — declarou Tom, e deu de ombros.

— Ele podia comprar Renoirs? Certamente.

Frank flexionou os braços como se estivesse se preparando para bater em alguém, mas o olhar estava vazio, perdido no horizonte.

— O mercado do meu pai era o mundo inteiro, todo mundo — continuou. — Bom, todo mundo com dinheiro para gastar. Muitos dos produtos dele eram artigos de luxo. "Mais da metade dos Estados Unidos é gorda demais", ele costumava dizer.

Sem pressa, os dois retornavam por uma galeria já explorada. Uma das três ou quatro minissessões de cinema da mostra estava acontecendo à esquerda, e havia seis ou oito pessoas sentadas enquanto outras assistiam ao filme em pé. Na tela, tanques russos atacavam o exército de Hitler.

— Eu já expliquei para o senhor que além das comidas normais e das comidas gourmets existem também as mesmas comidas em versão de baixa caloria. Isso me faz pensar no que dizem sobre os jogos de azar ou a prostituição: ganham dinheiro com o vício dos outros. Você engorda as pessoas, depois as faz emagrecer, depois recomeça.

A intensidade do garoto fez Tom sorrir. Quanta amargura! Estaria ele tentando se justificar por ter matado o pai? Era como um pouco de vapor escapando de uma chaleira, quando a tampa subia e tornava a descer. Como Frank algum dia conseguiria encontrar a grande justificativa, aquela que levaria embora toda a culpa que sentia? Podia ser que nunca a encontrasse, mas precisava ao menos tomar uma atitude. Para Tom, todo erro na vida deveria ser sucedido por uma atitude, fosse ela certa ou errada, construtiva ou autodestrutiva. A tragédia de um homem não significava nada para outro, se ele conseguisse adotar a atitude certa em relação ao fato. Frank sentia culpa, motivo que o levara a procurar Tom Ripley, e curiosamente Tom jamais sentira esse tipo de culpa, nunca deixara que ela o incomodasse de verdade. Sabia que aquele comportamento não era comum. A maioria das pessoas teria se consumido com insônia ou pesadelos, principalmente depois de cometer um assassinato como o de Dickie Greenleaf, mas Tom não.

Frank de repente contraiu as mãos, mas não tinha visto nada. Foram os próprios pensamentos que o deixaram naquele estado.

Tom o segurou pelo braço.

— Chega de exposição. Vamos sair por aqui.

Em seguida o guiou na direção do que imaginava ser a saída, e acabaram por atravessar mais uma sala, cujos quadros lhes deram a sensação de passar diante de uma fileira de soldados, integrantes de um exército de combatentes que trajavam uniformes variados, de alguma forma armados até os dentes, muito embora alguns estivessem em trajes formais. Sentiu-se curiosamente subjugado, e isso não o agradou. O que teria causado essa sensação? Algo além dos quadros, tinha certeza. Teria que mandar o garoto embora. A situação estava se tornando um pouco delicada, emotiva, ou coisa pior.

De repente, começou a rir.

— O que foi? — perguntou Frank, sempre atento a Tom, e olhou em volta para ver o que poderia ter causado aquela reação.

— Não é nada. Eu vivo pensando em coisas malucas.

Daquela vez, tinha pensado que se o detetive e Johnny o vissem com Frank, no início poderiam inferir que ele o havia sequestrado, já que a reputação dele não era das melhores. Essa possibilidade ainda poderia se confirmar, refletiu Tom. Bastaria que ocorresse ao detetive descobrir onde ele morava e saber que um adolescente tinha se hospedado na casa dos Ripley. No entanto, com exceção de Madame Annette, ninguém em Villeperce estava ciente da presença de Frank. E, além do mais, Tom não tinha feito pedido algum de resgate.

Foram de táxi até o estacionamento e pouco depois das seis já estavam de volta a Belle Ombre. Heloise estava no andar de cima lavando os cabelos, e Tom sabia que ela ainda usaria o secador, o que dava a ele mais vinte minutos com Frank. Melhor assim, porque queria ver se dessa vez conseguia fazer o garoto tomar uma atitude. Sentado na sala, Frank folheava uma revista francesa.

— Por que não liga para Teresa e diz que está bem? — perguntou Tom, com voz alegre. — Não precisa dizer *onde* está. Ela já deve saber que você está na França.

Ao ouvir o nome da amada, Frank endireitou um pouco as costas.

— Acho que o senhor gostaria… que eu desse o fora. Eu entendo.

O garoto se levantou.

— Se quiser ficar na Europa, pode ficar, é problema seu. Mas vai ficar mais feliz se ligar para Teresa e dizer a ela que está bem, não vai? Não acha que ela está preocupada?

— Talvez. Espero que sim.

— É por volta do meio-dia em Nova York. Ela está por lá, não? Disque 19, 1, depois 2, 1, 2. Eu posso subir para não ouvir nada.

Tom indicou o telefone e seguiu até a escada. O garoto iria ligar, estava nítido. Assim, Tom subiu para o quarto e fechou a porta.

Menos de três minutos depois, Frank bateu na porta. Quando Tom lhe disse que entrasse, ele o fez e anunciou:

— Ela saiu para jogar tênis.

Disse isso como se fosse uma notícia horrível.

O garoto não conseguia imaginar Teresa tão despreocupada em relação a ele a ponto de sair para jogar tênis, imaginava Tom, e para completar a agonia ela devia ter saído para jogar tênis com o garoto de quem gostava mais.

— Falou com a mãe dela?

— Não, com a empregada... Louise. Eu a conheço. Ela me disse para ligar de novo daqui a uma hora. Comentou que Teresa saiu com alguns garotos.

A última parte foi dita em um tom desolado.

— Você avisou que estava bem?

— Não — respondeu ele após um instante de reflexão. — Por que deveria? Acho que a minha voz estava boa.

— Infelizmente você não vai poder ligar de novo daqui — alertou Tom. — Se... se Louise comentar alguma coisa, a família pode querer mandar rastrear a próxima ligação. Enfim, é arriscado demais. Se os Correios de Fontainebleau não estivessem fechados agora, eu o levaria até lá. Não acho que você vá conseguir falar com Teresa hoje, Billy.

Tom tinha esperança de que o garoto conseguisse falar com Teresa naquela noite e de que ela talvez dissesse algo como "Ah, Frank, você está bem! Que saudade! Quando você volta?".

— Sim, senhor. Entendi.

— Billy, você precisa decidir o que quer fazer — declarou Tom, com firmeza. — Ninguém desconfia de você. Não vai ser acusado. Ninguém parece levar o depoimento de Susie a sério, porque ela não viu nada. Está com medo de quê, exatamente? Precisa encarar isso e tomar uma atitude.

Frank mudou de posição, desconfortável, e enfiou as mãos nos bolsos de trás.

— De mim mesmo, acho. Já disse isso.

Tom sabia bem.

— Se eu não estivesse aqui, o que você faria?

O garoto deu de ombros.

— Talvez eu me matasse. Talvez estivesse dormindo em Piccadilly. Sabe, como aquelas pessoas que ficam em volta do chafariz com a estátua. Mandaria o passaporte de Johnny de volta para ele, e depois disso não sei o que faria... até alguém vir me procurar. Aí eu seria mandado para casa... — conjecturou, com um novo dar de ombros. — E depois disso não sei. Talvez nunca viesse a *confessar*... — sussurrou, enfatizando a última palavra. — Mas talvez eu me matasse em uma ou duas semanas. Isso sem contar Teresa. Confesso que estou apaixonado... E se alguma coisa der errado com ela... Se alguma coisa já tiver dado errado... Ela não pode me *escrever*, sabe. Então a situação toda é um inferno.

Tom não quis comentar que Frank provavelmente ainda iria se apaixonar por umas dezessete meninas antes de conhecer aquela com quem talvez enfim viesse a se casar.

Na quarta-feira, logo depois do meio-dia, Tom teve uma surpresa agradável ao receber um telefonema de Reeves. A encomenda em questão ficaria pronta naquela mesma noite e estaria em Paris no dia seguinte por volta do meio-dia. Se Tom estivesse com pressa e quisesse ir buscar por conta própria, poderia ir até um apartamento específico em Paris, caso contrário o objeto seria enviado de Paris por carta registrada. Tom preferia ir buscar. Reeves lhe deu um endereço, um nome, terceiro andar.

Tom pediu o telefone de lá caso fosse necessário ligar, e Reeves também lhe passou essa informação.

— Foi bem rápido, Reeves, obrigado.

Não teria havido problema mandar por carta registrada de Hamburgo, achava Tom, mas a entrega por avião de fato poupava um dia.

— Por esse pequeno serviço — disse Reeves com a voz esganiçada de velho, embora ainda não tivesse nem 40 anos —, vão ser 2 mil dólares, Tom, se não se importar. É barato para o que é, porque não é fácil criar um do zero, compreende? E pelo que entendi seu amigo tem como pagar, não é?

O tom de Reeves foi bem-humorado e brincalhão.

Tom entendeu tudo: ele tinha reconhecido Frank Pierson.

— Não posso me estender muito por aqui. Mando entregar do jeito habitual, Reeves — avisou, e com isso se referia a um pedido ao banco em que tinha conta na Suíça. — Vai estar em casa nos próximos dias?

Tom não tinha novos trabalhos para ele, mas queria se manter informado. Reeves podia ser maravilhosamente útil.

— Vou, por quê? Está pensando em dar uma passada por aqui?

— Não, não — respondeu Tom com cautela, sempre com medo de a linha estar grampeada.

— Vai ficar onde está.

Reeves devia ter adivinhado que ele estava abrigando Frank Pierson, se não debaixo do próprio teto, em algum outro lugar.

— Qual é o problema? Impossível dizer, hein?

— Sim, no momento é impossível. Obrigado mesmo, Reeves.

Por fim, desligaram. Tom foi até as portas do jardim e viu Frank, de calça Levi's e camisa de trabalho azul mais escura, manejando a pá na extremidade de um comprido canteiro de rosas. Trabalhava devagar, com a mesma constância de um camponês que sabia o que estava fazendo, não como um amador que teria se exaurido com quinze minutos de dedicação a alguma coisa. Era estranho, achava Tom. Seria o trabalho algum tipo de penitência na concepção do garoto? Frank havia passado o tempo na véspera e naquele dia lendo, ouvindo música e executando tarefas como lavar o carro e varrer a adega de Belle Ombre, o que envolvera mover suportes de vinho bastante pesados e depois recolocar tudo no lugar. O próprio Frank havia se incumbido dessas tarefas.

Será que deveriam ir a Veneza? Uma mudança de ares talvez melhorasse a disposição do garoto, talvez o inspirasse a tomar uma decisão, e Tom talvez conseguisse colocá-lo em um avião de Veneza para Nova York, a fim de que finalmente voltasse para casa. Ou quem sabe Hamburgo seria um destino melhor? O plano seria o mesmo. Só não queria envolver Reeves na proteção de Frank Pierson, e na verdade nem ele próprio queria se envolver por muito mais tempo. Com o passaporte novo, Frank talvez tomasse coragem e fosse embora sozinho, terminando sua aventura pessoal ao próprio estilo.

Na quinta-feira ao meio-dia, Tom ligou para o telefone de Paris na rue du Cirque, e uma mulher atendeu. Eles conversaram em francês.

— Alô, aqui é Tom.

— Ah, *oui*. Acho que está tudo em ordem. O senhor vem hoje à tarde?

Ela não soava como uma empregada, e sim como a dona da casa.

— Sim, se for conveniente. Por volta das três e meia?

Tudo certo.

Tom disse a Heloise que faria uma viagem rápida até Paris para conversar com o gerente do banco e que voltaria entre as cinco e as seis da tarde. Não estava precisando de dinheiro nem nada do tipo, mas de fato um dos gerentes do Morgan Guarantee Trust às vezes lhe dava conselhos sobre o mercado de ações, dicas gerais e de pouca importância, na opinião de Tom, uma vez que ele preferia deixar as ações renderem do que perder tempo com o jogo perigoso da especulação. De toda forma, a desculpa era satisfatória, porque naquela tarde Heloise estava com outras preocupações. A mãe dela, uma mulher jovial de 50 e tantos anos pouco inclinada a adoecer, tivera que ir ao hospital fazer um exame que talvez resultasse em uma cirurgia de retirada de um tumor. Tom observara que os médicos sempre preferiam preparar as pessoas para o pior cenário possível.

— Ela parece esbanjar saúde. Quando falar com ela, diga que desejei que tudo corra bem — pediu Tom.

— Billy vai com você?

— Não, ele vai ficar. Tem uns pequenos serviços a fazer para nós.

Na rue du Cirque, conseguiu encontrar um parquímetro livre e estacionar. Foi até o prédio bem conservado e apertou o botão para abrir a porta que dava em um saguão ou vestíbulo onde ficavam a porta e a janela do *concierge*, pelas quais passou direto. Pegou o elevador até o terceiro andar e tocou a campainha à esquerda, que pertencia ao apartamento com o nome SCHUYLER.

Uma mulher alta de cabelos ruivos volumosos entreabriu a porta.

— Tom — anunciou ele.

— Ah, entre! Por aqui, por favor! — respondeu ela, e o conduziu em direção a uma sala que ficava logo após o saguão. — Vocês já se conhecem, imagino.

Na sala estava Eric Lanz, sorridente, com as mãos na cintura. Havia uma bandeja de café na mesinha de centro na frente do sofá. Eric se levantou.

— Olá, Tom. Sim, eu de novo. Como vai?

— Tudo ótimo, obrigado. E você?

Tom também sorria, surpreso.

A ruiva os deixou a sós. De outro cômodo no apartamento ouvia-se o zumbido baixo de máquinas de costura. O que acontecia ali?, perguntava-se Tom. Seria mais um depósito de atravessador, como o apartamento de Reeves em Hamburgo, disfarçado de *couturière*?

— E aqui está — anunciou Eric Lanz, abrindo uma pasta bege fechada com barbantes.

Pegou um envelope branco do meio de outros mais grossos.

Tom recebeu o envelope e olhou por cima do ombro antes de abrir. Não havia mais ninguém na sala. O envelope não estava selado, e Tom se perguntou se Eric teria bisbilhotado o passaporte. Talvez. Não queria examinar o documento na frente do sujeito, mas ao mesmo tempo queria saber se Hamburgo tinha feito um bom trabalho.

— Acho que vai ficar satisfeito — comentou o alemão.

A fotografia de Frank exibia o carimbo oficial que deixava a superfície em alto-relevo, além de outro com os dizeres FOTOGRAFIA ANEXA DEPARTAMENTO DE ESTADO AGÊNCIA DE PASSAPORTE NOVA YORK, que ocupavam parte da margem inferior da foto e do espaço logo abaixo. BENJAMIN GUTHRIE ANDREWS era o nome, natural de Nova York, e a altura, o peso e a data de nascimento correspondiam aos de Frank, embora a nova data fizesse dele um garoto de 17 anos. Pouco importava. Tom, que tinha alguma experiência no assunto, achou o trabalho bom, e era provável que só uma lupa fosse capaz de detectar o leve desalinhamento entre o carimbo em relevo da fotografia e o carimbo na página. E estava mesmo desalinhado? Tom não sabia dizer. Na parte interna da primeira página, o endereço completo pelo visto era o dos pais em Nova York. O passaporte revelava cinco meses de uso e exibia um carimbo de entrada por Heathrow, depois um da França e outro da Itália, onde o infeliz proprietário devia ter sido roubado. Não havia carimbo de entrada na França em vigor, mas a menos que a desconfiança de um agente de controle de passaporte fosse despertada pela aparência de Frank, Tom sabia que ninguém iria examinar carimbos de entrada e saída.

— Muito bom — disse por fim.

— Só falta assinar por cima da foto.

— Por acaso sabe se o nome foi modificado? Ou o verdadeiro Benjamin Andrews vai estar à procura do passaporte?

Tom não havia detectado qualquer sinal de que algo havia sido apagado no nome datilografado na parte interna, e qualquer indício de uma assinatura anterior fora meticulosamente eliminado.

— O sobrenome foi alterado, Reeves me contou... Café? Este aqui acabou, mas posso pedir à empregada que faça outro.

Desde o último encontro, três dias antes, Eric Lanz parecia mais esbelto, de uma classe social superior, como se fosse um mágico capaz de operar uma transformação com a simples força do pensamento. Usava calça social azul-escura, camisa de seda branca de boa qualidade e sapatos que Tom reconheceu.

— Sente-se, Tom.

— Obrigado, eu disse que voltaria logo para casa... Você viaja muito, pelo visto.

Eric riu. Lábios rosados, dentes brancos.

— Reeves sempre tem trabalho para mim. Berlim também. Dessa vez vou vender aparelhos de alta-fidelidade — explicou ele com a voz mais baixa enquanto espiava a porta atrás de Tom. — *Supostamente.* Ha-ha! Quando vai a Berlim?

— Não faço ideia. Estou sem planos — respondeu Tom, que já tinha devolvido o passaporte ao envelope. Fez um gesto antes de guardar tudo no bolso interno do paletó. — Já combinei de acertar isto aqui com Reeves.

— Sim, eu sei.

Eric então sacou uma carteira de seu paletó azul, que estava em cima do sofá. Tirou dela um cartão e o entregou a Tom.

— Se algum dia estiver em Berlim, terei prazer em me encontrar com você, Tom.

Tom olhou para o cartão. Niebuhrstrasse. Não sabia em que região ficava, mas era em Berlim, e junto havia um número de telefone.

— Obrigado... Conhece Reeves há muito tempo?

— Ah... Uns dois, três anos, *ja* — respondeu, e a boca rosada e bem desenhada tornou a sorrir. — Boa sorte, Tom... E para seu amigo também!

Eric o acompanhou até a porta para se despedir e, uma vez lá, acrescentou em voz baixa porém audível:

— *Wiedersehen!*

Tom desceu até o carro e foi para casa. Berlim, ficou pensando. Não pela presença de Eric Lanz, de modo algum, se era que o homem fosse estar em casa, mas porque Berlim ficava fora da rota turística habitual. Quem queria visitar Berlim, exceto talvez estudiosos das guerras mundiais, ou, como Eric comentara, comerciantes convidados para conferências? Se Frank quisesse passar mais alguns dias escondido, Berlim poderia ser um destino interessante. Veneza era mais atraente e mais bela, mas também um lugar no qual Johnny e o detetive achariam válido passar um ou dois dias à procura do garoto. Tom só não queria que a dupla fosse bater à sua porta em Villeperce.

9

— Benjamin. Ben. Eu gosto desse nome — comentou Frank, radiante, sentado na beira da cama enquanto fitava o novo passaporte.

— Espero que ele lhe dê coragem — respondeu Tom.

— Sei que isto aqui custou um bom dinheiro. Pode me dizer quanto foi e, se eu não puder pagar agora, acertamos tudo depois.

— Dois mil dólares... Bem, você agora está livre. Continue deixando o cabelo crescer. Precisa assinar esse passaporte por cima da foto, não se esqueça.

Tom pediu que Frank escrevesse o nome inteiro em uma folha de papel de máquina. O garoto tinha uma caligrafia bastante veloz e inclinada. Tom o instruiu a arredondar o B maiúsculo de Benjamin e o fez repetir o nome inteiro mais três ou quatro vezes.

Por fim, o garoto assinou com uma das esferográficas pretas do anfitrião.

— Que tal?

Tom aquiesceu.

— Ficou bom. Lembre-se disso quando for assinar alguma coisa... Tome cuidado para arredondar tudo.

Após o jantar, Heloise quisera ver televisão, e Tom pedira ao garoto que o acompanhasse até o andar de cima.

Frank o observou com uma expressão hesitante.

— O senhor vem comigo se eu for para algum lugar? Para outra cidade, digo. Uma cidade grande, talvez? — perguntou e umedeceu os lábios. — Sei que tem sido um estorvo me receber aqui... me esconder. Se fosse comigo para outro país, poderia simplesmente me deixar lá.

Ele olhou para a janela com um desânimo repentino, então tornou a se virar para Tom e acrescentou:

— Por algum motivo, seria muito ruim ir embora daqui, da *sua* casa. Mas eu acho que poderia.

Ajeitou a postura, talvez para ilustrar que era capaz de caminhar com as próprias pernas.

— Para onde está pensando em ir? — perguntou Tom.

— Veneza. Roma, talvez. São grandes o suficiente para alguém se perder.

Tom sorriu ao se lembrar de que a Itália era um antro de sequestradores.

— E a Iugoslávia? Não lhe agrada?

— O senhor gosta da Iugoslávia?

— Gosto — confirmou Tom, mas não de uma forma que desse a entender que gostaria de ir para lá naquele momento. — Vá à Iugoslávia. Eu não recomendaria uma viagem a Veneza nem a Roma... se quiser passar um tempo livre. Berlim é outra possibilidade. Fica fora do circuito turístico.

— Berlim. Nunca estive lá. O senhor iria a Berlim comigo? Só por alguns dias?

A ideia não era desagradável, porque Tom achava a cidade interessante.

— Apenas se você prometer ir para casa depois — determinou, em voz baixa e com firmeza.

Frank voltou a exibir o mesmo sorriso amplo de quando recebera o novo passaporte.

— Está bem, eu prometo.

— Tudo bem, então vamos para Berlim.

— O senhor conhece a cidade?

— Já estive lá… duas vezes, acho.

Tom de repente se sentiu animado. Seria bom passar três ou quatro dias em Berlim. Divertido, até. E faria o garoto cumprir a promessa de voltar para casa. Talvez nem fosse necessário insistir muito.

— Quando vamos partir? — quis saber Frank.

— Quanto antes melhor. Talvez amanhã. Vou olhar as passagens de avião em Fontainebleau logo pela manhã.

— Eu ainda tenho um pouco de dinheiro — comentou o garoto, mas logo a expressão dele mudou. — Não muito, acho, só o equivalente a uns 500 dólares em francos.

— Não se preocupe com dinheiro. Nós acertamos depois. Bem, já vou indo. Quero descer para conversar com Heloise… Pode vir junto se quiser, claro.

— Obrigado, acho que vou escrever para Teresa.

Frank parecia feliz.

— Está bem, mas amanhã nós postaremos a carta de Düsseldorf, não daqui.

— Düsseldorf?

— Os aviões para Berlim precisam pousar primeiro em algum lugar na Alemanha, e eu sempre prefiro Düsseldorf em vez de Frankfurt, porque não se troca de aeronave em Düsseldorf, é apenas uma descida de alguns minutos para controlar os passaportes. Outra coisa, muito importante: não diga a Teresa que está indo a Berlim.

— Tudo bem.

— Porque ela pode contar para a sua mãe, e imagino que você queira ser deixado em paz em Berlim. O carimbo de Düsseldorf vai deixar claro que você está na Alemanha, mas diga a ela que… Diga que está indo a Viena. Que tal?

— Sim… *senhor*.

Frank parecia um soldado recém-promovido, deleitando-se em receber ordens.

Tom desceu e encontrou a esposa deitada no sofá enquanto assistia a um noticiário.

— Olhe isto — disse Heloise. — Por que não param de matar uns aos outros?

Uma pergunta retórica. Com uma expressão vazia, Tom encarou a tela, que mostrava um prédio de apartamentos explodindo, labaredas de fogo vermelhas e amarelas, uma viga de ferro despencando. Imaginou que fosse o Líbano. Alguns dias antes tinha sido em Heathrow, no rastro de um ataque à linha aérea israelense. No dia seguinte, o mundo todo estaria daquele jeito, teorizava Tom. Lembrou-se de que Heloise talvez tivesse notícias da mãe pela manhã, talvez por volta das dez, e estava torcendo para que os exames não indicassem a necessidade de cirurgia. Ele pretendia ir a Fontainebleau antes das dez comprar as passagens; diria à esposa que precisaria fazer um trabalho muito urgente para Reeves Minot, sobre o qual ficara sabendo por telefone durante a noite, algo assim. Não havia telefone no quarto de Heloise, e, com a porta fechada, ela não conseguia ouvir os outros aparelhos da casa, um no quarto de Tom e outro na sala, no térreo. As notícias horríveis na televisão continuaram, e Tom adiou qualquer tipo de conversa com a esposa.

Antes de ir para a cama, bateu na porta de Frank e lhe entregou alguns folhetos sobre Berlim e um mapa da cidade.

— Pode ser que você se interesse. Muitas informações sobre a situação política, esse tipo de coisa.

Quando chegou a hora do café da manhã, Tom tinha alterado um pouco os planos. Usaria os serviços de uma agência de viagens de Moret para comprar a passagem dele e telefonaria para o aeroporto a fim de garantir a de Frank. Disse a Heloise que Reeves ligara de madrugada e pedira que ele fosse a Hamburgo assim que possível para contribuir tanto com a presença quanto com os conselhos em uma negociação de arte.

— Falei com Billy hoje de manhã. Ele quer ir a Hamburgo comigo, e vai voltar para os Estados Unidos de lá — explicou Tom.

Tinha dito a ela na segunda-feira anterior, quando foram a Paris, que Billy ainda não havia decidido sobre o próximo destino.

Heloise, como esperado, estava visivelmente satisfeita com a partida do garoto.

— E você volta... quando? — perguntou ela.

— Ah... Acho que daqui a uns três dias. Talvez no domingo ou na segunda.

Já vestido, Tom desfrutava uma segunda xícara de café com torrada na sala.

— Vou sair daqui a alguns minutos para providenciar as passagens. E espero que as notícias sobre a sua mãe sejam boas, querida.

Heloise telefonaria para o médico em um hospital de Paris às dez para saber da mãe.

— *Merci, chéri.*

— Tenho a sensação de que não há nada de errado com ela.

E de fato estava sendo sincero, porque a sogra parecia muito bem. Naquele exato instante, ele viu que o jardineiro Henri tinha chegado, já que não era nem terça nem quinta, mas sexta-feira, e se ocupava em encher grandes jarras de metal com água da chuva da cisterna anexa à estufa.

— Henri chegou. Que bom!

— Eu sei... Tome, não tem nada de perigoso em Hamburgo, tem?

— Não, querida... Na Galeria Buckmaster já presenciei uma negociação de arte bem parecida com essa de Hamburgo, e Reeves sabe disso. Também é um bom ponto de partida para Billy. Vou mostrar a ele um pouco da cidade. Eu nunca faço nada perigoso.

Tom sorriu ao pensar em tiroteios, algo de que considerava nunca ter participado, mas lembrou-se também de uma noite em Belle Ombre em que um ou dois cadáveres de homens da Máfia jaziam no chão de mármore da sala, vertendo sangue que ele mesmo precisara limpar com os grossos panos de chão cinzentos de Madame Annette. Heloise não tinha presenciado nada disso. De toda forma, não fora um tiroteio. Os mafiosos estavam armados, mas Tom tinha acertado a cabeça de um deles com um pedaço de lenha. Não gostava de reviver a cena.

Do quarto, ligou para o aeroporto e descobriu que havia lugares disponíveis em um voo da Air France que decolaria quinze para as quatro daquela tarde. Reservou um lugar para Benjamin Andrews, cuja passagem seria retirada no momento do embarque. Depois foi até Moret e comprou as passagens de ida e volta no próprio nome. Ao voltar, informou Frank. Eles teriam que sair de casa com destino ao aeroporto por volta da uma da tarde.

Tom ficou aliviado por Heloise não ter pedido o telefone de Reeves em Hamburgo. Em alguma ocasião ele certamente já lhe fornecera o número, mas talvez a esposa o tivesse perdido. Seria constrangedor se ela o encontrasse e ligasse para lá, então Tom decidiu que falaria com Reeves quando chegasse a Berlim, porque não estava disposto a resolver o assunto naquele momento. Enquanto Frank fazia as malas, Tom passava os olhos pela casa, como se fosse um navio que ele estava prestes a abandonar, embora o lugar estivesse em boas mãos com Madame Annette. Só três ou quatro dias? Isso não era nada. Tom tinha pensado em levar o Renault e deixar o carro no estacionamento do aeroporto, mas Heloise queria levá-los, ou pelo menos acompanhá-los, no Mercedes, que voltara da oficina. Então Tom dirigiu o Mercedes até o aeroporto de Roissy-Charles de Gaulle, pensando em como cerca de um ano antes o aeroporto de Orly era tranquilo e bem localizado, entre Villeperce e Paris, até inaugurarem o Roissy, ao norte da capital, e transferirem tudo para lá, inclusive os voos para Londres.

— Heloise… Muito obrigado por ter me hospedado por tantos dias — agradeceu Frank em francês.

— Foi um prazer, Billy! Sua ajuda foi valiosa no jardim e na casa. Desejo-lhe boa sorte!

Ela estendeu a mão pela janela aberta do carro e, para surpresa de Tom, beijou o garoto nas duas bochechas quando ele se abaixou na direção dela.

Frank sorriu, encabulado.

Heloise foi embora de carro, e Tom e Frank entraram no terminal com as malas. A despedida afetuosa da esposa o fez pensar que ela nunca havia lhe perguntado quanto pagara ao hóspede pelo trabalho. Nada. Tom tinha certeza de que Frank não teria aceitado nem um tostão. Ele lhe dera 5 mil francos naquela manhã, o saque máximo permitido na França, e o próprio Tom estava levando a mesma quantia, embora nunca tivesse sido interpelado pela alfândega francesa ao sair do país. Se ficassem sem nada em Berlim, o que era improvável, Tom poderia pedir uma transferência a algum banco em Zurique. Conforme se aproximavam, disse a Frank para retirar a passagem no guichê da Air France.

— Benjamin Andrews, voo 789 — lembrou-lhe Tom. — E no avião não vamos nos sentar juntos. Não olhe para mim. Vejo você em Düsseldorf, talvez, ou em Berlim.

Começou a andar em direção ao check-in de bagagens, mas se viu desacelerando o passo para se certificar de que Frank conseguiria pegar a passagem sem grandes dificuldades. Havia uma ou duas pessoas na fila, e, quando chegou a vez do garoto, Tom viu pelo comportamento da atendente e pela troca do dinheiro que tudo correra bem.

Depois de despachar a mala, Tom subiu uma das escadas rolantes em direção ao portão de número 6. Esses portões, que na Inglaterra ou em qualquer outro lugar se chamavam apenas portões, ali eram absurdamente denominados "satélites", como se estivessem de alguma forma destacados do aeroporto e orbitassem em volta dele. Tom acendeu um cigarro no último saguão onde se podia fumar e correu os olhos pelos outros passageiros, quase todos homens, um já escondido atrás de um exemplar do *Frankfurter Allgemeine*. Tom foi um dos primeiros a embarcar. Não olhou para trás sequer para ver se

Frank tinha entrado no terminal. Acomodou-se no seu lugar na seção de fumantes, semicerrou um pouco os olhos, mas continuou a observar os passageiros passando pelo corredor do avião com pastas de trabalho. No entanto, não viu nem sinal de Frank.

Em Düsseldorf, os passageiros foram avisados de que podiam deixar a bagagem de mão a bordo, mas todos precisavam desembarcar. Foram conduzidos feito ovelhas em direção a um destino desconhecido, mas Tom já tinha passado pela experiência e sabia que não passava de uma verificação e um carimbo no passaporte.

Chegaram então a uma pequena área de espera, onde ele avistou Frank tentando comprar um selo para enviar a carta para Teresa. Esquecera-se de dar ao garoto um pouco das notas e moedas em dinheiro alemão que tinha no bolso, sobras de viagens anteriores, mas a funcionária alemã sorria, pelo visto disposta a aceitar o dinheiro francês de Frank, pois a carta logo trocou de mãos. Tom embarcou no avião para Berlim.

Tinha dito a Frank que ele ia adorar o aeroporto de Berlim-Tegel. Tom gostava do lugar porque lhe parecia um aeroporto de tamanho humano: sem fru-frus, sem escadas rolantes, pisos triplos ou superfícies cromadas ofuscantes, apenas um saguão de recepção pintado de amarelo com um balcão de café-bar redondo no centro e apenas um banheiro à vista, sem que fosse preciso caminhar um quilômetro para usá-lo. Parado com a mala perto do balcão circular de comes e bebes, Tom meneou a cabeça ao ver Frank se aproximar, mas o garoto parecia estar obedecendo tão rigorosamente às suas ordens que mal olhou na direção de Tom, que precisou fazer uma abordagem mais direta.

— Que alegria encontrar você aqui!

— Boa tarde, senhor — respondeu Frank, sorridente.

Os quarenta e tantos passageiros que tinham desembarcado em Berlim pareciam ter se reduzido a menos de uma dúzia, o que era um deleite para os olhos.

— Vou providenciar um quarto de hotel — disse Tom. — Espere aqui com a bagagem.

Foi até uma cabine telefônica alguns metros à frente, consultou o número do hotel Franke na agenda telefônica e o discou. Certa vez, visitara um conhecido naquele hotel mediano e anotara o endereço para possível uso futuro. Sim, havia dois quartos disponíveis, informou o hotel Franke, e Tom os reservou no próprio nome e disse que chegariam dali a meia hora, mais ou menos. As poucas pessoas restantes no terminal aconchegante lhe pareceram tão inócuas que ele arriscou pegar um táxi junto com o garoto.

O destino era a Albrecht-Achilles-Strasse, perto da Kurfürstendamm. No início, eles passaram pelo que pareceram ser quilômetros de descampados planos ocupados por galpões, lavouras e celeiros, e então a cidade começou a surgir com alguns prédios de aspecto muito novo, quase arranha-céus, nas cores bege e creme, com colunas finas e cromadas, semelhantes a antenas. Estavam entrando pelo norte. Aos poucos, e com certo desconforto, Tom foi se dando conta da entidade semelhante a um bolsão ou a uma ilha chamada Berlim Ocidental, cercada por um território sob controle soviético. Bem, eles estavam protegidos pelo Muro, ao menos por enquanto, guardado por soldados franceses, americanos e britânicos. A única construção irregular e que não era recente fez o coração de Tom dar um pulo, reação que até o surpreendeu um pouco.

— A Gedächtniskirche! — apontou-a para Frank com orgulho, quase como se fosse o dono da igreja. — É um marco muito importante. Foi bombardeada, como dá para ver, mas, em vez de mandar fazer os reparos, decidiram deixá-la assim.

Frank observava tudo pela janela aberta, extasiado, quase como se aquela cidade fosse Veneza, pensou Tom, e à sua maneira Berlim era igualmente única.

A torre quebrada e marrom-avermelhada da Gedächtniskirche passou por eles à esquerda e Tom acrescentou:

— Toda essa parte foi destruída. Por isso tudo parece tão novo agora.

— *Ja*, ficou *kaputt* mesmo! — concordou o motorista de meia-idade em alemão. — Os senhores são turistas? Vieram só a lazer?

— Sim — respondeu Tom, satisfeito ao notar que o motorista queria conversar. — Como anda o tempo?

— Ontem choveu... hoje está assim.

O céu estava nublado, mas sem chuva. Eles avançaram depressa pela Kurfürstendamm e pararam em um sinal vermelho na Lehninplatz.

— Veja como são novas todas essas lojas — disse Tom a Frank. — Eu realmente não gosto muito da Ku'damm.

Recordou a primeira ida a Berlim, sozinho, quando percorreu a longa e reta avenida Kurfürstendamm na tentativa em vão de sentir uma atmosfera que não era possível depreender de vitrines bonitas, fachadas de cromo e vidro que exibiam artigos de porcelana, relógios de pulso e bolsas. Kreuzberg, o antigo bairro berlinense de cortiços e àquela altura cheio de trabalhadores turcos, tinha mais personalidade.

O motorista virou à esquerda na Albrecht-Achilles-Strasse, passou por uma pizzaria de esquina da qual Tom se lembrava e depois, à direita, por um supermercado fechado. O hotel Franke ficava à esquerda, em um pequeno trecho curvo da via. Tom pagou ao motorista com alguns dos marcos que lhe restavam, quase 600 ao todo.

Preencheram pequenas fichas brancas entregues pela recepcionista e ambos consultaram o passaporte para ver o número correto. Os quartos ficavam no mesmo andar, mas não eram contíguos. Tom não quisera ficar no hotel Palace, mais elegante, perto da Gedächtniskirche, porque já havia se hospedado lá uma vez e concluíra que por algum motivo poderiam se lembrar dele e reparar que estava acompanhado por um adolescente que não era seu parente. Tom não dava a mínima para a opinião dos outros a esse respeito, mesmo no hotel Franke, mas achava que, por ser mais modesto, naquele estabelecimento havia menos risco de reconhecerem Frank Pierson.

Tom pendurou uma calça, tirou a colcha da cama e estendeu o pijama na camada superior branca, abotoada e recheada de penas, que servia tanto de cobertor quanto de lençol, instituição alemã que Tom já conhecia de outras épocas. A janela tinha uma vista inteiramente sem graça para um pátio acinzentado, um prédio de cimento de seis andares ligeiramente torto e algumas copas de árvore distantes. Sentiu uma felicidade súbita e inexplicável, uma sensação de liberdade talvez ilusória. No fundo da mala, guardou a capa do passaporte com os francos franceses dentro, fechou a tampa e saiu, trancando a porta. Tinha dito a Frank que passaria para buscá-lo dali a cinco minutos. Bateu na porta do quarto do garoto.

— Tom? Entre.

— Ben! — exclamou, sorrindo. — Como vão as coisas?

— Olhe só que cama *insana*!

Ambos soltaram uma gargalhada repentina. Frank também tinha aberto a colcha e estendido o pijama em cima do cobertor de penas abotoado.

— Vamos sair para dar uma volta. Onde estão aqueles dois passaportes?

Tom se certificou de que o passaporte novo do garoto estivesse guardado, encontrou o de Johnny dentro da mala e o colocou dentro de um envelope retirado da gaveta da escrivaninha. Em seguida, guardou o envelope no fundo da mala do garoto e acrescentou:

— Para não haver risco de você pegar o errado.

Desejou que tivessem queimado o passaporte de Johnny em Belle Ombre, já que, de toda maneira, o rapaz fora obrigado a fazer um novo.

Por fim, saíram do quarto. Poderiam ter ido pela escada, mas Frank quis ver de novo o elevador. Parecia tão feliz quanto Tom, embora o próprio Tom não entendesse o motivo.

— Aperte o botão E, de *Erdgeschoss*.

Deixaram as chaves na recepção, saíram do hotel e viraram à direita em direção à Kurfürstendamm. Frank observava os arredores, fascinado até mesmo com um *dachshund* que alguém tinha levado para passear. Tom sugeriu uma cerveja na pizzaria da esquina. No local, compraram fichas e entraram na fila diante do balcão de cerveja. Em seguida levaram as grandes canecas até a única mesa parcialmente livre, na qual duas moças comiam pizza. Com um meneio de cabeça, elas deram permissão para que os dois se sentassem.

— Amanhã vamos a Charlottenburg — comunicou Tom. — Lá tem museus e um lindo parque também. E o Tiergarten, claro.

E ainda haveria o passeio daquela noite. Havia muitas opções noturnas em Berlim. Ao olhar para a bochecha do garoto, Tom percebeu que o sinal estava coberto.

— Está se saindo muito bem, continue assim — elogiou e apontou para o próprio rosto.

À meia-noite, ou um pouco depois, estavam no Romy Haag, e Frank estava ligeiramente embriagado após mais três ou quatro cervejas. Tinha ganhado um urso de brinquedo em uma barraca de tiro ao alvo diante de uma cervejaria, e Tom se oferecera para carregar o pequeno urso marrom, símbolo de Berlim. Havia frequentado o Romy Haag na última visita à cidade. Era um bar-discoteca um pouco turístico, com uma apresentação de transformistas tarde da noite.

— Por que não vai dançar? — perguntou ele a Frank. — Tire uma delas para dançar.

Tom estava se referindo a duas garotas sentadas em bancos altos diante do bar, com os olhos pregados na pista de dança, onde uma esfera cinza girava devagar, lançando luzes pontilhadas de sombras e de branco nas paredes. O objeto giratório, do tamanho de uma bola de praia e bastante feio, parecia uma relíquia dos anos 1930, evocava uma Berlim pré-Hitler e exercia sobre o olhar um estranho fascínio.

Frank se remexeu, hesitante, como se não tivesse coragem de abordar as moças. Os dois estavam diante do bar.

— Não são prostitutas — acrescentou Tom, e falou mais alto do que a música para se fazer ouvir.

O garoto se afastou para ir ao banheiro, localizado perto da porta. Ao voltar, passou por Tom e seguiu até a pista de dança, onde por alguns minutos sumiu de vista, antes de reaparecer debaixo do globo de luz, dançando com uma menina loira em meio a uma dúzia de outros casais e talvez umas poucas pessoas sem companhia. Tom sorriu. Frank estava pulando e se divertindo. A música ainda não havia parado quando ele retornou dali a poucos minutos, triunfante.

— Achei que você fosse me achar um covarde se eu não tirasse nenhuma menina para dançar! — comentou.

— Eram meninas legais?

— Ah, muito! E bonitas! Mas estavam mascando chiclete. Eu disse *"Guten Abend"* e até *"Ich liebe dich"*, mas só sei isso das músicas. Acho que uma delas pensou que eu estivesse bêbado, mas mesmo assim riu!

Certamente estava bêbado, e Tom precisou segurá-lo em um dos braços enquanto o garoto tentava passar uma das pernas por cima do banco.

— Não tome o resto dessa cerveja se não quiser.

Um rufar de tambores anunciou o espetáculo ao vivo. Três transformistas grandes e fortes saíram das coxias se exibindo em vestidos de babados com tons de rosa, amarelo e branco que iam até o chão, chapéus floridos de aba larga e imensos seios de plástico totalmente à mostra e dotados de mamilos vermelhos. Aplausos entusiasmados! Cantaram uma música de *Madame Butterfly* e depois fizeram vários esquetes dos quais Tom mal compreendeu a metade, mas que a plateia pareceu apreciar.

— Mas que aparência engraçada! — rugiu Frank no ouvido de Tom.

O musculoso trio encerrou com "Das ist die Berliner Luft", rodando as saias e levantando as pernas bem alto enquanto uma chuva de buquês da plateia caía sobre o palco.

Frank aplaudiu, gritou "Bravo! *Bravi!*" e quase caiu do banco.

Alguns minutos mais tarde, Tom estava de braços dados com o garoto, tentando mantê-lo de pé conforme avançavam por uma calçada um pouco escura, embora ainda bem movimentada, às duas e meia da manhã.

— O que é *aquilo*? — perguntou Frank ao ver se aproximar uma dupla trajada com roupas estranhas.

Pareciam ser um homem e uma mulher, o homem de meia-calça com estampa arlequim e chapéu de aba pontuda na frente e atrás e a mulher parecendo uma carta de baralho ambulante, um ás de paus, como uma análise mais minuciosa revelou a Tom.

— Devem ter acabado de sair de uma festa, ou estão a caminho de uma — comentou Tom.

Em outras visitas a Berlim, já tinha reparado que as pessoas gostavam de ousar no vestuário, indo de um extremo a outro. Era até um disfarce, de certa forma.

— É uma brincadeira de "adivinhe quem eu sou" — acrescentou ele. — A cidade inteira é assim.

Tom tinha algumas teorias sobre esse comportamento. A cidade de Berlim já era estranha e artificial o suficiente, pelo menos no status político, então talvez os moradores às vezes tentassem superá-la com trajes e atitudes. Era também um modo de os berlinenses dizerem "Nós existimos!". Tom, porém, não estava com a menor disposição para organizar os pensamentos em um discurso coerente. Por isso, limitou-se a comentar:

— E pensar que a cidade está cercada por esses chatos desses *russos* sem nenhum senso de humor!

— Ei, podemos dar uma olhada em Berlim Oriental? Eu adoraria conhecer!

Tom apertou o pequeno urso e tentou pensar se o lugar ofereceria algum perigo para Frank, mas concluiu que não encontrariam problemas do outro lado do Muro.

— Claro. Estão mais interessados em tirar alguns marcos alemães dos visitantes do que em saber quem eles são... Olhe, um táxi! Vamos pegar!

10

Na manhã seguinte, às nove, Tom telefonou para Frank do próprio quarto. Como Ben estava se sentindo?

— Bem, obrigado. Acabei de acordar.

— Vou pedir o café da manhã para nós dois no meu quarto, então venha para cá. O número é 414. E tranque a porta quando sair.

Por volta das três da madrugada, quando retornaram ao hotel, Tom havia verificado que os passaportes continuavam seguros dentro da mala.

Durante o café, sugeriu que fossem a Charlottenburg, seguido de Berlim Oriental e depois do jardim zoológico de Berlim Ocidental, se ainda lhes restasse alguma energia. Entregou ao garoto um texto do *Sunday Times* de Londres, escrito por Frank Giles. Havia recortado e guardado o trecho com cuidado porque resumia Berlim em poucas palavras. "Estará Berlim dividida para sempre?", era o título da matéria. Frank leu enquanto comia torradas com geleia, e Tom disse que não tinha importância se ele sujasse o papel de manteiga, porque era bem velho.

— A apenas oitenta quilômetros da fronteira com a Polônia! — exclamou Frank, com assombro. — E... noventa e três mil soldados soviéticos em um raio de trinta quilômetros dos... dos subúrbios de Berlim — leu em voz alta, depois olhou para Tom e arrematou: — Por que eles se preocupam tanto com Berlim? Com essa história de Muro e tudo o mais...

Ocupado em saborear o café, Tom não queria explicar nada a ninguém. Talvez naquele dia Frank se desse conta da realidade.

— O Muro se estende por toda a Alemanha, não está só em Berlim. As pessoas falam mais sobre o Muro de Berlim porque ele cerca Berlim Ocidental, mas o Muro vai até a Polônia e a Romênia. Você vai ver hoje. E amanhã talvez possamos ir de táxi até a Glienicker-Brücke, onde às vezes são feitas trocas de prisioneiros entre a parte ocidental e a oriental. Na verdade espiões, quero dizer. Eles chegam até a dividir o rio na região, dá para ver um arame acima da superfície dividindo o leito ao meio.

Pelo menos o garoto estava entendendo, achava Tom, porque lera a matéria com atenção. O texto explicava a tripla ocupação ou o controle militar de Berlim por militares ingleses, franceses e americanos, o que ajudava a entender (nem tanto no caso de Tom, que sempre sentia haver algo além da compreensão dele no que dizia respeito a Berlim) os motivos pelos quais a companhia aérea alemã Lufthansa não podia pousar no aeroporto de Berlim-Tegel. Berlim era artificial, algo especial, não fazia parte da Alemanha Ocidental e talvez nem quisesse fazer, já que os berlinenses sempre tinham sentido orgulho de ser berlinenses.

— Vou me vestir e bato na sua porta daqui a uns dez minutos — avisou Tom, levantando-se. — Leve o passaporte, Ben. Para o Muro.

O garoto estava vestido, mas Tom ainda estava de pijama.

Pegaram um bonde antiquado de Kurfürstendamm até Charlottenburg e passaram mais de uma hora nos museus de arte e arqueologia. Frank se demorou olhando as maquetes de atividades praticadas antigamente na região de Berlim, como a mineração de cobre feita por homens com roupa de pele três mil anos antes de Cristo. Como no Beaubourg, Tom se pegou à espreita de qualquer um que pudesse demonstrar interesse pelo garoto, mas tudo que viu foram pais e mães com crianças tagarelas e curiosas espiando obras e relíquias através de vidros. Até ali, Berlim tinha se mostrado um lugar ameno e inofensivo.

Em seguida pegaram outro bonde de volta à estação do S-Bahn, em Charlottenburg, para ir até a parada da Friedrichstrasse e depois ao Muro. Tom tinha levado um mapa. A viagem foi toda na superfície, embora aquele trecho em especial fosse feito em uma espécie de trem subterrâneo semelhante ao metrô. Pela janela, Frank admirava os prédios de apartamentos pelos quais passavam, em sua maioria bastante velhos e monótonos, o que significava que não tinham sido bombardeados. Então o Muro apareceu, cinza e com três metros de altura, conforme o prometido, com arame farpado no topo e, em alguns pontos, coberto de tinta spray por soldados da Alemanha Oriental antes da visita do presidente Carter alguns meses antes, lembrava-se Tom, de modo que a televisão da Alemanha Ocidental não pudesse transmitir para os berlinenses-orientais e os muitos alemães-orientais que conseguiam assistir a programas de televisão da Alemanha Ocidental os slogans antissoviéticos pintados no Muro. Os dois ficaram esperando em uma sala junto com uns cinquenta outros turistas e berlinenses da parte ocidental, muitos carregados de sacolas de compras, cestos de frutas, presuntos em conserva e o que pareciam ser caixas de lojas de roupas. Eram na maioria pessoas de idade, decerto visitando pela enésima vez os irmãos e primos isolados pelo Muro desde 1961. Os números de sete dígitos de Tom e Frank foram finalmente chamados por uma moça atrás de um guichê gradeado, e logo puderam se dirigir a outra sala com uma mesa comprida ocupada por soldados da Alemanha Oriental de uniforme cinza-esverdeado. Uma moça devolveu-lhes os passaportes, e alguns metros mais adiante eles tiveram que comprar de um soldado o equivalente a 6 marcos e 50 *Pfennig* em moeda da Alemanha Oriental, o que correspondia a mais dinheiro em marcos orientais. Tom mal conseguiu tocar no dinheiro, tamanha era a sua aversão, guardando-o no bolso de trás da calça.

Feito tudo isso, enfim estavam "livres". O pensamento o fez sorrir conforme caminhavam pela Friedrichstrasse, que continuava ali, do outro lado do Muro. Tom indicou os palácios ainda sujos da família real prussiana. Se queriam passar uma boa impressão para o mundo, pensava ele, por que diabos ninguém os limpava, ou plantava em volta das construções algumas sebes grossas?

Frank olhava tudo ao redor, perplexo, e por alguns minutos não conseguiu falar.

— Unter den Linden — disse Tom com uma voz não muito alegre. Um sentimento de autopreservação, porém, levou-o a tentar soar mais animado, de modo que pegou Frank pelo braço e o fez entrar em uma rua à direita. — Vamos por aqui.

Estavam de volta à via — sim, era novamente a Friedrichstrasse —, onde longos balcões se projetavam de dentro de lanchonetes até o meio da calçada e clientes em pé tomavam sopa, comiam sanduíches ou bebiam cerveja. Alguns pareciam operários da construção civil, com macacões sujos de pó de gesso, e havia as mulheres e moças que podiam ser funcionárias de algum escritório.

— Acho que vou comprar uma caneta esferográfica — comentou Frank. — Seria divertido comprar *alguma coisa* aqui.

Foram até uma papelaria com uma banca de jornais vazia na frente, mas se depararam com uma plaquinha na porta que dizia: FECHADO PORQUE NÃO QUERO ABRIR. Tom riu e traduziu para Frank, depois disse:

— Deve haver outra loja por aqui.

Seguiram em frente e de fato havia outra, também fechada, cuja plaquinha manuscrita dizia: FECHADO POR MOTIVO DE RESSACA. Frank achou isso hilário.

— Talvez eles tenham mesmo senso de humor, mas de resto é só aquilo que eu li sobre a cidade, um lugar meio... sem vida.

Tom se sentia cada vez mais entregue a uma depressão que o fazia se recordar da primeira visita que fizera a Berlim Oriental. A roupa das pessoas pareciam murchas. Aquela era a segunda visita dele, e não teria retornado se Frank não tivesse pedido.

— Vamos almoçar alguma coisa para nos animarmos — sugeriu, gesticulando na direção de um restaurante.

Era um estabelecimento grande, modesto e utilitário, e algumas das mesas compridas ostentavam toalhas brancas. Se não tivessem dinheiro suficiente, pensou Tom, o caixa aceitaria de bom grado marcos ocidentais. Quando se sentaram, Frank estudou com interesse a clientela — um homem de terno escuro e óculos comendo sozinho e duas moças rechonchudas conversando diante de cafés diante de uma mesa próxima —, como se estivesse observando animais de uma espécie nova no zoológico. Tom achou graça da cena. Frank devia achar que aquelas pessoas eram "russas", imaginava ele, marcadas pelo comunismo.

— Não são todas comunistas, sabe? — comentou Tom. — São alemãs.

— Sim, eu sei, mas elas não podem morar na Alemanha Ocidental se quiserem... Podem?

— Verdade. Não podem.

A comida foi servida, e Tom esperou a garçonete loira de sorriso simpático se afastar antes de prosseguir:

— Mas os russos dizem que construíram o Muro para manter os capitalistas *fora*. Pelo menos é isso que eles alegam.

Subiram até o topo da torre da Alexanderplatz, o orgulho da Berlim Oriental, para tomar um café e apreciar a vista. Lá, foram ambos tomados por um desejo de ir embora.

Berlim Ocidental, mesmo cercada, pareceu-lhes um espaço vasto e infindável depois de deixarem a região do Muro e partirem sacolejando a bordo do trem elevado em direção ao Tiergarten. Tinham trocado mais algumas notas de 10 marcos, e Frank examinava algumas moedas de Berlim Oriental.

— Talvez eu guarde estas aqui de recordação... ou mande algumas para Teresa.

— Não daqui, por favor — disse Tom. — Espere até chegar em casa.

Foi agradável ver os leões passeando em aparente liberdade no Tiergarten, os tigres descansando junto a um tanque, bocejando na cara dos visitantes, embora um fosso os separasse do público. Bem quando Tom e Frank passaram, o cisne-trombeteiro ergueu o pescoço comprido e trombeteou. Devagar, caminharam em direção ao aquário. Lá, Frank se apaixonou pelos *Druckfisch*.

Os lábios dele se entreabriram de espanto, e de repente pareceu um menino de 12 anos.

— Inacreditável! Que cílios! Parecem *maquiagem*!

Tom riu e observou o peixinho azul, que mal chegava a quinze centímetros de comprimento, nadando no que se poderia chamar de uma velocidade moderada, em busca de coisa alguma, aparentemente, embora a pequena boca redonda não parasse de abrir e fechar como se tentasse perguntar alguma coisa. As pálpebras dos olhos enormes eram delineadas de preto, rodeadas de traços que se assemelhavam a longos cílios curvos, como se um cartunista os tivesse desenhado nas escamas azuis com um lápis de cera preto. Era uma das maravilhas da natureza, achava Tom. Já tinha visto o peixe antes. Ficou novamente fascinado pelo animal, além de satisfeito com o fato de Frank se interessar mais pelo *Druckfisch* do que pelo célebre *Picassofisch*. Este, também pequenino, ostentava um zigue-zague preto no corpo amarelo que sugeria uma pincelada de Picasso do período cubista e tinha uma faixa azul na cabeça com várias antenas em alto-relevo, bastante estranhas, sim, mas incomparável diante dos cílios do *Druckfisch*. Tom desviou os olhos do mundo aquático e se sentiu pesado e desajeitado, como se andar e respirar tivessem de repente se tornado tarefas difíceis.

Os crocodilos, em um viveiro aquecido, cercado de vidro e atravessado por uma passarela, exibiam alguns ferimentos ainda ensanguentados, sem dúvida infligidos pelos companheiros. Naquele momento, porém, todos cochilavam com sorrisos amedrontadores.

— Chega por hoje? — indagou Tom. — Eu não me importaria de ir para a *Bahnhof*.

Saíram do aquário e andaram mais algumas ruas até a estação de trem, onde Tom, assim como Frank, trocou mais alguns francos por notas alemãs.

— Sabe, Ben — disse ele ao embolsar os marcos —, mais um dia aqui e você vai precisar pensar em... ir para casa, talvez?

Correu os olhos pelo interior da *Bahnhof*, ponto de encontro de golpistas, atravessadores, gays, cafetões, viciados em drogas e sabia mais Deus o quê. Foi andando enquanto falava, determinado a sair logo dali para o caso de alguma das pessoas, por algum motivo qualquer, mostrar interesse nele e no garoto.

— Pode ser que eu vá a Roma — comentou Frank enquanto caminhavam em direção à avenida Ku'damm.

— Não vá a Roma. Deixe para outra hora. Afinal, já não esteve lá antes?

— Só duas vezes, quando era bem pequeno.

— Volte para casa primeiro. Resolva as coisas por lá. Com Teresa também. Você ainda pode ir a Roma neste verão. Estamos só no dia 26 de agosto.

Cerca de meia hora depois, quando Tom estava relaxando no quarto com o *Morgenpost* e o *Der Abend*, Frank lhe telefonou.

— Reservei uma passagem para Nova York — contou. — O voo é na segunda-feira, pouco antes do meio-dia, pela Air France, depois troco para a Lufthansa em Düsseldorf.

— Excelente, Ben.

Tom ficou aliviado.

— Talvez você precise me emprestar um pouco de dinheiro. Tenho o suficiente para comprar a passagem, mas pode ser que isso me deixe um pouco apertado.

— Sem problemas — concordou Tom, paciente.

Cinco mil francos eram mais de mil dólares, e por que o garoto precisaria de mais se pretendia ir direto para casa? Estaria ele tão acostumado a carregar grandes somas que se sentia desconfortável sem muito dinheiro? Ou receber dinheiro de Tom teria se tornado um símbolo de amor para Frank?

Naquela noite, foram ao cinema, saíram antes do fim do filme e, como passava das onze e eles precisavam jantar, Tom os guiou na direção da Rheinische Winzerstuben, a poucos passos dali. Copos de chope tirados pela metade se alinhavam junto às torneiras, à espera dos clientes. Os alemães demoravam vários minutos para tirar um chope corretamente, fato que Tom apreciava. Os dois escolheram a comida no balcão, que oferecia sopas caseiras, presunto, rosbife e cordeiro, repolho, batatas fritas ou cozidas e meia dúzia de tipos de pão.

— O que você falou sobre Teresa é verdade — comentou o garoto depois de acharem uma mesa. — Eu deveria mesmo conversar com ela e entender em que pé estamos.

Frank tomou um grande gole, apesar de ainda não ter comido nada, e continuou:

— Pode ser que ela goste de mim, pode ser que não. E eu sei que não tenho *idade* suficiente. Ainda faltam mais cinco anos de estudos se eu for concluir a universidade. Jesus!

Ele de repente pareceu furioso com o sistema educacional, mas Tom sabia que o verdadeiro problema era a incerteza em relação à garota.

— Teresa é diferente das outras meninas — continuou Frank. — Não consigo descrever com palavras. Ela não é boba. É muito segura de si... e é isso que me assusta às vezes, porque não pareço ser tão confiante assim. Talvez não seja *mesmo*... Talvez um dia você a conheça. Espero que sim.

— Eu também espero. Coma sua comida antes que esfrie.

Tom tinha a sensação de que nunca chegaria a conhecer Teresa, mas o que mais inspirava as pessoas a seguir em frente além da ilusão, da esperança como aquela a que o garoto tentava se agarrar? Ego, moral, energia, e aquilo que tão vagamente se denominava futuro — todas essas coisas geralmente não estavam associadas a outras pessoas? Poucas eram as que conseguiam se virar sozinhas. E ele próprio? Tom tentou por alguns segundos se imaginar em Belle Ombre sem Heloise. Ninguém com quem conversar em casa a não ser Madame Annette, ninguém para ligar o gramofone e de repente encher a casa de rock, ou às vezes de Ralph Kirkpatrick à espineta. Embora escondesse muitas coisas de Heloise, as atividades ilegais e por vezes perigosas que praticava e poderiam pôr um fim a Belle Ombre caso fossem descobertas, a esposa havia se tornado parte da existência dele, quase da carne, como se dizia nos votos matrimoniais. Os dois não faziam amor com frequência e nem sempre que dividiam a cama — o que também não chegava a acontecer nem metade do tempo —, mas, quando faziam, Heloise se mostrava carinhosa e apaixonada. A baixa frequência das relações conjugais não parecia incomodá-la nem um pouco. Curioso, uma vez que ela estava com apenas 27 anos, ou seriam 28? Mas também era conveniente para ele, que não teria suportado uma mulher que o obrigasse a comparecer várias vezes por semana. Tal coisa o teria feito perder o interesse, talvez de modo imediato e permanente.

Tomando coragem, enfim perguntou, com uma voz ao mesmo tempo leve e educada:

— Posso perguntar se já foi para a cama com Teresa?

Frank ergueu o olhar do prato e deu um sorriso rápido e hesitante.

— Uma vez. Eu… Bom, foi maravilhoso, claro. Talvez até demais.

Tom aguardou.

— Você é a única pessoa para quem eu contaria isso — continuou o garoto, quase aos sussurros. — Eu não me saí muito bem. Acho que estava empolgado demais. Ela também estava, mas nada aconteceu… de verdade. Foi no apartamento da família dela em Nova York. Todo mundo tinha saído, nós trancamos todas as portas. E ela riu.

Frank o encarou como se estivesse apenas constatando um fato, nem sequer um fato que o magoava, apenas um fato.

— Riu de você? — perguntou Tom, tentando assumir uma atitude apenas levemente interessada, e acendeu um Roth-Händle, o equivalente alemão de um Gauloises.

— Não sei se *de* mim. Talvez. Eu me senti péssimo. Envergonhado. Estava pronto para fazer amor com ela e depois não consegui terminar. Sabe?

Tom podia imaginar.

— Riu *com* você, talvez.

— Eu *tentei* rir... Enfim, não conte isso para ninguém, tudo bem?

— Claro. Mas para quem eu contaria?

— Os garotos na escola vivem se gabando, mas duvido que façam tudo aquilo mesmo. Eu sei que estão mentindo. Pete... Ele é um ano mais velho... Bem, eu gosto muito dele, mas sei que nem sempre fala a verdade. Em relação às garotas, digo. Com certeza deve ser fácil, acho, se você não gostar tanto da garota. Sabe como é? Talvez. Nesse caso você só pensa em si mesmo, em ser durão e conseguir, e tudo fica bem. Mas eu... eu estou apaixonado por Teresa há *meses*. Sete meses já. Desde a noite em que a conheci.

Tom estava tentando formular uma pergunta: por acaso Teresa poderia estar indo para a cama com outros garotos? Foi interrompido, porém, por um acorde alto que começou a ecoar em meio ao burburinho do bar.

Alguma coisa estava acontecendo na parede mais afastada de onde estavam. Tom já tinha visto o espetáculo uma vez. As luzes se acenderam, e a ruidosa introdução de *Der Freischütz* retumbou de um gramofone um tanto enferrujado em algum lugar. Da parede, um quadro bidimensional feito de silhuetas recortadas de casas assustadoras se projetou alguns centímetros, uma coruja empoleirada em uma árvore, a lua brilhando, um raio e uma chuva de verdade feita de gotas d'água caiu à direita. Houve também um trovão, resultado, ao que parecia, de grandes folhas de metal sacudidas nas coxias. Algumas pessoas se levantaram e deixaram as mesas para ver melhor.

— Que *loucura*! — exclamou Frank, sorrindo. — Vamos lá olhar!

— Pode ir — disse Tom, e aproveitou a oportunidade para avaliar o garoto de longe e ver se alguém prestava atenção nele.

Usando o blazer azul de Tom e a própria calça de veludo cotelê, já um pouco curta no comprimento, Frank apoiou as mãos na cintura e se pôs a observar o quadro quase vivo. Pelo que Tom pôde avaliar, a presença do garoto não pareceu suscitar nenhuma movimentação estranha.

A música foi encerrada ao som de címbalos, as luzes se apagaram, a chuva cessou e as pessoas voltaram para os respectivos lugares.

— Que ótima ideia! — elogiou Frank ao retornar, com ar relaxado. — A chuva cai em uma pequena calha ali na frente, sabia? Posso pegar outra cerveja para você?

O garoto estava ansioso para ser prestativo.

Era quase uma da manhã quando Tom pediu a um taxista que os levasse a um bar chamado Glad Hand, "mão amiga". Não sabia o endereço, mas tinha ouvido alguém mencionar o estabelecimento certa vez, provavelmente Reeves.

— Vai ver o senhor quis dizer Glad Ass — sugeriu o motorista em alemão e sorriu, embora tivesse mantido o nome do bar em inglês, que significava "bunda amiga".

— O senhor sabe melhor do que eu — comentou Tom, ciente de que os berlinenses tinham o hábito de mudar os nomes dos bares quando conversavam entre eles.

O estabelecimento não tinha nenhum tipo de placa do lado de fora, apenas uma lista iluminada com preços de bebidas e lanches atrás de um vidro na parede externa junto à porta, mas era possível escutar uma música alta vinda de dentro. Tom abriu a porta marrom com um empurrão, e uma figura alta e fantasmagórica o empurrou de volta, como se os dois estivessem em uma brincadeira.

— Não, não, você não pode entrar *aqui*! — disse a figura, então agarrou Tom pelo suéter e o puxou para dentro.

— Você está *encantador*! — gritou Tom para a figura que o havia puxado, com mais de um metro e oitenta de altura, ao qual usava um vestido de musselina amarrotado que arrastava no chão e estava com o rosto inteiramente pintado de rosa e branco.

Tom se certificou de que Frank estava ao seu lado enquanto abria caminho até o bar, um feito quase impossível devido à multidão formada por homens adultos e garotos mais jovens, todos gritando. Parecia haver dois espaços grandes para dançar, talvez até três. Frank foi alvo de muitos olhares e cumprimentos enquanto avançava.

— *Que inferno!* — disse Tom, com um dar de ombros bem-humorado, querendo dizer que não achava que algum dia fossem conseguir chegar ao bar para pedir uma cerveja ou qualquer outra coisa.

Havia mesas encostadas nas paredes, todas ocupadas e lotadas, com homens de pé conversando com os que estavam sentados.

— *Hoppla!* — rugiu nos ouvidos de Tom outra figura vestida de mulher.

Quando se deu conta de que talvez estivessem fazendo aquilo porque ele parecia hétero, quase se encolheu de vergonha.

Era um milagre ainda não o terem expulsado dali, e talvez ele devesse agradecer a Frank por ter conseguido entrar. Isso levou a um pensamento mais feliz: o próprio Tom era objeto de inveja por estar acompanhado de um atraente rapaz de 16 anos. Ao compreender isso, abriu um sorriso.

Uma figura vestida de couro chamou Frank para dançar.

— Pode ir! — gritou Tom.

Por um instante o garoto pareceu perplexo, assustado, mas logo se recompôs e se afastou com o sujeito vestido de couro.

— ... meu primo em Dallas! — berrava uma voz americana à esquerda, e Tom se afastou dali.

— Dallas-Fort *Vort!* — disse o companheiro alemão.

— Não, isso é a porra do aeroporto! Eu quero dizer Dallas! O bar se chama Friday. Um bar gay! Garotos e garotas.

Tom ficou de costas para eles e de alguma forma conseguiu encostar a mão na borda do bar e pedir duas cervejas. Os três garçons ou garçonetes usavam calças jeans surradas, mas também perucas, ruge e blusas de babados, além de ostentarem sorrisos alegres de batom. Ninguém parecia embriagado, mas todos pareciam loucamente felizes. Com uma das mãos espalmada no balcão, Tom ficou na ponta dos pés para procurar Frank. Viu o garoto dançando com mais vontade ainda do que no Romy Haag, com a garota. Outro homem pareceu se juntar a eles, mas Tom não conseguiu ter certeza. De repente, uma estátua que lembrava Adônis, imensa e pintada de dourado, desceu do teto e pôs-se a girar na horizontal acima da pista de dança, enquanto do alto balões coloridos desciam flutuando até o chão, rodopiando e subindo, agitados pela atividade na pista. Um dos balões dizia FILHO DA PUTA em letras góticas pretas, outros exibiam desenhos e palavras que Tom não conseguia discernir de onde estava.

Frank estava voltando da pista, abrindo caminho aos empurrões.

— Olhe! Perdi um botão, desculpe. Não encontrei lá na pista, e me derrubaram quando tentei procurar — disse o garoto, referindo-se ao botão do meio do blazer.

— Não tem importância! Sua cerveja!

Tom lhe entregou o copo cheio.

Frank bebeu um gole com espuma e tudo.

— O pessoal está se divertindo muito… — comentou. — E não tem *nenhuma* garota!

— Por que você voltou?

— Os outros dois começaram a bater boca… mais ou menos! O primeiro sujeito, ele disse alguma coisa que eu não entendi.

— Deixe para lá — aconselhou Tom, e imaginou perfeitamente o que deviam ter dito. — Você devia ter pedido a ele que falasse em inglês!

— Ele falou, e *nem assim* eu entendi!

Frank estava sendo encarado por dois homens parados atrás de Tom. Naquele momento, o garoto tentava explicar que era uma noite muito especial, o aniversário de alguém, daí os balões. O volume da música praticamente impedia as conversas. O ato de conversar era desnecessário, claro, já que os clientes podiam avaliar o material uns dos outros e sair juntos, ou então trocar endereços. Como Frank disse que não estava mais com vontade de dançar, eles foram embora depois daquela única cerveja.

No domingo de manhã, Tom acordou logo depois das dez e ligou para saber se o café da manhã ainda estava disponível. Estava. Depois, telefonou para o quarto de Frank. Ninguém atendeu. Estaria ele dando um passeio matinal? Tom encolheu os ombros. Será que tinha se forçado a dar de ombros? Teria sido um gesto involuntário? E se o garoto tivesse se metido em encrenca na rua e algum policial tivesse dado uma dura nele? "Posso saber como o senhor se chama? Posso ver seu passaporte ou sua identidade?" Por acaso havia algum cordão umbilical entre ele e Frank? Não. E se houvesse deveria cortá-lo, pensou Tom. De uma forma ou de outra, isso aconteceria no dia seguinte, quando o garoto entrasse em um avião com destino a Nova York. Tom atirou um maço de cigarros vazio no cesto de papel, errou e teve que recolher do chão.

Ouviu uma leve batida na porta, com a ponta dos dedos, do mesmo jeito que ele próprio batia.

— Frank.

Abriu a porta.

O garoto segurava um saco plástico verde transparente cheio de frutas.

— Fui dar uma volta. Disseram que você tinha pedido o café da manhã, então eu sabia que estava acordado. Perguntei em alemão. Que tal?

Pouco antes do meio-dia, os dois estavam em pé diante de um trailer Schnell-Imbiss em Kreuzberg, ambos com latinhas de cerveja na mão. Frank segurava uma *Bulette*, ou hambúrguer sem pão, um pedaço de carne fria, porém cozida, que se podia pegar com a mão e passar na mostarda. Um homem turco com uma cerveja e uma linguiça *frankfurter* ao lado trajava a última moda em matéria de roupa casual de verão: sem camisa, a barriga peluda pulando para fora de uma bermuda verde curta não apenas surrada, mas quase em frangalhos, talvez mordida por um cachorro. Os pés sujos calçavam sandálias. Frank olhou o sujeito de cima a baixo com uma expressão impassível e comentou:

— Eu acho que Berlim é bem grande. Não é nem um pouco apertada.

Aquilo deu a Tom uma ideia para as atividades da tarde: Grunewald, a grande floresta. Mas primeiro poderiam dar uma passada por Glienicker-Brücke.

— Nunca vou me esquecer deste dia… meu último dia com você — disse o garoto. — E não sei quando vou voltar a ver o senhor.

Eram as palavras de um amante, achava Tom, e será que a família de Frank, em especial a mãe, ficaria feliz se ele decidisse visitar o garoto na próxima ida aos Estados Unidos em outubro daquele ano? Tom duvidava. Será que a mãe sabia alguma coisa sobre a suspeita de falsificação em relação aos quadros de Derwatt? Muito provavelmente, já que o pai de Frank tinha mencionado o assunto, talvez à mesa do jantar. Será que o nome dele seria mal recebido pela mãe do garoto? Tom não quis perguntar.

Eles almoçaram tarde, sentados a uma mesa externa com vista para a Pflauen-Insel no Wannsee, um lago azul que se estendia mais abaixo. O chão era de seixos e terra batida, e folhas os protegiam do sol. Um garçom gorducho anotou os pedidos com toda a simpatia. *Sauerbraten* com bolinhos de batata recheados, repolho roxo e cerveja. Estavam na área sudoeste de Berlim Ocidental.

— Puxa, que maravilha, não? A Alemanha — comentou Frank.

— É mesmo? Mais do que a França?

— As pessoas aqui são mais amigáveis.

Tom sentia o mesmo em relação à Alemanha, mas era algo curioso de se dizer sobre Berlim. Naquela manhã, quando estavam no carro, eles haviam margeado um longo trecho do Muro que não estava protegido por nenhum soldado visível, mas que ainda se erguia nos mesmos três metros de altura da Friedrichstrasse. Cães bravos presos em guias compridas atrás do Muro latiram só de escutar o táxi passar. O motorista havia se mostrado encantado em fazer aquele passeio com eles e falara pelos cotovelos. Passado o Muro, fora de vista e atrás de onde estavam os cachorros, havia um trecho minado com "Cinquenta metros de largura!", exclamara o motorista em alemão, e depois disso uma trincheira antitanque com quase três metros de profundidade, e mais além uma faixa de terra lavrada para revelar qualquer pegada.

— Que trabalhão eles têm! — comentara Frank.

E Tom, inspirado, respondera:

— Eles se dizem revolucionários, mas são os mais atrasados na atual conjuntura. Dizem que todo país precisa de uma revolução, mas por que alguns grupos continuam a se aliar a *Moscou*...

Tentara dizer a frase em alemão para o motorista.

— Ah, Moscou agora só tem as Forças Armadas, para mostrar poder aqui e acolá. Ideias, não — respondera o motorista, resignado, ou ao menos com ar de resignação.

Na Glienicker-Brücke, Tom tinha traduzido para Frank a declaração escrita em alemão em um grande cartaz:

```
Aqueles que deram a esta ponte o nome de Ponte
da Unidade também construíram o Muro, puseram
arame farpado e criaram faixas da morte, pre-
judicando assim a unidade.
```

Ainda assim, o garoto quis escutar no idioma original, e Tom recitou para ele. Hermann, o taxista, fora tão simpático que Tom lhe perguntou se ele gostaria de almoçar e, depois, levá-los a outro lugar. O homem aceitou o convite, mas educadamente sugeriu comer sozinho em outra mesa.

— O senhor consegue nos levar até Grunewald? — perguntou Tom depois de pagar a conta. — Em seguida pode se livrar de nós, porque queremos caminhar um pouco.

— Claro! Tudo bem! — concordou Hermann, levantando-se da cadeira de modo arrastado, como se tivesse engordado um ou dois quilos no almoço.

O dia estava abafado, e ele usava uma camisa branca de mangas curtas.

Fizeram um trajeto de seis quilômetros e meio em direção ao norte. Tom tinha um mapa de Berlim no colo para mostrar a Frank onde estavam. Atravessaram a ponte sobre o Wannsee e viraram para o norte, passando por vários trechos de mata que abrigavam conjuntos de pequenas casas. Por fim chegaram a Grunewald, onde, conforme ele explicou ao garoto, as tropas francesas, inglesas e americanas muitas vezes faziam exercícios com tanques e treinavam tiro. Jogos de Guerra.

— Hermann, pode nos deixar na Trümmerberg? — pediu Tom.

— Trümmerberg, *ja, neben dem* Teufelsberg — respondeu o motorista.

E assim o fez ao subir uma encosta com o táxi. Pouco depois, a Trümmerberg, uma montanha construída com o entulho das ruínas de guerra cobertas de terra, ergueu-se diante deles. Tom pagou o valor da corrida e acrescentou 20 marcos alemães de gorjeta.

— *Danke schön und schönen Tag!*

Um pouco mais além na montanha, um menininho manobrava um avião de brinquedo com um controle remoto. Em uma das encostas, um sulco sinuoso era usado para a prática de esqui e tobogã.

— As pessoas aqui esquiam no inverno — contou Tom. — Divertido, não?

Na verdade não sabia qual era a graça da pista daquele jeito, sem neve alguma, mas se sentia eufórico. Era fantástico ver uma grande floresta de um dos lados e do outro, a cidade de Berlim, baixa e indistinta ao longe. Caminhos sem calçamento conduziam para dentro de Grunewald, uma floresta de aspecto selvagem com pouco mais de trinta quilômetros quadrados, segundo Tom calculara com base em seu mapa. Além disso, o fato de toda aquela área verde ficar dentro dos limites da cidade lhe pareceu incrível, ou uma espécie de bênção, já que Berlim Ocidental inteira era cercada, incluída, claro, a própria Grunewald.

— Vamos por aqui — sugeriu Tom.

Pegaram uma das estradinhas que davam na floresta e, após alguns minutos, as árvores se fecharam em volta de ambos, o que cortava boa parte da luz. Um rapaz e uma moça faziam piquenique a alguns metros de distância, sentados em uma toalha estendida sobre agulhas de pinheiro. Frank os encarou com ar melancólico, talvez com inveja. Tom pegou uma pequena pinha, soprou-a e guardou-a no bolso da calça.

— As bétulas não são maravilhosas? Adoro bétulas! — comentou o garoto.

Havia bétulas sarapintadas por toda parte, de todos os tamanhos, em meio aos pinheiros e aos carvalhos esparsos.

— Em algum lugar… fica a base das Forças Armadas. Cercas de arame farpado, placas vermelhas de aviso, eu me lembro — contou Tom, mas sentia que suas palavras eram vagas, não tinha vontade de falar sobre nada.

Frank também parecia cabisbaixo. Por volta daquele horário no dia seguinte ele estaria voando rumo a Nova York. E o que encontraria quando chegasse lá? Uma moça cujos sentimentos por ele eram incertos e uma mãe que já lhe perguntara se havia matado o próprio pai, mas que parecera acreditar na resposta negativa. Algo teria mudado nos Estados Unidos? Será que haviam surgido novos indícios contra Frank? Era possível. Tom não conseguia imaginar como, mas aquela hipótese não poderia ser descartada. Teria Frank realmente matado o pai, ou teria sido tudo fruto da imaginação? Não era a primeira vez que Tom se fazia essa pergunta. Talvez, ao se ver ali com ele naquela floresta tão linda banhada pelo sol, naquele dia tão agradável, Tom não quisesse acreditar que o garoto matara alguém. Reparou em uma grande árvore caída à esquerda. Apontou para ela, e Frank o seguiu.

Tom se recostou no tronco derrubado, acendeu um cigarro e olhou para o relógio: faltavam treze minutos para as quatro. Teve vontade de se virar de novo em direção à Trümmerberg, onde sabia que havia alguns carros e a chance de um táxi. Seria fácil se perder se entrassem mais na floresta.

— Cigarro? — ofereceu.

Na noite anterior, o garoto tinha fumado.

— Não, obrigado. Por favor, me dê licença um instante. Preciso fazer xixi.

Tom se afastou do tronco enquanto o garoto passava.

— Vou estar ali.

Ele indicou a estradinha pela qual tinham acabado de passar. Cogitava voltar a Paris na tarde do dia seguinte, a menos que decidisse procurar Eric Lanz e talvez sair com ele à noite. Poderia ser divertido ver o apartamento do sujeito em Berlim, descobrir que tipo de vida ele levava. Isso também lhe daria tempo para comprar um presente para Heloise, alguma coisa bonita na Ku'damm, uma bolsa ou algo do tipo. Tom olhou para a direita, pois pensara ter escutado alguma coisa... Vozes, talvez. Procurou o garoto.

— Ben? — chamou e recuou alguns passos. — Ei, Ben, está perdido? Estou aqui! — continuou Tom, retornando para a árvore tombada. — Ben!

Tinha ouvido um estalo na vegetação rasteira mais adiante na floresta ou teria sido apenas o vento?

Frank devia estar fazendo outra brincadeira, imaginava Tom, como acontecera na estradinha perto de Belle Ombre. Queria ser encontrado. Tom, no entanto, não estava com a menor vontade de se embrenhar no meio do mato, passando por arbustos que esgarçariam as barras da calça. Como sabia que o garoto não podia estar muito longe, gritou:

— Certo, Ben! Chega de brincadeira! Vamos embora!

Silêncio.

Tom engoliu em seco com uma dificuldade repentina. Com o que estava preocupado? Não sabia exatamente.

De repente, saiu correndo na direção da área em frente a ele, um pouco à esquerda, onde pensara ter escutado um farfalhar de galhos.

— *Ben!*

Não houve resposta, e ele seguiu adiante, deteve-se uma vez, encarou a floresta vazia e densa mais atrás e então recomeçou a correr.

— *Ben?*

Chegou abruptamente a uma estradinha de terra e disparou por ela, sempre rumo à esquerda. A estrada logo fez uma curva para a direita. Será que deveria seguir em frente ou dar meia-volta? Estava curioso a ponto de avançar pelo caminho em ritmo mais acelerado, e ao mesmo tempo decidiu que, se não visse o garoto dali a trinta metros, retornaria e tentaria procurar de novo na floresta. Frank teria fugido outra vez? Fazer isso seria burrice demais, pensou, e para onde ele iria sem o passaporte, ainda guardado no hotel? Ou teria sido capturado?

Diante dele, na pequena clareira um nível abaixo da estrada, Tom de repente se deparou com a resposta: um carro azul-escuro com as duas portas dianteiras abertas. Bem nesse instante, o motorista deu a partida com um rugido e fechou a porta com força. Outro homem surgiu correndo de trás do carro e procurou saltar para o banco do carona, mas viu Tom e parou com uma das mãos no vidro da janela, enquanto a outra se agitava para pegar algo dentro do paletó.

Eles estavam com Frank, Tom teve certeza. Avançou naquela direção.

— Que diabos vocês estão...

De súbito, viu-se cara a cara com uma pistola preta, apontada para ele, a cinco metros de distância. O homem a segurava com as duas mãos, e logo entrou no carro, fechou a porta e saíram de ré. B-RW-778, dizia a placa. O motorista tinha cabelos claros e o sujeito que havia pulado para o carona era grandalhão, com cabelos pretos escorridos e bigode. Ambos o tinham visto com clareza, percebeu Tom.

O carro se afastou sem a menor pressa. Tom poderia ter disparado atrás deles, mas para quê? Para levar um tiro na barriga? Que importância teria uma coisa pequena como a morte de Tom Ripley em comparação com um adolescente que valia alguns milhões de dólares? Será que Frank estava no porta-malas, amordaçado? Ou teria levado uma pancada na cabeça e perdido os sentidos? Será que havia um terceiro homem no banco de trás? Tom achava que sim.

Isso tudo lhe passou pela cabeça antes de o carro, um Audi, avançar até sumir de vista depois da próxima curva da floresta.

Tom tinha uma caneta esferográfica, e, como não encontrou papel, tirou do bolso o maço de Roth-Händle e removeu o celofane. Enquanto ainda se lembrava, anotou na embalagem cor-de-rosa a placa do carro. Os sujeitos poderiam abandonar o veículo ou mudar a placa ao saber que ele a vira, pensou. Ou o automóvel poderia ter sido roubado para aquele serviço.

Havia também a desconfortável possibilidade de eles o terem reconhecido como Tom Ripley. Talvez estivessem seguindo os dois desde a véspera, ou algo assim. A morte dele seria útil para aquelas pessoas? Havia cinquenta por cento de chance, imaginava Tom. Realmente não conseguia raciocinar direito naquele momento, e anotava a placa com a mão trêmula. Claro que tinha ouvido vozes na mata! Os sequestradores deviam ter abordado Frank com alguma pergunta aparentemente inofensiva.

Era melhor ir embora de Berlim o mais rápido possível. Assim, Tom tornou a mergulhar na mata desagradavelmente densa e pegou um atalho até a trilha, pois teve medo de os sequestradores decidirem voltar pela estrada e atirar nele.

11

Tom voltou pela estradinha que percorrera com Frank até a Trümmerberg, onde levou cerca de vinte irritantes minutos para conseguir um táxi, que surgiu por mero acidente, já que a maioria dos visitantes de Grunewald usava os próprios carros. Tom pediu ao motorista que o levasse ao hotel Franke, na Albrecht-Achilles-Strasse.

Não seria ótimo, como Frank muitas vezes dizia, se o garoto estivesse de volta ao quarto de hotel após ter feito outra brincadeira, e se os sujeitos armados na verdade estivessem envolvidos em outro tipo de crime? Mas não foi esse o caso. A chave de Frank estava pendurada no gancho na recepção do hotel, assim como a de Tom.

Ele pegou a chave, foi para o quarto e trancou a porta por dentro, nervoso, então se sentou na cama e estendeu a mão para alcançar a lista telefônica. O número da polícia devia estar logo nas primeiras páginas, pensou, e de fato estava. Discou o número de emergência e pôs em frente o maço de cigarros com a placa do carro.

— Acho que presenciei um sequestro — declarou.

Então respondeu às perguntas do homem. Quando? Onde?

— Seu nome, por favor?

— Eu não desejo dar meu nome. Anotei a placa do carro.

Informou a placa e a cor do veículo, azul-escuro, um Audi.

— Quem era a vítima? O senhor conhece a vítima?

— Não — negou Tom. — Era um adolescente... Parecia ter 16, 17 anos. Um dos homens estava armado. Posso telefonar de novo daqui a umas duas horas para saber se descobriram alguma coisa?

Tom pretendia telefonar, não importava qual fosse a resposta.

O homem respondeu que sim e, após um brusco "obrigado", desligou.

Tom dissera que o sequestro havia acontecido por volta das quatro da tarde em Grunewald, não muito longe da Trümmerberg. Eram quase cinco e meia. Deveria entrar em contato com a mãe de Frank, pensou, para avisar que ela talvez recebesse um pedido de resgate, embora não soubesse de que serviria tal aviso. O detetive contratado pelos Pierson enfim tinha um trabalho de verdade a fazer, mas estava em Paris e Tom não sabia como entrar em contato. Mas a Sra. Lily Pierson saberia.

Então, foi até a recepção do hotel e pediu a chave do quarto de Herr Andrews.

— Meu amigo saiu e está precisando de uma coisa.

A chave lhe foi entregue sem perguntas.

Tom subiu e entrou no quarto de Frank. A cama estava feita e o quarto, arrumado. Olhou para a escrivaninha à procura de uma agenda telefônica, e então se lembrou do passaporte de Johnny dentro da mala de Frank. O endereço do rapaz nos Estados Unidos ficava na Park Avenue, em Nova York. A mãe deles devia estar em Kennebunkport, mas o endereço nova-iorquino era melhor do que nada, portanto Tom o anotou e recolocou o passaporte dentro da mala. No bolso da frente, encontrou uma agendinha telefônica marrom e abriu-a com desespero. No nome Pierson havia apenas um endereço e um telefone da Flórida, sob o registro Pierson Sunfish. Que falta de sorte. A maioria das pessoas não anotava o próprio endereço porque o conhecia de cor, pensou Tom, mas, como os Pierson tinham muitas casas, ele tivera esperança de obter alguma informação mais concreta sobre as residências da família.

No fim das contas achou melhor descer até a recepção para conseguir o que queria, já que as agências dos Correios estariam fechadas naquele dia, um domingo. Primeiro, porém, voltou ao próprio quarto, largou a chave de Frank em cima da cama, tirou o suéter e molhou uma toalha. Limpou o rosto e o corpo até o cós da calça, tornou a vestir o suéter e tentou parecer calmo, mas percebeu que estava completamente devastado com o sequestro do garoto. Nunca se sentira tão abalado assim por algo que ele próprio tivesse feito, porque nesses casos estivera sempre no controle da situação. Dessa vez, porém, estava longe disso. Saiu do quarto, trancou a porta e desceu de escada.

No balcão da recepção, escreveu em um pedaço de papel timbrado: John Pierson, Kennebunkport, Maine (Bangor). Imaginou que Bangor fosse a cidade grande mais próxima e que lá pudessem lhe dar o telefone de Kennebunkport.

— Poderia pedir à central telefônica em Bangor, Maine, para me passar o número de telefone dos Pierson? — perguntou ao homem na recepção.

O sujeito conferiu a anotação de Tom e respondeu:

— Sim, com certeza.

Na mesma hora, foi até uma moça à direita de Tom sentada diante de uma mesa telefônica.

O homem retornou e disse:

— Talvez dois, três minutos. Deseja falar com alguém específico?

— Não. Primeiro eu gostaria só de obter o número, por favor.

No saguão, Tom se pegou pensando se a moça teria sucesso, ou se a telefonista americana diria que o número não constava na lista.

— Herr Ripley, conseguimos o número — informou o funcionário, com um pedaço de papel na mão.

Tom sorriu. Em outra folha, copiou o número.

— Pode ligar para este aqui? E vou atender no meu quarto. Por favor, não passem meu nome. Digam só que é de Berlim.

— Pois não, senhor.

De volta ao quarto, Tom não precisou esperar nem um minuto para o telefone tocar.

— Aqui é Kennebunkport, Maine — comunicou uma voz de mulher. — Estou falando com Berlim, Alemanha?

A telefonista do hotel Franke confirmou.

— Pode falar, por favor — respondeu a do Maine.

— Bom dia, residência dos Pierson — anunciou a voz de um homem inglês.

— Alô — disse Tom. — Por favor, posso falar com a Sra. Pierson?

— Posso saber quem é?

— É a respeito do filho dela, Frank.

A formalidade do outro lado deu a Tom a calma de que ele precisava.

— Um instante, por favor.

Precisou esperar mais de um instante, mas pelo menos parecia que a mãe de Frank estava em casa. Ouviu uma voz de mulher, seguida por uma de homem, no momento em que Lily Pierson provavelmente se aproximou do telefone, acompanhada do mordomo, Eugene, se Tom se recordava direito.

— Alô — saudou uma voz aguda.

— Alô, Sra. Pierson, pode me dizer em que hotel seu filho Johnny e o detetive particular estão hospedados? Em Paris?

— Por que está perguntando isso? O senhor é americano?

— Sou.

— Posso saber seu nome?

A mulher soava cautelosa e assustada.

— Isso não tem importância. O mais importante é...

— Por acaso sabe onde Frank *está*? Ele está com o *senhor*?

— Não, ele não está comigo. Eu só gostaria de saber como entrar em contato com seu detetive particular em Paris. Gostaria de saber em que hotel ele e seu filho estão.

— Mas eu não sei por que o senhor quer saber isso — protestou ela, com a voz cada vez mais estridente. — Está mantendo Frank preso em algum lugar?

— Não, Sra. Pierson, de verdade. Não vai ser muito difícil conseguir o endereço do seu detetive em Paris. A polícia francesa certamente pode me fornecer essa informação. Então será que não pode me dizer logo e me poupar o trabalho? Não é nenhum segredo onde eles estão hospedados em Paris, é?

Uma leve hesitação.

— Estão no Hôtel Lutetia, mas eu gostaria de saber *por que* o senhor quer essa informação.

Tom já tinha o que queria, embora certamente não quisesse que a polícia de Berlim fosse alertada pela Sra. Pierson ou pelo detetive.

— Porque pode ser que eu tenha visto seu filho em Paris — respondeu Tom. — Mas não tenho certeza. Obrigado, Sra. Pierson.

— Onde em Paris?

Tom queria desligar.

— Na American Drugstore de Saint-Germain-des-Prés. Acabei de chegar de Paris. Até logo, Sra. Pierson.

Ele pôs o fone no gancho.

Começou a fazer as malas. O hotel Franke de repente parecia um lugar muito inseguro. A dupla ou trio que estava com Frank podia muito bem ter seguido os dois até o hotel em algum momento desde a noite de sexta, e talvez não hesitasse em disparar um tiro quando ele saísse do prédio, ou mesmo em invadir o quarto para concluir o serviço. Tom pegou o telefone e disse à telefonista que iria sair dali a alguns minutos, eles poderiam fazer a gentileza de fechar a conta dele e também a de Herr Andrews? Em seguida, terminou de arrumar os pertences e foi até o quarto de Frank. Chegara a cogitar ligar para Eric Lanz, que talvez pudesse lhe oferecer abrigo, mas de todo modo qualquer hotel de Berlim seria mais seguro do que aquele. Tom reuniu as coisas de Frank, recolheu os sapatos do chão, a pasta e a escova de dentes do banheiro, o urso de Berlim, enfiou-os na mala, fechou-a e saiu, deixando a chave na fechadura. Levou a mala até o próprio quarto, encontrou o cartão de Eric ainda no bolso do paletó e discou o número.

Uma voz alemã mais grave do que a de Eric atendeu e perguntou quem estava falando.

— Tom Ripley. Estou em Berlim.

— *Ach*, Tom Ripley! *Einen Moment, bitte!* Eric *ist im Bad!*

Tom sorriu. Eric estava em casa e na banheira! Após alguns segundos, ele atendeu.

— Alô, Tom! Bem-vindo a Berlim! Quando podemos nos ver?

— Agora… Se possível — respondeu Tom com a maior calma de que foi capaz. — Está ocupado?

— Não, não. Onde você está?

Tom lhe disse.

— Estou prestes a sair do hotel.

— Podemos buscar você aí! Está com tempo? — perguntou Eric, alegre. — Peter! Albrecht-Achilles-Strasse é moleza… — A voz dele se extinguiu ao longe em alemão e em seguida voltou: — Tom! Então nos vemos daqui a menos de dez minutos!

Ele devolveu o fone ao gancho, tomado pelo alívio.

O homem da recepção não parecera surpreso quando Tom havia anunciado que estava prestes a ir embora, mas talvez achasse estranho que estivesse levando junto a mala do garoto. Estava preparado para dizer que Herr Andrews o aguardava no terminal do aeroporto. Pagou as duas contas, mais o extra pelos telefonemas, e ninguém perguntou absolutamente nada. Ótimo. Ele poderia ter sido um dos sequestradores de Frank, pensou, ou estar mancomunado com eles e simplesmente decidido a levar embora os pertences do garoto.

— Boa viagem! — despediu-se o funcionário, sorrindo.

— Obrigado! — respondeu Tom, vendo Eric entrar no saguão.

— Olá, Tom! — saudou Eric, radiante. Os cabelos escuros ainda estavam molhados do banho. — Já acabou? — perguntou, olhando para o balcão. — Posso pegar uma das malas? Está sozinho?

Havia um carregador, mas ele estava ocupado com as três malas de outro hóspede.

— Sim, pode pegar. Meu amigo está esperando no Flughafen — comentou Tom, para o caso de o atendente ao balcão ou qualquer outro funcionário estar atento à conversa.

Eric pegou a mala de Frank.

— Vamos! O carro de Peter está logo ali na frente. O meu vai ficar na oficina até amanhã. Temporariamente *kaputt*. Ha!

Um Opel verde-claro estava parado junto ao meio-fio não muito longe dali, e Eric apresentou Tom a Peter Schubler, ou pelo menos foi assim que o nome lhe soou, um homem alto e esbelto de cerca de 30 anos, com queixo pontudo e cabelos pretos cortados bem rente à cabeça, como se tivesse acabado de sair do barbeiro. A bagagem coube com facilidade no banco de trás e no chão. Eric insistiu para que Tom se sentasse na frente com Peter.

— Onde está seu amigo? Está mesmo no aeroporto?

Eric se inclinou no banco, interessado, quando Peter deu a partida.

O alemão não sabia quem era o amigo, embora talvez desconfiasse que fosse Frank Pierson, o dono do passaporte que entregara a Tom em Paris.

— Não — respondeu Tom. — Mais tarde eu explico. Será que podemos ir para a sua casa agora, Eric, ou ficaria muito ruim?

Tom falou em inglês, sem saber se Peter entendia.

— Mas é claro! Sim, vamos para *casa*, Peter! Ele já estava mesmo indo para casa. Pensamos que você pudesse ter um tempinho livre.

Tom estava olhando para um lado e para o outro da rua, como tinha feito ao sair do hotel, observando as pessoas na calçada e até os carros parados no meio-fio, mas quando chegaram à Kurfürstendamm já estava mais relaxado.

— Você está com o garoto? — perguntou Eric em inglês. — Onde ele está?

— Dando uma volta. Posso falar com ele mais tarde — respondeu Tom casualmente, e de repente se sentiu péssimo e enjoado a ponto de ter que abaixar o vidro da janela para respirar.

— Minha casa é sua casa, como dizem os espanhóis — anunciou Eric enquanto destrancava o portão de um prédio de apartamentos antigo, porém reformado.

Estavam na Niebuhrstrasse, paralela à Ku'damm.

Os três subiram com as malas no elevador espaçoso, e Eric abriu outra porta. Mais palavras de boas-vindas de Eric e, com a ajuda de Peter, Tom pôs as malas em um dos cantos da sala. Era um apartamento simples e utilitário, sem ornamentos, com peças de mobília sólidas e antigas. Um bule de prata reluzia no aparador, polido com perfeição. Na parede havia diversas paisagens e cenas de florestas alemãs do século XIX, que Tom reconheceu como valiosas, embora os quadros lhe causassem certo tédio.

— Pode nos deixar a sós por um instante, Peter? — pediu Eric. — Pegue uma cerveja, se quiser.

O taciturno Peter aquiesceu, pegou um jornal e se preparou para se acomodar no amplo sofá preto sob uma luminária.

Eric conduziu Tom ao cômodo ao lado e fechou a porta.

— Então, o que aconteceu?

Os dois continuaram de pé. Tom contou a história depressa, inclusive a conversa por telefone com Lily Pierson.

— Percebi que os sequestradores talvez queiram se livrar de mim. É possível que tenham me reconhecido em Grunewald. Ou podem extrair essa informação do garoto. Então, Eric, eu ficaria muito agradecido se me deixasse passar a noite aqui hoje.

— Hoje, amanhã, quantos dias quiser! *Mein Gott*, que acontecimento! E agora… vem o quê? O pedido de resgate, imagino eu. Para a mãe?

— Imagino que sim. — Tom tragou um cigarro e deu de ombros.

— Duvido que eles tentem *sair* com o garoto de Berlim Ocidental, sabe? Difícil demais. Todos os carros são revistados com muito cuidado nas fronteiras com a parte oriental.

Tom achou que fazia sentido.

— Eu gostaria de dar dois telefonemas hoje. Um para a polícia, para saber se descobriram alguma coisa sobre o Audi que vi em Grunewald, e outro para o hotel, para saber se Frank por acaso apareceu por lá. Depois fiquei pensando que os sequestradores podem ficar assustados e soltar o garoto. Mas eu...

— Mas você o quê?

— Não vou dar seu telefone nem seu endereço para ninguém. Não é necessário.

— Obrigado. Pelo menos não para a polícia. Isso é importante.

— Eu poderia até ligar da rua, se você preferir.

Eric agitou a mão no ar.

— Use meu telefone! Suas ligações seriam inocentes comparadas ao que acontece aqui! Muitas vezes em código, admito! Vá em frente, Tom, e peça a Peter para fazer as honras — declarou Eric, muito seguro de si. — Por enquanto Peter é meu chofer, secretário, guarda-costas... tudo. Venha, vamos beber alguma coisa!

E o puxou pelo braço.

— Você confia em Peter.

— Peter fugiu de Berlim Oriental — sussurrou Eric. — Conseguiu na segunda tentativa. Eles o expulsaram, melhor dizendo. Na primeira tentativa o jogaram na prisão, onde ele causou tantos problemas que não conseguiram mais aturar o sujeito. Peter... ele parece *mild und leise*, mas tem... hum, ele tem coragem.

Os dois foram até a sala, onde Eric serviu uísques, e Peter na mesma hora foi até a cozinha buscar gelo. Eram quase oito da noite.

— Vou pedir a Peter que ligue para o hotel Franke e pergunte se há algum recado de... Qual é o nome dele?

— Benjamin Andrews.

— Ah, sim — respondeu Eric, e o observou de cima a baixo. — Você está nervoso, Tom. Sente-se.

Peter tirou gelo de uma fôrma de borracha e despejou tudo em um balde de prata. Tom logo se viu com um copo de uísque com gelo na mão. Eric se virou para Peter e relatou a história rapidamente em alemão.

— *Was?* — perguntou Peter, estarrecido, e lançou um olhar respeitoso para Tom, como se de repente se desse conta de que ele tivera um dia daqueles.

— ... e ligou para a emergência — dizia Eric a Peter, ainda em alemão, antes de se virar para Tom. — Passou a placa do carro para a polícia, certo? E não lhes deu seu nome, imagino.

— Certamente não.

Em um papel ao lado do telefone, Tom passou a limpo o número rabiscado no maço de Roth-Händle e acrescentou:

— Era um Audi azul-escuro.

— Talvez seja cedo para ter notícias do carro — conjecturou Eric. — Talvez eles o abandonem, caso seja roubado. E, a menos que a polícia encontre impressões digitais, não vai adiantar nada.

— Ligue para o hotel primeiro, Peter — pediu Tom, que tinha conseguido o número do estabelecimento no recibo da hospedagem. — Quanto menos eles ouvirem minha voz, melhor. Pode perguntar se tem algum recado de Herr Andrews?

— Andrews — repetiu Peter, e discou o número.

— Ou algum recado para Herr Ripley.

Peter aquiesceu e fez essas perguntas no hotel Franke. Após alguns segundos, encerrou a ligação com um agradecimento e se dirigiu a Tom:

— Nenhum recado.

— Obrigado, Peter. Agora poderia perguntar à polícia a respeito do carro?

Tom consultou o catálogo telefônico de Eric, verificou que o número era o mesmo que ele havia discado e o indicou para Peter.

— Este aqui.

Peter fez a ligação, conversou com alguém por alguns segundos e, após longas pausas, por fim desligou.

— Não encontraram o carro.

— Podemos tentar de novo mais tarde, nos dois lugares — sugeriu Eric.

Peter foi até a cozinha, e Tom escutou um chacoalhar de pratos e o barulho da porta da geladeira sendo fechada. O sujeito parecia bem à vontade na casa.

— Frank Pierson, hein? — comentou Eric com um sorrisinho sagaz, sem prestar atenção em Peter, que vinha entrando com uma bandeja. — O pai dele não morreu faz pouco tempo? Ah, isso mesmo. Eu li no jornal.

— É isso mesmo — confirmou Tom.

— Suicídio, não foi?

— Parece que sim.

Peter se ocupou em arrumar a mesa, servindo rosbife frio e uma tigela de abacaxi fresco em rodelas que exalava um cheiro de *Kirsch*. Eles puxaram cadeiras e se sentaram diante da mesa comprida.

— Conversou com a mãe do rapaz, não? Ela espera que você fale com o detetive em Paris?

Eric enfiou a carne vermelha na boca, seguida de um gole de vinho tinto.

A casualidade do anfitrião deixou Tom um pouco irritado. Aquilo não passava de uma situaçãozinha complicada, e Eric até estava disposto a ajudar, apenas um favor que fazia a Reeves Minot. Ele nem sequer tinha estado com Frank.

— Não preciso falar com ninguém, não — rebateu Tom, e com isso quis dizer a Eric que não precisava se oferecer como intermediário. — Como eu disse, a mãe não sabe o meu nome.

Peter escutava a conversa com atenção, talvez entendendo tudo.

— Mas espero que o detetive não coloque a polícia de Berlim no caso... — prosseguiu Tom. — Depois de a Sra. Pierson receber um pedido de resgate, digo. A polícia às vezes mais atrapalha do que ajuda.

— Sim, nada de polícia. Não se quisermos o garoto de volta vivo — concordou Eric.

Tom se perguntou se o detetive americano iria até Berlim. O garoto muito provavelmente seria solto ali na cidade, já que seria muito difícil levá-lo para algum outro lugar. E onde os sequestradores iriam querer que o dinheiro fosse depositado? Não havia como adivinhar.

— Está preocupado com o que agora? — perguntou Eric.

— Preocupado, não — respondeu Tom, sorrindo. — Estava pensando que a Sra. Pierson talvez diga ao detetive dela para tomar cuidado com um americano em Berlim que ou está fazendo uma brincadeira ou então é cupincha dos sequestradores. Eu disse a ela...

— Cupincha?

— Alguém que está mancomunado com eles. Eu disse que pensava ter visto Frank em Paris, sabe. Infelizmente ela sabe que liguei de Berlim, porque a telefonista do hotel Franke avisou.

— Tom, você se preocupa demais. Mas talvez seja por isso que tem sucesso.

Sucesso? Será que ele tinha sucesso?

Peter disse alguma coisa para Eric em alemão, mas foi tão rápido que Tom não entendeu uma palavra sequer.

Eric riu e, depois de engolir a comida, traduziu para Tom:

— Peter detesta sequestradores. Diz que eles fingem ser de esquerda, toda aquela *Scheiss* política, quando tudo que querem é dinheiro, igualzinho a qualquer outro bandido.

— Eu acho que gostaria de ligar para o Hôtel Lutetia hoje à noite para ver se eles têm alguma notícia — comentou Tom. — Os sequestradores talvez tenham ligado para a Sra. Pierson. Não acho que enviariam um telegrama ou uma carta por via expressa.

— Não mesmo — concordou Eric, e serviu mais vinho para os três.

— A essa altura o detetive de Paris talvez já saiba onde o dinheiro deve ser entregue, onde o garoto vai ser solto e tudo o mais.

— E por que ele contaria tudo isso para *você*? — perguntou Eric, tornando a se sentar.

Tom abriu outro sorriso.

— Não acho que vá revelar nada, mas talvez mesmo assim eu consiga captar alguma informação. Aliás, Eric, deixe-me pagar a conta telefônica.

Pretendia dar mais telefonemas.

— Mas que ideia! Que coisa mais inglesa, amigos e hóspedes pagando contas de telefone. Na minha casa isso não vai acontecer... Ela é *sua* casa também. Que horas são? Será que ajudaria se eu telefonasse para o Lutetia no seu lugar, Tom? — Eric olhou para o relógio de pulso e continuou antes mesmo de Tom responder: — Acaba de dar dez horas, o mesmo horário de Paris. Vamos dar ao detetive tempo de terminar o jantar francês dele... às custas dos Pierson. Ha-ha!

Enquanto Peter preparava o café, Eric ligou a televisão. Após alguns minutos começou um noticiário. Eric teve que atender ao telefone duas vezes, e da segunda falou em um italiano bem ruim. Em seguida, Eric e Peter ficaram ouvindo um político falar durante vários minutos, dando várias risadinhas e fazendo comentários. Tom não estava interessado o suficiente para tentar acompanhar o discurso do sujeito.

Por volta das onze, Eric sugeriu ligar para o Hôtel Lutetia. Tom tinha evitado tocar no assunto, com medo de o anfitrião tornar a repetir que ele estava nervoso.

— Acho que tenho o número bem aqui — anunciou o homem, consultando um caderninho de endereços de couro preto. — *Ja*, aqui está...

Ele começou a discar e Tom aguardou.

— Peça para falar com John Pierson, tudo bem, Eric? Porque eu não sei o nome do detetive.

— Será que a esta altura eles já não sabem o seu? O garoto não teria comentado...

Eric apontou para o pequeno receptor redondo na parte de trás do aparelho. Tom o pegou e o levou à orelha.

— Alô? Será que eu poderia falar com John Pierson? — perguntou Eric em francês, e assentiu com ar satisfeito quando a telefonista pediu que aguardasse a transferência.

— Alô? — respondeu uma voz americana jovem, bem parecida com a de Frank.

— Estou ligando para saber se o senhor teve alguma notícia do seu irmão.

— Quem está falando? — questionou Johnny, e foi possível escutar outra voz masculina ao fundo.

— Alô — disse uma voz mais grave.

— Estou ligando para saber de Frank. Ele está bem? Vocês tiveram alguma notícia?

— Posso saber como o senhor se chama? De onde está ligando?

Tom assentiu, respondendo à pergunta estampada no rosto do anfitrião.

— De Berlim — continuou Eric. — Qual foi o recado para a Sra. Pierson? — acrescentou em tom neutro, quase entediado.

— Por que eu deveria dizer algo ao *senhor*, se não se identifica? — rebateu o detetive.

Peter escutava apoiado no aparador.

Tom fez um gesto para Eric lhe passar o telefone e em seguida entregou-lhe o pequeno receptor.

— Alô, aqui é Tom Ripley.

— Ah, sim! Foi o senhor quem falou com a Sra. Pierson?

— Sim, fui eu. Gostaria de saber se o garoto está bem e o que ficou combinado.

— Ainda não sabemos se o garoto está bem — respondeu o detetive, com frieza.

— Eles pediram um resgate?

— S-sim.

A palavra foi dita como se o detetive tivesse concluído que não tinha nada a perder ao revelar isso.

— Dinheiro a ser entregue em Berlim?

— Não sei o que o senhor tem a ver com o assunto, Sr. Ripley.

— Sou amigo de Frank.

O detetive ficou quieto.

— Frank pode confirmar... quando vocês falarem com ele — disse Tom.

— Nós ainda não falamos com ele.

— Mas os sequestradores vão fazer alguma ligação para provar que estão com ele... Não? De toda forma, senhor... Posso saber como o senhor se chama?

— Sim. Thurlow. Ralph. Como o senhor soube que o garoto tinha sido sequestrado?

Tom não conseguiu ou não quis responder, então limitou-se a perguntar:

— Vocês informaram a polícia de Berlim?

— Não, eles não querem.

— Alguma ideia de onde eles estão em Berlim?

— Não.

Thurlow soou desanimado.

Não era fácil mandar rastrear uma ligação sem a cooperação da polícia, imaginava Tom.

— Que tipo de prova vão dar a vocês?

— Disseram que vão entrar em contato... talvez mais tarde. Disseram que ele tinha tomado remédios para dormir. Pode me dar seu número de telefone?

— Desculpe, não posso, mas posso telefonar de novo. Boa noite, Sr. Thurlow. — Tom desligou, sem levar em consideração o que o detetive ainda parecia ter a dizer.

Eric o encarou com ar animado, como se a conversa tivesse sido um sucesso, e devolveu o receptor ao gancho.

— Bem, eu descobri uma coisa — declarou Tom. — O garoto foi *mesmo* sequestrado, e eu não... não me enganei.

— Qual o próximo passo? — quis saber Eric.

Tom se serviu de mais café do bule de prata.

— Quero ficar em Berlim até alguma coisa acontecer. Até ter certeza de que Frank está a salvo.

12

Peter foi embora, não sem antes prometer a Eric que passaria na oficina no dia seguinte pela manhã e providenciaria que o carro fosse entregue em frente ao prédio.

— Tom Ripley... Boa sorte! — despediu-se o homem com um aperto de mão firme.

— Ele não é maravilhoso? — comentou Eric após fechar a porta do apartamento. — Eu ajudei Peter a sair do lado oriental, e ele é grato até hoje. É contador de profissão. Poderia arrumar um emprego aqui. Teve um durante certo período, mas no momento faz tantos serviços para mim que nem precisa de emprego. Também cuida muito bem dos meus formulários de imposto de renda.

Eric deu uma risadinha.

Enquanto escutava, Tom pensava que seria bom dar outro telefonema para Paris mais tarde, talvez às duas ou três da madrugada, para descobrir se Thurlow tinha falado com Frank. Remédios para dormir, claro. Era de se esperar.

Eric sacou uma caixa de charutos, mas Tom recusou.

— Fez bem em não passar meu número para aquele detetive. Ele poderia ter repassado para os sequestradores! Muitos detetives são uns escrotos, querem conseguir toda informação possível e o resto do mundo que se dane. Escrotos! Adoro essas gírias.

Tom preferiu não comentar.

— Preciso lhe mandar um livro de gírias americanas, então — disse por fim, e logo mudou de assunto. — Zurique, Basel, onde será? — conjecturou ele, aproveitando que podia fazer esse tipo de observação na presença de Eric, pois em geral precisava guardar os pensamentos para si mesmo.

— Acha que é nessa região que o dinheiro vai ser trocado de mãos?

— Não concorda? A menos que os sequestradores queiram o dinheiro em espécie aqui em Berlim, para as atividades antissistema, ou algo do tipo. Mas a Suíça é sempre mais segura, creio eu.

— Quanto acha que eles vão pedir? — Eric baforou suavemente o charuto.

— Um milhão de dólares, dois? Talvez Thurlow já saiba. Vai ver ele está indo para a Suíça amanhã mesmo.

— Por que está tão interessado nesse sequestro, Tom? Se me permite a pergunta.

— Ah, bem... Estou interessado na segurança do garoto.

Começou a andar pela sala, com as mãos nos bolsos.

— É um garoto esquisito, levando em conta a fortuna da família. Tem medo de dinheiro. Medo ou ódio. Sabia que ele lustrou todos os meus sapatos? Estes daqui, por exemplo.

Ergueu o pé direito para mostrar. Apesar de ter passado por Grunewald, o sapato ainda estava lustroso. Pensou no assassinato do pai de Frank pelo filho. Era *isso* que provocava sua empatia. Para Eric, porém, respondeu outra coisa:

— Ah, e ele está apaixonado por uma garota de Nova York. Ela não conseguiu lhe escrever desde que ele veio para a Europa, porque não sabia o endereço. Ele queria passar algum tempo no anonimato. Então está pisando em ovos... sem saber se a garota ainda gosta dele, entende? Tem só 16 anos. Você sabe como é.

Mas será que Eric algum dia já tinha se apaixonado? Tom achava isso difícil de imaginar. O sujeito tinha algo de profundamente egoísta e insensível.

Enquanto ouvia, Eric apenas meneava a cabeça, pensativo.

— Ele estava na sua casa naquela noite, não? Eu sabia que tinha mais alguém lá. Pensei que... talvez fosse uma garota... ou então um...

Tom riu.

— Uma garota que eu estava escondendo da minha mulher?

— Por que ele fugiu de casa?

— Ah... garotos fazem isso. Talvez estivesse chateado com a morte do pai. Talvez por causa da namorada. Queria passar alguns dias escondido... ficar em paz. Ele trabalhou no jardim da minha casa.

— Ele fez algo de ilegal nos Estados Unidos?

A pergunta de Eric soou quase pudica.

— Não que eu saiba. Ele não queria ser Frank Pierson por um tempo, então eu lhe arranjei outro passaporte.

— E o trouxe para Berlim.

Tom respirou fundo.

— Pensei que pudesse convencer o garoto a voltar para casa durante a viagem, e consegui. Ele tem uma passagem de volta para Nova York reservada para amanhã.

— Amanhã — repetiu Eric sem qualquer emoção.

De todo modo, Tom se perguntava por que Eric deveria demonstrar qualquer emoção. Olhou para os botões da camisa de seda do anfitrião, tensionados pela protuberância da barriga, e percebeu que se sentia exatamente como aqueles botões.

— Eu gostaria de telefonar para Thurlow hoje de novo. Talvez bem tarde. Duas ou três da madrugada. Espero que isso não o incomode.

— Certamente que não. O telefone está aqui, à sua disposição.

— Talvez eu deva lhe perguntar onde vou dormir. Aqui, talvez?

Estava se referindo ao grande sofá de crina.

— *Ach*, que bom que você disse isso! Parece mesmo cansado, Tom. Neste sofá, sim, mas é um sofá-cama. Veja só! — Eric tirou do sofá uma almofada cor-de-rosa. — Pode parecer uma antiguidade, mas é bem moderno. Um botão só e... observe!

Eric apertou alguma coisa e o assento deslizou para a frente, o encosto desceu e o sofá ficou do tamanho de uma cama de casal.

— Que maravilha — comentou Tom.

O anfitrião pegou cobertores e lençóis em algum lugar, e Tom o ajudou. Cobriu a cama com o cobertor, para que os botões do sofá não o incomodassem, depois estendeu os lençóis.

— Sim, hora de você se recolher. Recolher, se retirar, dormir, se deitar, desligar, apagar. Sério, eu às vezes acho a língua uma coisa tão... maleável — observou Eric enquanto afofava os travesseiros.

Ao tirar o suéter, Tom se deu conta de que iria dormir como uma pedra naquela noite, mas como não queria dar início a uma discussão etimológica com Eric sobre a origem dessa expressão, ficou calado e pegou o pijama no fundo da mala, perguntando-se se os sequestradores tinham convencido Frank a revelar seu nome. Será que a Sra. Pierson confiaria nele para entregar o dinheiro do resgate? Percebeu que queria muito se vingar dos sequestradores. Talvez fosse uma decisão imprudente, até insana, porque naquele momento estava se sentindo um pouco zangado e muito cansado para pensar de maneira lógica.

— O banheiro é todo seu, Tom. Já vou me despedir, assim não o incomodo mais. Quer que eu ponha meu *Wecker* para despertar às duas, talvez, para poder dar seu telefonema?

— Eu acho que consigo acordar — respondeu Tom. — Muito obrigado, Eric.

— Ah, antes que eu me esqueça, uma perguntinha. O mais certo é dizer acordar alguém, despertar alguém... ou fazer alguém se levantar?

Tom balançou a cabeça.

— Acho que ninguém sabe.

Ele tomou um banho e foi se deitar, tentando gravar na mente o horário de três da manhã, dali a exatamente uma hora e vinte minutos. Será que valeria a pena correr o risco de ser ele próprio sequestrado, ou até morto, para entregar o dinheiro do resgate, quando qualquer um poderia se encarregar da tarefa? Os sequestradores talvez escolhessem alguém por conta própria. Quem poderia ser? Ou será que insistiriam que Tom Ripley entregasse o resgate? Era bem possível. Se também o sequestrassem, poderiam conseguir mais algum dinheiro, e Tom tentou imaginar Heloise reunindo o valor do resgate — quanto seria, 250 mil? —, pedindo ao pai… Deus do céu, não! Aquela ideia era tão absurda que ele precisou abafar uma risada no travesseiro. Será que Jacques Plisson desembolsaria dinheiro para salvar o genro, Tom Ripley? Nem um pouco provável! Duzentos e cinquenta mil certamente acabariam com todos os investimentos de Tom e Heloise, e talvez fosse até preciso vender Belle Ombre. Impensável!

E talvez nenhuma daquelas teorias fosse se concretizar.

Tom acordou aflito de um sonho no qual tentava dirigir por uma estrada muito íngreme, mais do que qualquer morro de São Francisco, e o carro estava prestes a dar uma cambalhota para trás antes de chegar ao topo. Estava com a testa e o peito encharcados de suor. Faltava um minuto para as três, bem na hora.

Discou o número do hotel consultado no caderninho de Eric, onde o alemão havia anotado também o código de Paris, e pediu para falar com Monsieur Ralph Thurlow.

— Alô. Sim… Sr. Ripley. Aqui é Thurlow.

— Quais as novidades? Vocês falaram com o garoto?

— Sim, falamos com ele cerca de uma hora atrás. Disse que não está ferido. Estava com a voz muito sonolenta.

E Thurlow estava com a voz cansada.

— O que ficou combinado?

— Eles não decidiram sobre o lugar. Querem…

Tom aguardou. O detetive devia estar hesitante em mencionar dinheiro, e talvez tivesse enfrentado um dia difícil no Hôtel Lutetia.

— Mas eles disseram quanto queriam?

— Sim, o dinheiro vai vir de Zurique amanhã… Quer dizer, hoje. A Sra. Pierson vai transferir a quantia por telex para três bancos de Berlim. Eles querem que sejam três bancos. E ela também acha mais seguro.

Talvez a quantia fosse tão alta, teorizou Tom, que a Sra. Pierson quisesse chamar o mínimo possível de atenção para ela.

— Vocês vêm a Berlim?

— Ainda não decidimos nada.

— Quem vai pegar o dinheiro nos bancos?

— Eu não sei. Eles querem... querem saber primeiro se o dinheiro está em Berlim. E vão me dizer depois onde deve ser entregue.

— Então o senhor acha que vai ser entregue em Berlim.

— Imagino que sim. Não sei.

— A polícia não está envolvida... Eles não grampearam seu telefone?

— Com certeza não — respondeu Thurlow. — Nós preferimos assim.

— Qual é a quantia?

— Dois milhões. De dólares americanos. Em marcos alemães.

— Acham que um portador de banco vai dar conta disso tudo?

O pensamento o fez sorrir.

— Eles... parecem estar debatendo isso — explicou o detetive, com a voz arrastada. — Para decidir o local e a hora. Tem um homem que fala comigo... Sotaque alemão.

— Quer que eu telefone de novo por volta das nove da manhã? O dinheiro já não vai ter chegado?

— Acredito que sim.

— Sr. Thurlow, eu estou disposto a buscar e levar o dinheiro ao local escolhido. Talvez seja mais rápido, considerando a... — começou Tom, mas logo se interrompeu. — Não mencione meu nome para eles, por favor.

— O garoto já revelou seu nome para eles, disse que o senhor era seu amigo e repetiu a mesma coisa para a mãe.

— Está bem, mas, se perguntarem, diga que não teve notícias minhas e, como eu moro na França, que posso ter voltado para casa. Por favor, repasse essa mensagem para a Sra. Pierson, pois imagino que eles estejam telefonando para ela.

— Praticamente só telefonam para *mim*. Só deixaram o garoto falar com ela uma vez.

— Talvez o senhor possa pedir à Sra. Pierson que avise ao banco suíço ou aos bancos de Berlim que eu vou pegar o dinheiro... Se ela concordar com a ideia.

— Vou ver o que posso fazer.

— Ligo para o senhor daqui a algumas horas. E estou muito feliz que o garoto esteja bem... ou que não esteja sofrendo nada mais grave do que sonolência.

— Isso, vamos torcer!

Tom desligou e voltou para a cama. A leve movimentação de Eric na cozinha o acordou, o estalo de uma chaleira, o zumbido de um moedor elétrico de café, ruídos reconfortantes. Faltavam doze minutos para as nove da manhã de segunda-feira, dia 28 de agosto. Tom foi até a cozinha compartilhar os resultados do telefonema da madrugada.

— Dois milhões de dólares! — espantou-se Eric. — Exatamente o seu palpite, não é?

Essa informação pareceu mais interessante para o homem do que o fato de Frank estar bem o suficiente para falar com a mãe. Tom deixou passar e tomou o café.

Depois se vestiu, conseguiu fechar o sofá-cama e dobrou bem os lençóis, enquanto pensava que talvez fosse precisar deles naquela noite. Quando terminou de arrumar a sala, olhou para o relógio, pensando em Thurlow, e então, por curiosidade, foi até a comprida seção de Schiller na estante de Eric e pegou *Die Räuber*. Tratava-se de um volume avulso, com encadernação de couro. Tom desconfiara que a fileira de obras completas de Schiller fosse uma fachada para disfarçar um cofre ou um compartimento secreto, talvez dentro dos próprios livros.

Pegou o telefone, discou o número do hotel e pediu para falar com Monsieur Ralph Thurlow.

O detetive atendeu.

— Sim, olá, Sr. Ripley. Estou com o nome dos bancos aqui, dos três.

Já soava bem mais desperto e animado.

— O dinheiro já chegou aqui?

— Sim, e a Sra. Pierson concordou que o senhor vá buscar tudo hoje... Assim que puder. Ela avisou a Zurique que aprovou a transferência e Zurique avisou aos bancos de Berlim. Os bancos daí parecem abrir em horários estranhos, mas isso não tem importância. O senhor precisa ligar para cada banco e avisar quando vai chegar, e eles vão... hum...

— Entendi.

Tom sabia que alguns bancos só abriam às três e meia da tarde e outros fechavam depois da uma.

— Então... os bancos... — continuou ele, mas Thurlow o interrompeu.

— As pessoas que estão... em contato vão me telefonar mais tarde para confirmar que o dinheiro foi coletado e combinar um local onde ele deve ser deixado.

— Entendido. O senhor não mencionou meu nome para eles, certo?

— De jeito nenhum. Disse só que o dinheiro vai ser coletado e ser entregue.

— Ótimo. Agora os bancos, por favor.

Tom encontrou uma caneta esferográfica e começou a anotar. O primeiro era o Banco ADCA no Europa-Center, que teria 1,5 milhão de marcos. O segundo era o Berliner Disconto Bank, que teria a mesma quantia. O terceiro era o Berliner Commerz Bank, que teria "quase" 1 milhão de marcos.

— Obrigado — disse Tom, ao terminar de anotar tudo. — Vou tentar buscar o dinheiro nas próximas duas horas e, com sorte, torno a ligar por volta do meio-dia...

— Estarei aqui.

— A propósito, nossos amigos disseram se pertenciam a algum grupo?

— Grupo?

— Ou quadrilha? Às vezes eles têm nomes e gostam de dizer. Como Salvadores Vermelhos, algo assim.

Ralph Thurlow deu uma risadinha nervosa.

— Não, eles não disseram nada.

— Acha que estão ligando de um apartamento particular?

— Não, em geral, não. Talvez quando o garoto falou com a mãe. *Ela* pareceu pensar que sim. Mas hoje de manhã estavam pondo fichas em algum lugar. Ligaram por volta das oito para perguntar se o dinheiro tinha chegado em Berlim. Nós passamos a noite inteira cuidando disso.

Ao desligar, Tom ouviu os cliques da máquina de escrever no quarto de Eric e não quis interromper. Acendeu um cigarro e pensou que deveria ligar para Heloise, já que tinha prometido voltar para casa naquele dia ou no seguinte, mas não queria perder tempo. E onde poderia estar naquele mesmo horário no dia seguinte?

Imaginou Frank confinado em um quarto em algum lugar de Berlim, talvez não amarrado com cordas, mas vigiado dia e noite. Frank era o tipo de garoto capaz de tentar fugir, capaz até de pular de uma janela se não fosse muito alta, e os sequestradores talvez tivessem percebido isso. Tom sabia também que aquelas pessoas contra o sistema, os grupos que sequestravam, tinham amigos entre a população dispostos a lhes fornecer abrigo. Reeves tinha lhe falado sobre isso pouco tempo antes ao telefone. A situação era complexa, porque os revolucionários ou as gangues alegavam fazer parte do movimento político de esquerda, embora fossem rejeitados pela maior parte dele. Tom não achava que essas gangues tivessem objetivos sérios, a não ser por seus esforços evidentes para criar alvoroço, o que obrigava as autoridades a exercer a força e mostrar seu lado possivelmente verdadeiro, ou seja, fascista. O sequestro e posterior assassinato de Hanns-Martin Schleyer, que alguns tinham denunciado como ex-nazista e representante da administração e dos donos de fábricas, infelizmente havia levado as autoridades a empreender uma caça às bruxas contra intelectuais, artistas e liberais. Representantes da direita, para tirar proveito da situação, insistiam que a polícia precisava ser mais dura ao reprimir tais perturbações da ordem. Nada na Alemanha era simples, sabia Tom. Seriam os captores de Frank "terroristas", ou talvez políticos sob algum aspecto? Será que iriam arrastar as negociações, divulgar tudo para a imprensa? Ele torcia para que não fosse o caso, porque simplesmente não podia se dar ao luxo de ter a reputação manchada mais uma vez.

Eric entrou na sala e Tom lhe contou sobre os bancos.

— Quanto dinheiro! — exclamou Eric, e pareceu atônito por um momento, mas logo se recompôs. — Peter e eu podemos ajudar você hoje de manhã, Tom. Quase todos esses bancos ficam na Ku'Damm. Poderíamos ir no meu carro ou no de Peter. Ele carrega uma arma no carro, mas eu não. Isso nem é permitido aqui, pode ter certeza.

— Pensei que seu carro estivesse escangalhado.

— Escangalhado?

— *Kaputt* — traduziu Tom.

— Ah, só até hoje de manhã. Se não me engano, Peter comentou que o traria de volta às dez. Agora são nove e meia. Deveríamos ir todos juntos, não acha, Tom? Por segurança, sabe.

Eric parecia muito cauteloso, prestes a se aproximar do telefone.

Tom assentiu.

— Vamos pegar o dinheiro e trazer para cá... com a sua permissão, Eric.

— S-sim... Claro.

O homem olhou para as paredes como se pudesse visualizar cada uma delas destruída dali a poucas horas. Em seguida, acrescentou:

— Vou ligar para Peter.

Ele não atendeu.

— Talvez esteja pegando meu carro — sugeriu Eric. — Se ele me interfonar lá de baixo, daqui a pouco, vou perguntar se pode nos acompanhar hoje de manhã. E depois, Tom, para onde vai o dinheiro?

Tom sorriu.

— Espero descobrir isso antes do meio-dia. A propósito, Eric, acho que vou precisar de uma mala para o transporte, não concorda? Talvez possa pegar uma das suas emprestada, em vez de esvaziar a minha ou a de Frank.

Eric concordou na mesma hora. Foi até o quarto e voltou com uma mala de couro de porco marrom, nem nova nem chique, nem muito grande nem muito pequena. Talvez fosse do tamanho exato para o que precisavam, embora Tom não tivesse a menor ideia de qual seria o volume de quase quatro mil maços de mil marcos alemães cada.

— Obrigado, Eric. Se Peter não puder vir conosco, acho que conseguimos fazer tudo de táxi. Mas primeiro preciso telefonar para os bancos. Agora mesmo.

— Pode deixar que eu ligo, Tom. ADCA Bank, você disse?

Tom pousou a lista ao lado do telefone e consultou no catálogo o número do banco em questão. Enquanto Eric discava, anotou o número dos dois outros bancos. Eric fez tudo com calma e fluidez: pediu para falar com Herr Direktor e disse que estava ligando para combinar de ir pegar um dinheiro depositado em nome de Thomas Ripley. Isso levou vários minutos, durante os quais Tom ouviu com atenção e guardou o passaporte no bolso para poder se identificar. Eric não conseguiu falar com todos os gerentes, mas os três bancos confirmaram que o dinheiro já estava disponível.

Eric disse que Herr Ripley chegaria dali a, no máximo, uma hora.

Durante o último telefonema, a campainha de Eric tocou, e ele acenou para Tom apertar o botão de abrir a porta, na cozinha. Tom foi até o interfone e perguntou:

— Quem é?

— Sou eu, Peter. O carro de Eric está aqui embaixo.

— Só um instante, Peter. Eric vai atender.

O anfitrião foi até a cozinha falar com o companheiro, e Tom saiu, ouvindo-o perguntar se Peter tinha um tempo livre para realizar "uma ou duas tarefas muito importantes". Em seguida, Eric entrou na sala e anunciou:

— Peter tem tempo, e disse também que meu carro está lá embaixo. Ele não é maravilhoso?

— É, sim — concordou Tom e guardou no bolso a lista dos bancos.

Eric vestiu um paletó.

— Vamos.

Tom pegou a mala vazia, Eric deu duas voltas na fechadura da porta e eles desceram a escada do prédio.

Peter estava sentado dentro do próprio carro, junto ao meio-fio, e o Mercedes de Eric estava estacionado não muito longe da entrada do edifício. Eric se acomodou no banco do carona de Peter, acenou para Tom entrar no banco de trás e avisou:

— Preciso explicar isso com a porta fechada.

Em alemão, começou a dizer que Tom precisaria passar em três bancos para pegar o dinheiro que seria usado no pagamento do resgate aos sequestradores. Será que Peter poderia levá-los, ou seria melhor irem todos no carro de Eric?

Peter olhou para Tom e sorriu.

— Pode ser no meu, sem problema.

— Está com sua arma, Peter? — perguntou Eric, rindo de leve. — Tomara que não seja necessária!

— Está bem aqui, *ja*! — respondeu Peter, apontando para o porta-luvas, e sorriu como se fosse um absurdo usar a arma naquelas circunstâncias, já que Tom tinha sido autorizado a pegar o dinheiro.

Eles logo decidiram passar primeiro no ADCA Bank do Europa-Center, pois os dois outros bancos na Ku'Damm ficavam no caminho de volta para o apartamento. Conseguiram estacionar bem perto do banco, pois havia uma área circular em frente ao hotel Palace destinada aos carros dos hóspedes e a táxis que entravam e saíam. O banco estava aberto. Tom foi sozinho até lá e não levou a mala.

Deu o nome à recepcionista e disse em inglês que o gerente estava à espera dele. A moça anunciou alguma coisa pelo telefone e em seguida apontou para uma porta nos fundos, bem à esquerda. A porta foi aberta por um homem de olhos azuis na casa dos 50 anos, cabelos grisalhos, postura ereta e sorriso agradável. Um sujeito com algumas pastas na mão saiu da sala quase na mesma hora, sem lançar a Tom nenhum olhar especial, o que o deixou mais tranquilo.

— Sr. Ripley? Bom dia — cumprimentou o homem, em inglês. — Não quer se sentar?

— Bom dia.

Tom não se sentou de imediato na poltrona de couro que lhe fora oferecida, mas tirou do bolso o passaporte e perguntou:

— Posso? Meu passaporte.

Em pé atrás da mesa, Herr Direktor, ou gerente, pôs os óculos e examinou com cuidado o documento, comparando a fotografia com o rosto de Tom, depois se sentou e fez uma anotação no bloco.

— Obrigado — disse ele, devolvendo o passaporte antes de apertar um botão na mesa. — Fred? *Alles in Ordnung... Ja, bitte.*

O homem cruzou as mãos e encarou Tom, ainda sorrindo, mas com um olhar ligeiramente intrigado. Pouco depois, o mesmo sujeito de antes apareceu com dois grandes envelopes pardos. A porta se fechou atrás dele com um clique alto, e Tom teve a sensação de que estava extremamente trancada.

— O senhor gostaria de contar o dinheiro? — perguntou Herr Direktor.

— Com certeza deveria dar uma olhada — respondeu Tom, educado, como quem aceitava um aperitivo em uma festa, embora não tivesse a menor vontade de contar tudo aquilo.

Ele abriu os dois envelopes pardos fechados com elásticos e viu que continham maços de marcos alemães envoltos em tiras de papel. Em um deles, viu o que deviam ser no mínimo vinte pequenos maços, e os dois envelopes pareciam ter o mesmo peso. As notas eram todas de mil marcos alemães.

— Um milhão e quinhentos mil marcos alemães — especificou Herr Direktor. — Cem notas dessas em cada elástico.

Tom estava folheando a ponta de um dos maços, que parecia conter as cem notas informadas. Assentiu, na dúvida se o banco teria anotado os números de série, mas não quis perguntar. Os sequestradores que se preocupassem com isso. E eles não deviam ter dito nada sobre marcação de notas, ou Thurlow com certeza teria comentado.

— Vou acreditar no senhor.

Os dois alemães sorriram, e o sujeito que tinha trazido os envelopes se retirou.

— E aqui está o recibo — disse Herr Direktor.

Tom assinou o recibo relativo àquela quantia, o gerente o rubricou, guardou a cópia feita com papel-carbono e entregou o papel de cima para Tom, que já estava de pé e estendeu a mão.

— Obrigado.

— Tenha uma boa estadia em Berlim — desejou o Herr Direktor ao apertar a mão de Tom.

— Muito obrigado, senhor.

As palavras do homem davam a entender que Tom promoveria uma gastança desenfreada com o dinheiro em questão. Ele então apertou os grossos envelopes debaixo do braço.

O gerente parecia achar graça de alguma coisa. Estaria ele pensando em uma piada para compartilhar com os colegas na hora do almoço, ou será que na verdade pretendia contar a história do americano que tinha ido buscar quase um milhão de dólares em marcos alemães e saído com o dinheiro debaixo do braço?

— Gostaria que alguém o acompanhasse até seu destino?

— Não, obrigado.

Atravessou o banco sem olhar para ninguém. Eric estava sentado no carro de Peter, e este, do lado de fora, fumava um cigarro, com o rosto virado para o sol e uma das mãos enfiada no bolso da calça.

— *Alles gut gegangen?* — perguntou ao ver o envelope.

— Sim — respondeu Tom.

No banco de trás, abriu a mala, enfiou os envelopes dentro e fechou o zíper. Reparou que Eric vigiava as pessoas na calçada enquanto o carro se afastava, ao contrário de Tom, que apenas deu um bocejo deliberado, recostou-se no banco e observou Peter fazer uma curva para a esquerda, para pegar a Kurfürstendamm.

Os dois bancos seguintes ficavam bem próximos na avenida ampla, margeada por árvores jovens em fileiras bem-arrumadas. Mais vitrines de metal cromado e vidro cintilante. As sedes dos bancos também eram novinhas em folha, os nomes exibidos em letras grandes acima das vitrines que talvez fossem blindadas. Peter estava parado na esquina, em frente a um dos bancos, mas não havia onde estacionar. Eric, porém, disse que esperaria Tom na calçada para avisar onde estava o carro.

A transação ocorreu como a primeira: uma recepcionista, um gerente, o passaporte de Tom como identificação, depois o dinheiro e um recibo pela mesma quantia do ADCA Bank. Dessa vez as notas estavam em um único envelope maior. Novamente perguntaram se ele desejava contar o dinheiro, e novamente a resposta foi negativa. Por acaso ele gostaria que um guarda do banco o acompanhasse até seu destino?

— Não, obrigado — disse Tom.

— Quer que eu lacre o envelope… por segurança?

Tom espiou o interior do grande envelope e viu maços de marcos alemães presos por tiras de papel, semelhantes aos do outro banco. Entregou o envelope ao gerente, que o lacrou com uma fita bege larga vinda de uma engenhoca em cima da mesa.

Eric estava mesmo na calçada, e parecia aguardar um amigo chegar da direita ou da esquerda, de qualquer lugar exceto da porta do banco.

Apontou para a direita, onde Peter estava parado em fila dupla. Os dois entraram, Tom outra vez no banco de trás. Ele depositou o envelope na mala.

Em seguida, Tom coletou cerca de 600 mil marcos alemães no terceiro banco e saiu de lá com um envelope verde, e mais uma vez encontrou Eric na calçada. Peter estava parado logo depois da esquina.

Pam! A porta do carro se fechando foi um prazer. Tom afundou no assento com o envelope verde no colo. Soube pela curva seguinte que Peter se encaminhava para o apartamento de Eric. Os outros dois trocaram amenidades que Tom não tentou acompanhar. Algo sobre assaltantes de banco. Riram. Tom enfiou o último envelope na mala.

O bom humor continuou quando chegaram ao apartamento, e os dois alemães deram risadinhas por causa da mala que Peter insistira em carregar por ser o chofer. O homem a pousou junto à parede ao lado do aparador, bem em frente à entrada.

— Não, não, dentro do meu armário, onde ela sempre fica! — instruiu Eric. — É parecida com outras duas que estão lá.

Peter obedeceu.

Quinze para o meio-dia. Tom cogitou ligar para Thurlow. Eric pôs um disco de Victoria de los Ángeles, que disse escutar sempre que se sentia eufórico. De fato parecia bem animado, embora Tom o tivesse achado mais nervoso do que eufórico.

— Pode ser que eu conheça Frank esta noite, hein? — comentou o anfitrião. — Tomara que sim! Ele pode ficar aqui e dormir na minha cama. Eu durmo no chão. Frank vai ser meu convidado de honra!

Tom apenas sorriu.

— Pode fazer a gentileza de abaixar um pouco a música enquanto converso com Thurlow?

— Com prazer, Tom!

Peter havia entrado com uma bandeja de cervejas geladas, e Tom pegou uma, pousou-a junto ao telefone e discou.

A linha estava ocupada, e Tom disse à telefonista que podia esperar. Pouco depois, Thurlow atendeu.

— Por aqui tudo em ordem — disse Tom, tentando soar calmo.

— Está com você? — perguntou o detetive.

— Sim. E o senhor, já sabe o local?

— Sei. Fica na parte norte de Berlim, segundo disseram. Lub… Vou soletrar para o senhor. L-u-trema-b-a-r-s. Anotou? E as ruas…

Enquanto escrevia, Tom fez sinal para Eric pegar o pequeno receptor na parte de trás do telefone, o que o alemão fez rapidamente.

O detetive disse o nome de uma rua e em seguida soletrou: Zabel-Krüger-Damm, perpendicular a uma outra chamada Alt-Lübars.

— A primeira rua é no sentido leste e oeste, e a Alt-Lübars segue para o norte e a cruza nesse ponto. É preciso subir a Alt-Lübars rumo ao norte até chegar em uma estradinha de terra que… ao que parece… não tem nome. Uns cem metros mais à frente, o senhor vai ver um barracão do lado esquerdo da estradinha. Entendeu tudo até aqui?

— Sim, obrigado.

Tom tinha entendido, e Eric o tranquilizou com um meneio de cabeça, como quem dizia que as ruas não eram tão difíceis assim de encontrar.

Thurlow prosseguiu:

— O senhor deve deixar o… a quantia dentro de uma caixa ou de um saco às quatro da manhã. Da madrugada de hoje, se é que me entende.

— Sim, tudo bem.

— Deixe atrás do barracão e vá embora. Um mensageiro só, disseram eles.

— E o garoto?

— Vão me ligar quando pegarem o dinheiro. O senhor pode me telefonar depois das quatro para dizer se correu tudo bem?

— Claro, claro, sem dúvida.

— E muito boa sorte, Tom.

Ele pôs o fone no gancho.

— Lübars! — exclamou Eric enquanto pousava o pequeno receptor. — Lübars, Peter, às quatro da manhã! É um velho bairro de propriedades agrícolas, Tom, ao norte da cidade. Fica perto do Muro. Pouca gente mora lá. O Muro margeia Lübars ao norte. Peter, você tem um mapa?

— Tenho. Já fui lá uma vez, acho, talvez duas... De carro — respondeu o sujeito em alemão. — Posso levar Tom hoje. Só dá para chegar lá de carro.

Tom ficou agradecido. Confiava na condução de Peter, no seu sangue-frio, e ainda por cima tinha uma arma no carro.

Os dois alemães trouxeram o almoço e uma garrafa de vinho.

— Tenho um compromisso hoje à tarde em Kreuzberg — disse Eric. — Venha comigo, Tom. Para mudar de ares, como dizem os franceses. Vai levar só uma hora, talvez até menos. Depois, preciso encontrar Max. Mas só à noite. Venha comigo também!

— Max? — indagou Tom.

— Max e Rollo. Amigos meus.

Eric tinha começado a comer.

O rosto um tanto pálido de Peter sorriu para Tom, e ele arqueou um pouco as sobrancelhas. Peter parecia calmo e confiante.

Tom não conseguiu comer muito e mal escutou a conversa bem--humorada dos dois sobre uma campanha contra cocô de cachorro que estava sendo travada em Berlim, a exemplo da campanha de Nova York, que envolvia pequenas pás e sacos de papel transportados pelos donos dos animais. O departamento de saúde pública berlinense pretendia construir *Hundetoiletten*, privadas de cachorro grandes o suficiente para comportar pastores-alemães, algo que, segundo Peter, poderia inspirar os cães a começar a usar as casas dos donos, caso não conseguissem perceber a diferença.

13

Eric e Tom partiram de carro em direção ao bairro berlinense de Kreuzberg, que, segundo o alemão, ficava a menos de quinze minutos de distância. Peter tinha ido embora com a promessa de retornar por volta da uma da manhã. Tom lhe dissera que achava melhor saírem cedo para o encontro em Lübars, e ele concordara, alegando que levariam mais ou menos uma hora para chegar lá, contados o trajeto mais o tempo de encontrar o local exato indicado pelos sequestradores.

Estacionaram em uma rua de aspecto desolado ocupada por prédios residenciais antigos de quatro ou cinco andares, com a fachada em tom marrom-avermelhado, perto de um bar de esquina cuja porta da frente estava aberta. Duas crianças (o termo "pivetes" veio à mente de Tom) passaram correndo e imploraram por *Pfennigs*, e Eric levou a mão ao bolso ao mesmo tempo que explicava a Tom que, se não lhes desse algumas moedas, poderiam fazer algo com o carro, embora o menino aparentasse ter apenas uns 8 anos de idade e a menina, 10, talvez, com a boca toda borrada de batom e as bochechas pintadas com ruge. Vestia o que parecia ser uma cortina vermelho-amarronzada, presa com alfinetes para criar algo semelhante a um vestido. Tom deixou de lado o primeiro pensamento, de que a menina estava brincando com a maquiagem e o guarda-roupa da mãe. Com certeza havia algo mais sinistro acontecendo ali. O menino tinha cabelo preto volumoso e espesso, com algumas pontas espetadas para cima em um arremedo de penteado, e olhos escuros vidrados, ou talvez apenas esquivos. O lábio inferior protuberante parecia denotar um desprezo crônico por tudo à sua volta. Tinha embolsado o dinheiro que Eric dera à menina.

— O garoto é turco — comentou Eric, trancando o carro e mantendo a voz baixa. Fez um gesto em direção à entrada de um prédio e já foi se dirigindo até lá. — Eles não sabem ler, sabia? Isso deixa todo mundo intrigado. Falam turco e alemão fluentemente, mas não sabem ler *nada*!

— E a outra? Ela parece alemã.

A menina era loira.

O estranho par juvenil continuava a observá-los, parados junto ao carro de Eric.

— Ah, sim, alemã. Prostituta infantil. Ele é o cafetão dela... ou está tentando ser.

A porta do edifício se abriu com um zumbido e os dois entraram. Subiram três lances de uma escada escura. As janelas do saguão estavam sujas e quase não deixavam entrar luz. Eric bateu em uma porta marrom-escura com a pintura toda arranhada, como se tivesse sido alvo de chutes e socos. Ao ouvir passos pesados se aproximando, Eric anunciou o próprio nome.

A porta foi destrancada e um homem alto de ombros largos fez sinal para eles entrarem, balbuciando em alemão com uma voz grave. Outro turco, concluiu Tom, ao notar a pele marrom que mesmo os alemães de cabelos escuros jamais conseguiriam ter. Ele sentiu um cheiro horrível do que pensou ser um ensopado de cordeiro com repolho. Pior, na mesma hora foram conduzidos até a cozinha, de onde vinha o cheiro. Duas crianças pequenas brincavam no chão de linóleo e uma mulher idosa de cabeça diminuta e cabelos grisalhos ralos e encaracolados mexia vigorosamente um panelão no fogão. A avó, supôs Tom, e talvez alemã, uma vez que não parecia turca, mas ele não

215

soube dizer com certeza. Eric e o homem grandalhão se sentaram diante de uma mesa redonda e o convidaram para se juntar a eles, o que Tom fez com relutância, embora até estivesse interessado no que seria dito ali. Por que Eric decidira visitar aquele apartamento, afinal? O alemão cheio de gírias de Eric e a fala entrecortada do turco dificultavam o entendimento da conversa. Estavam mencionando números ("Quinze... Vinte e três") e preços ("Quatrocentos marcos..."). Quinze o quê? Tom então se lembrou de Eric ter comentado que o turco prestava alguns serviços de intermediação para advogados berlinenses que emitiam documentos cuja finalidade é a de permitir que paquistaneses e indianos possam ficar em Berlim Ocidental.

— Não gosto desse trabalhinho desagradável — dissera Eric —, mas se eu não cooperar em alguma medida e agir eu próprio como intermediário de documentos, Haki não vai me ajudar com serviços mais importantes do que os imigrantes fedidos dele.

Sim, era isso. Alguns dos imigrantes, analfabetos até no próprio idioma e sem qualificação alguma, simplesmente pegavam o metrô de Berlim Oriental para Berlim Ocidental e eram recebidos por Haki, que os encaminhava aos advogados certos. Eles então podiam começar a receber auxílio do governo, às custas de Berlim Ocidental, enquanto suas alegações de serem "refugiados políticos" eram investigadas, processo que podia levar anos.

Haki ou era bandido em tempo integral ou também vivia do seguro-desemprego, talvez as duas coisas, caso contrário, o que estaria fazendo em casa àquela hora? Não parecia ter mais de 35 anos e era forte como um touro. As calças, tão pequenas que mal fechavam, estavam presas na cintura por um pedaço de barbante e deixavam à mostra alguns botões abertos na braguilha.

Uma vodca de fabricação caseira semelhante ao uísque clandestino (segundo disseram a Tom) foi trazida por Haki, ou será que ele preferiria cerveja? Depois de provar a vodca, Tom de fato preferiu cerveja. Esta veio em uma garrafa grande já pela metade, choca e morna. Haki saiu para buscar algo em outro cômodo.

— Haki trabalha na construção civil — explicou Eric a Tom —, mas está de licença por causa de uma lesão... no trabalho. Além disso, ele recebe o *Arbeitslosenunterstützung*... o...

Tom assentiu. O seguro-desemprego. Haki voltou com uma caixa de sapatos suja nas mãos, os passos pesados e desajeitados faziam o piso estremecer. Ele abriu a caixa e dela tirou um embrulho redondo envolto em papel pardo do tamanho de um punho. Eric chacoalhou o objeto, que retiniu. Seriam pérolas? Drogas? Eric sacou a carteira e deu a Haki uma nota de 100 marcos.

— Só uma gorjeta — disse ele a Tom. — Está entediado? Vamos embora já, já.

— *Vamborajaja!* — repetiu a menininha encardida sentada no chão enquanto encarava os dois.

Aquilo deixou Tom um pouco chocado. Quanto do que estava sendo dito era compreendido pelas crianças? A velha que mexia o panelão feito uma bruxa em *Macbeth*, ou talvez a paciente de um manicômio, também o encarava. Parecia tremer de leve, como se sofresse dos nervos.

— Onde está a esposa? — murmurou Tom. — A mãe dessas crianças?

— Ah, está no trabalho. Ela é alemã... de Berlim Oriental. Um tipo triste, mas pega no batente. Bem... — continuou Eric baixinho, e fez um gesto discreto com os dedos para indicar que não podia falar mais nada no momento.

Para alegria de Tom, Eric se levantou para ir embora. Haviam passado meia hora ali, mas para Tom pareceu bem mais. Despediram-se, e de repente os dois estavam na calçada, onde a luz do sol os iluminou em cheio no rosto. O pequeno embrulho formava um calombo no bolso do paletó de Eric, que olhou em volta antes de abrir a porta do carro. Foram embora. Tom estava curioso para saber o que havia dentro do pacote, mas achou que talvez fosse grosseiro perguntar.

— Veja que curioso... em relação à esposa dele, como você a chamou — comentou Eric. — Uma prostituta de Berlim Oriental que foi contrabandeada por soldados americanos a bordo de um jipe ou algo assim! E aqui a vida dela tem sido *um pouco* melhor... como prostituta, mas ela é viciada em drogas também. Consegue manter uma espécie de emprego, talvez limpando banheiros públicos, não sei muito bem. Enfim... Os soldados americanos não conseguem mais pagar prostitutas em Berlim Ocidental, porque o dólar está muito desvalorizado, então precisam ir a Berlim Oriental. Os comunistas estão uma fera, porque em teoria lá não deveria haver prostitutas... oficialmente.

Tom sorriu, achando um pouco de graça, mas tentou se centrar um pouco e se preparar para as horas seguintes. Que tipo de pessoas seriam os sequestradores? Jovens amadores? Criminosos profissionais e razoavelmente inteligentes? Será que havia alguma mulher entre eles? Uma garota poderia ser muito útil para dar uma impressão de inocência à opinião pública. Talvez só estivessem mesmo interessados no dinheiro, como Eric sugerira, e não tivessem qualquer intenção de machucar fisicamente Frank ou qualquer outra pessoa.

De volta ao apartamento de Eric, Tom ligou para Belle Ombre. O código de área era o mesmo de Paris. O telefone tocou seis, sete vezes, e ele imaginou que Heloise pudesse estar em Paris, talvez movida pelo impulso de ir assistir a um filme vespertino com Noëlle, e que Madame Annette estivesse sentada diante de um chá ou de um refrigerante gelado no café de Marie e Georges, inteirando-se das últimas fofocas com alguma outra *femme de ménage* de Villeperce. Então, no nono toque, a governanta atendeu.

— *Allo?*

— Madame Annette, *c'est* Tome *ici*! Como vai tudo em casa?

— *Très bien*, Monsieur Tome! Quando o senhor volta?

Tom sorriu, aliviado.

— Provavelmente na quarta, não tenho certeza. Não se preocupe. Madame Heloise está?

Ela estava, mas Madame Annette precisou ir chamá-la no andar de cima.

— Ah, Tome! Onde você está? Hamburgo?

A voz de Heloise chegou ao telefone tão depressa que Tom soube que a esposa havia atendido no quarto dele.

— Não, não, conhecendo uns lugares aqui e ali. Acordei você do seu cochilo?

— Eu estava com o dedo de molho em alguma coisa que Madame Annette preparou para mim, então achei melhor deixar que ela atendesse.

— Com o dedo de molho?

— Um *vasistas* da estufa caiu em cima dele ontem quando eu estava regando as plantas. Inchou, mas Madame Annette acha que a unha não vai cair.

Tom deu um suspiro de empatia. Ela estava se referindo a um dos basculantes da estufa.

— Deixe *Henri* cuidar da estufa!

— Ah, Henri… O garoto ainda está com você?

— Sim — respondeu Tom, e pensou se alguém teria ligado para Belle Ombre e perguntado sobre Frank. — Talvez ele pegue o avião para casa amanhã. Heloise… — acrescentou depressa antes de ela conseguir falar alguma coisa. — Se alguém telefonar e perguntar onde estou, diga que saí para dar uma volta por Villeperce. Que estou em casa… e dei só uma saidinha. Se receber qualquer ligação internacional… diga isso também.

— Por quê?

— Porque logo, logo eu vou estar em casa dando uma voltinha. Na quarta-feira, acho. Estou em trânsito aqui, na Alemanha, então ninguém consegue falar comigo agora, em todo caso.

Heloise pareceu aceitar a explicação.

— Um beijo, querida — despediu-se Tom.

Estava muito mais tranquilo. Às vezes, reconheceu para si mesmo, sentia-se de fato um homem casado, sólido, amado, ou como quer que alguém nessa situação devesse se sentir. Muito embora tivesse acabado de mentir para a esposa, só um pouquinho, aquela mentira era diferente das outras.

Por volta das onze da noite, Tom estava em um lugar mais alegre do que Kreuzberg, um bar para homens muito mais chique do que o estabelecimento que frequentara com Frank. Aquele ali tinha uma escada cercada de vidro que subia para os banheiros, e os clientes ficavam parados nos degraus conversando, ou tentando conversar, com outros fregueses mais abaixo.

— Divertido, não? — perguntou Eric, que estava à espera de alguém.

Como não havia mesas disponíveis, eles ficaram ao balcão. Naturalmente, o estabelecimento era também uma discoteca.

— É mais fácil...

Nesse instante, alguém esbarrou em Eric.

Tom imaginou que o alemão fosse dizer que era mais fácil entregar mercadorias em um lugar como aquele do que em uma rua qualquer, pois ali todos os clientes, com exceção dos que dançavam, estavam ou entretidos em conversas aos gritos ou dedicados a escolher quem levariam para casa, ou seja, completamente alheios a objetos contrabandeados. Tom foi obrigado a admirar um jovem vestido de mulher com uma estola comprida feita de penas pretas, ou seja lá o que fosse, com uma das pontas ao redor do pescoço e a outra solta, que ele agitava delicadamente ao passear pelo recinto. Poucas mulheres se dedicavam tanto a ficar deslumbrantes daquele jeito.

O contato de Eric chegou, um rapaz alto vestido de couro preto, com as mãos enfiadas nos bolsos de uma jaqueta de couro curta.

— Este é Max! — gritou Eric para Tom.

Eric não disse o nome de Tom. *Melhor assim*, pensou ele. O pacote, embrulhado com papel de presente e uma fita azul, mudou de mãos e entrou na frente da jaqueta de couro de Max, cujo zíper ele tornou a fechar. O rapaz tinha os cabelos cortados bem rente e as unhas pintadas de rosa-choque.

— Não tive tempo de tirar — explicou Max em inglês, com um sotaque alemão. — Passei o dia inteiro ocupado. Gostou? — perguntou ele para Tom, referindo-se às unhas, e abriu um sorriso zombeteiro.

— Algo para beber, Max? Dornkaat? — berrou Eric mais alto do que a música latejante. — Ou uma vodca?

A expressão de Max mudou de repente. Tinha visto algo em um canto afastado.

— Obrigado, mas é melhor eu dar o fora daqui logo.

Com a cabeça, ele acenou para o mesmo lugar que lhe captara a atenção segundos antes e baixou o olhar, encabulado.

— Tem um rapaz ali que eu não quero encontrar no momento. É doloroso. Eu sinto muito, Eric. Boa noite.

Ele se despediu de Tom com um sorriso educado, deu as costas e foi embora.

— *Guter Junge!* — gritou Eric para Tom e indicou a porta por onde Max tinha desaparecido. — *Bom* menino! Gay, mas tão de confiança quanto Peter! O amigo de Max se chama *Rollo*! Você talvez o conheça!

Eric pousou uma das mãos no antebraço de Tom e o incentivou a beber mais alguma coisa, qualquer coisa, talvez uma cerveja, quem sabe? Era melhor não irem embora tão depressa, explicou.

Tom concordou em tomar uma cerveja e pagou ao barman adiantado.

— Adoro estas fantasias doidas daqui! — comentou, referindo-se à ocasional figura vestida de mulher, à maquiagem, aos flertes fajutos, às risadas e ao bom humor que reinavam por toda parte.

Aquilo deixava Tom revigorado, como a abertura de *Sonho de uma noite de verão* sempre o revigorava antes de enfrentar alguma batalha.

Fantasias! Coragem era um conceito imaginário, afinal, um estado de espírito. Ter noção da realidade não ajudava em nada quando se estava diante do cano de uma arma ou diante de uma faca. Tom de repente reparava, não pela primeira vez, nos olhares furtivos ou no mínimo ansiosos de Eric por cima do ombro. Ele não estava procurando nenhum conhecido antigo ou novo entre os homens e garotos. Ou será que estaria? Tom achava que não. Ele era um profissional cuidando dos próprios negócios, que pelo visto eram bem diversificados. Olhar por cima do ombro certamente havia se tornado um hábito.

— Já teve algum problema com a polícia por aqui, Eric? — perguntou junto ao ouvido do alemão. — Neste tipo de bar, quero dizer.

Eric, porém, continuou sem escutar, devido a um som de pratos na música bem naquela hora, uma espécie de clímax trêmulo que durou vários segundos antes de a batida grave recomeçar, a qual parecia acertar as paredes como se fossem martelos. Na pista de dança, figuras masculinas davam pulos e rodopiavam como se estivessem em transe. Tom desistiu, balançou a cabeça e pegou uma segunda cerveja. Não era ele quem iria gritar a palavra "polícia" a plenos pulmões.

14

Berlim e suas luzes foram ficando mais fracas atrás deles conforme Peter e Tom seguiam de carro em direção ao norte, cruzando pequenas comunidades parcialmente rurais e bastante enfadonhas, nas quais quase todas as luzes dos cafés estavam apagadas. Eric tinha decidido ficar em casa, o que foi até melhor, pois Tom não conseguia imaginar em que a presença dele ajudaria — e se os sequestradores vissem um terceiro homem no carro de Peter poderiam desconfiar que fosse um agente da polícia.

— Então… aqui começa Lübars — explicou Peter depois de uns quarenta minutos de trajeto. — Agora rumo à rua certa para podermos dar uma olhada.

Ele se endireitou no banco, como se tivesse um trabalho importante a fazer. Havia feito um pequeno mapa do lugar, que mostrara a Tom no apartamento e acomodara no painel do carro.

— Acho que peguei uma rua errada. *Verdammt!* Mas não faz mal, já que nós temos muito tempo. Ainda são três e meia.

Peter tirou uma lanterna do suporte acima do painel e a mirou no desenho.

— Já sei o que eu fiz. Preciso voltar.

Quando deu meia-volta, os faróis dianteiros do carro iluminaram uma plantação escura com fileiras de repolhos ou alfaces, cujos pontinhos verdes bem-arrumados pareciam botões colocados sobre a terra.

Tom mudou a posição da mala volumosa entre seus pés e joelhos. A noite estava fresca e agradável e não parecia haver lua.

— Claro… Esta é a Zabel-Krüger-Damm de novo, e preciso virar à esquerda ali. Eles vão dormir tão cedo por aqui… e acordam bem cedo também! Alt-Lübars, sim — continuou a dizer Peter enquanto fazia uma curva cuidadosa. — Segundo o pequeno mapa que fiz em casa, por aqui à direita deve ficar a praça do vilarejo — acrescentou baixinho em alemão. — A igreja e essas coisas. E está vendo aquelas luzes ali na frente? — perguntou, com a voz aguda e carregada de tensão de um jeito que Tom ainda não havia escutado. — Aquilo ali é o Muro.

Mais à frente, Tom viu uma claridade difusa e amarelo-esbranquiçada, baixa e comprida, um pouco mais baixa do que o nível da rua: os holofotes do outro lado do Muro. A estrada seguia por um pequeno declive. Tom olhou em volta à procura de outros carros, qualquer um, mas tudo estava tomado pelo breu, com exceção de um ou dois postes de luz quiçá obrigatórios na direção do que Peter havia denominado a praça do vilarejo. O carro avançava com muita lentidão. Até onde Tom podia ver, os sequestradores ainda não tinham chegado.

— Esta estradinha não é para carros, por isso estou indo tão devagar. Acho que não vamos demorar muito para chegar ao *Lagerhalle*, fica à esquerda… Ali, talvez?

O barracão. Tom viu uma construção baixa, mais comprida do que alta, e ela parecia estar aberta do lado virado para a estradinha. Pôde distinguir vagamente algumas estruturas que talvez fossem cercados para cavalos em um pasto à direita. Peter parou junto ao barracão.

— Vá lá. Deixe a mala atrás do barracão. Depois vamos embora — instruiu em alemão. — Não posso virar aqui.

Ele havia baixado os faróis.

Tom estava pronto para descer.

— Pode ir embora — respondeu. — Eu fico. Volto sozinho para Berlim, não se preocupe.

— Como assim, "eu fico"?

— Vou ficar aqui. Tive uma súbita inspiração.

— Quer *encontrar* a tal gangue? — exasperou-se Peter, e as mãos apertaram o volante com força. — *Lutar* com eles? Não seja maluco, Tom!

— Eu sei que você tem uma arma — disse Tom em inglês. — Posso pegar emprestada?

— Claro, claro, mas eu também posso ficar esperando você... se...

Confuso, Peter empurrou o trinco do porta-luvas e retirou uma arma preta que estava embaixo de um pano.

— Está carregada. Seis tiros. A trava de segurança é aqui.

Tom pegou a arma. Era pequena e não muito pesada, mas parecia razoavelmente letal.

— Obrigado.

Ele a guardou no bolso da frente direito do paletó e checou o relógio. Três e quarenta e três da manhã. Viu Peter olhar nervoso para o relógio do painel, que estava um minuto adiantado.

— Olhe, Tom. Está vendo aquele morrinho ali na frente? — perguntou, apontando para a direita atrás de onde estavam, na direção da praça do vilarejo. — Bem onde fica a igreja, viu? Vou esperar você ali. Com os faróis apagados.

Peter disse isso como se fosse uma ordem, como se já tivesse feito concessões suficientes ao deixar Tom ficar com a arma.

— Não precisa esperar. Você me disse que passa até um ônibus a noite inteira nessa tal de Krüger-Damm.

Tom abriu a porta e tirou a mala do carro.

— Foi só um comentário, eu não quis dizer que era para você *pegar* o ônibus! — sussurrou Peter. — Não atire neles! Eles vão atirar de volta e matar você.

Tom fechou a porta com o mínimo de barulho possível e começou a andar na direção do barracão.

— Aqui! — sussurrou Peter pela janela, jogando-lhe a pequena lanterna.

— Obrigado, meu amigo!

A lanterna com certeza seria útil naquele terreno acidentado. Tom sentiu que tinha deixado Peter desprotegido, sem arma e sem luz. Apagou a pequena lanterna após rodear o canto de trás do barracão e ergueu o braço para Peter em uma despedida, quer o alemão conseguisse vê-lo, quer não. O carro deu ré e saiu devagar e em linha reta da estradinha de terra mal visível, ou talvez nem isso, à luz dos faróis. Quando o veículo chegou à Alt-Lübars, dobrou vagarosamente para a esquerda, em direção à praça do vilarejo. Peter ia esperar.

Havia um sinal tênue, muito tênue, do amanhecer se aproximando, embora as esparsas luzes dos postes de Lübars continuassem acesas. O carro de Peter não estava à vista. Tom ouviu latidos ao longe e, com um leve arrepio, se deu conta de que vinham dos cães de ataque da Alemanha Oriental, do outro lado do Muro. Os animais não pareciam alarmados. Uma brisa soprava vinda do Muro, e talvez ele tivesse apenas escutado um trecho de conversa entre cães enquanto margeavam o arame farpado. Tom desviou os olhos do brilho sinistro dos holofotes do Muro e se concentrou em escutar.

Ficou atento ao som do motor de um carro. Quem viria buscar o dinheiro não ia chegar pela plantação atrás dele, certo?

Tom havia apoiado a mala na parede de madeira dos fundos do barracão e a puxou delicadamente mais para perto com o pé. Tirou a arma de Peter do bolso do paletó, soltou a trava de segurança e tornou a enfiá-la no bolso. Silêncio, tão sepulcral que ele teve a sensação de que teria escutado a respiração de qualquer um que pudesse estar dentro do barracão. Ele tateou as tábuas de madeira com a ponta dos dedos. Havia algumas frestas na superfície áspera.

Precisava fazer xixi, e isso o fez pensar em Frank em Grunewald, mas mesmo assim foi em frente e se aliviou enquanto podia. O que ele pretendia fazer? Por que estava ali? Para ver de novo os sequestradores? Naquela escuridão? Para afugentá-los e poupar o dinheiro? Certamente não. Para salvar Frank? A presença de Tom não era necessariamente uma ajuda nesse sentido, talvez fosse até o contrário. Ele se deu conta de que odiava os sequestradores e de que gostaria de revidar o golpe que levara deles. Sabia também que isso não tinha lógica, pois provavelmente estaria em desvantagem numérica. Mesmo assim ali estava, vulnerável, um alvo fácil para uma bala, e muito provavelmente também seria uma fuga fácil para os sequestradores.

Tom se empertigou ao escutar o ronco do motor de um carro vindo da direção da Alt-Lübars. Seria Peter indo embora? Mas o veículo avançou ronronando, com as fracas lanternas acesas. Bem devagar, embicou na estradinha de terra em que ficava o barracão e seguiu em frente com dificuldade, oscilando por causa do solo irregular. Parou uns dez metros à direita de Tom. Parecia ser vermelho-escuro, mas Tom não teve certeza. Ele estava encostado nos fundos do barracão e espiava por um dos cantos, porque os faróis do carro não chegavam até ali.

A porta traseira esquerda do carro se abriu e alguém saltou. Os faróis do carro se apagaram, e o homem que havia saído acendeu uma lanterna. Parecia forte e não muito alto e caminhava com passo seguro, mas diminuiu o ritmo ao sair da estradinha e entrar na plantação. Então parou e acenou com a mão para os companheiros dentro do carro, provavelmente indicando que até o momento tudo corria bem.

Quantos há dentro do carro?, pensou Tom. Um? Dois? Talvez fossem mais dois, já que o homem saltara do banco de trás.

O sujeito se aproximou do barracão devagar, com a lanterna na mão esquerda, enquanto a direita foi até o bolso da calça e sacou o que devia ser uma arma. Depois se aproximou pela direita de Tom e dirigiu-se aos fundos do barracão.

Tom pegou a mala e a segurou pela alça, e assim que o homem rodeou a quina ele brandiu-a e o acertou na lateral esquerda da cabeça. O impacto produziu um ruído que não soou alto, e sim sólido, então houve um segundo ruído quando a cabeça do homem bateu nas tábuas de madeira. Tom brandiu mais uma vez a mala, mirando o lado esquerdo da cabeça do homem enquanto ele caía. O colarinho claro da camisa sobre a gola do que poderia ser um suéter preto o guiou quando ele acertou a coronha da arma na têmpora do homem. O sujeito não se mexia e tampouco tinha gritado. A lanterna iluminava o chão à esquerda. Tom empunhou a arma de Peter em posição de disparo e apontou-a para cima.

— Peguei o *maldito*! — gritou histericamente, ou talvez tivesse gritado "*Gott, das Schwein!*", e então disparou dois tiros para o alto.

Tornou a gritar, berrou mais uma frase sem sentido, talvez um palavrão, e chutou o barracão. Percebeu que a voz tinha ficado estridente e que estava berrando para o nada.

Do outro lado do Muro os cães ganiram, empolgados com os tiros.

O som da porta de um carro se fechando assustou Tom como se ele próprio tivesse levado um tiro. Espiou pela quina do barracão bem a tempo de ver um homem no banco do motorista puxar a perna para dentro. A luz interna se acendeu por um instante. A porta então se fechou e, completamente no escuro, o carro deu ré à direita de Tom, só então acendendo as lanternas. O veículo seguiu de ré pela Alt-Lübars para a esquerda, depois acelerou em direção à avenida mais ampla.

Os sequestradores estavam abandonando o comparsa. Podiam se dar ao luxo de fazer isso, e até mesmo de deixar o dinheiro para trás, já que ainda estavam com Frank Pierson. Deviam ter pensado que não passava de uma emboscada da polícia, que não veriam nem sinal do dinheiro. Tom estava ofegante, como se tivesse brigado. Ele prendeu a trava de segurança da arma de Peter, enfiou-a no bolso direito da calça, pegou a lanterna caída e por alguns segundos iluminou o homem deitado no chão. A têmpora toda ensanguentada talvez estivesse esmagada, e Tom o achou de fato parecido com o tipo italiano que vira em Grunewald, só que sem o bigode. Seria melhor revistar os bolsos? Com a lanterna ainda acesa, tateou rapidamente o único bolso traseiro da calça preta do homem e não encontrou nada. Com dificuldade, levou a mão ao bolso esquerdo da frente e constatou que havia uma caixa de fósforos, uma ou duas moedas e uma chave que parecia ser de uma residência. Tom guardou a chave depressa e, com um ar quase distraído, evitou olhar para a massa vermelha que era o rosto do homem, porque já estava ficando tonto, ou pelo menos achava que era o caso. O bolso dianteiro direito estava vazio. Tom pegou a arma do homem, caída perto da mão dele, e a enfiou em um canto da mala, cujo zíper tornou a fechar. Esfregou a lanterna na calça, apagou o facho de luz e largou-a no chão.

Então se encaminhou para a estradinha sem acender a pequena lanterna de Peter, tropeçando feio uma vez, e seguiu andando em direção à Alt-Lübars, acompanhado pelos ganidos dos cães de ataque. Ninguém parecia ter se aventurado a sair de casa para investigar a origem dos tiros, de modo que ele se atreveu a acender a pequena lanterna durante um ou dois segundos por vez, para ver por onde andava. Uma vez em Alt-Lübars não precisou mais da lanterna, já que a rua era mais plana. Não olhou para a esquerda, onde Peter talvez ainda estivesse, pois não queria esbarrar com nenhum morador do vilarejo que porventura estivesse saindo de casa.

Atrás dele, em algum lugar, uma janela se abriu e uma voz gritou alguma coisa.

Tom não se virou para olhar.

O que a voz tinha dito? "Quem está aí?" ou "Quem é?".

Os latidos dos cachorros tinham silenciado, e Tom umedeceu os lábios enquanto dobrava à direita na esquina para pegar a Zabel-Krüger-Damm. A mala de repente parecia não ter peso. No caminho havia carros parados, e um ou dois chegaram a passar depressa. O dia estava definitivamente raiando, fato confirmado quando metade dos postes de luz da rua se apagou. Ao longe, a não mais de cem metros, Tom viu o que pensou ser a placa de um ponto de ônibus. Peter mencionara uma linha de número 20 com destino a Tegel. Isso ficava na região do aeroporto, de todo modo, para o lado de Berlim. Tom se atreveu a erguer a mala e examinar os cantos em busca do vermelho ou rosa de alguma mancha de sangue. Mal conseguia ter certeza com a luz fraca, e até um pouco de terra ou lama poderia parecer sangue, mas ainda assim não viu nada com que devesse se preocupar. Ele se obrigou a caminhar em um passo moderado, como se tivesse algum lugar para onde ir, mas não estivesse com pressa. Havia apenas duas outras pessoas na calçada, ambos homens, um deles mais velho e um pouco corcunda. Nenhum dos dois pareceu prestar atenção nele.

Com que frequência os ônibus passavam? Tom parou no ponto e olhou para trás. Um carro apareceu com todos os faróis acesos e avançou pela rua.

— *Äpfel, Äpfel!*

Quem disse isso foi um menino pequeno, que apareceu correndo e esbarrou no homem mais velho, que quase o abraçou.

Tom ficou olhando. De onde tinha vindo o menino? Por que estava gritando "maçãs" quando não havia nenhuma fruta à vista? O homem mais velho o pegou pela mão, e os dois seguiram andando na direção contrária à de Berlim.

Nesse momento surgiram as luzes amareladas do que pareceu ser um ônibus. Tom viu 20 TEGEL escrito na frente iluminada. Ao pagar a passagem, reparou que duas articulações da mão esquerda estavam manchadas de vermelho-escuro. Sangue. Como aquilo teria acontecido? Sentou-se no ônibus quase vazio, com a mala entre os pés, enfiou a mão esquerda no bolso do paletó e evitou olhar para os demais passageiros. Pela janela à esquerda, contemplou casas, carros e pessoas, felizmente cada vez mais numerosos. Estava claro o suficiente para ver as cores dos carros. O que teria acontecido com Peter? Tom torceu para ele ter fugido ao escutar os tiros.

Em quanto tempo o corpo seria encontrado? Dali a uma hora, por algum cão curioso talvez acompanhado de um agricultor? Não daria para ver nada da estradinha. Tom estava quase certo de que encontrariam um cadáver, não um homem desacordado. Deu um suspiro, quase um arquejo, balançou a cabeça e encarou a mala de couro marrom entre os joelhos, a qual continha 2 milhões de dólares. Recostou-se e relaxou. Tegel devia ser o ponto final, pensou, e ele quase podia se dar ao luxo de dormir. Só que não dormiu, apenas descansou a cabeça na janela.

O ônibus chegou a Tegel, que mais parecia uma estação de metrô do que um aeroporto. Tom queria um táxi, e depois de alguns segundos encontrou o ponto. Perguntou a um motorista se podia ir até a Niebuhrstrasse. Não deu o número, com a desculpa de que reconheceria a casa quando chegasse à rua. Acomodou-se e acendeu um cigarro. Sua mão estava arranhada, nada de grave, e pelo menos era o próprio sangue. Será que os sequestradores não tentariam outra vez, não ligariam para Paris marcando outro encontro? Ou será que ficariam tão amedrontados ou abalados que soltariam Frank? Esse último pensamento lhe pareceu amador, mas qual seria o grau de profissionalismo daqueles sequestradores?

Tom saltou em algum trecho da Niebuhrstrasse, pagou a corrida e deu gorjeta ao motorista, depois saiu andando em direção ao prédio. Estava com as duas chaves no chaveiro que Eric tinha lhe dado. Abriu a porta da frente com uma delas e pegou o elevador. Na porta, bateu e apertou rapidamente a campainha. Eram quase seis e meia da manhã.

Tom ouviu passos, e então a voz de Eric perguntou em alemão:

— Quem é?

— Tom.

— Ah!

Uma corrente chacoalhou e alguns trincos foram abertos.

— Voltei! — sussurrou Tom com voz alegre e pousou a mala no saguão, perto da sala.

— Tom, por que você mandou Peter *embora*? Ele ficou muito preocupado, telefonou duas vezes! E você trouxe a mala de volta!

Eric sorriu e meneou a cabeça, como se aquilo fosse uma economia boba.

Tom tirou o paletó. A luz de agosto começava a despontar do outro lado da janela.

— Dois tiros, Peter me contou. O que aconteceu? Sente-se, Tom! Quer tomar um café? Ou beber alguma coisa?

— Primeiro beber alguma coisa, acho. Um gim-tônica, pode ser?

Eric assentiu, e enquanto ele preparava a bebida Tom foi até o banheiro e lavou as mãos com água morna e sabão.

— Como voltou para cá? Peter disse que você pegou a arma dele.

— Ainda estou com a arma — respondeu Tom, com um Gauloises em uma das mãos e a bebida na outra. — Peguei um ônibus e depois um táxi. O dinheiro ainda está aí dentro. — Ele indicou a mala com a cabeça. — Por isso eu trouxe sua mala de volta.

Os lábios rosados de Eric se entreabriram.

— Ainda está aí dentro? Quem disparou os tiros?

— Fui eu. Mas foi para o alto — contou Tom, com voz rouca, antes de se sentar. — Acertei um deles com a mala. O italiano, se não me engano. Acho que morreu.

Eric assentiu.

— Peter o viu.

— Viu?

— Sim. Preciso vestir alguma coisa, Tom, estou me sentindo bobo assim.

De pijama, Eric entrou correndo no quarto e voltou amarrando o cinto do roupão de seda preta.

— Peter disse que ficou esperando, talvez uns dez minutos, e então voltou lá para olhar, pensando que você pudesse estar morto ou ferido. Viu um homem caído atrás do barracão.

— É verdade — confirmou Tom.

— Então você simplesmente... Por que não voltou com Peter, que estava esperando na igreja?

Esperando na igreja! Tom riu e esticou as pernas.

— Não sei. Talvez eu tenha ficado com medo. Não pensei na hora. Nem sequer olhei na direção da igreja.

Depois de tomar mais um gole da bebida, tornou a falar:

— Agora aceito aquele café, Eric, por favor, e depois vou dormir um pouco.

Nesse meio-tempo, o telefone tocou.

— Deve ser Peter de novo — comentou Eric, e foi até o telefone. — Acabou de chegar! Não, ele está bem, não está ferido... Pegou um ônibus e um táxi! — Eric então riu de algum comentário de Peter. — Sim, vou dizer a ele. Muito engraçado. Sim, pelo menos estamos todos seguros... Aqui! Você acredita? — Eric encostou o telefone no peito, ainda com um largo sorriso no rosto. — Peter não está acreditando que o dinheiro está *aqui* outra vez! Ele quer falar com você.

Tom se levantou.

— Alô, Peter... Sim, estou bem. Agradeço infinitamente, Peter, você agiu muito bem — disse ao telefone, em alemão. — Não, eu não atirei nele.

— Não consegui ver direito no escuro... não havia luz alguma — explicou Peter. — Só vi que não era você. Então fui embora.

Ele foi corajoso de voltar, pensou Tom.

— Ainda estou com sua arma e sua lanterna.

Peter deu uma risadinha.

— Vamos dormir um pouco, os dois.

Tom aceitou o café oferecido por Eric, ciente de que a bebida não atrapalharia o sono, e então, juntos, os dois abriram o sofá de crina e estenderam os lençóis e o cobertor.

Tom levou a mala marrom até a janela e a examinou em busca de manchas de sangue. Não viu nenhuma, mas com a permissão de Eric pegou um pano de chão na cozinha, molhou-o na pia e limpou a mala por fora. Depois enxaguou o pano e o colocou para secar em um gancho.

— Olha que engraçado — começou Eric. — Um homem abordou Peter quando ele estava indo embora daquela estradinha e perguntou: "O senhor ouviu os tiros?" Peter respondeu que sim, por isso tinha ido até lá. O homem então perguntou o que Peter estava fazendo naquelas bandas, já que não o conhecia, e Peter respondeu: "Ah, eu estava perto da igreja com minha namorada!"

Tom não estava com disposição para rir. Fez uma toalete rápida no banheiro e vestiu o pijama. Estava pensando que, se os sequestradores soltassem Frank, não iriam necessariamente informar a Thurlow. O garoto talvez soubesse, e provavelmente sabia, que o irmão e o detetive estavam no Hôtel Lutetia em Paris, e talvez fosse para lá sozinho caso o soltassem. Ou então… os sequestradores simplesmente poderiam matar o garoto com uma overdose e largar o corpo em algum apartamento vazio de Berlim.

— No que está pensando, Tom? Vamos voltar para nossas camas e dormir um pouco. Bastante. Durma até a hora que quiser! Minha empregada não vem hoje. E eu já tranquei e passei a corrente na porta.

— Acho que preciso ligar para Thurlow em Paris, porque falei que ligaria.

Eric assentiu.

— Sim… O que vai acontecer agora? Vá lá, Tom, ligue.

Tom foi de pijama e mocassins até o telefone e discou.

— Quantos eram? — quis saber Eric. — Você viu?

— Na verdade, não. Dentro do carro? Talvez três.

Dois agora, pensou. Apagou a luz junto ao telefone de Eric. A luz da janela era suficiente.

— Alô! — disse Thurlow. — O que aconteceu lá?

Tom pôde perceber que o detetive tivera notícias dos sequestradores.

— Não posso falar por telefone. Eles estão dispostos a combinar outro encontro?

— Sim, sim, tenho quase certeza, mas parecem assustados... Nervosos, quero dizer, e um pouco ameaçadores. Disseram que se alguém da polícia...

— Nada de polícia. Não vai haver ninguém da polícia. Diga a eles que estamos dispostos a marcar outra data, sim? — Tom de repente teve uma ideia para um local de encontro. — Acho que eles ainda querem o dinheiro. Peça que deem uma prova de que o garoto ainda está vivo, sim? Então mais tarde telefono para o senhor, depois que tiver dormido um pouco.

— Onde está o dinheiro agora?

— Seguro comigo.

Tom pôs o fone no gancho.

Eric escutava em pé, segurando a xícara de café vazia. Tom acendeu um último cigarro.

— Perguntou sobre o dinheiro — contou para Eric e sorriu. — Aposto que os sequestradores ainda querem o dinheiro. É muito mais agradável do que matar o garoto e acabar com um cadáver nas mãos.

— *Ja*, com certeza. Levei a mala de volta para o quarto. Você percebeu?

Tom não tinha percebido.

— Boa noite, Tom. Durma bastante!

Tom relanceou os olhos para a correntinha na porta e então disse:

— Boa noite, Eric.

15

— Eric, eu gostaria de pegar umas roupas de mulher emprestadas... provavelmente para hoje à noite. Acha que o seu amigo Max faria a gentileza de me emprestar algumas?

— Roupas de mulher? — perguntou Eric, com um sorriso perplexo. — Roupas de mulher para quê? Uma festa?

Foi a vez de Tom rir. Estavam tomando café, ou pelo menos Tom estava, e era uma e quinze da tarde. Ele estava de pijama e roupão, sentado no sofá menor da sala.

— Uma festa, não, mas tive uma ideia. Pode ser que funcione, e de toda forma seria divertido. Pensei em marcar um encontro com os sequestradores hoje à noite no Hump. E talvez Max possa ir comigo.

Der Hump era o nome do bar gay da escada envidraçada.

— Você vai entregar o dinheiro no Hump *vestido de mulher*?

— Não, não vou entregar dinheiro nenhum. Só estarei vestido de mulher. Consegue falar com Max agora?

Eric se levantou.

— Talvez Max esteja trabalhando. Rollo é mais fácil de achar. Ele em geral dorme até o meio-dia. Os dois moram juntos. Vou tentar, sim.

Eric discou um número que não precisou consultar. Depois de alguns segundos, falou:

— Alô, Rollo! Como vai? Max está? Então... Veja só... — continuou ele em alemão. — Meu amigo Tom queria... É, Max o conheceu. Está hospedado na minha casa. Tom queria umas roupas de mulher para hoje à noite. *Ja!* Um vestido longo... — Eric se virou para Tom e aquiesceu. — *Ja*, uma peruca, claro, maquiagem... sapatos. — Olhou para os sapatos de Tom antes de emendar: — Talvez os de Max, os seus são grandes *demais*, ha-ha! No Hump, talvez! Ha-ha! Ah, tenho certeza de que você pode ir, se quiser.

— Algum tipo de *bolsa* — sussurrou Tom.

— Ah, e uma bolsa — acrescentou Eric. — Não sei. Divertida, imagino. — Ele deu uma risadinha. — Você acha? Ótimo, vou dizer a Tom. *Wiedersehen*, Rollo.

Eric desligou.

— Rollo acha que Max pode chegar hoje à noite por volta das dez... Aqui, quero dizer. Ele trabalha em um salão de beleza até as nove, e Rollo sai às seis para fazer um trabalho de vitrinista até as dez, mas disse que vai deixar um bilhete para Max.

— Obrigado, Eric.

Tom ficou animado, embora nada estivesse definido ainda.

— Tenho um encontro hoje de novo às três da tarde — anunciou Eric. — Não é em Kreuzberg. Quer vir?

Dessa vez Tom recusou.

– Não, Eric, obrigado. Acho que vou dar uma volta... Quem sabe comprar um presente para Heloise. E preciso ligar de novo para Paris. Vou ficar lhe devendo o dinheiro para pagar a conta de telefone.

— Ha-ha! Deixar dinheiro para a conta de telefone! Não. Somos todos amigos, Tom.

Eric foi até o quarto.

As palavras dele ficaram ecoando na mente de Tom enquanto acendia um Roth-Händle. Os dois eram amigos, e Reeves também era amigo de ambos. Usavam os telefones, as casas e às vezes a vida uns dos outros, e de alguma forma tudo se acertava. No entanto, Tom podia no mínimo mandar um dicionário de gírias americanas para Eric.

Mais uma vez ele discou o número do Lutetia.

— Alô, que bom que o senhor ligou — saudou Thurlow, que parecia estar mastigando algo. — Sim, sim — disse em resposta à pergunta de Tom. — Ligaram hoje por volta do meio-dia, dessa vez com um barulho no fundo que parecia uma sirene de bombeiros. Enfim, eles querem marcar outro... outro lugar e horário, e já combinaram tudo. É um restaurante... Vou lhe passar o endereço... E o senhor simplesmente deve deixar um *pacote* para ser coletado...

— Eu tenho um lugar para sugerir — interrompeu Tom. — Um bar chamado Der Hump, a escrita é igualzinha à pronúncia. Fica na... Espere um instante. — Tom tapou o fone com a mão e falou mais alto: — Eric! Desculpe incomodar. Qual é a rua do Hump?

— Winterfeldtstrasse! — respondeu Eric na mesma hora.

— Winterfeldtstrasse — repetiu Tom para Thurlow. — Ah, não precisa anotar o número, eles que se virem para achar... Ah, sim, é só um bar normal, mas bem grande. Tenho certeza de que os taxistas conhecem... Por volta da meia-noite. Entre as onze e a meia-noite, digamos. Eles devem perguntar por Joey, e Joey terá o que eles querem.

— E esse vai ser *o senhor*? — perguntou Thurlow, intrigado.

— Bem... Não tenho certeza. Mas Joey estará lá. O garoto ainda está bem, certo?

— Só temos a palavra deles. Não falamos com Frank. Com os carros de bombeiros ao fundo, eles deviam estar ligando da rua.

— Obrigado, Sr. Thurlow. Espero ter sucesso hoje — disse Tom com voz firme, mais firme do que estava se sentindo. Então continuou: — Depois de pegarem o dinheiro, suponho que eles vão dizer onde o garoto vai ser solto. Pode lhes pedir que façam isso? Eles devem telefonar de novo até hoje à noite para confirmar o encontro, não?

— Eu *espero* que sim. Eles pediram que eu repassasse algumas ordens para o *senhor*. Sobre o tal restaurante, digo... Então quando vai me ligar de volta, Sr. Ripley?

— Não posso lhe dar um horário exato neste momento, mas vou ligar de volta, sim.

Tom desligou, um pouco insatisfeito, pois desejava ter certeza de que os sequestradores ligariam outra vez para Thurlow ainda naquele dia.

Eric veio do saguão com ar decidido, lambendo um envelope.

— Sucesso? Quais as novidades?

O sangue-frio de Eric deu um pouco de tranquilidade a Tom. Ambos iriam sair do apartamento dali a poucos minutos e deixariam 2 milhões de dólares desprotegidos.

— Marquei hoje no Hump, entre as onze e a meia-noite. Os sequestradores vão perguntar por Joey.

— E você não vai levar o dinheiro?

— Não.

— E depois?

— Vou planejar conforme as coisas avançarem. Max tem carro?

— Não... Eles não têm carro.

Eric ajeitou o paletó azul-escuro nos ombros e o encarou com um sorriso.

— Eu o acompanho até o táxi vestido de mulher hoje à noite, Tom.

— Quer ir também?

— Não tenho certeza — respondeu o alemão com um meneio de cabeça. — Tom, fique à vontade aqui, mas tranque a porta com os dois trincos se for sair... por favor.

— Pode deixar. Farei isso.

— Gostaria de ver onde a mala está no meu armário?

Tom sorriu.

— Não.

— Até logo, meu caro. Acho que volto antes das seis.

Alguns minutos depois, Tom também saiu, passando os dois trincos na porta como Eric pedira.

A Niebuhrstrasse lhe pareceu tranquila e comum, sem ninguém que parecesse estar de tocaia ou atento aos movimentos dele. Tom dobrou à esquerda na Leibnizstrasse, depois à esquerda outra vez quando chegou à Kurfürstendamm. Ali ficavam os comércios, as lojas de livros e discos, os carrinhos de comida na calçada, vida, pessoas — um menininho correndo com uma grande caixa de papelão, uma garota tentando raspar chiclete da sola do sapato sem precisar encostar na sujeira. Tom sorriu. Comprou um *Morgenpost* e deu uma olhada rápida, sem esperar encontrar e de fato sem encontrar nada que tivesse relação com algum sequestro.

Parou em frente a uma vitrine cheia de boas pastas de trabalho, bolsas femininas e carteiras. Entrou e comprou uma bolsa de camurça azul-escura com alça. Achou que seria do agrado de Heloise. Duzentos e trinta e cinco marcos alemães. Talvez Tom tivesse comprado a bolsa como uma garantia de que voltaria para casa e a daria para a esposa, o que não fazia lá muito sentido. Comprou também dois maços de Roth-Händle em uma barraca da Schnell-Imbiss. Muito prático, concluiu, venderem cigarros e fósforos além de comida e bebida. Queria uma cerveja? Não. Voltou andando calmamente para o apartamento de Eric.

Segurou a porta da frente do prédio para uma mulher que saía com um carrinho de compras vazio. Ela agradeceu, sem mal lhe dirigir o olhar.

Tom não gostou de entrar no apartamento silencioso, e por um instante se perguntou se alguém poderia estar escondido no quarto. Absurdo. Mesmo assim foi até o cômodo, que estava calmo e bem-arrumado, com a cama feita, e olhou dentro do armário. A mala marrom estava nos fundos, atrás de outra maior, e na frente desta havia uma fileira de sapatos. Tom ergueu a mala marrom e sentiu o peso conhecido.

Na sala, pegou-se encarando e detestando uma das paisagens de floresta de Eric, de um cervo com galhada imponente e olhar aterrorizado e injetado contra um fundo de nuvens de tempestade azul-escuras. Será que havia cães no encalço dele? Se houvesse, não estavam à vista. Em vão, ele procurou o cano de uma espingarda despontando em algum lugar no quadro. Talvez o cervo detestasse o pintor.

O telefone tocou, e Tom deu um pulo que quase o fez sair do chão. O toque havia soado mais alto do que o normal. Teriam os sequestradores conseguido o número de Eric? Óbvio que não. Será que deveria atender? Falar com uma voz diferente? Por fim, alcançou o telefone e atendeu com a voz normal.

— Alô?

— Oi, Tom. Aqui é Peter — anunciou o sujeito com toda a calma.

Tom sorriu.

— Olá, Peter. Eric não está, disse que volta lá pelas seis.

— Sem problemas. Você está bem? Dormiu?

— Sim, obrigado. Peter, você está livre hoje à noite? Por um tempinho a partir das dez e meia ou das onze?

— *Ja*, estou. Só preciso jantar na casa de um primo antes. O que vai acontecer hoje à noite?

— Eu vou ao Hump, talvez com Max. Vou precisar dos seus serviços de táxi de novo, mas hoje deve ser mais seguro — explicou Tom e acrescentou depressa: — Bem, espero que seja mais seguro, mas esse seria um problema meu, não seu.

Peter disse que poderia chegar ao apartamento entre as dez e meia e as onze.

Na sala de Eric, Max dispôs as peças de roupa femininas como um vendedor tentando convencer um cliente, embora só tivesse levado um único traje.

— Esse é o melhor que eu tenho — disse Max em alemão, enquanto caminhava ruidosamente pelo cômodo com botas e roupas de couro pretas e estendia o vestido comprido na frente do próprio corpo para exibi-lo melhor.

Tom ficou aliviado ao ver que a roupa tinha manga comprida. O vestido era cor-de-rosa, branco e transparente, com uma fileira tripla de babados na barra.

— Maravilhoso — elogiou. — *Muito* bonito.

— E isto aqui, claro.

De sua bolsa de lona vermelha, Max tirou uma anágua branca que parecia tão comprida quanto o vestido.

— Ponha o vestido primeiro, assim ele me inspira para a maquiagem — emendou Max, com um sorriso.

Sem perder tempo, Tom tirou o roupão, ficou só de bermuda, vestiu a anágua e pôs o vestido por cima. Em virtude disso, botar a meia-calça se transformou em um trabalho hercúleo, um pesadelo bege que, segundo Max, só ficaria bom se Tom se sentasse para vestir a peça direito, mas logo o aconselhou a deixá-la de lado, já que os sapatos tinham ficado bons sem ela e o vestido ia quase até o chão. Max e Tom eram quase da mesma altura. O vestido não tinha cinto, então ficou bem folgado.

Ele se sentou diante do espelho retangular que Eric fora buscar no quarto. Max havia espalhado a parafernália sobre o aparador e começou a trabalhar no rosto de Tom. O dono da casa observava a cena com os braços cruzados e um ar divertido, mas sem dizer nada. Max aplicou um creme branco grosso na testa de Tom e o espalhou, cantarolando.

— Não se preocupe — tranquilizou-o. — Vou trazer suas sobrancelhas de volta. Exatamente as de que você precisa.

— Música! — disse Eric. — Precisamos de *Carmem*!

— Não, nós *não* precisamos de *Carmem*! — retrucou Tom, detestando a sugestão, principalmente por não ser engraçada o suficiente, ou por ele não estar com disposição para escutar Bizet.

A transformação nos lábios de Tom o deixou fascinado. O lábio superior tinha ficado mais fino e o inferior, mais carnudo. Quase não se reconheceu!

— Agora a peruca — murmurou Max em alemão, e sacudiu a cabeleira ruiva e um tanto assustadora pousada em um canto do aparador. O acessório tinha cachos que Max começou a pentear com delicadeza.

— Cante alguma coisa — pediu Tom. — Conhece aquela da "menina esperta"?

— *Ach! All the things that you do to your face...* O nome dessa é "Make Up"!

E Max desatou a cantar, em uma bela imitação de Lou Reed.

— *Rouge and coloring, incense and ice...*

Ele se balançava enquanto seguia maquiando.

Aquilo fez Tom pensar em Frank, em Heloise, em Belle Ombre.

— *Open up your eyes!* — cantou Max, concentrado nos olhos de Tom.

Parou, olhou para ele e em seguida para o espelho.

— Está livre hoje à noite, Max? — perguntou Tom em alemão.

Max riu e ajeitou a peruca, examinando sua criação.

— Está falando sério?

Max tinha uma boca larga e generosa, naquele momento aberta em um sorriso, e Tom teve a impressão de que o sujeito estava enrubescendo.

— Eu deixo meus cabelos bem curtos para essas perucas servirem melhor, mas na verdade não precisa de tanto, é besteira ser tão exigente com essas coisas. Para mim está bom.

— Sim — concordou Tom, e encarou o espelho como se estivesse vendo outra pessoa, mas sem grande interesse por ela no momento. — *Ernsthaft*, Max? Tem uma hora para passar comigo no bar? Hoje à noite no Hump? Por volta da meia-noite, ou mais cedo, até? Leve Rollo. Vocês são meus convidados. Só por uma hora, ou algo assim?

— E eu, fico de fora? — perguntou Eric em alemão.

— Ah, é você quem sabe, Eric.

Max ajudou Tom a calçar os sapatos de verniz de salto alto, que estavam bastante rachados.

— São de segunda mão, comprei em um brechó em Kreuzberg — contou Max. — Mas não torturam meus pés como muitos desses sapatos de salto. Olhe! Serviram!

Tom tornou a se sentar em frente ao espelho, sentindo que estava dentro de um mundo de fantasia enquanto Max criava uma exímia pintinha preta na sua bochecha.

A campainha tocou e Eric foi até a cozinha.

— Quer mesmo que Rollo e eu vamos com você ao Hump hoje à noite? — perguntou Max.

— Ora, vão me deixar sentado lá sozinho, Max? Vou precisar de vocês dois. Eric não faz o tipo certo.

Tom estava treinando uma voz mais delicada.

— Tudo isso é só por diversão? — quis saber Max, com a mão nos cachos ruivos de Tom.

— Só por diversão. Acho que vou furar um encontro imaginário. Pelo menos ele não vai me reconhecer quando chegar.

Max riu.

— Tom! — chamou Eric e tornou a entrar na sala.

Não me chame assim, Tom sentiu vontade de dizer.

Eric encarou por alguns instantes, sem palavras, o espelho que refletia o rosto transformado do amigo.

— Peter está lá embaixo e disse que não conseguiu vaga para estacionar, então será que você poderia descer?

— Ah, claro — respondeu Tom.

Com toda a calma, pegou a bolsa de mão, um tanto grande e feita de couro vermelho e verniz preto trançados em uma trama que lembrava um cesto. Com a mesma calma, enfiou a mão no bolso do paletó pendurado no armário do saguão e pescou a chave que tinha achado com o sujeito italiano no barracão. No canto direito do armário pegou a arma de Peter. Enquanto conversavam, Eric e Max analisavam o traje de Tom, e nenhum dos dois reparou quando ele, virado de costas, guardou a arma na bolsa.

— Está pronto, Max? — perguntou Tom. — Quem me acompanha até lá embaixo?

Max o acompanhou. Tinha demorado um pouco para chegar ao apartamento de Eric e disse que Rollo talvez já estivesse no Hump, mas queria primeiro dar uma passada em casa para trocar "parcialmente" de roupa, pois passara o dia inteiro trabalhando com aquela camisa.

Peter, sentado dentro do carro, quase deixou o cigarro cair da boca.

— Olá, Peter — disse Tom. — Sou eu.

Pelo visto, Peter e Max se conheciam. Como morava muito perto, Max achou melhor voltar para casa a pé, já que o Hump ficava no lado oposto, e dali a alguns minutos o encontraria no bar. Peter e Tom partiram de carro em direção à Winterfeldtstrasse.

— Para que tudo isso, afinal? Por diversão? — perguntou Peter, um pouco tenso.

Teria Tom detectado uma leve frieza em Peter?

— Não totalmente.

Deu-se conta de que poderia ter ligado de novo para Thurlow, para saber se os sequestradores pretendiam comparecer ao encontro.

— Aproveitando que temos um minuto... Você voltou àquele barracão, Peter.

O sujeito deu de ombros e se remexeu no lugar.

— Voltei a pé, sim, porque não queria fazer barulho com o motor do carro. Estava um breu.

— Imagino.

— Pensei que você pudesse estar morto lá... Ferido, talvez, o que teria sido pior. Vi o homem estirado no chão... Não era você. Então fui embora. Você não deu um tiro nele?

— Eu o acertei com a mala. — Tom engoliu em seco. Não quis dizer que tinha também esmagado a têmpora do bandido com a coronha da arma de Peter. — Acho que os sequestradores pensaram que tinha mais gente lá além de mim. Disparei para cima duas vezes com a sua arma e gritei, mas acho que o sujeito estava morto.

Peter deu uma risadinha que podia ser de nervoso, mas fez Tom se sentir melhor.

— Não fiquei tempo suficiente para descobrir. Não vi os jornais hoje... e tampouco assisti ao noticiário desta noite.

Tom não disse nada. Por enquanto estava tudo bem, acreditava ele, e precisava pensar no presente. Será que se atreveria a pedir que Peter o esperasse outra vez em frente ao Hump? Ele poderia ser extremamente útil naquela noite.

— E foram embora com o carro — continuou Peter. — Vi o carro deles indo embora, então esperei você chegar... uns cinco minutos ou mais, acho.

— Foi quando voltei andando até aquela avenida... a Krüger-Damm, e peguei o ônibus. Nem sequer olhei na direção da igreja. A culpa foi minha, Peter.

O carro dobrou uma esquina.

— E agora aquele dinheirão na casa de Eric! O que eles vão fazer com o garoto se não conseguirem a grana?

— Ah, acho que entre o dinheiro e o garoto, eles vão escolher o dinheiro.

Enfim entraram na rua do bar, e Tom ficou atento à procura do letreiro de neon cor-de-rosa na lateral de um prédio, no qual se lia DER HUMP, sublinhado e em letra cursiva, mas não o encontrou. Precisava explicar a Peter os possíveis acontecimentos daquela noite, então com dificuldade tentou começar. Naquele momento, as roupas de mulher o faziam se sentir bobo e vulnerável, e ele remexeu com nervosismo na bolsa preta e vermelha no colo, a qual estava um pouco pesada por causa da arma.

— Estou com seu revólver aqui. Quatro balas ainda.

— Aqui? Está com a arma agora? — perguntou Peter em alemão, e olhou de relance para a bolsa.

— Isso mesmo. Marquei um encontro com os sequestradores hoje no Hump, entre as onze e a meia-noite... e pode ser que só um deles apareça. Então, Peter, se você estiver disposto a esperar por mim... São onze da noite agora, onze e pouquinho. Vou ignorar os bandidos lá dentro, depois torcer para conseguir seguir o rastro deles. Pode ser que venham de carro, mas não tenho certeza. Se não tiverem carro, farei o que puder para ir atrás deles a pé.

— Hum... — Peter hesitou.

Tom se perguntou se ele estaria pensando nos sapatos de salto alto, daí a dúvida.

— Se eles não aparecerem, pelo menos esta noite vai ser divertida e ninguém vai se machucar — argumentou.

Acabara de ver o letreiro cor-de-rosa do Hump, não exatamente tão grande quanto na sua lembrança. Peter tentava estacionar.

— Ali, uma vaga! — apontou Tom ao ver um espaço livre entre os carros estacionados junto ao meio-fio.

Peter dirigiu até a vaga.

— Está disposto a esperar quase uma hora? Talvez mais?

— Claro, claro — respondeu Peter enquanto estacionava.

Tom explicou: se os sequestradores comparecessem ao encontro, iriam perguntar por "Joey" ao barman ou ao garçom. Se Joey não aparecesse depois de algum tempo, eles iriam embora e Tom os seguiria.

— Duvido que esperem até o bar fechar, já quase amanhecendo. À meia-noite, ou um pouco depois, já vão saber que foi um truque. Então, se você precisar fazer xixi, é melhor ir a algum lugar agora.

O queixo comprido de Peter caiu um pouco, e ele riu.

— Não, eu não estou apertado. Você vai entrar lá sozinho? Sem mais ninguém?

— Por acaso pareço tão delicado assim? Max está vindo. Provavelmente Rollo também. Adeus, Peter. Até mais tarde. Se eles ainda estiverem lá depois da meia-noite e quinze, eu saio para falar com você.

Tom olhou para a entrada do Hump. Uma silhueta masculina saiu e duas outras entraram, e a batida da música disco retumbou pela porta aberta — *TUM-TÁ... TUM-TÁ... TUM-TÁ...* —, como as batidas de um coração, nem demasiado rápidas nem demasiado lentas, mas fortes. Um pouco fajutas também, ou assim pareceu a Tom, artificiais, eletrônicas, não exatamente humanas. Sabia o que Peter estava pensando.

— Acha mesmo que é uma jogada inteligente? — perguntou Peter em alemão.

Tom pegou a bolsa.

— Eu quero descobrir onde o garoto está. Se não quiser esperar, vou entender, Peter. Posso tentar pegar um táxi a tempo de seguir os bandidos.

Peter sorriu, apreensivo.

— Vou esperar. Se tiver problemas... estarei aqui.

Tom saltou do carro e atravessou a rua. A brisa noturna o fez se sentir nu, e até olhou para baixo para se certificar de que não era o caso, de que a saia não tinha subido. Virou o tornozelo ao pisar no meio-fio e tentou se convencer a manter a calma. Tocou a peruca, nervoso, e com os lábios ligeiramente entreabertos puxou a porta do Hump. A pulsação da discoteca o engolfou, fazendo vibrações ecoarem em seus tímpanos. Tom se moveu em direção ao bar sob o olhar de pelo menos dez clientes, muitos dos quais sorriram para ele. Um cheiro de maconha pairava no ar.

Mais uma vez não havia espaço no bar, mas foi incrível como quatro ou cinco homens chegaram para o lado de modo a permitir que Tom finalmente tocasse o cromo arredondado e brilhante do balcão.

— E você, quem é? — perguntou um rapaz cuja calça Levi's, de tão surrada, revelava que ele estava sem roupa de baixo.

— Mabel — respondeu Tom, e bateu os cílios.

Com toda a calma, abriu a bolsa para pegar os marcos e moedas soltas no fundo e pedir uma bebida. De repente percebeu que não tinha pensado em pintar as unhas, nem ele nem Max. Que se danasse. Pareceu-lhe masculino jogar moedas em cima do balcão como faziam os ingleses, então não o fez.

Homens e rapazes na pista de dança giravam e pulavam ao som alto da batida do rock, como se o chão sob seus pés estivesse explodindo ou ondulando. Silhuetas ficavam paradas, olhavam, subiam a escada cercada de vidro que conduzia aos banheiros, e Tom viu uma delas cair na escada, ser endireitada por dois outros homens e continuar descendo aparentemente ilesa. Havia pelo menos dez outras pessoas com vestidos longos, reparou ele, mas então começou a olhar em volta à procura de Max. Com uma lentidão infinita, pegou um cigarro da bolsa e o acendeu, dessa vez sem pressa alguma para chamar a atenção de um barman e pedir uma bebida, pelo menos por enquanto. Eram onze e quinze, e Tom observou os arredores, sobretudo o bar, onde seria lógico alguém ir perguntar por Joey ao barman, mas até então não tinha visto ninguém que pudesse ser considerado sob hipótese alguma heterossexual, como ele supunha ser o caso dos sequestradores.

Então Max apareceu, trajado com uma camisa branca Western de botões de madrepérola, calça de couro preta e as mesmas botas de antes, e vinha da parte dos fundos da boate, onde a maioria das pessoas dançava. Era seguido por alguém alto, com um vestido comprido que parecia feito de papel de seda bege e cabelos cortados à escovinha, que de alguma forma tinham pequenas fitas amarelas amarradas acima das orelhas.

— *Boa* noite — saudou Max, sorrindo. — Rollo. — Ele indicou a pessoa vestida de papel de seda.

— Mabel — disse Tom, com um sorriso alegre.

Os finos lábios vermelhos de Rollo se ergueram nos cantos. Tirando isso, seu rosto estava branco feito farinha. Os olhos azul-acinzentados pareciam cintilar como diamantes lapidados.

— Está esperando um amigo? — perguntou Rollo.

Segurava uma piteira preta comprida sem cigarro dentro.

Estaria Rollo brincando ou não?

— *Ja* — respondeu Tom, e deixou os olhos passearem de novo pelo que podia ver dos sujeitos encostados nas paredes perto das mesas.

Era difícil imaginar um dos sequestradores, ou mesmo dois deles, dançando, mas talvez fosse possível.

— O que vai *beber*? — perguntou Rollo a Tom.

— Eu pego. Tom, cerveja? — ofereceu Max.

Cerveja não lhe pareceu condizente com uma dama, mas Tom na mesma hora achou isso absurdo, e estava a ponto de aceitar a bebida quando avistou uma máquina de café *espresso* atrás do bar.

— *Kaffee, bitte!* — falou, pegando algumas moedas soltas no fundo da bolsa e as colocando no balcão.

Não tinha levado a carteira.

Max e Rollo pediram Dornkaats.

Tom mudou de posição para encarar a porta e ao mesmo tempo conseguir se recostar na bancada e conversar com Max e Rollo, que estavam de frente para ele. Bem, conversar era um pouco difícil por causa do barulho. A cada poucos segundos uma ou duas silhuetas masculinas entravam pela porta, ao passo que poucas pareciam sair.

— Com quem você vai furar? — gritou Max no ouvido de Tom.

— Você já o *viu*?

— Ainda não!

Nesse exato instante, Tom reparou em um rapaz de cabelos escuros bem na ponta do balcão curvo que se estendia até a parede. Aquele dali talvez fosse hétero. Aparentava estar no final da casa dos 20, usava uma jaqueta marrom que parecia feita de lona e segurava um cigarro na mão esquerda, apoiada no balcão. Estava tomando cerveja e não parava de olhar em volta, devagar e alerta, sem desviar a atenção da porta. No entanto, como muitas pessoas também estavam olhando naquela direção, Tom não soube o que pensar. Mais cedo ou mais tarde, o homem esperado perguntaria ao barman, possivelmente pela segunda vez, caso já tivesse perguntado, se ele conhecia ou tinha recebido um recado de alguém chamado Joey.

— Quer dançar? — perguntou Rollo, curvando-se educadamente na direção de Tom, que mesmo de salto continuava mais baixo.

— Por que não?

Os dois abriram caminho até a pista.

Em poucos segundos, Tom foi obrigado a tirar os sapatos, que Rollo galantemente segurou e começou a bater acima da cabeça como se fossem castanholas. Saias rodopiavam, todos riam, mas não deles, e de fato ninguém prestou atenção nos dois. *DEW-IT... DEW-IT... DEW-IT...* Ou talvez as palavras fossem *CHEW IT* ou *PEE WIT* ou *BLEW IT*, pouco importava. Tom achou bom sentir o chão sob os pés descalços. De vez em quando levava a mão à cabeça para ajeitar a peruca, e em algum momento Rollo o ajudou. O jovem tivera o bom senso de calçar sandálias rasteiras, reparou Tom. Sentia-se animado e mais forte, como se estivesse se exercitando na academia. Não era de espantar que os berlinenses gostassem de disfarces! Disfarces davam uma sensação de liberdade e, de certa forma, faziam a pessoa se sentir *ela mesma*.

— Vamos voltar para o bar?

Tom sabia que faltavam, no mínimo, vinte para a meia-noite e queria dar mais uma olhada.

Só voltou a calçar os sapatos quando retornou ao balcão, onde seu café pela metade ainda o aguardava. Max ficara vigiando a bolsa de Tom, que retomou o lugar de frente para a porta. O rapaz que ele havia notado não estava mais na ponta do balcão, e ele olhou em volta à procura de uma jaqueta marrom entre os homens perto das mesas ou aqueles parados fitando a pista de dança ou a escada. Então o viu apenas uns dois metros atrás de si, ainda perto do bar, quase escondido pelos clientes que os separavam enquanto tentava atrair a atenção de um barman. Max começou a gritar algo para Tom, que o silenciou com um gesto e se pôs a observar o rapaz de antes por entre os cílios postiços quase fechados.

O barman se inclinou para a frente com a peruca loira encaracolada e fez que não com a cabeça.

O homem de jaqueta marrom continuava falando, e Tom ficou na ponta dos pés para tentar fazer uma leitura labial. Estaria ele dizendo "Joey"? Pareceu que sim, e o barman então meneou a cabeça, um movimento que talvez quisesse dizer "Eu aviso se ele aparecer". O rapaz de jaqueta marrom avançou lentamente por entre grupos e figuras solitárias no salão até a parede oposta ao bar. Ali, dirigiu-se a um homem aloirado de camisa azul-vivo aberta no pescoço que estava apoiado na parede. O homem de azul não disse nada em resposta à pergunta, qualquer que tenha sido.

— O que você disse? — perguntou Tom para Max.

— É *aquele ali* o seu amigo?

Max abriu um sorriso e apontou a cabeça em direção ao jaqueta marrom.

Tom deu de ombros. Arregaçou a manga cor-de-rosa de babados e viu que faltavam onze minutos para a meia-noite. Terminou o café, inclinou-se na direção de Max e disse:

— Eu *talvez* precise sair daqui dentro de um minuto. Não tenho certeza. Então é melhor me despedir e dizer *obrigado*, Max... caso eu precise sair correndo... igual a Cinderela!

— Quer um táxi? — perguntou Max, intrigado e educado.

Tom negou com um aceno.

— Mais um Dornkaat?

Tom fez sinal para o garçom, apontou para o copo de Max, ergueu no ar dois dedos e sacou duas notas de 10 marcos sob protestos do rapaz. Ao mesmo tempo, observou o homem de jaqueta marrom se dirigir novamente ao bar, rumo ao mesmo lugar junto à parede, a essa altura ocupado por dois rapazes, um mais velho e outro mais jovem, muito entretidos em uma conversa. Então o jaqueta marrom pareceu desistir da ideia e foi mais para perto da porta. Tom o viu levantar um dos braços para atrair o olhar do barman na ponta do bar. O funcionário balançou a cabeça uma vez, e Tom então soube que o homem de jaqueta marrom estava atrás de Joey, ou pelo menos teve mais certeza disso. O rapaz consultou o relógio de pulso e então se virou para a porta. Três adolescentes entraram, todos de calça Levi's, olharam para todos os lados e abanaram as mãos vazias. O sujeito de jaqueta marrom olhou na direção do camisa azul, indicou a porta com um gesto sutil de cabeça e depois foi embora.

— Boa noite, Max — despediu-se Tom, pegando a bolsa. — Foi um prazer conhecer você, Rollo!

Rollo inclinou a cabeça em cumprimento.

Tom viu o camisa azul se aproximar da porta e o deixou sair primeiro. Então, sem pressa, foi atrás. Viu ambos os homens na calçada à sua direita, o jaqueta marrom aguardava enquanto o camisa azul o alcançava. Tom seguiu para a esquerda, rumo ao carro de Peter, que percebeu estar estacionado na direção errada. Alguns outros homens entravam no Hump e um deles assobiou para Tom, o que arrancou risadas dos companheiros.

Peter estava com a cabeça recostada no banco, mas despertou com um sobressalto quando Tom bateu na janela entreaberta.

— Eu *de novo*! — anunciou Tom, indo até o outro lado para entrar no carro. — Vai ter que dar a volta. Acabei de ver os suspeitos. Nesta rua. Dois homens.

Peter já começara a manobrar para o lado certo. A rua estava escura, cheia de carros estacionados, mas àquela hora não havia tráfego.

— Vá devagar, eles estão a pé — aconselhou Tom. — Finja que está procurando uma vaga.

Logo os viu andando, sem olhar para trás e aparentemente entretidos em uma conversa. Em seguida, pararam junto a um carro estacionado e, após um gesto de Tom, Peter diminuiu a velocidade mais ainda. O carro de trás conseguiu ultrapassar sem problemas.

— Queria ir atrás deles sem ser visto — explicou Tom. — Tente, Peter. Se desconfiarem que estamos na cola deles, vão pegar um caminho fajuto para nos despistar ou então disparar em alguma direção... Das duas, uma.

Tom tentou dizer "caminho fajuto" da melhor forma possível em alemão, e Peter pareceu compreender sem dificuldade.

Uns quinze metros adiante, o carro saiu da vaga e logo dobrou à esquerda na perpendicular seguinte. Peter foi atrás, e os sequestradores viraram à direita em uma rua mais movimentada. Dois carros entraram na frente, mas Tom não os perdeu de vista e na curva seguinte viu, graças aos faróis de outro carro, que o veículo dos sequestradores era bordô.

— O carro é vermelho-escuro. Aquele ali!

— Você já o tinha visto?

— É o mesmo que estava em Lübars.

Continuaram a perseguição por mais duas curvas durante uns cinco minutos, de acordo com as estimativas de Tom, mas talvez bem menos. Ele continuou a dar instruções até ver o carro diminuir a velocidade próximo a uma vaga em uma rua cheia de prédios de quatro ou seis andares, cujas janelas estavam em sua maioria apagadas.

— Pode parar aqui e recuar um pouco — disse Tom depressa.

Queria ver em que prédio os sujeitos iam entrar e, se possível, ver se uma luz se acenderia em algum andar. Novamente estava diante daqueles prédios residenciais desenxabidos de classe média ou classe média baixa que tinham escapado aos bombardeios da Segunda Guerra Mundial. Graças à jaqueta marrom, Tom conseguiu distinguir uma sombra turva, mais clara do que o fundo, que subiu alguns degraus da entrada de um dos prédios e desapareceu lá dentro.

— Ande mais uns três metros... por favor, Peter.

Enquanto o carro avançava devagar, Tom avistou uma luz no terceiro andar ficar mais forte e uma luz no segundo andar ir se apagando até se extinguir. Um sistema de acendimento automático? Luzes do corredor? Uma luz no terceiro andar à esquerda então se acendeu com mais força. Uma no segundo andar à direita permaneceu acesa. Tom vasculhou o fundo da bolsa, onde moedas e notas de dinheiro estavam espalhadas, e pegou a chave que encontrara no bolso do sujeito italiano.

— Certo, Peter, pode me deixar aqui.

— Quer que eu espere? O que você vai fazer?

— Ainda não sei.

Estavam parados do lado direito da rua, perto de uma fileira de carros estacionados, sem incomodar ninguém. Peter conseguiria esperar ali por uns quinze minutos, mas Tom não sabia quanto tempo levaria lá dentro e não queria pôr a vida do homem em risco caso houvesse um tiroteio. Sabia que às vezes imaginava os piores cenários, os mais absurdos. Será que aquela chave abria a porta do prédio, a do apartamento, ou nenhuma das duas? Tom se imaginou apertando meia dúzia de botões no térreo até que alguma alma inocente, que não fosse um dos criminosos, liberasse a entrada dele no prédio.

— Vou só tentar dar um susto neles — declarou, tamborilando a ponta dos dedos na maçaneta da porta.

— Não quer que eu telefone para a polícia? Agora ou daqui a cinco minutos?

— Não.

Tom seria capaz de resgatar o garoto ou não, resolver a situação ou não, antes de a polícia sequer conseguir chegar. E se a polícia chegasse, a tempo ou tarde demais, seu nome seria metido na história, e isso ele não queria.

— A polícia não sabe nada sobre o caso, e eu quero que continue assim — explicou e abriu a porta do carro. — Não espere, e só bata a porta do carro quando estiver mais longe daqui.

Tom desceu e encostou a porta do carro com cuidado, e tudo que se ouviu foi um clique fraco.

Uma mulher de vestido claro passou por ele na calçada, lançou-lhe um olhar bastante espantado e seguiu caminho.

O carro de Peter deslizou para dentro da escuridão rumo à segurança, e Tom ouviu a porta bater ao longe. Concentrou-se em subir os poucos degraus da entrada do prédio com os saltos altos, levantando um pouco a saia comprida para não tropeçar.

Passada a primeira porta havia um painel com pelo menos dez botões, quase todos identificados por nomes pouco legíveis e sem os respectivos números dos apartamentos. Uma perspectiva desanimadora, achava Tom, uma vez que poderia ter se atrevido a tocar no 2A ou no 2B caso soubesse o botão correspondente. Uma luz se acendera no segundo andar, de acordo com o padrão europeu, ou no terceiro, pela contagem americana. Tom tentou usar a chave dentada que tinha na mão. Deu certo. Ficou atordoado, mal acreditando nos próprios olhos. Talvez todos os integrantes da gangue tivessem uma chave daquelas e houvesse sempre alguém no apartamento para abrir a porta lá de cima? E então, qual apartamento escolher? Ele apertou o botão que acendia a luz durante um minuto e viu uma escadaria de madeira velha e pouco convidativa, além de duas portas fechadas, uma de cada lado.

Largou a chave dentro da bolsa e tateou em busca da arma. Empurrou a trava de segurança para soltá-la, deixou a arma no fundo da bolsa e começou a subir a escada, mais uma vez segurando a saia na frente. Quando estava chegando ao andar seguinte, uma porta se fechou, um homem apareceu no corredor e outra luz se acendeu quando ele acionou um interruptor na parede. Tom se viu diante de um sujeito corpulento de meia-idade, de calça e camisa esportivas, que se afastou de lado ao descer a escada e abriu espaço para ele, menos por boa educação e mais por susto ao ver outra pessoa ali.

Tom supôs que o sujeito talvez o tivesse tomado por uma prostituta indo visitar um cliente ou algo do tipo, e não um homem vestido de mulher, e continuou subindo até alcançar o andar seguinte.

— A senhora mora aqui? — perguntou o velho cavalheiro em alemão.

— *Jawohl* — respondeu Tom baixinho, mas com convicção.

— Tem coisas estranhas acontecendo neste prédio — murmurou o homem consigo mesmo, e continuou a descer a escada.

Tom subiu mais um andar. A escada rangeu um pouco. Viu luzes debaixo de duas portas, à esquerda e à direita. Parecia haver dois outros apartamentos nos fundos, a julgar pelas portas. O do interesse dele devia ficar à esquerda, mas Tom escutou por alguns instantes junto à porta da direita, ouviu o que concluiu ser uma televisão e em seguida foi até a porta da esquerda. Ouviu um zum-zum-zum muito baixo de vozes, pelo menos duas. Tirou a arma de Peter da bolsa. Havia acionado o interruptor de luz naquele andar, e dispunha talvez de mais uns trinta segundos de claridade. A porta parecia ter uma única fechadura, mas lhe pareceu bastante sólida. Que diabos fazer? Apesar de não ter certeza, sabia que o melhor plano era pegar os bandidos de surpresa para desestabilizá-los.

Apontou a arma para a fechadura e, bem na hora, a luz se apagou. Então bateu com força na porta com os nós dos dedos da outra mão, o que fez a bolsa escorregar até o cotovelo.

Fez-se um súbito silêncio do outro lado da porta. Passados alguns segundos, uma voz de homem perguntou em alemão:

— Quem é?

— *Polizei!* — gritou Tom com voz firme e decidida. — *Abram!* — acrescentou em alemão.

Ouviu um corre-corre, pernas de cadeira sendo arrastadas no chão, mas aquilo não lhe soou ainda como pânico. Mais uma vez escutou vozes baixas.

— *Polizei, öffnet!* — insistiu, e bateu na porta com a lateral do punho fechado. — *Ihr seid umringt!*

Por acaso estariam tentando escapar por alguma janela? Por precaução, Tom se posicionou à direita da porta, para o caso de atirarem naquela direção, através da madeira, mas manteve a mão esquerda na fechadura, logo abaixo da maçaneta, para não se perder quando ficasse no escuro.

A luz do corredor se apagou.

Tom então se postou diante da porta, mirou o cano da arma na fresta entre o metal e a madeira e disparou. A arma deu um coice, mas ele a manteve firme e ao mesmo tempo deu um tranco na porta com o ombro. A porta não cedeu por completo, parecia estar presa por uma corrente. Tom não teve certeza. Tornou a gritar "Abram!", com uma voz que talvez aterrorizasse até outras pessoas no mesmo andar, no conforto de seus lares, e torceu para que elas ficassem lá, mas de repente uma porta se abriu de leve atrás dele, como percebeu ao olhar de relance por cima do ombro. Não se importou. Ouviu alguém destrancar a porta diante dele. *Talvez eles estejam desistindo*, pensou.

O jovem loiro de camisa azul estava parado à porta, e Tom foi iluminado pela luz do interior do apartamento. O rapaz o encarou, surpreso, e levou a mão ao bolso de trás. Com a arma apontada para o peito dele, Tom deu um passo para dentro do recinto.

— Cercados! — repetiu ele em alemão. — Saiam para o *telhado*! Não vão conseguir sair pela porta lá embaixo! Onde está o garoto? Ele está aqui?

O rapaz de jaqueta marrom, boquiaberto no meio do apartamento, fez um gesto impaciente e disse algo para um terceiro homem, sujeito parrudo de cabelos castanhos com as mangas da camisa arregaçadas. Com um chute, o camisa azul tentara fechar a porta quebrada, que permaneceu entreaberta. Em seguida, o criminoso correu para dentro de um cômodo à esquerda de Tom, onde devia ficar a janela da frente. A sala onde Tom estava continha uma grande mesa oval. Alguém havia apagado a luz do teto, de modo que a única iluminação do ambiente vinha de uma luminária de chão.

Durante alguns segundos a confusão foi total, e Tom pensou até em fugir enquanto podia. *Eles* poderiam fugir e atirar em Tom ao saírem. Por acaso teria sido um erro não deixar Peter chamar a polícia, que estaria lá embaixo com sirenes ligadas e tudo? De repente, Tom gritou em inglês:

— Saiam enquanto *podem*!

O camisa azul retornou à sala e, após trocar palavras rápidas com o homem de mangas arregaçadas, entregou sua arma para o jaqueta marrom e entrou em um cômodo à direita. Na mesma hora, Tom ouviu um baque lá dentro, como se uma mala houvesse caído no chão.

Estava com medo de procurar o garoto, concentrado em manter a arma apontada para o rapaz de jaqueta marrom, sem saber se o gesto valia de algo, já que o sujeito também estava armado. Atrás dele, uma voz perguntou em alemão:

— O que está *acontecendo* aqui?

Ao se virar, Tom se deparou com um vizinho curioso no corredor, o autor da pergunta, pelo visto — um homem de chinelos, olhos arregalados e rosto tomado pelo medo, pronto para se encolher outra vez dentro do próprio apartamento.

— Saia daqui! — gritou o rapaz de jaqueta marrom.

O homem de mangas arregaçadas surgiu de repente no cômodo, e Tom percebeu, mesmo sem olhar, que o vizinho havia desaparecido.

— Está bem, *schnell*! — disse o sujeito de mangas arregaçadas enquanto pegava um paletó em uma das cadeiras da mesa oval.

Vestiu o paletó e, com a mão livre, apontou para cima. Atravessou correndo o cômodo em direção a uma porta à direita de Tom, colidindo com o homem de camisa azul que vinha saindo dali com uma mala.

Será que tinham de fato visto algo na rua, teorizava Tom, talvez a polícia, por causa do tiro que ele havia disparado? Pouco provável! O homem de camisa azul passou então correndo na frente dele com a mala, e em seguida o rapaz de jaqueta marrom fez o mesmo. Estavam subindo de escada até o telhado, percebeu Tom, e ou a porta do telhado já estava aberta de antemão, ou então eles tinham a chave. Como sabia, nesses prédios não havia escada de incêndio, apenas pátios centrais para os carros de bombeiros e saídas pelos telhados. O homem do paletó passou correndo por Tom, carregando o que pareceu ser uma pasta marrom. Subiu a escada, tropeçou, endireitou-se. Tinha trombado com Tom ao correr e quase o derrubado no chão. Tom encostou a porta do melhor jeito que pôde. Um grande pedaço de madeira velha rachada tornava impossível fechá-la até o fim.

Em seguida, ele entrou no cômodo da direita. Ainda mantinha a arma de Peter apontada para a frente, pronta para abater algum inimigo.

O cômodo era uma cozinha. Deitado no chão estava Frank, com um pano amarrado na boca, as mãos nas costas, tornozelos atados, em cima de um cobertor. O garoto se mexeu e esfregou o rosto no cobertor, como se estivesse tentando tirar o pano.

— Ei, ei, Frank!

Tom se ajoelhou ao lado do garoto e abaixou o pano de prato.

Frank babava e tinha o olhar grogue e embotado por causa de drogas ou soníferos, imaginava Tom.

— Pelo amor de Deus! — murmurou Tom, e olhou em volta à procura de uma faca. Encontrou uma dentro de uma gaveta da mesa da cozinha, mas o fio lhe pareceu tão cego que pegou uma faquinha de pão no escorredor, onde também havia algumas latas de Coca-Cola. — Vou soltar você em um minuto, Frank — avisou, e começou a serrar a corda que prendia os pulsos do garoto.

A corda era forte e tinha um centímetro de diâmetro, mas o nó parecia apertado demais para ser desatado. Enquanto serrava, Tom se manteve alerta para a chegada de mais alguém ao apartamento.

O garoto cuspiu no cobertor, ou tentou cuspir. Tom lhe deu um tapa no rosto, preocupado.

— Acorde! Sou eu, Tom! Vamos embora em um minuto!

Tom queria ter tempo para preparar um café solúvel, ainda que fosse com água fria da pia, mas não arriscaria ficar mais nem um segundo ali. Atacou então as cordas dos tornozelos, serrou primeiro metade do nó errado e soltou um palavrão. Por fim, conseguiu tirar a corda e levantou o garoto do chão.

— Frank, você consegue andar?

Tom havia perdido um dos sapatos de salto e chutou o outro para longe. Naquelas circunstâncias, era melhor ficar descalço.

— To-to-tom? — chamou o garoto, aparentando estar inteiramente bêbado.

— Vamos lá, rapaz!

Tom passou um dos braços de Frank em volta do próprio pescoço, e os dois começaram a andar em direção à porta do apartamento, Tom torcendo para que o movimento acordasse o garoto pelo menos um pouco. Enquanto avançavam com dificuldade até a porta, Tom olhou em volta para a sala de estar sem carpete, à procura de qualquer coisa que os homens pudessem ter deixado para trás, um caderno, um pedaço de papel, mas não encontrou nada. Pelo visto tinham sido organizados e eficientes, pois mantiveram tudo reunido no mesmo lugar. Ele viu apenas o que parecia ser uma camisa suja largada no canto. Observou que, de alguma forma, continuava com a bolsa pendurada no braço esquerdo, e se lembrou de ter jogado a arma de volta lá dentro e enfiado a bolsa no braço antes de levantar Frank do chão. No corredor, três vizinhos o interpelaram, dois homens e uma mulher, espantados e amedrontados.

— *Alles geht gut!* — declarou Tom, dando-se conta de que a voz saíra ensandecida e esganiçada, e os três de fato recuaram de leve enquanto ele se encaminhava para a escada.

261

— É uma mulher? — perguntou um dos homens.

— Nós chamamos a *polícia*! — esbravejou a mulher em tom de ameaça.

— Está tudo em ordem! — retrucou Tom.

Aquilo soava tão bem em alemão.

— O garoto está *drogado*! — espantou-se um dos homens. — Quem são esses *animais*?

Tom e Frank continuaram a descer a escada, Tom sustentando quase todo o peso do garoto, e de repente já tinham saído pela porta da frente após passar por apenas duas portas de apartamento entreabertas, com olhos curiosos os espiando. Tom quase caiu ao descer os degraus da frente, pois não havia parede em que se apoiar.

— *Meu Santo Deus!* — exclamou uma dupla de rapazes que vinha andando pela calçada, e riram alto. — Podemos ajudá-la, *gnädige Frau*?

A pergunta foi feita com uma polidez exagerada.

— Sim, agradeço. Precisamos de um táxi — respondeu Tom em alemão.

— Isso podemos ver facilmente! Ha-ha! Um táxi, *meine Dame*! É para já!

— Uma dama nunca precisou *tanto* de um táxi como agora — acrescentou o outro.

Com a ajuda deles, Tom e Frank conseguiram dobrar a esquina seguinte sem grande dificuldade, enquanto os dois rapazes se seguravam para não rir dos pés descalços de Tom e faziam perguntas como "O que vocês dois andaram *aprontando*?". Entretanto continuaram ali, e um deles foi até a rua e tentou de tudo para conseguir um táxi. Tom ergueu os olhos para uma placa e viu que a rua que tinham acabado de percorrer, onde ficava o apartamento dos sequestradores, chamava-se Binger Strasse. De repente, escutou sirenes da polícia. Mas enfim tinham arranjado um táxi! O carro se aproximou.

Tom embarcou primeiro e puxou o garoto, bastante auxiliado pelos alegres rapazes.

— Boa viagem! — gritou um deles ao fechar a porta.

— Niebuhrstrasse, *bitte* — disse Tom ao motorista, que o encarou por um pouco mais de tempo do que o necessário, depois ligou o taxímetro e partiu.

Tom abriu uma janela.

— Respire — instruiu para Frank, e apertou a mão do garoto na tentativa de despertar seus sentidos, sem ligar a mínima para o que o taxista fosse pensar, então arrancou a peruca da cabeça.

— Festa boa? — perguntou o motorista com o olhar fixo à frente.

— Ah, sim, *ja* — grunhiu Tom, como se a festa tivesse sido muito boa mesmo.

Niebuhrstrasse, graças a Deus! Ele começou a tatear em busca de dinheiro. Imediatamente uma nota de 10 emergiu, o que era mais do que suficiente, uma vez que a corrida tinha custado apenas 7 marcos. O taxista quis lhe dar o troco, mas Tom falou que não precisava. Frank parecia ligeiramente mais consciente, embora ainda estivesse com as pernas bambas. Tom segurou o braço do garoto com firmeza e apertou a campainha de Eric. Dessa vez não estava com a chave, mas achou que certamente o amigo estaria em casa devido ao dinheiro guardado na mala, e então o abençoado som do interfone soou e Tom abriu a porta com um empurrão.

Peter desceu de escada, comprido e veloz.

— Tom! — sussurrou ele. — Ah... Ah... *Ah!* — acrescentou ao ver o garoto.

Frank tentava manter a cabeça erguida, mas ela se balançava como se o pescoço estivesse quebrado. Tom sentiu vontade de rir, de nervoso e de histeria, e mordeu o lábio inferior enquanto ele e Peter punham o garoto dentro do elevador.

Eric estava com a porta entreaberta e a puxou um pouco mais ao ver os três.

— *Mein Gott!* — exclamou.

Tom ainda segurava a peruca. Deixou a cabeleira cair junto com a bolsa no chão de Eric, e ele e Peter fizeram o garoto se sentar no sofá de crina. Peter foi buscar um pano molhado enquanto Eric servia uma xícara de café.

— Não sei *o que* eles têm dado para o garoto — observou Tom. — E perdi os sapatos de Max...

Peter deu um sorriso nervoso e encarou Frank enquanto Tom limpava o rosto do garoto. Eric estava a postos com o café.

— Está frio, mas vai lhe fazer bem... Café — disse ele a Frank, com voz suave. — Meu nome é Eric. Um amigo de Tom. Não tenha medo. — Por cima do ombro, ele se dirigiu a Peter: — *Mein Gott*, ele está *apagado*!

Tom, porém, já podia ver que o garoto estava com uma cara melhor e tomava pequenos goles de café, embora ainda não estivesse em condições de segurar a xícara sozinho.

— Fome? — perguntou Peter ao garoto.

— Não, não, ele pode engasgar — argumentou Eric. — Esse café tem açúcar. Vai fazer bem a ele.

Frank sorriu para todos como uma criança bêbada, principalmente para Tom. Com a boca seca, Tom pegou uma Pilsner Urquell na geladeira de Eric.

— O que aconteceu, Tom? — quis saber Eric. — Você entrou na *casa* deles? Peter me contou.

— Dei um tiro na fechadura. Mas ninguém se feriu. Eles tomaram um susto... Ficaram assustados — contou Tom, e se sentiu subitamente exausto. — Estou louco por um banho — murmurou e afastou-se na direção do banheiro.

Tomou uma chuveirada de água primeiro quente, depois fria. O roupão estava por sorte pendurado atrás da porta do banheiro. Ele dobrou direitinho o vestido e a anágua para devolver a Max.

Quando voltou para a sala, Frank estava comendo um pedaço de algo que Peter segurava para ele: pão com manteiga.

— Ulrich... é um — dizia Frank. — E Bobo...

Depois acrescentou outra coisa ininteligível.

— Perguntei a ele como os sequestradores se chamavam! — explicou Peter a Tom.

— Amanhã! — disse Eric. — Amanhã ele vai se lembrar.

Tom foi ver se a corrente da porta estava no lugar, e estava.

Peter sorria com uma expressão feliz.

— Que maravilha! Para onde eles foram, Tom? Saíram correndo?

— Acho que fugiram pelo telhado.

— Eram três — comentou Peter em tom de assombro. — Talvez sua roupa tenha lhes metido medo.

Tom sorriu, cansado demais para discutir o assunto. Ou talvez pudesse ter conseguido falar sobre qualquer outra coisa, menos sobre a situação que acabara de enfrentar. De repente, ele riu.

— Você deveria ter ido ao Hump hoje, Eric!

— Vou embora — anunciou Peter, demorando-se ali, sem querer ir realmente.

— Ah, Peter, sua arma e a lanterna, antes que eu me esqueça! — disse Tom, e tirou a arma da bolsa e a lanterna do armário. — Muito, muito obrigado! Disparei três tiros, sobraram três.

Peter guardou a arma no bolso e sorriu.

— Boa noite, durmam bem — despediu-se com uma voz suave e saiu.

Eric lhe deu boa-noite e tornou a passar a corrente na porta.

— Agora vamos abrir essa cama, não é melhor, Tom?

— Sim. Vamos lá, Frank, meu velho.

Tom sorriu diante da visão do garoto sentado com um dos cotovelos no braço do sofá, observando os dois com um sorriso bobo e os olhos semicerrados, como um espectador sonolento no teatro.

Tom o ajudou a se levantar e o acomodou na poltrona.

Em seguida, ele e Eric abriram o sofá e estenderam os lençóis.

— Frank pode dormir comigo — disse Tom. — Nenhum de nós dois vai saber *onde* está.

Ele começou a despir Frank, que cooperou um pouco, mas não muito. Depois foi buscar um grande copo de água. Pretendia incentivar o garoto a beber o quanto conseguisse.

— Tom, você não deveria ligar para Paris? — perguntou Eric. — Para avisar que o garoto está bem? Imagine só se a gangue tentar mais alguma coisa com o pessoal de lá!

Eric tinha razão, mas a ideia de ligar para Paris o aborrecia.

— Vou fazer isso.

Ele deitou Frank de costas na cama, puxou o lençol até o pescoço do garoto e cobriu-o também com um cobertor leve. Por fim, ligou para o Hôtel Lutetia, cujo número precisou se esforçar para lembrar.

Eric continuou na sala.

Thurlow atendeu com voz de sono.

— Alô, aqui é Tom. Está tudo bem por aqui... Sim, é isso que eu quero dizer... Bastante bem, só com sono. Tranquilizantes... Não quero entrar em detalhes hoje... Não, depois explico isso. Está intocada... *Sim*... Só depois do meio-dia, Sr. Thurlow, estamos exaustos.

Tom desligou enquanto o detetive ainda estava dizendo alguma coisa.

— Ele perguntou sobre o dinheiro — contou Tom para Eric e riu. O alemão também riu.

— A mala está no armário do meu quarto! Boa noite, Tom.

16

Pela segunda vez no apartamento de Eric, Tom acordou com o zumbido reconfortante do moedor de café. Estava mais feliz naquela manhã. Deitado de bruços, Frank dormia e respirava, o que Tom comprovara ao ceder ao impulso de observar o movimento das costelas do garoto. Depois de vestir o roupão, ele foi falar com Eric.

— Agora me conte mais sobre ontem à noite — pediu o alemão.

— Um tiro...

— Sim, Eric. Um tiro só. Na fechadura da porta.

O anfitrião dispunha em uma bandeja diversos tipos de pão, brioches e geleias, talvez um exagero festivo em homenagem a Frank.

— Vamos deixar o garoto dormir, claro. Que garoto bonito, não?

Tom sorriu.

— Você acha? Sim. Muito bonito e não sabe. Algo sempre atraente.

Sentaram-se os dois no sofazinho menor, diante da mesa de centro. Tom narrou os acontecimentos da noite, inclusive o fato de Max e Rollo lhe terem feito companhia no Hump, e disse que os sujeitos que tinham ido lá procurar Joey acabaram indo embora, desapontados.

— Parece que são amadores... permitiram que você os seguisse — comentou Eric.

— Com certeza. Pareciam jovens, 20 e poucos anos.

— E os vizinhos na Binger Strasse? Acha que eles reconheceram o garoto?

— Duvido.

Os dois conversavam aos cochichos, embora Frank não desse qualquer sinal de que fosse acordar.

— O que os vizinhos podem fazer agora? — continuou Tom. — Devem conhecer melhor o rosto dos sequestradores, já que estavam entrando e saindo do prédio. Uma mulher disse que tinha chamado a polícia. Acho que chamou mesmo. Enfim, os policiais certamente vão revistar o apartamento e colher várias digitais. Mas será que os vizinhos sabiam o que estava *acontecendo*? A polícia vai achar os sapatos de Max lá. Isso vai lhes dar uma pista falsa!

Tom estava se sentindo muito melhor depois de tomar o café forte.

— Eu gostaria de tirar o garoto de Berlim quanto antes... e gostaria de sair daqui também, Eric. Queria ir para Paris hoje à tarde, mas não sei se Frank vai estar em condições.

Eric olhou para a cama e de novo para Tom.

— Vou sentir sua falta — admitiu, com um suspiro. — Berlim pode ser chato. Talvez você não ache.

— É mesmo? Ainda temos uma tarefa para hoje, Eric: devolver o dinheiro para os bancos. Não podemos conseguir portadores para isso? Talvez um só possa dar conta? Eu certamente não quero me encarregar disso.

— Com certeza conseguimos alguém para fazer isso. Vamos providenciar — respondeu Eric, e deu uma risadinha travessa, trajado com um lustroso roupão preto. — Estou pensando em todo esse dinheiro aqui, e aquele *escroto* em Paris sem fazer nada!

— Nada, não... está ganhando os honorários dele.

— Imagine só o escroto vestido de mulher! — continuou Eric. — Aposto que ele não teria conseguido! Queria ter ido ao Hump ontem à noite. Teria tirado Polaroids de você com Max e Rollo!

— Por favor, devolva a roupa de Max com meus agradecimentos. Ah... E preciso tirar a arma daquele italiano da mala. É melhor que o portador do banco não a veja. Posso?

Tom fez um gesto em direção ao quarto de Eric.

— Claro! Está no fundo do meu armário.

Tom tirou a mala das profundezas do guarda-roupa e a levou até a sala, onde a abriu. O cano longo da arma estava apontado bem na direção dele, porque o cabo tinha ficado imprensado entre um envelope pardo e a lateral da mala.

— Está faltando alguma coisa? — perguntou Eric.

— Não, não.

Tom pegou a arma com cuidado e se certificou de que a trava de segurança estava acionada.

— Vou dar isto aqui de presente para alguém. Duvido que consiga sair de Berlim de avião com ela. Quer para você, Eric?

— *Ach*, a arma de ontem! Com muito prazer, Tom. Não é fácil arranjar armas por aqui, nem mesmo canivetes acima de certo tamanho. As regras são muito rígidas.

— Presente meu para a casa — declarou Tom, entregando-lhe a arma.

— Obrigado mesmo, Tom. — Eric desapareceu dentro do quarto com o presente.

Frank então se remexeu e se virou de costas.

— Eu... não, *não* — disse o garoto em tom conciliador.

Tom observou a testa de Frank franzir.

— Levantar, você disse, eu não sei, então... *pare*!

O garoto arqueou as costas e Tom o sacudiu pelo ombro.

— Frank, sou eu. Está tudo bem.

O garoto abriu os olhos, tornou a franzir a testa e se sentou.

— Uau! Tom!

Ele balançou a cabeça e abriu um sorriso hesitante.

— Café?

Tom foi pegar um pouco para ele.

Frank olhou ao redor, para as paredes e o teto.

— Eu... Como chegamos aqui?

Tom não respondeu. Trouxe a xícara de café e a segurou enquanto o garoto bebia.

— É um quarto de hotel?

— Não, é a casa de Eric Lanz... Lembra? O homem de quem você precisou se esconder na minha casa? Mais ou menos uma semana atrás?

— Sim... Claro.

— O apartamento é dele. Beba mais um pouco de café. Está com dor de cabeça?

— Não... Aqui é Berlim?

— Sim. Um apartamento. No terceiro andar... Eu acho que deveríamos sair de Berlim ainda hoje, se você estiver disposto. Talvez hoje à tarde. E voltar para Paris.

Tom trouxe um prato com pão, manteiga e geleia.

— O que eles deram para você lá? Soníferos? Injeções?

— Soníferos. Punham dentro da Coca-Cola... e me faziam beber. No carro me deram uma injeção... na coxa — contou o garoto, bem devagar.

Em Grunewald. Isso parecia um pouco mais profissional. Tom ficou contente ao ver que Frank conseguiu dar uma mordida na torrada e mastigar.

— Deram alguma coisa para você comer?

Frank tentou dar de ombros.

— Eu vomitei uma ou duas vezes. E eles... eles n-não me deixavam ir ao banheiro com frequência suficiente. Acho que molhei a calça... Horrível! Minhas roupas...

O garoto olhou em volta e franziu a testa, como se esses artigos indescritíveis pudessem estar à vista, depois acrescentou:

— *Essas* que eu...

— Não tem importância, Frank, mesmo.

Ao notar a chegada do anfitrião, Tom se dirigiu a ele.

— Eric, este é Frank. Ele está um pouco mais desperto agora.

Apesar de o lençol cobrir seu corpo até a cintura, Frank o puxou mais para cima. Ainda tinha as pálpebras pesadas.

— Bom dia, senhor.

— É um prazer conhecer você — disse Eric. — Está se sentindo melhor?

— Sim, obrigado.

Frank observava a borda de crina da cama, que o lençol não cobria, com um assombro aparente.

— A casa é do senhor... Tom me disse. Obrigado.

Tom foi até o quarto de Eric, onde estava a mala marrom de Frank, e nela pegou o pijama do garoto e o entregou a ele.

— Para você poder andar pelo apartamento — explicou. — Sua mala está aqui, Frank, então nada está perdido... Adoraria levar o garoto para dar uma volta no ar puro, mas não acho recomendável — acrescentou para Eric. — A próxima coisa é mesmo ligar para um daqueles bancos. O ADCA ou o Disconto. Pelo nome, o Disconto parece maior, não?

— Bancos? — espantou-se Frank, e vestiu a calça do pijama por baixo do lençol. — Dinheiro para o resgate?

A voz continuava sonolenta, mas ele não soou preocupado.

— Para o seu resgate — confirmou Tom. — Quanto você acha que vale, Frank? Adivinhe.

Tom tentava usar a conversa para manter o garoto acordado. Na carteira, procurou os três recibos que tinha guardado, nos quais estariam anotados também os telefones dos bancos.

— Um resgate... Quem está com o dinheiro? — quis saber Frank.

— Eu, mas ele vai voltar para a sua família. Eu lhe conto sobre isso depois, agora não.

— Eu sei que havia uma data — continuou Frank, vestindo a parte de cima do pijama. — Um deles falava em inglês ao telefone. Aí eles saíram... Uma vez... Todos menos um.

A fala ainda estava lenta, mas ele parecia seguro das afirmações que fazia.

Eric pegou um cigarro preto na tigela de prata na mesa de centro.

— Sabe… — voltou a dizer Frank, com o olhar embaçado. — Lá eu ficava sempre na cozinha… mas acho que foi isso.

Tom lhe serviu mais café.

— Beba aqui.

Eric estava ao telefone, pedindo para falar com Herr Direktor. Tom o escutou dar o próprio endereço para a coleta do dinheiro retirado na véspera por Thomas Ripley e mencionar os dois outros bancos. Tom sentiu-se aliviado. Eric estava lidando bem com a situação.

— Um portador vai passar aqui antes do meio-dia — anunciou o alemão. — Eles têm o número da conta na Suíça e podem transferir o dinheiro de volta para lá.

— Excelente. Obrigado, Eric.

Tom observou Frank sair da cama, quase se arrastando.

O garoto olhou para a mala aberta no chão, onde estavam os grossos envelopes pardos.

— É isso?

— Sim.

Tom pegou algumas roupas e começou a andar em direção ao banheiro para se vestir. Olhou para trás e viu Frank rodeando a mala como se fosse uma cobra venenosa. Debaixo do chuveiro, lembrou que tinha prometido ligar para Thurlow por volta do meio-dia. Além disso, talvez Frank quisesse falar com o irmão.

Ao voltar para a sala, Tom disse ao garoto que precisava entrar em contato com Paris, pois havia avisado o detetive, na noite anterior, de que ele estava bem. Frank demonstrou pouco interesse pelo assunto.

— Não gostaria de conversar com Johnny? — perguntou Tom.

— Bem, Johnny… Sim.

Ainda descalço, o garoto caminhava pela sala, o que Tom achou que lhe faria bem.

Ele discou o número do Lutetia e, quando Thurlow atendeu, disse:

— Sim, o garoto está aqui. Gostaria de falar com ele?

Frank franziu a testa e balançou a cabeça, mas Tom lhe estendeu o telefone.

— Dê a ele uma prova de que está aqui — pediu, sorrindo. — *Não mencione* o nome de Eric.

— Alô? Sim, eu estou bem... Sim, claro, em Berlim... *Tom* — disse Frank. — Tom me resgatou ontem à noite... Na verdade eu não sei... Sim, está *aqui*.

Eric apontou para o pequeno receptor, mas Tom não queria escutar a conversa.

— Não, imagino que não — continuou Frank. — Por que Tom deveria querer alguma parte, o dinheiro vai... — O garoto escutou por um tempo, depois rebateu com certa irritação: — Como o senhor espera que eu discuta esse assunto por telefone? Eu não sei, simplesmente não sei... Está bem, certo.

A expressão de Frank então se suavizou.

— Oi, Johnny... Claro, eu estou bem, acabei de falar... Ah, não sei, acordei agora. Mas não precisa mais se preocupar. Não tive sequer um osso quebrado, nada disso! — contou, inquieto ao ouvir o longo discurso de Johnny. — Tudo bem, certo, mas... Como assim? — perguntou, de cara fechada. — Não está com pressa! — debochou. — O que você está querendo dizer na verdade... na verdade está querendo dizer que ela não vem e que não... que ela não liga.

Tom pôde ouvir a risada descontraída de Johnny em Paris.

O rosto de Frank estava mais pálido.

— Bom, pelo menos ela *telefonou*. Está bem, está bem, entendi — retrucou, impaciente.

Tom ouviu a voz de Thurlow dizer alguma coisa, e então pegou o pequeno receptor.

— ... quando você virá *para cá*. Tem alguma coisa prendendo você aí? Frank, está me ouvindo?

— Por que eu deveria ir para Paris?

— Porque sua mãe quer que você vá para casa. Nós queremos você... seguro.

— Eu *estou* seguro.

— Hum... Tom Ripley está tentando convencer você a ficar aí?

— Ninguém está tentando me convencer a fazer nada — respondeu Frank, articulando cada palavra.

— Eu gostaria de falar com o Sr. Ripley, Frank, se ele estiver aí.

Com o semblante grave, o garoto passou o fone para Tom.

— Esse filho da...

Ele não chegou a completar o que ia dizer. De repente, Frank havia se transformado em um garoto americano normal, enfurecido.

— Aqui é Tom Ripley.

Ele observou Frank ir até o saguão, talvez em busca do banheiro, que encontrou à direita.

— Sr. Ripley, como pode entender, nós queremos que o garoto volte para os Estados Unidos em segurança, é por isso que estou aqui. Pode nos dizer se... Bem, estou extremamente grato pelo que o senhor fez, mas preciso informar alguns fatos à mãe dele, principalmente saber quando o garoto vai voltar para casa. Ou seria melhor eu ir buscá-lo em Berlim?

— Não, não. Vou falar com Frank. Ele passou os últimos dias trancafiado em condições desagradáveis, entende? Deram a ele muitos tranquilizantes.

— Pela voz o garoto parece estar ótimo.

— Ele não está ferido.

— E quanto aos marcos alemães, Frank comentou que...

— Vão ser devolvidos aos bancos hoje, Sr. Thurlow — completou Tom, com uma risadinha. — Um belo assunto, caso seu telefone esteja grampeado.

— E por que estaria?

— Ah, por causa da sua profissão — disse Tom, como se Thurlow trabalhasse com algo bizarro, talvez até como prostituta.

— A Sra. Pierson ficou feliz em saber que o dinheiro está a salvo. Mas eu não posso simplesmente ficar de braços cruzados em Paris enquanto o senhor, ou Frank, ou vocês dois decidem quando ele voltará para casa. O senhor provavelmente entende isso, não entende, Sr. Ripley?

— Bem... Há cidades piores do que Paris — admitiu Tom com uma voz agradável. — Será que eu posso falar com Johnny?

— Sim... Johnny?

O rapaz entrou na ligação.

— Estamos muito contentes em saber que Frank está bem! Nem sei dizer o quanto! — disse Johnny de forma franca e simpática, com o mesmo sotaque de Frank, embora a voz fosse mais grave. — A polícia pegou a gangue, ou quem quer que sejam os responsáveis?

— Não, não teve polícia envolvida.

Tom ouviu o detetive tentando impedir que Johnny mencionasse a polícia outra vez, ou assim lhe pareceu.

— O senhor está dizendo que resgatou Frank sozinho?

— Não... Com uma ajudinha dos meus amigos.

— Minha mãe está *muito* feliz! Ela ficou... hum...

Com dúvidas em relação a ele, Tom sabia.

— Johnny, por acaso disse alguma coisa para Frank sobre alguém ter telefonado? Dos Estados Unidos?

— Teresa. Ela viria para cá, mas não vem mais. Tenho certeza de que não vem, agora que sabe que Frank está bem, mas... acho que ela está meio que comprometida com outra pessoa, então não deve vir mesmo. Ela não me disse, mas eu por acaso conheço o sujeito, fui eu quem apresentou os dois e... ele me contou antes de eu sair dos Estados Unidos.

Tom enfim entendeu tudo.

— Disse isso a Frank?

— Achei que quanto antes ele soubesse, melhor. Está na cara que está bem apaixonado. Eu não lhe disse quem era o sujeito, apenas que Teresa estava com outra pessoa.

Naquele momento, Tom viu um mundo de diferença entre os dois irmãos. No caso de Johnny, as coisas obviamente vinham fácil e iam embora fácil.

— Entendi.

Tom nem sequer teve vontade de dizer: *Que pena você precisar dizer isso justo agora.*

— Bem, Johnny, eu vou desligar.

Pensou ter ouvido Thurlow pedir para entrar de novo na ligação, então se apressou a dizer um "até logo" e desligou.

— *Idiotas… Os dois!* — gritou.

Só que ninguém ouviu. Frank tinha apagado outra vez no sofá-cama e Eric estava em algum outro cômodo.

O portador do banco chegaria a qualquer momento.

Quando Eric entrou na sala, Tom perguntou:

— Que tal almoçar no Kempinski? Está livre para almoçar, Eric?

Mais do que qualquer coisa, desejava que Frank comesse um bife ou uma grande porção de *Wiener Schnitzel* e recuperasse um pouco de cor nas faces.

— Estou, sim — respondeu o alemão, já vestido.

O interfone tocou. Era o portador do banco.

Eric apertou o botão na cozinha para abrir a porta.

Tom sacudiu o ombro de Frank.

— Frank, meu velho… Acorde! Use o meu roupão — disse, e o pegou dentro da mala. — Vá para o quarto de Eric, porque precisamos falar com uma pessoa aqui por alguns minutos.

Frank obedeceu, e Tom ajeitou o cobertor por cima dos lençóis para deixar a cama com um aspecto mais arrumado.

O portador do banco, um homem baixo e parrudo de terno, estava acompanhado por um guarda mais alto que usava algum tipo de uniforme. O portador apresentou as credenciais e disse que um carro com motorista esperava por ele lá embaixo, mas que não estava com pressa. Carregava duas maletas grandes. Tom não queria ter o trabalho de examinar as credenciais, então Eric se encarregou da tarefa. Tom acompanhou os primeiros segundos da contagem. Um dos envelopes fora lacrado e continuava assim. Nos demais envelopes, os maços de marcos alemães fechados com papel não tinham sido tocados, mas teria sido possível retirar uma nota de mil marcos de um ou de vários dos maços. Eric observava tudo com atenção.

— Posso deixar você cuidar disso, Eric? — perguntou Tom.

— *Aber sicherlich*, Tom! Mas você precisa assinar algo, não?

Eric e o portador estavam em pé junto ao aparador com os envelopes separados, as pilhas de dinheiro também separadas.

— Volto em dois minutos.

Tom saiu para conversar com Frank, que estava no quarto de Eric, descalço, com uma toalha molhada encostada na testa.

— Fiquei tonto agorinha mesmo. Que engraçado...

— Vamos sair daqui a pouco para almoçar. Uma boa refeição para levantar esse astral, está bem, Frank? Quer tomar uma ducha fria?

— Claro.

Tom entrou no banheiro e ajustou o chuveiro para ele.

— Cuidado para não escorregar.

— O que eles estão fazendo?

— Contando o dinheiro. Vou trazer umas roupas para você.

Tom voltou à sala, pegou uma calça de algodão azul dentro da mala de Frank, um suéter de gola rulê e, como não encontrou nenhuma cueca, pegou uma dele próprio. Bateu na porta do banheiro, que não estava totalmente fechada.

O garoto estava se secando com uma toalha grande.

— O que você acha de Paris? Quer voltar hoje? Esta noite?

— Não.

Tom reparou que os olhos dele brilhavam, marejados, sob uma testa franzida muito decidida e adulta.

— Eu sei que Johnny contou para você... sobre Teresa.

— Bom, não é só isso — disse Frank, arremessando a toalha na lateral da banheira e na mesma hora a recolhendo para pendurar direito. Pegou a cueca oferecida por Tom e ficou de costas para se vestir. — Não quero me arriscar a voltar agora, não quero mesmo!

Os olhos de Frank faiscaram de raiva quando encarou Tom.

Tom sabia: seriam duas derrotas, a perda de Teresa e ser recapturado. Talvez depois do almoço o garoto se acalmasse e visse as coisas de outro modo. No entanto, Tom sabia que Teresa era tudo para ele.

— Tom! — chamou Eric.

Hora de assinar os documentos. Ele conferiu o recibo. Os três bancos estavam listados, bem como as quantias devidas a cada um. O portador usava o telefone de Eric, e Tom o ouviu dizer duas vezes que as coisas estavam *in Ordnung*. Tom assinou. O nome Pierson continuava sem aparecer, apenas o número da Swiss Bank Corporation. Muitos apertos de mãos na despedida, e Eric acompanhou os dois homens até o elevador.

Frank entrou na sala, vestido a não ser pelos sapatos, e Eric voltou, radiante de alívio, enxugando a testa com um lenço de bolso.

— Meu apartamento merece um *Gedenktafel*! Como se chama?

— Uma placa comemorativa? — sugeriu Tom. — Como eu estava dizendo, almoço no Kempinski. Precisamos reservar?

— Seria mais sensato. Eu faço isso... Mesa para três.

Eric foi até o telefone.

— A não ser que possamos entrar em contato com Max e Rollo. Seria simpático chamar os dois — sugeriu Tom. — Ou será que estão trabalhando?

Eric deu uma risadinha.

— Ah! Rollo a esta hora ainda deve estar dormindo. Ele gosta de ficar acordado até bem tarde, sete ou oito da manhã. E Max é autônomo, trabalha como cabeleireiro quando determinados lugares precisam dele. Eu raramente consigo falar com os dois, e quando muito só por volta das seis da tarde.

Tom pensou em lhes mandar um presente da França, talvez duas perucas interessantes, depois de pegar o endereço com Eric. O alemão estava reservando uma mesa para o horário das doze e quarenta e cinco.

Eles entraram no carro de Eric. Tom havia escondido o famoso sinal na bochecha de Frank com uma pomada meio bege encontrada no armário de remédios, destinada a cortes e abrasões, segundo a embalagem. Em algum momento Frank tinha perdido a base de Heloise, o que não surpreendeu Tom.

— Quero ver você se alimentar direito, meu amigo — disse Tom para o garoto, já acomodados à mesa, enquanto começava a ler o imenso cardápio. — Sei que você gosta de salmão defumado.

— Ah, vou pedir meu prato preferido! — comentou Eric. — O fígado deste restaurante é de outro mundo!

O estabelecimento tinha o pé-direito alto, arabescos dourados e verdes pintados nas paredes brancas, toalhas de mesa elegantes e garçons de uniforme com ares aristocráticos. Em outra ponta do salão, uma churrascaria atendia clientes que não estavam vestidos de modo totalmente adequado, como Tom tinha reparado enquanto aguardavam para serem conduzidos à mesa. Dois homens de calça jeans, embora com suéter e paletó relativamente elegantes, tinham sido informados em alemão, de modo até educado, de que a churrascaria ficava *por ali*.

Frank de fato comeu, incentivado por uma ou duas piadas forçadas de Tom, que não estava no clima para tais gracejos. Sabia que Frank estava coberto pela nuvem sombria de Teresa, e se perguntou se o garoto desconfiava ou de fato sabia quem era o novo interesse romântico dela. Não tinha como perguntar. Sabia apenas que Frank havia iniciado o doloroso processo conhecido como desapego, o desapego emocional de um suporte moral, de um ideal louco, daquilo que para ele era, e continuava a ser, simbolizado pela única garota do mundo.

— Que tal um bolo de chocolate, Frank? — sugeriu Tom, e tornou a encher a taça de vinho branco do garoto.

Já estavam na segunda garrafa.

— O bolo daqui é bom, o *strudel* também — avisou Eric. — Tom, que almoço memorável! — acrescentou, limpando cuidadosamente os lábios. — Uma manhã memorável também, não é? Ha-ha!

Os três estavam em uma das pequenas reentrâncias localizadas nas paredes do restaurante, nada tão primitivo quanto uma mesa embutida, mas, sim, uma curva romântica que lhes proporcionava certa privacidade e ao mesmo tempo lhes permitia observar os outros clientes. Tom não tinha percebido olhares voltados para eles. E de repente se deu conta, com satisfação, de que Frank sairia de Berlim com o passaporte falso de Benjamin Andrews, que estava na mala do garoto no apartamento de Eric.

— Quando vamos nos ver de novo, Tom? — perguntou Eric.

Tom acendeu um Roth-Händle.

— Na próxima vez que você tiver alguma coisinha para Belle Ombre? E não me refiro a um presente para a casa.

Eric riu baixinho, corado de tanto comer e beber.

— Isso me lembra que tenho um compromisso agora às três. Por favor, me perdoem a grosseria — disse e olhou para o relógio. — Se bem que são só duas e quinze. Tenho tempo.

— Podemos voltar de táxi. E liberar você.

— Não, não, minha casa fica no caminho. Fácil. — Eric cutucou algo no dente com a língua e lançou um olhar intrigado para Frank.

O garoto tinha comido quase todo o bolo de chocolate que lhe fora servido e girava a haste da taça de vinho, pensativo.

O alemão ergueu as sobrancelhas para Tom, que não disse nada enquanto pagava a conta. Os três percorreram a extensão da rua até o carro sob um sol forte. Tom sorriu, e por impulso deu alguns tapinhas nas costas de Frank. E o que ele poderia dizer? A vontade era falar: *Isto aqui não é melhor do que o chão de uma cozinha?* Mas não podia. Eric era o tipo de pessoa que diria uma coisa dessas, mas também ficou calado. Tom teria apreciado uma longa caminhada, mas não se sentia cem por cento seguro ou cem por cento anônimo andando na rua com Frank Pierson, de modo que os dois logo entraram no carro. Tom estava com a chave do apartamento, e Eric os deixou na esquina.

Tom se aproximou do apartamento com cuidado, atento à presença de alguma pessoa à espreita, mas não viu ninguém. O saguão do térreo estava vazio. O garoto não dava um pio.

Dentro do apartamento, Tom tirou o paletó e abriu a janela para arejar o ambiente.

— Com relação a Paris… — começou.

Frank de repente afundou o rosto nas mãos. Estava sentado no sofá pequeno, junto à mesa de centro, os cotovelos apoiados nos joelhos abertos.

— Deixe para lá — disse Tom, constrangido por ele. — Espere passar.

Sabia que aquilo não iria durar muito.

Depois de alguns segundos, o garoto tirou as mãos do rosto, levantou-se e disse:

— Desculpe.

E enfiou as mãos nos bolsos.

Tom foi até o banheiro e escovou os dentes sem muita pressa, depois voltou para a sala com um ar calmo.

— Você não quer ir para Paris, eu sei. Que tal Hamburgo, então?

— Qualquer lugar!

Os olhos de Frank tinham a intensidade da loucura ou da histeria.

Tom olhou para o chão e piscou.

— Não diga apenas "qualquer lugar" feito um louco, Frank... Eu sei... Eu entendo como é difícil em relação a Teresa. É um... — Qual era mesmo a palavra certa? — É uma decepção.

O garoto permaneceu rígido como uma estátua, como se o desafiasse a dizer mais alguma coisa. Tom cogitou mencionar que, cedo ou tarde, ele teria que encarar a própria família, mas seria um comentário insensível naquele momento, não? Não seria uma boa ideia encontrar Reeves, afinal? Mudar de ares? De todo modo, Tom precisava sair dali.

— Acho Berlim um pouco claustrofóbica. Estou com vontade de visitar Reeves em Hamburgo. Cheguei a falar dele na França, não cheguei? É um amigo meu.

Ele se esforçou para adotar um tom alegre.

O garoto parecia mais alerta, novamente educado.

— Acho que falou, sim. Disse que ele era amigo de Eric.

— Verdade. Eu estou...

Tom hesitou e ficou olhando para Frank, que continuava a encará-lo com as mãos ainda nos bolsos. Poderia facilmente colocar o garoto em um avião para Paris, poderia insistir e se despedir dele, mas teve a sensação de que ele voltaria a fugir assim que desembarcasse. Não iria para o Hôtel Lutetia.

— Vou tentar falar com Reeves — continuou, já a caminho do telefone, que nesse exato momento tocou.

Ele atendeu.

— Alô, Tom, aqui é Max.

— Max! Como vai? Estou com sua peruca e seu vestido aqui... sãos e salvos!

— Queria ligar hoje de manhã, mas fiquei... preso, *ja*? Não estava em casa. Depois passei no apartamento de Eric, uma hora atrás, mais ou menos, e não tinha ninguém. E ontem à noite? Deu tudo certo com o garoto?

— Ele está aqui. Está bem.

— Você o resgatou? Não se machucou, ninguém se machucou?

— Ninguém.

Tom piscou de repente para afastar uma visão repentina do sujeito italiano com a cabeça esmagada no chão em Lübars.

— Rollo achou você maravilhoso ontem à noite. Quase fiquei com ciúmes. Ha! Eric está por aí? Tenho um recado para ele.

— Não está, tinha um compromisso às três. Quer me passar o recado?

Max respondeu que não, que tornaria a ligar.

Tom então consultou o catálogo para verificar o prefixo de Hamburgo e, em seguida, discou o número de Reeves.

— *Allo?* — atendeu uma voz de mulher.

Era a *Putzfrau* e governanta de meio período de Reeves, supôs Tom, uma mulher mais corpulenta que Madame Annette, mas igualmente dedicada.

— Alô… Gaby?

— *Ja?*

— Aqui é Tom Ripley. Como vai, Gaby? Herr Minot está?

— *Nein, aber er…* Estou *ouvindo* alguma coisa — continuou ela em alemão. — Um minuto.

Uma pausa e Gaby tornou a falar:

— Ele acaba de chegar!

— Alô, Tom! — disse Reeves, ofegante.

— Estou em Berlim.

— *Berlim!* Pode vir me visitar? O que está fazendo aí?

A voz de Reeves soava rascante e ingênua, como de costume.

— Não posso dizer agora, mas estava mesmo pensando em fazer uma visita… Talvez hoje à noite, se não tiver problema.

— Claro, Tom. Você sempre é mais do que bem-vindo, e hoje à noite estou livre.

— Estou com um amigo aqui, um americano. Você por acaso poderia hospedar o rapaz por uma noite?

Tom sabia que Reeves tinha um quarto de hóspedes.

— Por duas, até. Quando vocês chegam? Já estão com as passagens?

— Não, mas vou tentar chegar hoje à noite. Às sete, oito ou nove. Se você for estar em casa a essa hora, nem vou ligar de novo, vou só aparecer. Se não conseguir, eu ligo. Pode ser?

— Sim, e estou *muito* feliz!

Tom se virou para Frank e sorriu.

— Resolvido. Reeves está radiante por poder nos receber.

O garoto estava sentado no sofá menor fumando um cigarro, algo pouco habitual para ele. Levantou-se, e de repente pareceu ter a mesma estatura de Tom. Teria crescido nos últimos dias? Era possível.

— Desculpe ter passado o dia desanimado hoje. Vou melhorar.

— Ah, é claro que vai melhorar.

Frank estava tentando ser educado, e talvez por isso parecesse mais alto.

— Estou feliz em relação a Hamburgo. Não quero encontrar aquele detetive em Paris. Meu *Deus*! — Frank sussurrou essas últimas palavras, mas com raiva. — Por que eles não voltam logo para casa?

— Porque querem ter certeza de que você vai voltar — respondeu Tom, paciente.

Em seguida telefonou para a Air France e fez duas reservas para um voo às sete e vinte da noite com destino a Hamburgo. Deu os nomes Ripley e Andrews.

Tom estava ao telefone quando Eric chegou, mas lhe contou a notícia assim que desligou.

— Ah, Reeves! Boa ideia! — Eric olhou para Frank, que dobrava algo para guardar na mala, e fez um gesto para que Tom o seguisse até o quarto.

— Max ligou — avisou Tom, e foi atrás dele. — Disse que ligaria de novo.

— Obrigado, Tom... Agora, olhe isto.

O alemão fechou a porta do quarto, tirou um jornal de baixo do braço e mostrou a manchete a Tom.

— Achei que seria bom você dar uma olhada — declarou, com um de seus sorrisos contraídos, mais nervoso do que divertido. — Não parece haver provas... por enquanto.

A primeira página do *Der Abend* mostrava uma fotografia em duas colunas do barracão em Lübars com o sujeito italiano exatamente do mesmo jeito que Tom o vira pela última vez, caído de bruços, com a cabeça virada ligeiramente para a esquerda e uma mancha de sangue escurecido na têmpora, parte do qual escorrera pelo rosto. Tom leu rapidamente a matéria de cinco linhas abaixo da imagem. Um homem ainda não identificado, trajado com roupas fabricadas na Itália e roupas de baixo fabricadas na Alemanha, fora encontrado morto no início da quarta-feira em Lübars, com a têmpora esmagada por golpes de um instrumento sem pontas. A polícia tentava identificar o cadáver, e conduzia interrogatórios com os moradores da região para descobrir se haviam notado alguma perturbação.

— Entendeu tudo? — indagou Eric.

— Sim.

Tom havia disparado dois tiros para o alto. Certamente um morador se lembraria do barulho e contaria para a polícia, mesmo o homem não tendo sido morto a tiros. Algum vizinho talvez descrevesse um desconhecido portando uma mala.

— Não gosto de olhar para isso.

Ele dobrou o jornal e o deixou em cima da escrivaninha. Consultou o relógio.

— Posso levar vocês até Tegel. Há tempo de sobra — ofereceu-se Eric. — O garoto não quer mesmo ir para casa, não é?

— Não, e ele recebeu péssimas notícias sobre a namorada americana. O irmão lhe contou que a garota está com outro rapaz. Então tem isso. Se ele tivesse 20 anos, talvez achasse mais fácil.

Seria esse mesmo o motivo? Afinal, o fato de Frank ter assassinado o pai também o impedia de voltar para casa.

17

Quando o avião iniciou a descida em direção a Hamburgo, Frank acordou de um cochilo e segurou entre os joelhos um jornal prestes a escorregar até o chão. Olhou pela janela, mas ainda estavam alto demais para que se pudesse ver outra coisa além de nuvens.

Tom terminou discretamente de fumar um cigarro. A aeromoça passava pelo corredor e recolhia copos e bandejas. Tom viu Frank pegar o jornal alemão no colo e observar a foto do homem morto em Lübars. Para ele aquilo era apenas mais uma foto no jornal. Tom não revelara que o encontro com os sequestradores tinha acontecido em Lübars, apenas que ele não aparecera. "E então você os seguiu?", perguntara Frank, ao que Tom havia respondido que não, que seguira o rastro dos sujeitos ao sair do bar gay, a partir da mensagem transmitida por Thurlow aos sequestradores de que procurassem por Joey. O garoto tinha achado isso divertido e ficado muito assombrado com a ousadia de Tom, e talvez também com a coragem, ele gostava de pensar, por ter invadido sozinho o apartamento dos sequestradores. O jornal não dizia nada sobre algum dos três sequestradores ter sido preso nos arredores da Binger Strasse ou em qualquer outro lugar. Mas ninguém além de Tom sabia que eles eram sequestradores, claro. Podia ser que tivessem ficha na polícia e nenhum endereço fixo, mas acabava aí.

Os passaportes dos dois foram examinados e logo devolvidos, e então eles recolheram as malas e pegaram um táxi.

No caminho, Tom mostrou para Frank alguns pontos turísticos, os que conseguia ver na escuridão que se adensava: o pináculo de uma igreja da qual se lembrava, o primeiro dos muitos canais que formavam a cidade e as pontes sobre eles, o rio Alster. Eles subiram a ladeira que conduzia ao prédio branco em que Reeves morava, um imóvel grande, oriundo de uma antiga residência particular dividida em vários apartamentos. Era a segunda ou terceira visita que Tom fazia ao amigo. Tocou o interfone na entrada, e Reeves abriu assim que ouviu o nome citado. Tom e Frank subiram de elevador e encontraram Reeves já à espera à porta.

— Tom! — saudou Reeves em voz baixa, para não incomodar os moradores dos outros apartamentos no andar. — Entrem, vocês dois!

— Este é… Ben — disse Tom ao apresentar Frank. — Reeves Minot.

Depois de cumprimentar o garoto, o anfitrião fechou a porta atrás deles. Como sempre, Tom achou o apartamento espaçoso e de uma limpeza impecável. As paredes brancas exibiam quadros impressionistas e outros mais recentes, quase todos emoldurados. Fileiras de estantes baixas, contendo em sua maioria livros de arte, margeavam as paredes. Havia uma ou duas falsas-seringueiras e filodendros altos. As duas grandes janelas com vista para as águas do Aussenalster estavam com as cortinas amarelas fechadas. Uma mesa estava posta para três. Tom viu, ainda pendurado acima da lareira, o Derwatt rosado (genuíno) de uma mulher na cama aparentemente à beira da morte.

— Você trocou a moldura, não? — perguntou.

Reeves riu.

— Como você é observador, Tom! A moldura estragou, não sei como. Caiu naquele atentado a bomba, acho eu, e rachou. Prefiro essa bege. A outra era branca demais. Mas, olhem, deixem as malas aqui — sugeriu ele, e indicou a Tom o quarto de hóspedes. — Espero que não tenham comido nada no avião, porque preparei uma coisinha para nós. Mas agora precisamos tomar uma taça de vinho gelado e conversar!

Tom e Frank guardaram as malas no quarto de hóspedes, que tinha uma cama de viúva com a lateral apoiada na parede da frente. Jonathan Trevanny tinha dormido ali, recordou-se Tom.

— Como disse mesmo que seu amigo se chama? — perguntou Reeves baixinho quando Tom e Frank retornaram à sala, sem se dar ao trabalho de sair do raio de alcance dos ouvidos do garoto.

Pelo sorriso de Reeves, Tom percebeu que ele sabia quem era o garoto. Meneou a cabeça.

— Explico tudo mais tarde. Não saiu nos... — começou a dizer, constrangido, mas por que precisava esconder alguma coisa de Reeves? Frank estava no canto mais afastado da sala, observando um quadro. — Não saiu nos jornais, mas o garoto recentemente foi vítima de um sequestro em Berlim.

— É *mesmo*?

Reeves se deteve, com o saca-rolhas em uma das mãos e a garrafa de vinho na outra.

Tinha uma cicatriz cor-de-rosa desagradável na bochecha direita que ia quase até o canto da boca. Com os lábios entreabertos de surpresa, a cicatriz parecia ainda mais comprida.

— Domingo passado à noite — contou Tom. — Em Grunewald. Aquela floresta grande que tem lá, sabe?

— Sei, sim. Sequestrado como?

— Eu estava com ele, mas nós nos separamos por alguns minutos e... Sente-se, Frank. Você está entre amigos.

— É, sente-se — endossou Reeves com a voz rouca, e sacou a rolha.

Frank e Tom se entreolharam e o garoto aquiesceu, indicando a Tom que podia contar a verdade, se quisesse.

— Frank foi solto ontem à noite mesmo. Foi sedado pelos sequestradores, e acho que ainda está um pouco grogue.

— Não, quase não sinto mais nada — esclareceu Frank, educado e firme. Levantou-se do sofá em que tinha acabado de se sentar e foi observar mais de perto o Derwatt acima da lareira. Enfiou as mãos nos bolsos de trás e olhou de relance para Tom com um sorriso rápido. — Este daqui é bom, não é, Tom?

— Não é? — concordou ele com satisfação.

Adorava aquele tom rosa esfumaçado, a sugerir a colcha de cama de uma velha senhora, ou quem sabe sua camisola. O fundo tinha uma cor indistinta, turva, marrom e cinza. Estaria ela morrendo ou apenas cansada e entediada com a vida? Bem, o título da obra era *Mulher à beira da morte*.

— É uma mulher ou um homem? — indagou Frank.

Ocorreu a Tom que o nome devia ter sido ideia de Edmund Banbury ou Jeff Constant, da Galeria Buckmaster, pois Derwatt não se importava muito com títulos, e de fato não era possível saber se a figura humana era homem ou mulher.

— O quadro se chama *Mulher à beira da morte* — explicou Reeves a Frank. — Você gosta de Derwatt? — perguntou, com um misto de surpresa e satisfação.

— Frank comentou que o pai dele tem um em casa... nos Estados Unidos. Um ou dois, Frank?

— Só um. *O arco-íris.*

— Ah, sim — respondeu Reeves, como se estivesse vendo o quadro diante dos olhos.

Frank se afastou na direção de um David Hockney.

— Você pagou um resgate? — perguntou Reeves a Tom.

Tom fez que não com a cabeça.

— Não, eu estava com o resgate, mas não entreguei.

— Quanto?

Reeves sorriu e serviu o vinho.

— Dois milhões de dólares.

— Bom, bom... E agora?

Reeves meneou a cabeça em direção ao garoto, de costas para eles.

— Ah, ele vai voltar para casa. Pensei em ficarmos com você amanhã também, Reeves, e partirmos para Paris na sexta. Não quero que o garoto seja reconhecido em um hotel, e mais um dia de descanso vai fazer bem a ele.

— Claro, Tom. Sem problemas — concordou Reeves e franziu a testa. — Não entendi direito. A polícia ainda está atrás dele?

Tom agitou os ombros, nervoso.

— Estava *antes* do sequestro, e imagino que o detetive em Paris tenha notificado pelo menos a polícia francesa de que o garoto foi encontrado.

Em seguida, explicou que o sequestro não tinha sido comunicado às forças policiais.

— E para onde você vai levar o garoto?

— Para o detetive em Paris. Foi contratado pela família. O irmão de Frank também está lá, Johnny... Obrigado, Reeves.

Tom aceitou a taça e Reeves levou outra para Frank. Depois foi até a cozinha e Tom o seguiu. Na geladeira, Reeves pegou uma travessa de presunto fatiado, salada de repolho, linguiças fatiadas e picles variados. Disse que o banquete era obra de Gaby. A mulher morava no prédio, com outras pessoas que também contratavam os serviços dela, e havia insistido para ir ao apartamento às sete daquela noite após umas compras de última hora para "arrumar" o que levara para os convidados de Reeves.

— Tenho sorte de ela gostar de mim. Ela acha a minha casa mais interessante do que o lugar onde dorme... apesar daquela maldita bomba que explodiu aqui. Bom, por acaso ela estava fora na hora da explosão.

Os três se sentaram à mesa e conversaram sobre outros assuntos além do sequestro, quase todos relacionados a Berlim. Como estava Eric Lanz? Quem eram os amigos dele? Ele tinha namorada? Reeves deu uma risada ao dizer aquilo, e Tom se perguntou se o próprio anfitrião era comprometido. Ou seriam Reeves e Eric tão cínicos que garotas e mulheres simplesmente não tinham importância? Era agradável ter uma esposa, refletia Tom enquanto o vinho começava a aquecer seu corpo. Certa vez, Heloise dissera que gostava dele, ou mesmo que o amava, porque a deixava ser ela mesma e lhe dava espaço para respirar. Tom se sentira contente com o comentário, embora nunca tivesse lhe ocorrido dar *Lebensraum* a Heloise.

Reeves observava Frank, que parecia extremamente sonolento.

Os dois colocaram o garoto na cama pouco depois das onze, no quarto de hóspedes.

Então, com outra garrafa de Piesporter Goldtröpfchen, voltaram a se acomodar no sofá da sala enquanto Tom narrava os acontecimentos dos últimos dias e até dos primeiros, quando Frank Pierson trabalhava como jardineiro e fora atrás dele em Villeperce. Reeves riu da parte em que ele se vestira de mulher em Berlim e quis saber todos os detalhes. Algo então lhe ocorreu, pois comentou:

— Então aquela foto em Berlim… No jornal de hoje. Lembro-me de ter lido Lübars em algum lugar. — Reeves se levantou de um salto para procurar o jornal, que enfim encontrou na prateleira.

— É isso mesmo — confirmou Tom. — Eu vi a notícia em Berlim.

Sentindo-se levemente enjoado por um instante, pousou a taça e retomou:

— O sujeito italiano que mencionei.

Tinha dito a Reeves que apenas apagara o sujeito.

— Ninguém viu você sair de lá? Tem certeza?

— Não… Vamos aguardar as notícias de amanhã?

— O garoto sabe?

— Não contei a ele, então não diga nada sobre Lübars... Reeves, velho amigo, será que seria muito incômodo me preparar um café?

Tom não quis ficar sentado sozinho, então foi com Reeves até a cozinha. A constatação de que havia matado um homem não era agradável, muito embora o sujeito italiano não tivesse sido o primeiro. Percebeu os olhares de Reeves. Havia uma coisa que não lhe contara nem iria contar: que Frank tinha matado o pai. Reconfortou-se um pouco ao pensar que, embora o amigo tivesse lido sobre a morte do patriarca dos Pierson e sobre a questão de ter sido suicídio ou acidente, ainda não elucidada, não lhe ocorrera perguntar a Tom se alguém poderia ter assassinado o homem com um empurrão penhasco abaixo.

— Por que o garoto decidiu fugir? — questionou Reeves. — Ele ficou abalado com a morte do pai? Ou quem sabe foi por causa da garota? O nome dela é Teresa, você disse?

— Não, acho que a situação com Teresa estava bem quando ele foi embora. Até escreveu uma carta para ela na minha casa. Só ontem ficou sabendo que a garota estava com um novo namorado.

Reeves deu uma risadinha compreensiva.

— O mundo está cheio de garotas, inclusive bonitas. Hamburgo com certeza está! Que tal tentarmos distrair o rapaz...? Irmos juntos a uma boate? Entende?

Tom respondeu com a voz mais leve que conseguiu:

— Ele tem só 16 anos. Ficou bem abalado... O irmão é um tanto insensível, caso contrário não teria dado a notícia do jeito que deu... neste momento.

— Você acha que vai conhecer o irmão? E o detetive? — Reeves riu, como se achasse graça dessa palavra, assim como acharia de qualquer pessoa cujo trabalho consistisse supostamente em perseguir criminosos no mundo.

— Espero mesmo que não — respondeu Tom, já com a xícara de café. — Mas preciso deixar o garoto aos cuidados dos dois, porque ele não está com a menor vontade de ir para casa. Estou ficando com sono, mesmo seu café estando ótimo. Vou tomar mais uma xícara.

— Não vai atrapalhar seu sono? — perguntou Reeves, com aquela sua voz rouca, mas com uma preocupação digna de mãe ou de enfermeira.

— Cansado como estou, acho difícil. Amanhã vou levar Frank para passear por Hamburgo. Um daqueles passeios de barco pelo Alster, sabe? Vou tentar animar o garoto. Pode nos encontrar para almoçar, Reeves?

— Obrigado pelo convite, Tom, mas já tenho compromisso. Posso deixar uma chave com você. Vou fazer isso agora.

Tom saiu da cozinha com a xícara.

— Como andam os negócios? — perguntou, referindo-se ao trabalho dele de receptador e um pouco ao de caça-talentos entre pintores alemães, além de às negociações de obras de arte, que eram a fachada de Reeves.

— Ah... — Ele pôs na mão de Tom um molho de chaves e olhou em volta, para as paredes da sala. — Aquele Hockney está aqui... emprestado, digamos. Na verdade, foi roubado. Veio de Munique. Coloquei na parede porque gosto dele. Afinal, eu tomo muito cuidado com quem deixo *entrar* aqui. Alguém virá buscar o quadro muito em breve.

Tom sorriu. Ocorreu-lhe que Reeves levava uma vida prazerosa em uma cidade muito agradável. Havia sempre alguma coisa acontecendo. Reeves nunca se preocupava, sempre dava um jeito de prevalecer, mesmo que de forma um pouco atrapalhada, sobre os momentos mais esquisitos, como na vez que fora espancado e jogado inconsciente de um carro em movimento. Não tivera sequer o nariz quebrado nessa ocasião, que Tom recordou ter ocorrido na França.

Quando Tom se deitou na cama naquela noite, tentando fazer o mínimo de barulho, Frank nem sequer se mexeu. O garoto estava deitado de bruços e abraçado ao travesseiro. Tom se sentiu seguro, mais seguro do que em Berlim. O apartamento de Reeves tinha sido bombardeado, e talvez arrombado, mas dava a mesma sensação de aconchego de um pequeno castelo. Depois ele perguntaria ao amigo que tipo de proteção a casa tinha, além de um possível alarme para ladrões. Será que Reeves precisava subornar alguém? Será que algum dia tinha pedido proteção extra à polícia, por causa dos quadros valiosos que às vezes negociava? Pouco provável, achava Tom. Mas talvez fosse grosseria fazer perguntas sobre as medidas de segurança de alguém.

Uma batida suave o acordou e ele abriu os olhos, percebendo onde estava.

— *Herein?*

Gaby entrou com passos pesados e tímidos, falando em alemão e carregando uma bandeja com café e brioches.

— Herr Tom… Ficamos muito felizes em rever o senhor depois de tanto tempo! Quanto tempo faz? — perguntou aos sussurros por causa de Frank, que ainda dormia.

Gaby tinha 50 e poucos anos, cabelos pretos lisos presos em um coque baixo e bochechas dotadas de um rubor bastante irregular.

— Estou muito feliz por estar aqui, Gaby. E a senhora, como vai? Pode deixar aqui, está ótimo — disse Tom, indicando que a bandeja, que tinha pés, poderia ficar no colo dele.

— Herr Reeves saiu, mas disse que o senhor está com a chave — continuou ela, depois olhou para o garoto adormecido e sorriu. — Sobrou café na cozinha.

Falava com calma, com ar sério, como se apenas constatasse os fatos, mas os olhos escuros deixavam transparecer vivacidade e uma curiosidade infantil.

— Vou ficar aqui mais uma hora, senhor… Um pouco menos, na verdade… Caso queira alguma coisa.

— Obrigado, Gaby.

Tom sentiu-se mais desperto com o café e um cigarro, depois foi tomar uma ducha e se barbear.

Ao voltar para o quarto de hóspedes, viu Frank com um pé descalço apoiado no peitoril da janela escancarada. Teve a sensação de que o garoto estava prestes a pular.

— Frank?

O garoto não o vira entrar.

— Linda vista, não? — perguntou Frank, já com os dois pés no chão.

O garoto tinha mesmo estremecido ou havia sido só impressão? Tom foi até a janela e olhou para os barcos turísticos que se moviam para a esquerda pelas águas azuis do Alster, depois para a meia dúzia de pequenos veleiros a zanzar de um lado para outro, para as pessoas que passeavam pelo cais na beira do rio. Flâmulas coloridas tremulavam por toda parte, e o sol brilhava. Teve a impressão de vislumbrar um quadro de Dufy, só que na Alemanha.

— Você não estava pensando em pular agorinha mesmo, estava? — perguntou, como se fosse brincadeira. — São poucos andares. Nada muito satisfatório.

— Pular? — perguntou Frank, e logo balançou a cabeça e deu um passo para longe de Tom, como se a proximidade o deixasse tímido. — Com certeza não... Tudo bem se eu tomar um banho?

— Vá em frente. Reeves saiu, mas Gaby, a empregada, está em casa. É só lhe dizer *Guten Morgen*. Ela é muito simpática.

Vendo o garoto pegar a calça e ir para o corredor, Tom concluiu que estava se preocupando à toa. Frank parecia mais desperto, como se o efeito dos remédios tivesse passado.

No meio da manhã, já estavam na igreja de São Paulo. Tinham dado uma olhada nas vitrines dos *sex shops* na Reeperbahn, nas fachadas berrantes dos cinemas que exibiam filmes pornôs dia e noite, em vitrines de lojas com roupas de baixo espantosas para todos os sexos.

Ouvia-se um rock vindo de algum lugar, e mesmo àquela hora havia clientes olhando as lojas e fazendo compras. Tom se pegou piscando sem parar, talvez de assombro, talvez por causa das cores ofuscantes que lembravam um circo sob o sol forte. Deu-se conta de que tinha um lado pudico, talvez por causa da infância passada em Boston, Massachusetts. Frank parecia à vontade, mas devia estar se esforçando para manter a compostura diante de consolos e vibradores com etiquetas de preço.

— Este lugar deve ferver à noite — comentou.

— Já está bem movimentado agora — observou Tom, e viu duas garotas que andavam decididas na direção deles. — Vamos pegar um bonde... ou um táxi. Vamos ao zoológico, é sempre divertido.

Frank riu.

— O zoológico outra vez!

— Bom, eu gosto de zoológicos. Espere só até ver o daqui!

Tom avistou um táxi e fez sinal.

As duas garotas, uma das quais devia ser adolescente e cujo rosto sem maquiagem era muito bonito, pareceram pensar que o táxi talvez fosse para os quatro, mas Tom as dispensou com um sorriso educado e um meneio de cabeça.

Comprou um jornal, *Die Welt*, na banca em frente ao Tierpark e passou os olhos pelas páginas. Tornou a folheá-lo desde o início, dessa vez à procura de alguma pequena notícia relacionada aos sequestradores de Berlim ou a Frank Pierson. A segunda busca não foi completa, mas não encontrou nada.

— Se não estão dizendo nada é um bom sinal — falou para Frank.

— Vamos.

Comprou dois ingressos, que eram tiras de papel laranja perfuradas. Davam direito a andar nos trenzinhos que pareciam de brinquedo e percorriam toda a extensão do Carl Hagenbeck Tierpark. Frank pareceu encantado, o que alegrou Tom. O trenzinho de quinze vagões não tinha teto, e era possível embarcar sem necessidade de abrir nenhuma porta lateral. Eles passaram quase sem fazer ruído por parquinhos de aventura em que crianças se penduravam em pneus de borracha presos a cabos suspensos, ou entravam e saíam engatinhando de construções de plástico de dois andares cheias de cavidades, túneis e escorregadores. Passaram por leões e elefantes, aparentemente sem barreira alguma entre os animais e a raça humana. Na área reservada às aves, eles saltaram do trem, compraram cerveja e amendoim em um quiosque, e então embarcaram em outro trem que passava.

Em seguida, pegaram um táxi até um grande restaurante no porto do qual Tom se lembrava de uma viagem anterior. As paredes eram de vidro, com vista para o porto, onde estavam atracados navios-tanque, navios de cruzeiro brancos e barcaças, todos sendo carregados e descarregados enquanto a água escorria das bombas automáticas. Gaivotas voavam e vez ou outra mergulhavam.

— Nós vamos para Paris amanhã — anunciou Tom quando já estavam comendo. — O que acha?

Frank fechou a cara na mesma hora, mas Tom viu que ele tentava não deixar transparecer a frustração. Ou iam para Paris no dia seguinte, achava Tom, ou o garoto ia explodir e insistir para deixar Hamburgo sozinho rumo a outro lugar.

— Não gosto de dizer às pessoas o que elas devem fazer, mas em algum momento você vai ter que encarar sua família, entende?

Tom olhou para os lados e viu que a parede de vidro estava bem à esquerda dele e a mesa mais próxima ficava mais de um metro atrás de Frank, mas mesmo assim havia falado baixo.

— Não pode passar meses embarcando em um avião atrás do outro, não acha? Coma seu *Bauernfrühstück*.

O garoto tornou a comer, mais devagar. Tinha achado divertido o "Desjejum do Fazendeiro" no cardápio e escolhido a refeição, que consistia em peixe, batatas fritas caseiras, bacon, cebola, tudo misturado em uma travessa enorme.

— Você também vai para Paris amanhã?

— Claro, já que vou voltar para casa — respondeu Tom.

Depois do almoço, os dois foram caminhar e atravessaram um pequeno canal que lembrava Veneza, margeado por lindas casas antigas de telhado pontiagudo. Então, na calçada de uma rua comercial, Frank disse:

— Quero trocar um pouco de dinheiro. Será que posso entrar ali um minuto?

Ele estava se referindo a um banco.

— Está bem.

Tom o acompanhou e aguardou enquanto o garoto avançava por uma fila curta e concluía uma transação no guichê assinalado CÂMBIO DE MOEDA ESTRANGEIRA. Até onde Tom sabia, Frank não estava com o passaporte em nome de Benjamin Andrews, mas ele não precisaria do documento se fosse trocar francos franceses por marcos alemães. Tom não tentou bisbilhotar. Tinha passado outro tipo de creme no sinal de Frank naquela manhã. Por que vivia pensando naquele maldito sinal? E se alguém o *reconhecesse*? O garoto voltou sorrindo enquanto guardava os marcos na carteira.

Eles seguiram até o museu de *Völkerkunde und Vorgeschichte*, onde Tom já estivera uma vez. Lá havia maquetes de implosões de bombas que haviam arrasado grande parte da área portuária de Hamburgo durante a Segunda Guerra Mundial: armazéns com mais de vinte centímetros de altura em chamas, labaredas esculpidas em amarelo e azul. Frank se demorou observando a maquete do resgate de um navio afundado, a pequena embarcação de quase dez centímetros de comprimento sob o que pareciam ser muitos metros de mar. Como de costume, após uma hora de apreciação, com direito a pinturas a óleo de burgomestres hamburgueses assinando isto ou comemorando aquilo, todos vestidos com roupas da época de Benjamin Franklin, Tom estava esfregando os olhos e ávido por um cigarro.

Minutos depois, em uma avenida cheia de lojas e carrinhos de flores e frutas, Frank perguntou:

— Você me espera? Cinco minutos?

— Aonde você vai?

— Já volto. Pode me esperar ali naquela árvore.

O garoto apontou para um plátano junto ao meio-fio.

— Eu gostaria de saber para onde você vai — insistiu Tom.

— Confie em mim.

— Certo.

Tom se virou e avançou lentamente, duvidando do garoto e ao mesmo tempo lembrando a si mesmo de que não podia bancar a babá de Frank Pierson para sempre. Sim, se Frank desaparecesse, Tom levaria a mala do garoto até Paris e a entregaria no Lutetia — e quanto dinheiro ele teria sacado no banco, quanto ainda tinha em francos ou em dólares? Será que Frank pegara o passaporte naquela manhã? Tom tornou a se virar e andou em direção ao plátano, que distinguiu dos demais apenas por causa de um cavalheiro mais velho que lia um jornal sentado em uma cadeira debaixo da árvore. O garoto não estava ali, e mais de cinco minutos haviam se passado.

Frank então reapareceu em meio a um pequeno fluxo de pedestres, sorridente, com uma sacola plástica vermelha e branca.

— Obrigado por me esperar.

Tom ficou aliviado.

— Comprou alguma coisa?

— Sim. Mostro a você mais tarde.

Em seguida, a Jungfernstieg. Tom se lembrava do nome da rua, ou do passeio, porque Reeves tinha lhe dito uma vez que era onde as garotas bonitas de Hamburgo costumavam passear antigamente. As embarcações de turismo partiam para cruzeiros pelo lago Alster de um cais perpendicular à Jungfernstieg, e Tom e Frank embarcaram em uma delas.

— Meu último dia de liberdade! — disse Frank a bordo.

O vento soprava para trás seus cabelos castanhos e fazia sua calça colar nas pernas.

Nenhum dos dois quis se sentar, ficaram apoiados em um canto da amurada sem atrapalhar ninguém. Um homem jovial de boina branca explicava, munido de um megafone, os pontos turísticos pelos quais passavam, os grandes hotéis em meio a gramados verdes inclinados que desciam até o rio, onde ele garantiu que as diárias estavam "entre as mais caras do mundo". Tom achou aquilo divertido. O garoto tinha os olhos fixos em algum ponto distante, talvez fosse só uma gaivota, talvez Teresa, Tom não soube dizer.

Quando voltaram para o apartamento, logo depois das seis, Reeves não estava em casa, mas tinha deixado um recado bem no meio da cama arrumada no quarto de hóspedes. "Volto às sete ou antes, R." Tom achou bom o amigo estar fora, pois queria conversar com Frank a sós.

— Ainda se lembra do que eu lhe disse em Belle Ombre… com relação ao seu pai? — perguntou.

Frank pareceu não entender por um momento, depois respondeu:

— Acho que me lembro de tudo que você me disse.

Os dois estavam na sala, Tom em pé perto da janela e o garoto sentado no sofá.

— Eu disse: nunca conte a ninguém o que fez. Não confesse. Não considere nem por um segundo a possibilidade de confessar.

Frank desviou o olhar para o chão.

— E então… Está pensando em contar para alguém? Para o seu irmão? — arriscou Tom na esperança de provocar alguma resposta.

— Não, não estou.

O garoto falou com voz firme e grave, mas Tom não teve certeza de que podia confiar nele. Desejou poder segurá-lo pelos ombros e sacudi-lo para que voltasse a si. Será que se atreveria? Não. Mas qual era seu medo? Não conseguir fazer o garoto voltar a si?

— Preciso contar uma coisa. Onde está?

Tom foi até a pequena pilha de jornais na ponta do sofá e encontrou o da véspera. Abriu na primeira página, na foto do homem morto em Lübars.

— Vi você olhando isto aqui ontem no avião. Esse homem... Eu matei esse sujeito em Lübars, no norte de Berlim.

— *Você?*

O espanto fez a voz de Frank ficar mais aguda.

— Você nunca me perguntou onde foi o encontro para o resgate. Não importa. Eu bati na cabeça dele. Como pode ver.

Frank piscou, perplexo, e o encarou.

— Por que não me contou antes? Claro, agora estou reconhecendo esse sujeito. Era o italiano que estava no apartamento!

Tom acendeu um cigarro.

— Estou lhe dizendo isso porque...

Por quê, mesmo? Tom precisou fazer uma pausa para organizar os pensamentos. Na verdade, não havia comparação possível entre empurrar o próprio pai de um penhasco e esmagar o crânio de um sequestrador vindo na sua direção com uma arma carregada. Contudo, as duas coisas envolviam tirar uma vida.

— O fato de eu ter matado esse homem não vai mudar nada na minha vida. Ele provavelmente era um bandido, claro. E não foi o primeiro homem que matei, claro. Acho que não preciso dizer isso a você.

Frank o encarava assombrado.

— Você já matou alguma mulher?

Tom riu. Era exatamente disso que precisava: rir. Também notou alívio, porque Frank não tinha lhe perguntado sobre Dickie Greenleaf, o único assassinato que o fazia sentir certo remorso.

— Nunca... Nenhuma mulher. Nunca precisei — acrescentou e, imediatamente, pensou na piada sobre o inglês que, em uma conversa com um amigo, revelava que tivera que enterrar a mulher pelo simples fato de estar morta. — A situação nunca se apresentou. Uma mulher. Com certeza você não está pensando em alguém... Quem, Frank?

Foi a vez de Frank sorrir.

— Ah, ninguém! Caramba!

— Que bom. Só estou lhe contando isso...

Mais uma vez, Tom não soube direito o que dizer, mas seguiu em frente.

— E por "isso" me refiro a... — continuou, e apontou para o jornal. — O ato não precisa ser tão devastador para o resto da sua vida. Não há motivo para desabar.

Será que o garoto sabia, jovem como era, o que significava desabar? Desabar por um sentimento de fracasso total? Mas muitos adolescentes desabavam, sim, ou até se matavam, por se depararem com um problema com o qual não conseguiam lidar, às vezes um simples trabalho de escola.

Frank esfregava a junta dos dedos no canto pontiagudo da mesa de centro. Será que o tampo era de vidro? Era preto e branco, mas não parecia mármore. O gesto do garoto deixou Tom nervoso.

— Entende o que quero dizer, Frank? Ou você deixa uma coisa dessas arruinar sua vida ou não deixa. A decisão é sua... Você tem sorte, Frank. No seu caso a decisão é *mesmo* sua, porque ninguém está acusando você.

— Eu sei.

Tom tinha consciência de que parte dos pensamentos do garoto estava ocupada com um amor aparentemente perdido, embora não soubesse a dimensão. Era uma doença com a qual Tom se sentia incapaz de lidar, um assunto bem diferente de assassinato. Nervoso, declarou:

— Não fique batendo com a mão na mesa, ora, porque isso não vai resolver nada. Só vai fazer você chegar em Paris com a mão sangrando. *Deixe de ser bobo!*

O garoto tinha acabado de fazer um movimento mais bruto com a mão em direção à mesa, mas não chegara a acertar o tampo. Tom tentou relaxar e desviou o olhar.

— Eu não seria tão burro assim, não se preocupe, não se preocupe.

Frank se levantou, enfiou as mãos nos bolsos, foi até uma janela e depois se virou para Tom.

— As passagens de avião para amanhã. Quer que eu cuide disso? Posso fazer a reserva em inglês, não posso?

— Tenho certeza de que pode, sim. Vá em frente.

— Lufthansa — continuou Frank, pegando a lista telefônica. — A que horas, por volta das dez da manhã?

— Ou mais cedo, quem sabe.

Tom ficou mais calmo. Frank parecia enfim ter voltado ao normal, ou, se não completamente, pelo menos estava tentando.

Reeves chegou quando o garoto estava decidindo o horário do dia seguinte: decolagem às nove e quinze. Ele informou os nomes Ripley e Andrews.

— Tiveram um dia bom? — perguntou o anfitrião.

— Muito agradável, obrigado — respondeu Tom.

— Olá, Frank. Preciso lavar as mãos — disse Reeves, mostrando as palmas visivelmente cinzentas. — Peguei em quadros hoje. Que trabalho su…

— Um verdadeiro dia de trabalho, Reeves? — perguntou Tom. — Eu admiro suas mãos!

Reeves pigarreou, mas não adiantou nada, porque a voz continuava rouca como sempre quando tornou a falar:

— Eu ia dizer que não foi um trabalho sujo de um dia, mas um dia de trabalho *sujo*. Preparou uma bebida, Tom?

O homem se afastou na direção do banheiro.

— Gostaria de sair para jantar, Reeves? — convidou Tom e foi atrás dele. — É nossa última noite aqui.

— Na verdade, não, se vocês não se importarem. Tem sempre alguma coisa aqui, sabe. Gaby providencia. Acho que ela fez carne de panela, ou algo assim.

Reeves nunca apreciara restaurantes, lembrou Tom. Ele decerto mantinha discreta a presença na cidade.

Frank chamou Tom até o quarto de hóspedes e tirou uma caixa da sacola vermelha e branca.

— Isto é para você.

— Para mim? Obrigado, Frank.

— Você nem abriu ainda.

Tom desfez uma fita azul e vermelha e abriu a caixa branca, forrada por uma profusão de papel de seda. Encontrou algo vermelho, dourado e brilhante e tirou da caixa, e o objeto se transformou em um roupão com um cinto feito da mesma seda vermelho-escura, adornado por borlas pretas. O tecido vermelho era salpicado de dourado no formato de pontas de flecha.

— Muito bonito. Muito elegante também — elogiou Tom, e tirou o paletó. — Vou experimentar, que tal?

O roupão coube perfeitamente, ou caberia com um pijama por baixo em vez de suéter e calça. Ele olhou para o comprimento das mangas e completou:

— Perfeito.

Frank abaixou o olhar, tímido, e saiu do quarto.

Tom tirou o roupão com cuidado e o depositou na cama. A peça emitiu um farfalhar agradável e impressionante. A cor era bordô, a mesma do carro dos sequestradores em Berlim, uma cor da qual ele não gostava, mas, caso se obrigasse a pensar nela como Dubonnet, talvez conseguisse esquecer o carro.

18

No avião com destino a Paris, Tom reparou que os cabelos de Frank tinham crescido tanto que caíam sobre o rosto e até chegavam a cobrir um pouco o sinal na bochecha, devidamente escondido no momento. Frank não cortava os cabelos desde meados de agosto, quando Tom o aconselhara a deixá-los crescer. Entre o meio-dia e a uma da tarde, ele iria entregar o garoto a Thurlow e Johnny Pierson no Lutetia. Na noite anterior, no apartamento de Reeves, Tom lembrou-o da importância de providenciar um passaporte verdadeiro, a não ser que Thurlow tivesse tido a presença de espírito de levar o passaporte de Frank ou de pedir à mãe dele que o enviasse do Maine.

— Viu isto aqui? — perguntou Frank, mostrando-lhe uma página da revistinha de cortesia da companhia aérea. — É onde estávamos.

Tom leu uma pequena matéria sobre o Romy Haag e o espetáculo de travestis.

— Aposto que eles não mencionaram o Hump! Essa revista é para turistas.

Tom riu e esticou as pernas até o máximo que o assento da frente permitia. Os aviões estavam cada vez mais desconfortáveis. Ele até poderia viajar de primeira classe, mas se sentiria culpado por gastar tanto dinheiro quando as passagens comuns já estavam tão caras. Além disso, teria sentido vergonha de ser visto na primeira classe. Por quê?

Sempre vinha o desejo de pisar no pé das pessoas na espaçosa primeira classe ao embarcar no avião e ser obrigado a passar pela área mais luxuosa, onde as rolhas de champanhe começavam a estourar antes mesmo da decolagem.

Daquela vez, nada empolgado pelo encontro no Lutetia, ele sugeriu pegar o trem do aeroporto até a Gare du Nord e de lá um táxi. Na Gare du Nord, entraram na fila do táxi, cuja ordem era mantida por apenas três policiais de polainas brancas e armas na cintura. E foi assim que Tom e Frank partiram em direção ao hotel. Frank, tenso e calado, ficou olhando pela janela. Estaria ele planejando o que faria?, perguntou-se Tom. Como será que Frank se comportaria? Trataria Thurlow com desdém? Daria uma explicação canhestra para o irmão, Johnny? Seria desaforado, talvez? Insistiria para ficar na Europa?

— Acho até que você vai gostar do meu irmão — comentou o garoto, nervoso.

Tom aquiesceu. Queria que Frank chegasse em segurança em casa e retomasse a vida, o que com certeza significaria voltar a estudar, encarar o que fosse preciso e aprender a viver com aquilo. Garotos de 16 anos, pelo menos em uma família como a de Frank, não podiam sair de casa e se virar para sobreviver, como talvez fosse possível para um garoto pobre, ou um proveniente de um lar tão desajustado que a rua talvez pudesse ser um lugar melhor. Enfim chegaram ao Lutetia.

— Eu tenho francos — avisou Frank.

Tom o deixou pagar. Um porteiro levou as duas malas para dentro, mas quando adentraram o lobby um tanto pretensioso, Tom disse ao homem:

— Eu não vou ficar no hotel. Será que o senhor poderia guardar minha mala por uma hora ou mais?

Frank ecoou o pedido, e um carregador voltou e lhes entregou dois tíquetes que Tom guardou no bolso. Frank voltou do balcão da recepção e informou que Thurlow e o irmão haviam saído, mas que voltariam dali a menos de uma hora.

A notícia de que tinham simplesmente saído surpreendeu Tom, que olhou para o relógio de pulso. Era meio-dia e sete.

— Talvez eles tenham ido almoçar? — sugeriu. — Vou encontrar um café-bar aqui perto e ligar para casa. Quer vir?

— Claro! — respondeu Frank, e seguiu na frente até a porta. Na calçada, pôs-se a andar com a cabeça baixa.

— Endireite as costas.

O garoto obedeceu imediatamente.

— Pode pedir um café para mim? — perguntou Tom quando os dois entraram em um bar-tabacaria.

Ele desceu uma escada em espiral até os *toilettes-téléphones*, pôs 2 francos de uma vez na fenda do aparelho, sem querer ter a ligação cortada por demorar alguns segundos para colocar mais dinheiro, e discou o número de Belle Ombre. Madame Annette atendeu.

— Oh! — exclamou a governanta, como se fosse desmaiar após ter ouvido a voz dele.

— Estou em Paris. Tudo correndo bem por aí?

— Ah, *oui*. Mas Madame Heloise não está no momento. Saiu para almoçar com uma amiga.

Uma amiga. Uma mulher, então, observou Tom.

— Diga a ela que chego em casa hoje à tarde, talvez por volta das... Ah, antes das quatro, espero. Antes das seis e meia, de todo modo — acrescentou, lembrando-se dos intervalos entre os trens vespertinos na Gare de Lyon.

— Não quer que Madame Heloise vá buscar o senhor em Paris?

Tom não quis. Voltou para Frank e seu café.

Com uma Coca-Cola quase intocada diante dele no bar, o garoto cuspiu um chiclete dentro de um maço de cigarros vazio e amassado que estava no cinzeiro.

— Desculpe. Odeio chiclete. Não sei por que comprei. Nem isto aqui.

Ele empurrou o refrigerante para longe.

Tom o viu caminhar em direção ao jukebox perto da porta. O aparelho estava tocando alguma coisa, uma canção americana cantada em francês.

Frank voltou.

— Está tudo bem em casa?

— Acho que sim, obrigado.

Tom pegou algumas moedas no bolso.

— Já está pago.

Eles tornaram a sair. Mais uma vez, o garoto baixou a cabeça, e Tom não teceu comentários.

Ralph Thurlow, pelo menos, estava no hotel. Tom tinha deixado Frank perguntar na recepção. Eles subiram em um elevador decorado que o fez pensar em uma cenografia ruim de Wagner. Será que o detetive se mostraria frio e cheio de si? Pelo menos seria divertido.

Frank bateu na porta do quarto 620, que se abriu na mesma hora. Thurlow o convidou a entrar com um gesto entusiasmado e silencioso, depois viu Tom. O sorriso permaneceu. Com um aceno gracioso, Frank convidou Tom a entrar também. Ninguém falou nada até a porta se fechar. O detetive usava uma camisa com as mangas arregaçadas, sem gravata. Era um homem socado de quase 40 anos, talvez, cabelos curtos arruivados e ondulados e um rosto um tanto duro.

— Este é meu amigo Tom Ripley — anunciou Frank.

— Como vai, Sr. Ripley? Sentem-se, por favor.

Havia espaço de sobra, e poltronas e sofás, mas Tom não se acomodou de imediato. A porta à direita estava fechada e a outra, à esquerda, aberta, junto às janelas. Thurlow foi até lá para chamar Johnny e, quando voltou, disse aos dois que o rapaz devia estar no banho. Havia jornais e uma pasta de trabalho em cima de uma mesa, mais jornais no chão, um rádio transistor, um gravador. O cômodo em que estavam não era um quarto, deduziu Tom, mas, sim, uma saleta entre dois quartos.

Johnny entrou, alto e sorridente, vestido com uma camisa cor-de-rosa limpa que ainda não havia enfiado para dentro da calça. Tinha cabelos castanhos lisos, mais claros do que os de Frank, e o rosto era mais fino que o do irmão.

— *Franky!* — exclamou, então segurou a mão direita do caçula e quase lhe deu um abraço. — Como você tá?

Ou pelo menos foi isso que Tom entendeu. *Como você tá.* Sentiu ter chegado aos Estados Unidos pelo simples fato de estar ali, no quarto 620. Foi apresentado a Johnny, com quem trocou um aperto de mão. Ele parecia ser um rapaz direto, feliz e descontraído, e mais novo do que os 19 anos que Tom sabia que ele tinha.

Então passaram aos negócios, e Tom deixou Thurlow conduzir o assunto, o que o homem fez, ainda que de forma um pouco errática. O detetive primeiro lhe garantiu, com os agradecimentos da Sra. Pierson, que a chegada dos marcos em Zurique fora informada pelo banco de lá.

— Os marcos todos, exceto as tarifas bancárias — contou Thurlow. — Sr. Ripley, nós não sabemos os detalhes, mas...

Nem nunca vão saber, pensou Tom, e mal escutou o que Thurlow disse a seguir. Com relutância, sentou-se no sofá bege e acendeu um Gauloises. Johnny e Frank conversavam aos cochichos apressados perto da janela. Frank parecia zangado e tenso. Teria Johnny dito o nome de Teresa? Tom imaginava que sim. Viu o rapaz mais velho dar de ombros.

— O senhor disse que a polícia não se envolveu — continuou Thurlow. — Foi até o apartamento deles... Como conseguiu? Que fantástico!

O detetive então riu abertamente, talvez no que tivesse pensado ser a atitude de um homem duro na queda conversando com outro do mesmo nível.

Tom achou o Sr. Thurlow inteiramente desagradável.

— Segredo profissional — respondeu, sem saber por quanto tempo conseguiria aturar aquilo. Levantou-se. — Preciso ir andando, Sr. Thurlow.

— Andando? — perguntou o detetive, ainda de pé. — Sr. Ripley, além de conhecer o senhor... de lhe agradecer... nós não sabemos nem seu endereço exato!

Por acaso pretendiam lhe mandar o pagamento pelos serviços prestados? Foi isso o que Tom imaginou.

— É só me procurar na lista telefônica: Villeperce, 77, Seine-et--Marne... Frank?

— Sim, senhor! — disse o garoto, com uma expressão ansiosa, e Tom se deu conta de que vira aquele mesmo semblante em meados de agosto em Belle Ombre.

— Podemos conversar a sós por um instante? — perguntou ele, apontando para o que supôs ser o quarto de Johnny, cuja porta continuava aberta.

Eles podiam, disse Johnny, então os dois entraram, e Tom fechou a porta.

— Não conte a eles todos os detalhes daquela noite... em Berlim — instruiu Tom. — Acima de tudo, não conte sobre o homem morto... Pode ser?

Olhou em volta, mas não viu nenhum gravador no quarto. Havia uma *Playboy* jogada no chão ao lado da cama e algumas garrafas grandes de refrigerante sabor laranja em uma bandeja.

— É claro que *não* — garantiu Frank.

Os olhos do garoto pareciam mais velhos do que os do irmão.

— Você pode dizer... está bem... que eu não consegui comparecer ao encontro com o dinheiro. Por isso o dinheiro ainda estava comigo. Está bem?

— Está bem.

— E que eu segui um dos sequestradores depois de marcar um segundo encontro, então sabia onde ficava o seu cativeiro... Mas não comente sobre aquela loucura do Hump! — Tom deu uma gargalhada e se curvou para a frente.

Os dois riram com uma alegria quase histérica.

— Entendido — sussurrou Frank.

Tom de repente segurou o garoto pela frente da jaqueta, mas logo o soltou, envergonhado daquele gesto.

— Jamais fale sobre o homem morto, jamais! Promete?

Frank assentiu.

— Sim, entendi o que você disse.

Tom começou a voltar para o outro cômodo, e de repente se virou.

— Bem, fale pouco e não entre em detalhes... com relação a tudo — sussurrou. — Se mencionar Hamburgo, não toque no nome de Reeves. Diga que se esqueceu.

O garoto não disse nada, mas continuou olhando com firmeza para Tom e acenou em concordância. Os dois retornaram à saleta.

Thurlow estava sentado em uma poltrona bege.

— Sr. Ripley... Por favor, sente-se outra vez, se tiver só um ou dois minutos.

Tom o fez por educação, e Frank na mesma hora se acomodou ao lado dele no sofá bege. Johnny continuava em pé junto à janela.

— Preciso me desculpar pelo meu tom brusco em várias ocasiões ao telefone — retomou Thurlow. — Eu não tinha como saber se... O senhor sabe...

Ele fez uma pausa.

— Quero lhe perguntar qual é a situação atual em relação a Frank estar desaparecido ou sendo procurado — disse Tom. — Vocês disseram à polícia daqui... o quê?

— Bem... Primeiro eu disse à Sra. Pierson que o garoto estava seguro em Berlim... com o senhor. Então, com o aval dela, informei à polícia daqui. Não que eu precisasse da autorização dela, claro.

Tom mordeu o lábio.

— Espero que a Sra. Pierson e o senhor não tenham mencionado meu nome para a polícia em lugar nenhum. Não teria sido nem um pouco necessário.

— Sei que eu não mencionei — garantiu-lhe Thurlow. — A Sra. Pierson... Eu... Sim, disse a ela qual é o seu nome, claro, mas com certeza lhe pedi que não o divulgasse para a polícia dos Estados Unidos. Também não envolveram a polícia de lá. Foi uma situação propícia para um detetive particular. Eu a instruí a dizer para qualquer jornalista... que ela detesta, aliás... que o garoto tinha sido encontrado tirando férias na Alemanha. Não dissemos *em que lugar* da Alemanha, porque isso poderia ter levado a outro sequestro!

Ralph Thurlow deu uma risadinha, recostou-se na cadeira e ajeitou com o polegar o cinto com fivela de latão.

Estava sorrindo como se outro sequestro pudesse tê-lo feito ir parar em algum outro local agradável, como Palma de Maiorca, por exemplo, imaginava Tom.

— Queria que o senhor me contasse o que aconteceu em Berlim — disse Thurlow. — Pelo menos uma descrição dos sequestradores. Isso poderia...

— Ora, vocês não têm intenção de *procurá-los* — disse Tom, com uma expressão de surpresa, e sorriu. — É inútil.

Ele se levantou e Thurlow também o fez, com ar insatisfeito.

— Eu gravei minhas conversas telefônicas com eles. Bem, talvez Frank possa me contar mais alguma coisa. O que foi fazer em Berlim, Sr. Ripley?

— Ah... Frank e eu queríamos mudar de ares em relação a Villeperce — respondeu Tom, sentindo-se um diário ou um folheto de viagens. — E pensei em Berlim por achar que estava fora do roteiro turístico. Frank queria passar um tempo incógnito... A propósito, vocês estão com o passaporte dele? — acrescentou antes de Thurlow poder perguntar por que ele havia abrigado o garoto.

— Sim, minha mãe mandou por carta registrada — respondeu Johnny.

Tom se virou para Frank.

— É melhor você se livrar do passaporte de Andrews, sabe? Posso levar se você descer comigo.

Tom estava pensando em mandar o documento de volta para Hamburgo, onde com certeza poderia ser reutilizado.

— Que passaporte é esse? — indagou Thurlow.

Tom se aproximou da porta.

O detetive pareceu deixar para lá o assunto do passaporte e andou em direção a ele.

— Eu posso não ser um detetive típico. Talvez nem exista uma coisa assim. Nós somos todos diferentes, e nem todos somos capazes de uma luta física se a coisa chegar a esse ponto.

Mas ele parecia bem convencional, pensou Tom, olhando para o corpo bem-alimentado de Thurlow, para as mãos pesadas dele com um anel de formatura no mindinho. Cogitou perguntar a ele se já tinha trabalhado na polícia, mas na verdade não dava a mínima para a história de vida daquele homem.

— O senhor já teve alguma experiência com o submundo, não é, Sr. Ripley? — perguntou-lhe Thurlow, cordial.

— E todos nós já não tivemos? — respondeu Tom. — Qualquer um que já tenha comprado um tapete oriental. Bem, Frank, parece estar tudo certo, agora que já tem seu passaporte.

— Não vou passar a noite aqui — declarou Frank e se levantou.

Thurlow o encarou.

— Como assim, Frank? Onde está sua mala? Não trouxe?

— Lá embaixo com a de Tom — respondeu o garoto. — Eu quero ir para casa com Tom agora. Hoje à noite. Nós não vamos voltar para os Estados Unidos hoje, vamos? Eu não vou.

Frank parecia decidido.

Tom esboçou um sorriso e aguardou. Já esperava algo daquele tipo.

Com igual determinação e certo espanto, o detetive cruzou os braços.

— Pensei em irmos amanhã. Quer ligar para sua mãe agora, Frank? Ela está esperando um telefonema seu.

O garoto negou com a cabeça, bem firme.

— Caso ligue de novo, diga a ela que eu estou bem, e pronto.

— Seria melhor se você ficasse aqui, Frank — insistiu Thurlow. — É só uma noite, e quero você por perto.

— Vamos, Franky — pediu Johnny. — Fique aqui! Claro!

Frank lançou um olhar para o irmão, como se não quisesse ser chamado de Franky, e fez um movimento de chute com o pé direito, embora não houvesse nada para chutar. Chegou mais perto de Tom.

— Eu quero ir embora.

— Olhe aqui — interveio Thurlow. — É só uma noite…

— *Posso* ir para Belle Ombre com você? — perguntou Frank a Tom. — Eu posso, não posso?

Nos segundos que se seguiram, todos à exceção de Tom falaram ao mesmo tempo. Tom anotou o telefone de contato em um bloquinho junto ao telefone e escreveu o nome dele próprio embaixo.

— Se avisarmos à minha mãe, não tem *problema* — explicava Johnny para Thurlow. — Eu *conheço* Frank.

Tom se perguntava se conhecia mesmo. Era óbvio que em geral Johnny confiava no irmão.

— … causar um atraso — retrucava Thurlow com irritação. — Use sua influência, Johnny.

— Eu não tenho influência alguma! — exclamou o rapaz.

— Já estou indo — declarou Frank, com as costas tão eretas quanto Tom ou qualquer outra pessoa poderiam ter desejado. — Tom já anotou o telefone dele. Acabei de ver. Até logo, Sr. Thurlow. Vejo você em breve, Johnny.

— Amanhã de manhã, sim? — disse o rapaz, acompanhando Tom e Frank até o lado de fora. — Sr. Ripley…

— Pode me chamar de Tom.

Já estavam no corredor e andavam em direção aos elevadores.

— Esse encontro não foi grande coisa — comentou Johnny, com uma expressão séria. — Os últimos dias têm sido um caos. Sei que o senhor cuidou do meu irmão, que na verdade o salvou.

— Bem...

Tom observou as sardas no nariz de Johnny, os olhos com o mesmo formato dos de Frank, mas que pareciam bem mais felizes.

— Ralph é um tanto abrupto... no jeito de falar — continuou Johnny.

Thurlow então se juntou a eles.

— Nós devemos ir embora amanhã, Sr. Ripley. Posso lhe telefonar logo cedo, por volta das nove? A essa hora já terei nossas reservas.

Tom aquiesceu com calma. Frank já tinha apertado o botão do elevador.

— Sim, Sr. Thurlow.

Johnny estendeu a mão.

— Obrigado, Sr. Ri... Tom. Minha mãe ficou pensando...

O detetive fez um gesto, como se preferisse que o rapaz ficasse calado.

Johnny prosseguiu:

— Ela não sabia o que pensar em relação a você, então...

— Ah, já chega! — interrompeu Frank, remexendo-se de constrangimento.

As portas do elevador se abriram como braços que os recebiam e diziam "Bem-vindos!", e foi com grande alegria que Tom entrou. Frank o seguiu na mesma hora. Tom apertou o botão, e eles desceram.

— Ufa! — exclamou Frank, batendo na própria testa com a palma da mão.

Tom riu e se recostou no interior wagneriano. Dois andares abaixo, um casal entrou, a mulher com um perfume que Tom detestou, embora talvez fosse caro. O vestido dela, todo listrado de amarelo e azul, certamente parecia ter custado uma fortuna, e os sapatos de salto de verniz preto o fizeram se lembrar do pé, ou do par, que havia deixado no apartamento dos sequestradores em Berlim. Um achado surpreendente para os vizinhos ou para a polícia, imaginou. No lobby, enfim buscou as malas, mas sentiu que só conseguiu respirar de verdade quando estava na calçada à espera de o porteiro do hotel chamar um táxi. Quase imediatamente apareceu um, e dele saltaram duas mulheres. Tom e Frank o pegaram com destino à Gare de Lyon. Conseguiriam embarcar no trem das duas e dezoito com alguns minutos de folga, o que seria ótimo, porque assim evitariam a espera terrível pelo seguinte, às cinco da tarde ou pouco depois. Frank olhava pela janela com uma expressão ao mesmo tempo intensa e sonhadora, o corpo rígido feito uma estátua. Na verdade, Tom pensou na estátua de um anjo, uma daquelas figuras angustiadas porém piedosas que ladeavam as portas das igrejas. Na estação, comprou duas passagens de primeira classe e um exemplar do *Le Monde* em uma banca perto dos vagões.

Quando o trem começou a andar, Frank sacou um livro que havia comprado em uma livraria em Hamburgo, conforme Tom se recordava: *Diário campestre de uma dama eduardiana*. Surpreendente. Tom passou os olhos pelo *Le Monde*, leu uma coluna sobre *gauchistes* que parecia não conter nada de novo, pousou o jornal no assento ao lado de Frank e esticou os pés por cima. O garoto não olhou para ele. Estaria fingindo aquela concentração?

— Tem algum motivo para... — começou a dizer Frank.

Tom se inclinou para a frente, pois o barulho do trem não lhe permitira ouvir o restante.

— Motivo para quê?

— Tem algum motivo para o comunismo simplesmente *não* dar certo? — perguntou Frank, muito sério.

Tom teve a impressão de que o trem estava rugindo em direção à parada seguinte, que ainda não tinha começado a aplicar os freios, o que faria um estardalhaço ainda maior. Do outro lado do corredor, uma criança pequena havia começado a reclamar e o pai lhe dera uma palmadinha.

— O que fez você pensar nisso? Esse livro?

— Não, não. *Berlim* — explicou Frank, com a testa franzida.

Tom respirou fundo, pois detestava ter que competir com o barulho do trem.

— Ele funciona. O socialismo funciona. O que falta é iniciativa individual... Dizem. Por enquanto os russos não permitem iniciativa suficiente... então todo mundo perde as esperanças.

Olhou em volta, satisfeito em ver que ninguém escutava aquela preleção improvisada, e retomou:

— Existe uma diferença...

— Um ano atrás eu pensei que fosse comunista. Moscou até, sabe. Depende do que se lê. Se você ler as coisas *certas*...

O que Frank queria dizer com as coisas certas?

— Se você ler...

— Por que os russos precisam do *Muro*? — questionou Frank, com as sobrancelhas arqueadas.

— Bom, é isso. Se a questão for liberdade de escolha... Hoje em dia, as pessoas podem solicitar cidadania em países comunistas e provavelmente vão conseguir. Mas se você estiver em um país comunista, quero ver tentar *sair*!

— É isso que é tão... hum... injusto!

Tom balançou a cabeça. O trem avançava rugindo, parecia até que já tinham passado por Melun, mas isso era impossível. Era bom escutar o garoto fazer tantas perguntas ingênuas. De que outro modo alguém tão jovem poderia aprender alguma coisa? Tom se inclinou para a frente outra vez.

— Você viu o Muro. As barreiras ficam do lado *deles*, embora aleguem que as construíram para impedir os capitalistas de *entrar*. Mas com certeza poderia ter sido uma maravilha. A Rússia foi se tornando cada vez mais um Estado policial. Parecem acreditar que precisam de todo esse controle sobre as pessoas — observou Tom, sem saber como concluir a conversa. Jesus Cristo tinha sido um dos primeiros comunistas. — Mas é claro que a ideia é ótima! — berrou.

Seria aquele o jeito de instruir os jovens? Gritando lugares-comuns? Melun. O garoto retomou a leitura e, minutos depois, mostrou uma frase para Tom.

— Nós temos estas daqui no nosso jardim no Maine. Meu pai encomendou da Inglaterra.

Tom leu a frase sobre uma flor silvestre inglesa da qual nunca ouvira falar: amarela, às vezes roxa, que se abria no começo da primavera. Assentiu com a cabeça. Percebeu estar preocupado, pensando em várias coisas, e portanto em nada, pelo menos nada de útil ou conclusivo.

Em Moret, os dois saltaram do trem e Tom chamou um dos táxis que aguardavam em frente à estação. Logo começou a se sentir melhor. Ali era o lar dele, casas conhecidas, árvores familiares, a ponte com a torre acima do Loing. Lembrou-se da primeira vez que tinha levado o garoto à casa de Madame Boutin, ali em Moret, de como desconfiara da sua história, de como se perguntara por que motivo o garoto o havia procurado. O táxi entrou pelos portões abertos de Belle Ombre e parou no cascalho, diante dos degraus da frente. Tom sorriu ao ver o Mercedes vermelho na garagem, e, como a porta da segunda garagem estava fechada, imaginou que o Renault também estivesse lá e Heloise estivesse em casa. Pagou ao taxista.

— *Bonjour*, Monsieur Tome! — disse Madame Annette dos degraus da frente. — E Monsieur Billy! Sejam bem-vindos!

Tom reparou que ela não pareceu muito surpresa com a presença de Billy.

— E como andam as coisas?

Ele deu um beijo rápido no rosto da governanta.

— Tudo muito bem, mas Madame Heloise ficou muito preocupada durante um dia ou dois. Entrem.

Heloise, que estava na sala, foi até o marido e o abraçou.

— *Tome*, até que enfim!

— Passei tanto tempo fora assim? E Billy está aqui.

— Olá, Heloise. Estou atrapalhando você outra vez — disse o garoto em francês. — Mas é só por uma noite… se me permitir.

— Você *não* está atrapalhando. Olá.

Ela piscou devagar e estendeu a mão.

Naquele piscar de olhos, Tom percebeu que a esposa conhecia a identidade do garoto.

— Muita coisa para conversar — comentou Tom, alegre —, mas primeiro quero levar nossas malas lá para cima. Então…

Fez um gesto para Frank, por enquanto sem saber como se dirigir a ele, e ambos subiram com as bagagens.

Madame Annette estava no meio do processo de assar algo no forno, julgou Tom pelo aroma de laranja e baunilha, caso contrário teria se apoderado das malas e ele teria sido obrigado a tirá-las das mãos dela, pois lhe desagradava ver mulheres carregando as bagagens de um homem.

— Meu Deus, como é bom chegar em casa! — declarou no corredor de cima. — Fique com o quarto de hóspedes, Frank, a menos que… — Uma espiadela para dentro do quarto lhe assegurou que estava vazio. — Mas use o meu banheiro. Queria falar com você, então entre aqui um minuto.

Tom foi até seu quarto e tirou da mala algumas coisas para pendurar ou mandar lavar.

O garoto entrou com uma expressão perturbada, e Tom soube que ele havia notado a atitude de Heloise.

— Bom, Heloise sabe. Mas por que se preocupar, Frank?

— Contanto que ela não ache que sou um mentiroso.

— Eu também não me preocuparia com isso. Será que esse bolo com cheiro delicioso, ou seja lá o que for, é para o chá ou para o jantar?

— E Madame Annette? — perguntou Frank.

Tom riu.

— Ela parece querer chamá-lo de Billy. Mas provavelmente deve ter sabido da sua identidade antes mesmo de Heloise. Madame Annette lê os jornais de fofocas. De toda forma, tudo vai se esclarecer amanhã, quando você mostrar seu passaporte. O que houve? Está com *vergonha*? Vamos descer. Jogue suas roupas sujas aqui no chão. Vou avisar Madame Annette, e tudo estará pronto amanhã de manhã.

Frank voltou para o quarto e Tom tornou a descer para a sala. O dia estava lindo e as portas do jardim estavam abertas.

— Eu percebi pelas fotos, claro. Vi duas — contou Heloise. — Quem me mostrou a primeira foi Madame Annette. Por que ele fugiu?

Nesse exato instante, a governanta entrou com uma bandeja de chá.

— Ele queria se afastar de casa por um tempo. Pegou o passaporte do irmão mais velho quando fugiu. Mas vai voltar para casa amanhã, para os Estados Unidos.

— Ah, é? — perguntou Heloise, surpresa. — Vai mesmo?

— Hoje conheci o irmão dele, Johnny… e o detetive que a família contratou. Eles estão no Hôtel Lutetia, em Paris. Tive contato com eles quando estava em Berlim.

— Berlim? Pensei que você estivesse em Hamburgo… principalmente.

O garoto vinha descendo a escada.

Heloise serviu o chá. Madame Annette já tinha voltado para a cozinha.

— Eric mora em Berlim, você sabe — continuou Tom. — Eric Lanz, que esteve aqui semana passada. Sente-se, Frank.

— O que vocês foram fazer em Berlim? — quis saber Heloise, como se a cidade fosse um posto militar avançado, um destino impensável para qualquer pessoa de férias.

— Ah… Só dar uma olhada.

— Vai gostar de voltar para casa, Frank? — perguntou ela enquanto lhe servia bolo de laranja.

O garoto não parecia muito bem, mas Tom fingiu não notar. Levantou-se do sofá e foi olhar as cartas empilhadas ao lado do telefone, onde Madame Annette sempre as deixava. Eram apenas seis ou oito, e duas pareciam ser contas. Uma de Jeff Constant despertou a curiosidade de Tom, mas ele não a abriu.

— Conversou com sua mãe enquanto estava em Berlim? — questionou Heloise, dirigindo-se a Frank.

— Não — respondeu ele, engolindo o bolo como se estivesse seco igual a poeira.

— Que tal Berlim?

Heloise então olhou para Tom.

— Não existe nada igual no mundo. Como dizem de Veneza. Todo mundo pode fazer o que quiser. Não concorda, Frank?

O garoto esfregou o dedo no olho esquerdo e se remexeu no assento.

Tom desistiu.

— Ei… Frank. Levante-se e vá tirar um cochilo. Eu insisto — aconselhou e se virou para a esposa. — Reeves nos manteve acordados até tarde ontem em Hamburgo. Eu chamo você na hora do jantar, Frank.

O garoto se levantou e fez uma leve mesura para Heloise, obviamente com a garganta tão apertada que não conseguia dizer nada.

— Algum problema? — sussurrou ela. — Hamburgo… ontem à noite?

A essa altura, Frank já tinha subido.

— Bom... Deixe Hamburgo para lá. Frank foi sequestrado domingo passado em Berlim. Só o encontrei na terça-feira de manhã. Eles lhe deram...

— Sequestrado?

— Sei que não saiu nos jornais. Os sequestradores lhe deram muitos sedativos, e sei que ele ainda está sentindo os efeitos.

Heloise estava boquiaberta e piscava devagar como antes, só que de um jeito diferente, com os olhos tão arregalados que era possível ver as pequenas linhas azul-escuras que se irradiavam das pupilas e atravessavam as íris azuis.

— Eu não soube nada sobre nenhum sequestro. A família dele pagou um resgate?

— Não. Bom, sim, mas o dinheiro não foi entregue. Conto para você em outro momento, quando estivermos a sós. Olhei para você agora e me lembrei do *Druckfisch* do aquário de Berlim. Que peixinho mais incrível! Comprei alguns postais dele, vou lhe mostrar! Ele tem *cílios*... como se alguém os tivesse desenhado em volta dos olhos. Cílios compridos e pretos!

— *Eu* não tenho cílios compridos e pretos! Tom, esse sequestro... Como assim, "só o encontrei na terça de manhã"?

— Os detalhes vão ficar para outra hora. Não estamos machucados, isso você pode ver.

— E a mãe dele, está sabendo?

— Teve que saber, porque foi preciso juntar o dinheiro. Eu só... só comecei a contar essa história para explicar por que o garoto está um pouco estranho hoje à noite. Ele...

— Ele é muito estranho. Por que fugiu de casa, para começo de conversa? Você sabe?

— Não. Na verdade, não.

Tom sabia que jamais revelaria a Heloise o que o garoto tinha lhe contado. Havia um limite para o que ela devia saber, e Tom sabia identificá-lo com precisão.

19

Tom leu a carta de Jeff Constant e ficou mais tranquilo, porque Jeff prometia tomar as providências necessárias para "destruir" os esboços inacabados ou malsucedidos feitos pelo sucessor de Bernard Tufts que imitara Derwatt. Essas tentativas, produzidas por algum pintor sem talento, pareciam inesgotáveis. Tom foi verificar a estufa, colheu um tomate maduro que devia ter escapado à atenção de Madame Annette, tomou um banho de chuveiro e vestiu uma calça jeans limpa. Também ajudou Heloise a encerar um cabide de roupas que ela havia acabado de comprar. Do topo do cabide saíam ganchos curvos e compridos de madeira, com ponteiras de latão que faziam Tom pensar em chifres de vaca do oeste dos Estados Unidos. Para surpresa dele, Heloise lhe disse que a peça de fato vinha de lá, o que fatalmente aumentou seu preço, informação que Tom não se interessou em saber. Heloise gostara da peça porque o *style rustique* tipicamente americano contrastava com o do restante da casa, produzindo um efeito cômico.

Por volta das oito, Tom chamou Frank para jantar e abriu uma cerveja para cada um. O garoto não estava dormindo, mas Tom esperava que ao menos tivesse tirado um cochilo. Tom se atualizou em relação às notícias sobre a família de Heloise: a mãe estava ótima e não precisaria ser operada, mas o médico a pusera em uma dieta sem sal e sem gordura, a recomendação francesa tradicional, pensou Tom, sempre que o médico não sabia o que mais dizer ou fazer. Heloise contou que tinha ligado para os pais naquela tarde e dito que não iria jantar com eles, como em geral fazia, porque Tom tinha acabado de voltar de viagem.

Eles tomaram o café na sala.

— Vou colocar aquele disco de que você gosta — disse Heloise para Frank, e pôs para tocar *Transformer*, de Lou Reed.

"Make Up" era a primeira música do lado B.

You face when sleeping is sublime
And then you open up your eyes
Then come pancake Factor Number One,
Eyeliner, rose lips, oh, it's such fun!
You're a slick little girl...[*]

Frank baixou o olhar para o café, ainda taciturno.

Tom procurou uma caixa de charutos na mesinha do telefone e não encontrou. Talvez tivesse acabado. Os novos que havia comprado estavam no quarto, mas ele não sentiu vontade suficiente de fumar um charuto a ponto de ir ao andar de cima. Lamentou que Heloise tivesse posto aquele disco para tocar, pois sabia que fazia o garoto pensar em Teresa. Frank parecia estar sofrendo por dentro, e Tom se perguntou se ele queria ser "dispensado" ou se preferia a companhia apesar da música. Talvez a segunda música fosse mais agradável para ele.

---

[*] Seu rosto ao dormir é sublime,
E então você abre os olhos…
Aí vem o *pancake* Fator Número Um,
Lápis de olho, lábios cor-de-rosa, ah, que diversão!
Que menina esperta você é…

Sa...tel...lite...
Gone way up to Mars...
I've been told that you've been bold
With Harry, Mark, and John...
Things like that drive me out of my mind
I watched it for a little while...
I love to watch things on TV...[*]

A voz americana descontraída continuou, as palavras leves e simples, mas mesmo assim, caso interpretados daquela forma, os versos poderiam se referir a um momento delicado da vida de alguém. Tom fez um sinal para a esposa que significava "desligue, por favor" e se levantou da poltrona.

— Eu gosto, mas... que tal um pouco de música clássica? Talvez Albéniz? Eu gostaria de ouvir Albéniz.

Eles tinham uma gravação nova de *Iberia* com Michel Block ao piano, cuja performance, segundo os mais respeitados críticos, superava a de todos os contemporâneos dele naquela peça. Heloise pôs o disco para tocar. Bem melhor! Em comparação ao rock que estavam ouvindo, aquilo era como uma poesia musical, sem o fardo de palavras carregando uma mensagem. Frank cruzou olhares com Tom por um instante, e Tom viu um lampejo de gratidão.

— Vou subir — avisou Heloise. — Boa noite, Frank. Vejo você amanhã de manhã, espero.

Frank se levantou.

---

* Sa-té-lite...
Foi embora até o planeta Marte...
Fiquei sabendo que você se engraçou
Com Harry, Mark e John...
Coisas assim me tiram do sério...
Fiquei assistindo um tempinho...
Adoro assistir a coisas na TV...

— Sim. Boa noite, Heloise.

Ela subiu a escada.

Tom sentiu que a partida precoce da esposa era uma indireta para que ele fizesse o mesmo. Ela queria lhe fazer mais perguntas, claro.

O telefone tocou, Tom abaixou o volume da música e atendeu. Era Ralph Thurlow, de Paris, querendo saber se os dois tinham chegado em casa, e Tom lhe assegurou que sim.

— Estou com reservas para decolar às doze e quarenta e cinco de Roissy, amanhã — disse Thurlow. — Pode se certificar de que Frank chegue a tempo? Ele está aí? Gostaria de falar com ele.

Tom olhou para Frank, que balançou a cabeça com veemência, recusando-se a falar com o homem.

— Frank subiu e acho que já foi dormir, mas posso me certificar de que ele chegue a Paris, claro. Qual a companhia?

— TWA, voo 562. Acho que o mais simples seria Frank estar no Lutetia entre as dez e as dez e meia da manhã e pegarmos um táxi daqui.

— Está bem, é possível.

— Não comentei nada hoje à tarde, Sr. Ripley, mas tenho certeza de que o senhor teve alguns gastos nos últimos dias. É só me informar, e providenciarei para que o assunto seja resolvido. Escreva-me aos cuidados da Sra. Pierson. Frank pode lhe dar o endereço dela.

— Obrigado.

— Vou ver o senhor amanhã de manhã também? Eu preferiria que o senhor... hum... trouxesse Frank.

— Tudo bem, Sr. Thurlow.

Tom estava sorrindo ao desligar. Virou-se para Frank.

— Thurlow reservou passagens para amanhã por volta do meio-dia. Você precisa estar no hotel deles lá pelas dez. É fácil. Pela manhã saem muitos trens. Ou eu poderia levar você.

— Ah, não precisa — recusou Frank com educação.

— Mas você vai?

— Vou.

Tom sentiu um alívio que tentou esconder.

— Estava pensando em pedir a você para ir comigo... Mas seria o cúmulo, imagino.

Frank estava com os punhos cerrados dentro dos bolsos da calça, e o maxilar parecia tremer.

Ir com ele para onde?, perguntou-se Tom.

— Sente-se, Frank.

O garoto não quis.

— Preciso enfrentar tudo, eu sei.

— Como assim, tudo?

— Contar a eles o que eu fiz... com o meu pai — respondeu Frank, como se aquilo fosse uma sentença de morte.

— Eu disse a você para não fazer isso — falou Tom baixinho, embora soubesse que Heloise estava lá em cima no quarto dela, ou então no banheiro nos fundos da casa. — Você não precisa contar nada, então por que voltar a tocar nesse assunto?

— Se eu tivesse Teresa, não pensaria em confessar nada, eu juro. Mas nem ela eu tenho.

Ali estava o impasse outra vez, percebeu Tom. Teresa.

— Talvez eu me mate. Que outra alternativa tenho? Não estou dizendo isso a você como uma ameaça idiota — continuou e encarou Tom. — Estou só sendo sensato. Pensei na minha vida inteira hoje à tarde lá no quarto.

A vida inteira dele. Dezesseis anos. Tom aquiesceu, então disse algo em que não acreditava de fato:

— Talvez Teresa não seja um caso perdido. Talvez ela passe uma semana ou duas interessada em outra pessoa, ou pensando estar. Garotas gostam de fazer esses joguinhos, entende? Mas ela com certeza sabe que com você é coisa séria.

Frank deu um leve sorriso.

— De que isso adianta? O outro cara é *mais velho*.

— Olhe aqui, Frank...

Será que adiantaria alguma coisa manter o garoto em Belle Ombre por mais um dia e tentar botar um pouco de juízo na cabeça dele? Tom duvidou que isso fosse dar certo.

— A única coisa que você não precisa fazer... é contar para alguém.

— Acho que preciso decidir isso sozinho — rebateu Frank com uma frieza surpreendente.

Tom cogitou a possibilidade de ir aos Estados Unidos com ele, para acompanhá-lo durante os primeiros dias com a mãe e garantir que não fosse dizer nada impensado.

— E se eu fosse com você amanhã?

— A Paris?

— Não, aos Estados Unidos.

Tom esperava que Frank relaxasse da tensão, tivesse algum tipo de alívio visível, mas o garoto se limitou a dar de ombros.

— Sim, mas, no fim das contas, de que adi...

— Frank, você não vai desabar. Tem alguma objeção ao fato de eu ir?

— Não. Você é realmente meu único amigo.

Tom balançou a cabeça.

— Eu não sou seu único amigo, sou só a única pessoa com quem você conversou. Está bem, eu vou com você, e quero avisar Heloise agora. Suba e vá dormir um pouco. Pode ser?

O garoto subiu com ele, e Tom disse:

— Boa noite, até amanhã.

Em seguida foi até a porta de Heloise e bateu. Ela estava na cama, apoiada nos travesseiros e em um dos cotovelos, lendo um livro. Tom reparou que era o seu exemplar surrado dos *Poemas selecionados* de Auden. Heloise gostava dos poemas de Auden por serem, segundo ela, "claros". Pareceu-lhe um horário curioso para ler poesia, mas talvez não fosse. Observou os olhos da esposa nadarem de volta ao presente, a ele e a Frank.

— Vou para os Estados Unidos com Frank amanhã — anunciou Tom. — Provavelmente só por dois ou três dias.

— Por quê? Você não me contou muita coisa, Tom. Quase nada.

Ela deixou o livro de lado, mas não com raiva.

Tom de repente se deu conta de que havia algo que podia contar a Heloise.

— Ele está apaixonado por uma garota nos Estados Unidos e essa garota recentemente arrumou outra pessoa, então ele está devastado.

— É por isso que você precisa ir para os Estados Unidos? O que realmente aconteceu em Berlim? Ainda o está protegendo de… de uma gangue?

— Não! O sequestro aconteceu quando Frank e eu estávamos fazendo uma caminhada por uma floresta em Berlim. Nós nos separamos durante um minuto ou dois… e eles o pegaram. Marquei um encontro com os sequestradores… — Tom fez uma pausa. — Enfim, consegui tirar Frank do cativeiro. Ele estava muito sonolento por causa dos sedativos… Ainda está um pouco.

Heloise não parecia pôr muita fé naquela história.

— Tudo isso em Berlim… Na cidade?

— Sim, em Berlim Ocidental. Lá é maior do que se imagina.

Tom havia se sentado ao pé da cama de Heloise, mas então se levantou.

— E não precisa se preocupar com a viagem, porque eu vou voltar bem rápido e… Quando exatamente você vai embarcar naquele tal cruzeiro? Só no fim de setembro, não é?

Estavam no dia 1º de setembro.

— No dia 28. Tom, por que está tão preocupado? Acha que vão tentar sequestrar esse garoto outra vez, é isso? As mesmas pessoas?

Tom riu.

— Não, certamente não. Os sequestradores lá em Berlim pareciam um bando de amadores! Eram só quatro. E tenho certeza de que estão com medo, evitando chamar atenção.

— Você não está me contando tudo.

Heloise não parecia ressentida ou exasperada, mas algo entre as duas coisas.

— Talvez não, mas vou contar mais tarde.

— Foi isso que você falou sobre...

Ela se calou e olhou para as próprias mãos.

Sobre Murchison? Sobre o desaparecimento ainda não explicado? O americano que Tom havia matado na adega de Belle Ombre quando o acertou na cabeça com uma garrafa de vinho? Uma garrafa de um bom Margaux, recordou ele. Não, ele nunca tinha contado a Heloise que havia arrastado o corpo de Murchison até o lado de fora, nem revelado a verdade sobre a grande mancha vermelho-escura que se recusava a sair do piso de cimento da adega e que não se devia inteiramente ao vinho. Tom havia esfregado o chão exaustivamente.

— Enfim...

Quando ele se moveu em direção à porta, Heloise ergueu o olhar e o encarou.

Tom se ajoelhou ao lado da cama, abraçou-a da melhor maneira que conseguiu e pressionou o rosto no lençol que a cobria.

Ela roçou os dedos nos cabelos do marido.

— Que tipo de perigo está à espreita? Não pode me contar?

Tom percebeu que nem ele sabia.

— Não existe perigo algum — respondeu e se levantou. — Boa noite, querida.

Ao sair para o corredor, viu que a luz do quarto do garoto ainda estava acesa. Quando passou pelo cômodo, a porta se abriu de leve. Frank o chamou com um aceno. Tom entrou e o garoto fechou a porta. Estava de pijama e a cama descoberta, mas ele não tinha se deitado.

— Acho que fui um covarde lá embaixo — disse Frank. — Acho que o *modo* como eu disse as coisas foi horrível. Usei as palavras erradas. E quase chorando, meu Deus do céu!

— E daí? Não se importe com isso.

O garoto andou pelo carpete, agoniado, fitando os próprios pés descalços.

— Minha vontade é me perder. Nem tanto me matar, mas me perder. É por causa de Teresa... eu acho. Se eu pudesse simplesmente me desfazer feito vapor... Entende?

— Perder sua identidade, você quer dizer? Perder o quê?

— Tudo. Uma vez, com Teresa, pensei que tivesse perdido a carteira — contou Frank, com um sorriso repentino. — Nós estávamos jantando em Nova York, e eu quis pagar a conta e não achei a carteira. Tive a sensação de tê-la tirado do bolso alguns minutos antes, talvez tivesse caído no chão. Olhei debaixo da mesa... estávamos sentados em uma espécie de banco... e não encontrei, então pensei que eu pudesse ter deixado em casa! Acho que chego a ficar zonzo quando estou com Teresa. É assim... Sempre estou prestes a desmaiar. Assim que a vejo, todas as vezes... sinto como se mal conseguisse respirar.

Tom fechou os olhos por um instante e assentiu, solidário.

— Frank, quando estiver com uma garota, você nunca deve parecer nervoso, mesmo que esteja se sentindo assim.

— Sim, senhor... Enfim, nesse dia Teresa falou: "Tenho certeza de que você não perdeu, olhe outra vez." Àquela altura até o garçom estava me ajudando, e Teresa disse que podia pagar a conta, e quando foi fazer isso descobriu que eu tinha enfiado a minha carteira na bolsa *dela*, porque tinha tirado do bolso antes da hora e estava nervoso. Era assim que as coisas sempre aconteciam com Teresa. Eu achava que tudo tinha dado errado... e depois acabava sendo uma sorte.

Tom entendia. Freud também poderia ter entendido. Seria aquela garota mesmo uma sorte para Frank? Ele duvidava muito.

— Eu tenho várias histórias parecidas, mas não quero deixar você entediado — acrescentou o garoto.

Aonde ele estava querendo chegar? Ou será que só queria falar sobre Teresa?

— Eu realmente quero perder tudo, Tom. Até mesmo a minha vida, sim. É difícil expressar em palavras. Talvez eu conseguisse explicar para Teresa ou pelo menos dizer alguma coisa, mas agora ela não dá a mínima. Cansou de mim.

Tom tirou os cigarros do bolso e acendeu um. O garoto estava no mundo dos sonhos e precisava de um choque de realidade.

— Antes que eu me esqueça, Frank, o seu passaporte em nome de Andrews. Posso ver?

Tom apontou para a cadeira em que Frank havia pendurado a jaqueta.

— Pode pegar, está aí dentro.

Tom pegou o documento no bolso interno.

— Isto aqui vai voltar para Reeves — disse, depois limpou a garganta com um pigarro e continuou: — Será que devo contar a você que uma vez assassinei um homem aqui nesta casa? Horrível, não? Debaixo deste teto. Posso lhe dizer o motivo: aquele quadro acima da lareira, *Homem na cadeira*...

Logo se deu conta de que não podia dizer ao garoto que o quadro era falso e que vários dos Derwatts mais recentes eram falsificados. Quando Frank poderia contar isso a alguém, dali a meses ou anos?

— Sim, eu gosto daquela pintura — comentou o garoto. — O homem tentou roubar o quadro?

Tom jogou a cabeça para trás e riu.

— Não! Não quero contar mais. Nós somos parecidos de certa forma, não acha, Frank?

Teria ele visto um minúsculo alívio nos olhos do garoto ou não?

— Boa noite, Frank. Acordo você lá pelas oito.

Já no quarto, Tom viu que Madame Annette tinha desfeito a mala, de modo que ele teria que arrumar tudo de novo, desde os apetrechos de barbear até todo o restante. O presente de Heloise, a bolsa azul, estava na escrivaninha, ainda dentro do saco plástico branco. Estava dentro de uma caixa, e Tom decidiu deixar o embrulho no quarto da esposa em algum momento da manhã seguinte, para que ela o encontrasse quando ele já tivesse ido embora. Eram onze e cinco da noite. Embora houvesse um telefone no quarto, Tom desceu com o propósito de ligar para Thurlow.

Johnny atendeu e disse que o detetive estava tomando banho.

— Seu irmão quer que eu vá com ele amanhã, então eu vou — informou Tom. — Aos Estados Unidos.

— Ah, é mesmo? Ótimo! — Johnny soou satisfeito. — Ralph chegou... É Tom Ripley.

Quando o rapaz passou o telefone para o detetive, Tom tornou a explicar:

— O senhor acha que consegue um lugar para mim no mesmo voo, ou devo tentar hoje à noite?

— Não, eu cuido disso. Tenho certeza de que consigo. Foi ideia de Frank?

— Um desejo dele, sim.

— Está bem, Tom. Então nos vemos amanhã por volta das dez.

Tom tomou outro banho morno, e não via a hora de se deitar. Naquela manhã mesmo estava em Hamburgo, e o que o caro Reeves estaria fazendo àquela hora? Mais uma negociação com alguém, tomando vinho branco gelado no apartamento? Tom decidiu deixar para arrumar a mala de manhã.

Na cama, com a luz apagada, pegou-se pensando no abismo geracional, ou tentando pensar. Não surgia em todas as gerações? E as gerações não se sobrepunham, de modo que nunca era possível identificar um período de mudança de exatos vinte e cinco anos? Tentou imaginar como era para Frank ter nascido quando os Beatles estavam começando em Londres (depois de Hamburgo), em seguida fazendo a turnê americana e mudando a cara da música pop, e ter cerca de 7 anos quando o homem havia pousado na Lua, quando as Nações Unidas como organização para a manutenção da paz começavam a ser alvo de chacota e a ser usadas para garantir interesses próprios. E antes disso era a Liga das Nações, não? Aquela que não fora capaz de deter nem Franco nem Hitler. História antiga. Toda geração parecia ser obrigada a se libertar de algo e depois tentar desesperadamente encontrar outra coisa à qual se agarrar. Para os jovens da época, às vezes eram gurus, ou os Hare Krishna, ou então o culto do reverendo Moon, e o tempo todo a música pop, já que canções de protesto muitas vezes tocavam fundo naquelas almas. Apaixonar-se, no entanto, estava fora de moda, segundo ele tinha escutado ou lido em algum lugar, mas não ouvira isso de Frank. O garoto talvez fosse excepcional por simplesmente admitir estar apaixonado. "Ser casual, sem emoções fortes", era esse o lema da juventude. Muitos jovens não acreditavam no casamento, apenas em viver juntos e, às vezes, ter filhos.

Onde Frank se encaixava em tudo isso? O garoto disse que quer se perder. Será que quisera dizer se libertar das responsabilidades da família Pierson? Cometer suicídio? Mudar de nome? A que Frank queria se agarrar? A sonolência de Tom pôs fim às especulações. Do outro lado da janela, uma coruja piava. Era início de setembro, e Belle Ombre escorregava rumo ao outono e ao inverno.

20

Heloise levou os dois de carro até a estação de trem de Moret, e tinha se oferecido para ir até Paris. Como iria visitar os pais em Chantilly naquela noite, porém, Tom a convenceu a não fazer também o trajeto de ida e volta até Paris. Ela se despediu de ambos com votos de boa viagem e um beijo extra para Frank, reparou Tom.

Ele não conseguiu comprar na estação de Moret um exemplar do jornal de fofocas *France-Dimanche*, mas foi a primeira coisa que fez ao chegar na Gare de Lyon. Passava um pouco das nove, e Tom parou na estação para dar uma olhada no jornal. Encontrou Frank Pierson na página dois, com a conhecida foto antiga de passaporte em uma só coluna, em vez de espalhada por duas colunas ou mais. "Herdeiro americano desaparecido estava de férias na Alemanha", dizia o título. Tom passou os olhos pela coluna, com medo de encontrar o próprio nome, mas não encontrou. Teria Ralph Thurlow finalmente feito um trabalho louvável? Sentiu-se aliviado.

— Nada alarmante — falou para Frank. — Quer olhar?

— Não, obrigado.

O garoto levantou a cabeça com o que aparentou ser um esforço deliberado. Estava desanimado outra vez.

Eles entraram na fila dos táxis e pegaram um até o Lutetia. Thurlow estava na recepção do lobby pagando a conta, ocupado em preencher um cheque naquele exato momento.

— Bom dia, Tom. Olá, Frank! Johnny está lá em cima cuidando das bagagens.

Tom e Frank aguardaram. Johnny saiu de um elevador com duas malas de mão. Sorriu para o irmão mais novo.

— Viu o *Trib* hoje de manhã?

Eles tinham saído de casa cedo demais para receber o *Trib*, e não ocorrera a Tom comprar um exemplar. Johnny informou ao irmão que, segundo o jornal, ele fora encontrado na Alemanha, onde tirava férias. Tom se perguntou onde supostamente Frank estaria naquele momento de acordo com as notícias, mas não externou o pensamento.

— Sim, eu sei — respondeu o garoto, parecendo pouco à vontade.

Precisaram dividir dois táxis. Frank quis ir com Tom, que sugeriu que o garoto fosse com o irmão. Queria alguns minutos com Ralph Thurlow, só não sabia se isso serviria de alguma coisa.

— Já faz muito tempo que o senhor conhece os Pierson? — começou ele para Thurlow, com um tom agradável.

— Sim. Conhecia John fazia uns seis ou sete anos. Eu era sócio de Jack Diamond. Um detetive particular. Jack voltou para São Francisco, que é de onde venho, mas eu fiquei em Nova York.

— Que bom que os jornais não deram muita importância ao reaparecimento de Frank. Foi graças aos seus esforços? — perguntou Tom, ansioso para fazer um elogio ao detetive.

— Espero que sim — respondeu o sujeito, com ar de orgulho. — Fiz o que pude para abafar a história. Estou torcendo para não ter nenhum jornalista no aeroporto. Sei que Frank detesta tudo isso.

Thurlow exalava algum cheiro supostamente masculino, e Tom se encolheu no assento para tentar manter alguma distância.

— Que tipo de homem era John Pierson?

O detetive acendeu um cigarro sem a menor pressa.

— Ah… Um gênio, com certeza. Talvez eu não consiga entender gente assim. Ele vivia para o trabalho… ou para o dinheiro, que para ele era como um placar a ser perseguido. Talvez o dinheiro lhe desse segurança emocional, mais ainda do que a família. Mas ele com certeza *entendia* do próprio negócio. Além disso, conquistou o sucesso sozinho, o mérito é todo dele. Não teve pai rico para ajudar no início. Começou comprando uma mercearia em Connecticut que estava à beira da falência e partiu daí, sempre na linha de produtos alimentícios.

Outra fonte de segurança emocional, fora o que Tom sempre ouvira dizer. A comida. Ele aguardou.

— O primeiro casamento... foi com uma moça rica de Connecticut. Acho que ela o entediava. Felizmente os dois não tiveram filhos. Depois ela conheceu outro homem, talvez com mais tempo para lhe dar atenção. E eles se divorciaram. Com toda a discrição — contou, sem tirar os olhos de Tom. — Eu não conhecia John nessa época, mas ouvi falar dessa história. John sempre trabalhou muito, sempre quis o melhor para ele *e* para a família.

Thurlow falava com certo ar de respeito.

— Ele era um homem feliz?

O detetive olhou pela janela e balançou a cabeça.

— Quem consegue ser feliz tentando administrar tanto dinheiro assim? É como ter um império. Uma esposa bonita, Lily, filhos bonitos, casas bonitas por toda parte... mas talvez tudo isso seja apenas um detalhe para um homem como ele, não sei. Com certeza, John era bem mais feliz do que Howard Hughes. Esse daí enlouqueceu! — Ele soltou uma risada.

— Por que acha que John Pierson se matou?

— Não tenho tanta certeza se ele se matou mesmo — respondeu Thurlow, e olhou para Tom. — Por quê? Frank disse isso? — acrescentou, descontraído.

Estaria Thurlow tentando sondá-lo? Sondar Frank? Tom também meneou a cabeça com uma lentidão deliberada, muito embora o táxi estivesse naquele exato instante dando uma guinada brusca para ultrapassar um caminhão no *périphérique* conforme seguiam depressa no sentido norte.

— Não, Frank não falou nada. Ou falou a mesma coisa que os jornais, que poderia ter sido um acidente ou suicídio... Qual é a sua opinião?

Thurlow pareceu refletir, mas seus lábios finos ostentavam um sorriso — um sorriso seguro, constatou Tom ao olhar de relance.

— Eu acho que foi suicídio, mais do que um acidente... *Não sei*, é só um palpite — garantiu ele. — John já estava com 60 e poucos anos. Como um homem pode ser feliz em uma cadeira de rodas... por uma década... semiparalisado? Ele sempre tentou se mostrar alegre, mas vai ver não aguentou mais. Não sei. Só sei que ele já tinha ido centenas de vezes àquele penhasco. Naquele dia não havia vento forte capaz de empurrar a cadeira.

Tom ficou satisfeito. O detetive não parecia desconfiar de Frank.

— E Lily? Como ela é?

— Ela é de outro mundo. Era atriz quando John a conheceu... Por que a pergunta?

— Porque imagino que eu vá me encontrar com ela — respondeu Tom, sorrindo. — Por acaso ela tem um preferido entre os filhos?

Thurlow sorriu, aliviado com a pergunta fácil.

— O senhor deve pensar que sou íntimo da família, mas não os conheço tão bem assim.

Tom não insistiu no assunto. Eles tinham saído do *périphérique* na Porte de la Chapelle e iniciado o tedioso trecho de quinze quilômetros em direção ao horror chamado aeroporto Charles de Gaulle, quase tão ofensivo aos olhos de Tom quanto o Beaubourg, mas pelo menos dentro deste havia coisas belas para se ver.

— Como ocupa seu tempo, Sr. Ripley? — quis saber o detetive.

— Alguém me disse que o senhor não tem um emprego convencional. Um escritório, sabe...

Essa era uma pergunta fácil para Tom, porque ele já a tinha respondido muitas vezes. Havia a jardinagem, havia o aprendizado da espineta, respondeu, gostava de ler em francês e alemão e vivia tentando se aprimorar nesses idiomas. Sentiu Thurlow encará-lo como se ele fosse um marciano, talvez até alguém por quem nutria certa aversão. Tom não se importou nem um pouco. Já havia suportado coisas piores do que Thurlow. Sabia que o detetive o considerava um trambiqueiro que deu a sorte de se casar com uma francesa rica. Um gigolô, talvez, uma sanguessuga, ocioso e parasita. Manteve uma expressão neutra, já que talvez fosse precisar da ajuda do homem nos dias a seguir, ou mesmo da sua cumplicidade. Será que Thurlow já havia lutado tanto por alguma coisa, pensou Tom, quanto ele para proteger o nome de Derwatt... Bem, na verdade as falsificações de Derwatt, mas obviamente a primeira metade dos quadros *não* era falsa. Teria Thurlow, como ele, matado um ou dois mafiosos? Ou seria mais correto chamá-los de "membros do crime organizado", aqueles cafetões sádicos e chantagistas?

— E Susie? — recomeçou Tom, com uma voz agradável. — Imagino que o senhor a tenha conhecido?

— Susie? Ah, Susie, a empregada. Claro. Ela trabalha lá há anos. Está ficando mais velha, mas eles não querem... não querem aposentá-la.

No aeroporto, como não conseguiram encontrar nenhum carrinho, carregaram tudo na mão até o check-in da TWA. De repente, dois ou três fotógrafos se agacharam nas pontas da fila, com as câmeras em riste. Tom abaixou a cabeça e viu Frank calmamente cobrir o rosto com uma das mãos. Thurlow assentiu para Tom em solidariedade. Um dos jornalistas se dirigiu a Frank em um inglês com sotaque francês:

— Gostou de suas férias na Alemanha, Monsieur Pierson? Tem algo a dizer sobre a França? Por que... por que tentou se esconder?

A câmera do jornalista estava pendurada por uma correia no pescoço, e Tom teve o impulso de agarrá-la e espatifá-la na cabeça do homem, que a empunhou e tirou uma foto de Frank bem na hora em que o garoto lhe virou as costas.

Depois do check-in, Thurlow tomou a dianteira de um modo que Tom admirou, empurrando os repórteres para o lado, eram quatro ou cinco a essa altura, como um jogador de futebol americano, enquanto eles se encaminhavam diretamente para a escada rolante do Satélite Número Cinco, onde ficava o controle de passaportes, que lhes proporcionaria uma barreira contra os curiosos.

— Vou me sentar ao lado do meu amigo — disse Frank com firmeza para a aeromoça quando já estavam todos na aeronave, referindo-se a Tom.

Tom deixou o garoto cuidar daquilo, e um passageiro se mostrou disposto a trocar de lugar, então os dois se sentaram lado a lado em uma fileira com seis lugares. Tom ficou com o assento do corredor. Aquilo não era um Concorde, e pensar nas sete horas seguintes não o deixava nada animado. Estranhou o fato de o detetive não ter comprado primeira classe.

— Sobre o que você e Thurlow conversaram? — quis saber Frank.

— Nada importante. Ele quis saber como ocupo meu tempo — contou Tom com uma risadinha. — E você e Johnny?

— Nada importante também — respondeu Frank um tanto sucinto, mas Tom a essa altura já conhecia o garoto e não se importou.

Torceu para os dois irmãos não terem conversado sobre Teresa, porque Johnny não parecia ter o menor tato no departamento de desilusões amorosas. Tom tinha levado três livros para ler, que guardara dentro de uma bolsa de viagem quadriculada. Havia as inevitáveis e incansáveis crianças pequenas, as três americanas, que começaram a correr de um lado para outro no corredor, embora Tom tivesse pensado que ele e Frank teriam uma chance de escapar da algazarra que elas faziam por estarem sentados a pelo menos dezoito fileiras da provável base das crianças. Tom tentou ler, cochilar e pensar, embora nem sempre fosse bom tentar pensar. Inspiração e ideias boas ou produtivas raramente surgiam assim. Ele acordou de um semicochilo com a palavra "Performance!" muito forte nos ouvidos ou no cérebro e sentou-se, os olhos piscavam para o faroeste em tecnicolor que passava na tela situada no meio do avião, sem som para ele, uma vez que havia recusado os fones. Como assim, "performance"? O que ele deveria fazer na casa dos Pierson?

Tornou a pegar um livro. Quando um dos detestáveis meninos de 4 anos veio correndo pela enésima vez na direção dele no corredor, balbuciando alguma bobagem, Tom se espreguiçou e esticou ligeiramente um dos pés na passagem. O monstrinho caiu de bruços e segundos depois soltou um uivo que parecia o de um demônio contrariado. Tom fingiu que estava dormindo. Uma aeromoça entediada surgiu de algum lugar para resolver a situação. Ele viu o sorrisinho satisfeito de um homem sentado na mesma fileira, do outro lado do corredor. Tom não estava sozinho. O menino foi conduzido de volta ao lugar dele na frente do avião, sem dúvida para se recuperar *pour mieux sauter*, como diziam os franceses, e nesse caso Tom pensou que talvez fosse deixar o prazer de fazê-lo tropeçar para outro passageiro.

Era início de tarde quando chegaram a Nova York. Tom esticou o pescoço e espiou pela janela, impressionado como sempre pelos arranha-céus de Manhattan, enevoados como um quadro impressionista devido às nuvens fofas brancas e amarelas. Lindo e admirável! Em nenhum lugar do mundo os prédios se erguiam tão alto em uma área tão pequena! O avião pousou com um baque surdo e logo todos recomeçaram a se mover como engrenagens, passaportes, bagagens, revistas. Avistaram o homem de bochechas rosadas que Frank identificou como Eugene, o chofer. Eugene, um tanto baixote e careca, pareceu feliz em ver o garoto.

— Frank! Como você está?

Eugene parecia simpático, ao mesmo tempo educado e correto. Tinha sotaque inglês e estava usando roupas normais, camisa e gravata.

— Sr. Thurlow — acrescentou. — Saudações! Johnny!

— Olá, Eugene — disse Thurlow. — E este aqui é Tom Ripley.

Tom e Eugene trocaram algumas palavras em um breve cumprimento, e o chofer então prosseguiu:

— A Sra. Pierson teve que ir a Kennebunkport hoje cedo. Susie não estava se sentindo bem. A Sra. Pierson disse para vocês passarem a noite no apartamento, ou então podemos pegar o helicóptero no heliporto.

Estavam todos em pé sob o sol forte, com as bagagens na calçada e ainda segurando as de mão, pelo menos Tom.

— Quem está no apartamento? — perguntou Johnny.

— No momento, ninguém. Flora está de férias — respondeu Eugene. — Na verdade, nós praticamente fechamos o apartamento. A Sra. Pierson disse que *talvez* viesse no meio da semana, se Susie...

— Vamos para o apartamento — interrompeu Thurlow. — Pelo menos fica no caminho. Por você tudo bem, Johnny? Eu queria dar uma ligada para o escritório. Talvez precise passar lá hoje.

— Claro, tudo bem. Também quero olhar minha correspondência — concordou o rapaz. — O que houve com Susie, Eugene?

— Não sei ao certo, senhor. Ao que parece ela talvez tenha tido um leve infarto. Sei que mandaram chamar o médico. Isso foi hoje ao meio-dia. Sua mãe telefonou. Vim de carro ontem com ela e passamos a noite no apartamento. Ela queria encontrar vocês em Nova York — explicou Eugene e sorriu. — Vou pegar o carro. Volto em dois minutos.

Tom se perguntou se aquele teria sido o primeiro infarto de Susie. Imaginou que Flora fosse uma das empregadas. Eugene voltou em um grande Daimler-Benz preto e todos embarcaram. Havia até lugar para as bagagens. Frank sentou-se na frente com o chofer.

— Está tudo bem, Eugene? — perguntou Johnny. — Com minha mãe?

— Ah, sim, acho. Ela andou preocupada com Frank... claro.

Eugene dirigia com rigidez e eficiência, o que fez Tom pensar em um folheto da Rolls-Royce cuja recomendação aos motoristas era a de nunca apoiarem o cotovelo na janela, porque isso dava um ar displicente.

Johnny acendeu um cigarro e pressionou alguma coisa no estofado de couro bege que fez surgir um cinzeiro. Frank se manteve calado.

Chegaram à Terceira Avenida. Lexington. Em comparação com Paris, Manhattan parecia uma colmeia: pequenas células por toda parte zumbindo de atividade, insetos humanos entrando e saindo, rastejando, carregando coisas, transportando, caminhando, trombando uns com os outros. O carro parou tranquilamente em frente a um prédio de apartamentos com um toldo que se estendia até o meio-fio, e um porteiro sorridente de uniforme cinza abriu a porta após tocar o quepe com os dedos.

— Boa tarde, Sr. Pierson — disse o homem.

Johnny o cumprimentou pelo nome. Portas de vidro, e então subiram em um elevador enquanto as malas subiam em outro.

— Alguém está com a chave? — perguntou Thurlow.

— Está comigo — disse Johnny com ar orgulhoso, e tirou do bolso um molho de chaves.

Eugene tinha ido estacionar o carro.

Pararam diante do apartamento 12A, depois adentraram um saguão espaçoso. Algumas das poltronas na ampla sala de estar, as mais próximas das janelas, tinham capas brancas protetoras, embora no momento as persianas estivessem abaixadas e fechadas, de modo que seria preciso acender a luz para que conseguissem enxergar direito. Johnny providenciou as duas coisas, sorrindo como se estivesse feliz por ter chegado em casa, como se ali fosse seu lar. Fez deslizar as cordinhas das persianas para deixar entrar mais luz, depois acendeu uma luminária de chão. Tom viu Frank no saguão examinando uma pilha de mais ou menos uma dúzia de cartas. O rosto do garoto continuou tenso, a testa um pouco franzida. Não devia ter notícias de Teresa, imaginou Tom. A entrada de Frank na sala, no entanto, foi quase saltitante. Ele olhou para Tom e disse:

— Bem, bem, Tom... é isso. Ou parte disso. Nossa casa.

Tom esboçou um sorriso educado, porque era o que Frank queria. Depois foi até uma pintura a óleo medíocre acima da lareira (será que a lareira funcionava?), a qual retratava uma mulher que supôs ser a matriarca da família: loira, bonita, maquiada, posava não com as mãos no colo, mas, sim, esticadas nas costas de um sofá verde-claro. Usava um vestido preto sem mangas com uma flor vermelho-alaranjada no cinto. A boca sorria de leve, mas tinha sido tão excessivamente trabalhada pelo pintor que Tom não procurou nela nem realidade nem qualquer traço de personalidade. Quanto John Pierson teria pagado por aquela porcaria? Thurlow estava um pouco mais afastado e falava ao telefone, talvez com o escritório. Tom não estava interessado no que o sujeito tinha a dizer. Então viu Johnny no saguão olhando as cartas, pondo duas no bolso e abrindo uma terceira. O rapaz parecia contente.

Na sala, dois grandes sofás de couro marrom formavam um ângulo reto, o estofado parcialmente visível por baixo do lençol branco, e havia um piano de cauda com uma partitura no suporte. Tom chegou mais perto para ver que música era, mas duas fotografias sobre o instrumento o distraíram. Uma mostrava um homem de cabelos pretos com um bebê de talvez 2 anos no colo, risonho e loiro. O bebê Johnny, supôs Tom, e o homem era John Pierson, que aparentava mal ter 40 anos e sorria com olhos escuros simpáticos, nos quais Tom pensou ver uma semelhança com os de Frank. A segunda foto de John era igualmente bonita, ele de camisa branca e sem gravata, sem óculos, tirava um cachimbo da boca sorridente, envolto em uma coluna de fumaça que subia pelo ar. Olhando aquelas fotos era difícil imaginar John como um tirano, ou mesmo como um homem de negócios implacável. A partitura no piano exibia "Sweet Lorraine" escrito em letras rebuscadas na capa. Será que Lily tocava? Tom sempre tinha gostado da música.

Eugene chegou e no mesmo instante Thurlow surgiu de outro cômodo com o que parecia ser uísque com soda. O chofer na mesma hora perguntou a Tom se ele gostaria de beber alguma coisa, um chá ou um drinque, e Tom respondeu que não. Em seguida, Thurlow e Eugene debateram a respeito do próximo passo. O detetive achava que eles deveriam fazer uso do helicóptero, e o chofer respondeu que era possível, claro, e todos iriam? Tom olhou para Frank, e não teria ficado surpreso se o garoto tivesse dito que preferiria ficar em Nova York com ele, mas Frank afirmou:

— Tudo bem. Sim, vamos todos.

Enquanto Eugene dava um telefonema, Frank chamou Tom até um corredor.

— Quer conhecer meu quarto?

O garoto abriu a segunda porta à direita no corredor. As persianas também estavam fechadas ali, mas Frank puxou uma cordinha para que a luz pudesse entrar.

Tom viu uma grande mesa de cavalete, com livros bem-arrumados em uma fileira encostada na parede, apostilas escolares com lombadas em espiral e duas fotos da garota que reconheceu como Teresa. Em uma ela estava sozinha, usando tiara, guirlanda de flores e vestido branco, e seus lábios rosados exibiam um sorriso travesso, os olhos brilhando. A mais bonita do baile naquela noite, supôs Tom. A outra foto, também colorida, era menor: Frank e Teresa em pé no que parecia ser Washington Square, Frank segurando a mão dela, Teresa de jeans bege boca de sino e camisa de brim azul, segurando em uma das mãos um saquinho de alguma coisa, amendoim, talvez. Frank estava bonito e feliz, como um rapaz que tinha certeza de ser amado.

— Minha foto preferida — comentou ele. — Até me faz parecer mais velho. Isso foi só… talvez duas semanas antes de eu ir para a Europa.

Ou seja, cerca de uma semana antes de ele matar o pai. Tom mais uma vez teve a dúvida perturbadora e muito estranha: teria Frank *de fato* matado o pai, ou tudo não passara de uma fantasia dele? Adolescentes, afinal, tinham fantasias e se agarravam a elas. Seria o caso de Frank? Ao contrário do irmão, o garoto parecia sentir tudo com muita intensidade. Por exemplo, ele levaria séculos para superar Teresa, uns dois anos, pelos cálculos de Tom. Em compensação, fantasiar sobre ter matado o pai e contar isso a Tom teria sido um jeito de chamar atenção para si, e Frank não era dado a esse tipo de coisa.

— Em que está pensando? — quis saber Frank. — Teresa?

— Você está me dizendo a verdade em relação ao seu pai? — perguntou Tom suavemente.

O garoto contraiu os lábios com força, de um jeito que Tom conhecia bem.

— Por que eu mentiria para você? — questionou e deu de ombros, como se estivesse envergonhado pela seriedade na voz. — Vamos sair.

Talvez, teorizava Tom, ele tivesse mentido pelo simples fato de acreditar mais na fantasia do que na realidade.

— Seu irmão não desconfia de nada?

— Meu irmão... Ele me perguntou, e eu disse que não tinha... empurrado... — Frank hesitou, mas então continuou: — Johnny acreditou em mim. Acho que, mesmo se eu confessasse tudo, ele se recusaria a aceitar a verdade.

Tom assentiu, e assentiu também em direção à porta do quarto. Antes de sair, foi olhar o aparelho de som e a bela estante de discos de três níveis perto da porta. Depois voltou e ajeitou as cordinhas das persianas, deixando-as como estavam antes. O tapete era roxo-escuro, assim como a colcha da cama. Tom achou a cor agradável.

Todos desceram e entraram em dois táxis com destino ao Heliporto de Midtown. Tom já ouvira falar no heliporto, mas nunca tinha estado ali. Os Pierson tinham um helicóptero próprio, aparentemente com capacidade para uma dúzia de passageiros, mas Tom não contou os assentos. Havia espaço para as pernas, um bar e uma cozinha eletrônica.

— Eu não conheço essas pessoas — admitiu Frank, com referência ao piloto e ao comissário de bordo que anotava os pedidos de comidas e bebidas. — São empregados do heliporto.

Tom pediu uma cerveja e um sanduíche de queijo no páo de centeio. Passava um pouco das cinco, e a viagem levaria cerca de três horas, segundo alguém tinha dito. Thurlow viajava sentado ao lado de Eugene em assentos próximos ao do piloto. Tom olhou pela janela e viu Nova York afundar abaixo deles.

Tec, tec, tec, como diziam as tiras de quadrinhos. Montanhas de edifícios desapareciam sob ele, como se estivessem sendo sugadas, fazendo Tom pensar em um filme projetado de trás para a frente. Frank estava sentado perto, do outro lado do corredor, e não havia ninguém atrás dos dois. O comissário e o piloto deviam estar se divertindo bastante, ou assim parecia, pelas risadas deles. À esquerda do helicóptero, um sol laranja flutuava acima do horizonte.

Frank mergulhou em outro livro, um que havia pegado no próprio quarto. Tom tentou cochilar. Concluiu que seria a melhor coisa a fazer, pois era provável que todos ficassem acordados até tarde naquele dia. Para Tom, Frank e Thurlow, e também para Johnny, eram duas da manhã. Tom viu que o detetive já estava dormindo.

Uma mudança no zumbido do motor acordou Tom. Estavam descendo.

— Vamos pousar no gramado de trás — disse Frank a Tom.

Era quase noite. Tom então viu uma casa branca imensa, impressionante, porém de certo modo amigável, com luzes amareladas acesas sob as varandas em ambas as laterais. Talvez a mãe estivesse esperando em uma delas, achava Tom, como quem recebia um filho que retornava a pé para casa com os pertences em uma trouxa amarrada em um cabo de madeira. Tom se deu conta de que estava curioso em relação à casa dos Pierson. Não era o único imóvel da família, claro, mas era uma propriedade importante. O mar ficava à direita, e Tom pôde ver uma ou duas luzinhas ali, boias ou embarcações de pequeno porte. Então, de repente, Lily Pierson, a "mamãe", surgiu e passou a acenar da varanda! A escuridão dificultava um pouco uma visão precisa da mulher, mas ela parecia usar calça e blusa pretas, e os cabelos loiros se destacavam na luz da varanda. Ao lado dela estava uma figura mais corpulenta, uma mulher vestida quase toda de branco.

O helicóptero pousou e todos desceram uma escada que fora armada ali.

— *Franky! Bem-vindo!* — exclamou a mãe.

A mulher negra ao lado também sorria, e adiantou-se para ajudar com a bagagem que Eugene e o comissário retiravam de um compartimento lateral.

— Oi, mãe — respondeu Frank, parecendo nervoso ou um pouco tenso ao passar o braço ao redor dos ombros dela, sem chegar a de fato beijá-la na bochecha.

Tom observava de longe, já que ainda estava no gramado. O garoto era tímido, mas não desgostava da mãe, percebeu ele.

— Esta é Evangelina — disse Lily Pierson a Frank, apontando para a mulher que caminhava na direção dele com a mala de alguém em uma das mãos. — Meu filho Frank... e Johnny — acrescentou ela para Evangelina. — Como vai, Ralph?

— Muito bem, obrigado. Este é...

Frank interrompeu Thurlow:

— Mãe, este é Tom Ripley.

— Fico muito feliz em conhecê-lo, Sr. Ripley!

Os olhos maquiados de Lily Pierson o examinaram com atenção, embora o sorriso parecesse simpático.

Eles foram conduzidos até o interior da casa, e Lily lhes disse para deixarem os paletós e as capas de chuva no saguão de entrada ou em qualquer lugar que desejassem. Tinham comido alguma coisa, estavam exaustos? Evangelina havia preparado um lanche, caso alguém estivesse com fome. A voz de Lily não soava nervosa, apenas hospitaleira. O sotaque era um misto de Nova York e Califórnia, observou Tom.

Todos se sentaram na grande sala de estar. Eugene desapareceu na mesma direção que Evangelina, talvez rumo à cozinha, onde a tripulação do helicóptero decerto estava. E ali estava o quadro, o Derwatt sobre o qual Frank havia comentado na segunda visita a Belle Ombre. Aquele ali era *O arco-íris*, uma falsificação de Bernard Tufts. Tom nunca tinha visto a obra, apenas se recordava do título de um relatório de vendas enviado pela Galeria Buckmaster talvez uns quatro anos antes. Recordava-se também da definição que Frank tinha feito da pintura: bege embaixo, para retratar o topo dos prédios de uma cidade, e mais acima um arco-íris predominantemente vermelho-escuro, com um pouco de verde-claro. "Uma paisagem embaçada e irregular", tinha dito Frank. "Não dá para saber que cidade é, se a do México ou Nova York." E assim era: um trabalho muito bem executado por Bernard, um arco-íris desenhado com ousadia e segurança. Tom desviou o olhar do quadro com relutância, pois não queria que a Sra. Pierson lhe pedisse uma opinião sobre as obras de Derwatt. Thurlow e Lily Pierson estavam conversando, Thurlow contava sobre os acontecimentos em Paris (os telefonemas) e como Frank e o Sr. Ripley haviam passado duas noites em Hamburgo depois de Berlim, o que naturalmente Lily Pierson já devia saber a essa altura. Era estranho estar sentado em um sofá muito maior do que o que tinha em casa, pensou Tom, diante de uma lareira também maior do que a dele, acima da qual estava pendurado um Derwatt falso, da mesma forma que o *Homem na cadeira* que ele tinha em casa era falso.

— Sr. Ripley, fiquei sabendo por Ralph da *fantástica* ajuda que o senhor nos deu — comentou Lily, arqueando as sobrancelhas. Ela estava sentada em um pufe modular verde enorme entre Tom e a lareira.

Para Tom, "fantástico" era um termo adolescente. Ele percebeu que usava o termo "fantástico" nos próprios pensamentos, mas nunca no discurso.

— Um pouco de ajuda realista, talvez — respondeu, com modéstia.

Frank e Johnny tinham saído da sala.

— Quero que saiba que estou mesmo muito grata. É até difícil traduzir essa gratidão em palavras porque... para começar, sei que o senhor arriscou a própria vida. Ralph comentou.

A mulher tinha a dicção perfeita de uma atriz.

Teria Ralph Thurlow sido tão generoso assim?

— Ralph disse que o senhor nem sequer acionou a *polícia* de Berlim.

— Achei melhor deixar a polícia de fora, se possível — explicou Tom. — Às vezes os sequestradores entram em pânico... Como eu disse a Thurlow, acho que os sequestradores de Berlim eram amadores: um tanto jovens e mal organizados.

Lily Pierson o observava com atenção. Parecia não ter nem 40 anos, mas devia ser um pouco mais velha do que isso. Era esbelta e estava em boa forma física, e os olhos azuis que Tom já vira no quadro na casa dos Pierson em Nova York sugeriam que os cabelos loiros eram naturais.

— E Frank não se feriu nadinha — disse ela, como se esse fato a deixasse assombrada.

— Não.

Lily deu um suspiro, olhou para Ralph Thurlow e depois de novo para Tom.

— Como o senhor e Frank se conheceram?

Bem nesse instante o garoto retornou à sala, a boca contraída em um semblante magoado.

Tom imaginou que ele tivesse procurado na casa alguma carta ou recado de Teresa e mais uma vez não encontrara nada. O garoto tinha trocado de roupa e usava uma calça jeans, tênis e camisa amarela da marca Viyella. Tinha escutado a última pergunta e respondeu à mãe:

— Fui procurar Tom na cidade em que ele mora. Estava com um emprego de meio período em uma cidadezinha próxima... como jardineiro.

— É mesmo? Bem... Você sempre quis ser... fazer isso. — A mãe do rapaz parecia um pouco atônita, mas logo se recuperou. — E onde ficam essas cidades?

— Moret — respondeu Frank. — Era onde eu estava trabalhando. Tom mora a uns oito quilômetros de lá. A cidade dele se chama Villeperce.

— Villeperce — repetiu a mãe.

O sotaque dela fez Tom sorrir, e ele ficou encarando *O arco-íris*, quadro que adorava cada vez mais.

— Fica ao sul de Paris, não muito longe — explicou Frank, endireitando as costas e falando com o que Tom pensou ser uma precisão incomum. — Eu sabia o nome dele porque papai tinha mencionado um certo Tom Ripley algumas vezes... com relação ao nosso quadro de Derwatt. Lembra-se, mãe?

— Não, para ser franca, não me lembro — respondeu Lily.

— Tom conhece as pessoas da galeria em Londres. Não é, Tom?

— É, conheço, sim — disse Tom, com toda a calma.

Frank estava de certa forma se gabando, querendo mostrar que tinha um amigo importante, e talvez, pensou Tom, criando deliberadamente uma brecha para a mãe ou Thurlow abordarem o tema da autenticidade de alguns quadros assinados por Derwatt. Será que Frank iria defender Derwatt e todas as obras do artista, até mesmo as possíveis falsificações? Eles não chegaram tão longe.

Auxiliada por Eugene, Evangelina levou travessas e vinho com todo o cuidado até uma mesa comprida em um cômodo atrás de Tom. Enquanto isso acontecia, Lily sugeriu lhe mostrar o quarto onde ele ficaria hospedado.

— Fico muito feliz que o senhor possa passar pelo menos uma noite aqui conosco — disse ela, e o guiou escada acima.

Tom foi conduzido até uma grande suíte com duas janelas que Lily disse darem para o mar, embora naquele momento não se pudesse vê-lo, apenas a escuridão. A mobília era branca e dourada, assim como a do banheiro, e até as toalhas eram amarelas. Algumas das peças, entre as quais uma pequena cômoda, exibiam ornamentos dourados que imitavam os móveis do quarto, que eram Luís XV *véritables*.

— Como Frank está, de verdade? — perguntou Lily com a testa franzida, o que fez surgirem três rugas de preocupação.

Tom não se apressou em responder.

— Bem, acho que ele está apaixonado por uma garota chamada Teresa. A senhora sabe alguma coisa sobre ela?

A porta do quarto estava entreaberta, e Lily olhou para lá de relance.

— Ah... *Teresa*... Sim, ela é a terceira ou quarta garota de quem *eu* ouço falar. Não que Frank converse comigo sobre as namoradas... ou sobre qualquer outra coisa, na verdade... acontece que *Johnny* sempre dá um jeito de descobrir. Mas o que tem Teresa? Frank tem falado muito nela?

— Ah, não, muito não, mas pelo visto ele está apaixonado por ela. A garota já esteve aqui nesta casa, não? A senhora a conheceu?

— Sim, claro. Uma garota *muito* simpática. Mas ela tem só 16 anos. Frank também.

Lily Pierson olhou para Tom como se perguntasse: "Que importância pode ter isso?"

— Em Paris, Johnny me contou que Teresa está com outra pessoa. Alguém mais velho, digamos assim. Acho que isso deixou Frank chateado.

— Ah, deve ter deixado mesmo. Teresa é muito bonita, chama *bastante* atenção. Uma garota de 16 anos... Ela vai preferir alguém de 20 ou até mais. — Lily sorriu como se o assunto estivesse encerrado.

Tom tivera esperança de conseguir arrancar da mulher algum comentário sobre o temperamento do garoto.

— Frank vai superar *Teresa* — acrescentou Lily com uma voz alegre mas baixa, como se Frank pudesse estar no corredor escutando.

— Mais uma pergunta, Sra. Pierson, aproveitando a oportunidade. Eu acho que Frank fugiu de casa porque estava abalado com a morte do pai... Não é esse o motivo principal? Mais do que a relação dele com Teresa, digo, porque na época, pelo que Frank me contou, ela ainda não tinha partido para outra.

Lily pareceu escolher bem as palavras.

— Sei que Frank ficou abalado com a morte de John, mais do que Johnny. Johnny às vezes vive no mundo da lua, com a fotografia e *as garotas*.

Tom encarou o rosto contraído de Lily e pensou se teria coragem de lhe perguntar se ela achava que o marido tinha se matado.

— A morte do seu marido foi chamada de acidente. Eu li nos jornais. A cadeira de rodas dele despencou do tal penhasco.

A mulher deu de ombros, como se tivesse sofrido um espasmo.

— Eu não sei *mesmo*.

A porta do quarto continuava entreaberta, e Tom pensou em fechá-la, em sugerir a Lily que se sentasse, mas será que isso iria interromper o fluxo da verdade, caso ela soubesse de fato a verdade?

— Mas a senhora acha que foi um acidente, e não um suicídio?

— Eu não sei. O chão lá tem uma ligeira inclinação, e John nunca chegava muito perto da beirada. Teria sido burrice. E a cadeira dele tinha freio, claro. Frank disse que ele simplesmente despencou de repente... E por que teria ligado o motor da cadeira a não ser que tivesse sido de propósito? — Ela olhou para Tom, a testa novamente franzida de preocupação. — Frank veio correndo em direção à casa...

As palavras morreram ali.

— Frank me contou que o seu marido estava decepcionado porque nenhum dos dois filhos queria... Eles não se interessavam muito pelo trabalho dele. Pelos negócios dos Pierson, digo.

— Ah, *isso* é verdade. Os garotos morrem de medo dos *negócios*. Acham complicado demais, ou simplesmente não gostam. — Lily olhou na direção das janelas, como se os *negócios* fossem a grande tempestade que se aproximava lá fora.

— Foi uma decepção para John, com certeza. O senhor sabe como um pai quer que pelo menos *um* dos filhos assuma os negócios. Mas há outras pessoas na família de John... pelo menos, ele sempre chamava as pessoas do escritório de família... e elas *podem* assumir. Nicholas Burgess, por exemplo, braço direito de John, e que tem só 40 anos. Acho difícil acreditar que uma decepção com os garotos possa ter feito John querer se matar, mas ele poderia ter feito isso porque na verdade tinha... vergonha de estar naquela cadeira de rodas. Estava cansado, isso eu sei. E quando o sol se punha... Ele sempre ficava emocionado quando o sol se punha. Emocionado, não, *afetado.* Feliz e triste, como se fosse o fim de alguma coisa. Lá não tinha nem sol, só o anoitecer no mar diante dele.

Então Frank havia corrido em direção à casa. Lily falara como se o tivesse visto.

— Frank ia lá com frequência na companhia do pai? Ao penhasco?

A mulher sorriu.

— Não. Ele achava chato. Disse que nessa tarde John quis que ele fosse. John *de fato* o chamava com frequência. Sempre contava mais com Frank do que com Johnny... Cá entre nós — acrescentou e riu um pouco, com um ar travesso. — John dizia: "Frank tem algo mais firme dentro dele, basta eu conseguir trazer à tona. Dá para ver no rosto dele." Ele queria dizer em comparação com Johnny, que é mais do tipo... não sei... do tipo sonhador.

— Eu me lembrei do caso de George Wallace quando li sobre seu marido. Pode ser que John tenha tido crises depressivas.

— Ah, na verdade, não — respondeu Lily, com um sorriso. — Ele podia ser sério e pessimista em relação ao trabalho, ficar de cara feia um dia se algo desse errado, mas não é a mesma coisa que estar deprimido. A Pierson Incorporated, os negócios, como quer que ele chamasse... Isso tudo era como uma grande partida de xadrez para John, era o que muita gente dizia. Você ganha um pouco um dia, no seguinte perde um pouco, e o jogo nunca termina... Nem mesmo depois da morte de John. Não, eu acho que ele era um otimista por natureza. Era sempre capaz de sorrir... Quase sempre. Até nos anos que passou na cadeira dele. Nós sempre a chamávamos de "sua cadeira", não de "cadeira de rodas". Mas foi triste para os meninos terem crescido assim, porque isso foi tudo que eles conheceram de John: um homem de negócios em uma cadeira falando sobre mercados, dinheiro e pessoas. Tudo invisível, de certa forma. Sem poder sair para fazer caminhadas, ensinar judô aos filhos, ou seja lá o que os pais em geral fazem.

Tom sorriu.

— Judô?

— John costumava praticar judô aqui mesmo neste quarto! Este lugar nem sempre foi um quarto de hóspedes.

Os dois seguiram em direção à porta. Tom admirou o teto alto e o piso espaçoso que devia ter sido usado para tatames e rolamentos. No andar de baixo, o restante do grupo estava reunido na sala e atacava o bufê, esperava ele que não com *bofetadas*. Tom pensava nessa palavra toda vez que lia ou ouvia "bufê", embora na sala dos Pierson houvesse espaço de sobra e ninguém precisasse esbofetear ninguém para conseguir apreciar os petiscos. Frank bebia uma Coca-Cola no gargalo. Thurlow estava em pé junto à mesa com Johnny e segurava um copo alto de uísque e um prato de comida.

— Vamos sair — sugeriu Tom ao garoto.

Frank pousou a garrafa na mesma hora.

— Sair para onde?

Tom viu que Lily tinha se juntado aos outros dois.

— Para o gramado. Você perguntou sobre Susie? Como ela está?

— Ah, desmaiada de sono — respondeu Frank. — Perguntei para Evangelina. Que nome! Ela faz parte de um grupo maluco desses de religião. Está aqui há apenas uma semana, segundo me contou.

— Susie está aqui?

— Sim, o quarto dela fica no andar de cima da ala dos fundos. Podemos sair por aqui.

Frank abriu grandes portas de vidro no que devia ser a sala de jantar principal. Havia uma mesa comprida rodeada de cadeiras, sobre a qual estavam algumas travessas e um bolo, além de mesinhas menores com cadeiras perto das paredes, aparadores e também algumas estantes. Frank tinha acendido uma luz do lado de fora para que pudessem enxergar enquanto atravessavam a varanda e desciam uns quatro ou cinco degraus até o gramado. À esquerda dos degraus havia uma rampa sobre a qual Frank tinha lhe falado. Daí em diante estava escuro, mas o garoto garantiu que conhecia o caminho. Com algum esforço, era possível ver uma trilha de pedra que cruzava o gramado e então fazia uma curva para a direita. À medida que os olhos de Tom foram se adaptando melhor ao escuro, ele identificou árvores altas mais à frente, pinheiros ou álamos.

— É por aqui que seu pai costumava andar? — perguntou Tom.

— Sim… Bom, andar não. Ele vinha na cadeira. — Frank diminuiu o passo e pôs as mãos nos bolsos. — Hoje não tem lua.

O garoto parou, pronto para dar meia-volta. Tom inspirou fundo algumas vezes e olhou para trás, na direção da mansão branca de dois andares com luzes amareladas. O sobrado tinha um telhado inclinado, os das varandas se projetando à esquerda e à direita. Tom não gostava do lugar. Tinha um aspecto novo, sem estilo definido. Não era como uma casa do sul dos Estados Unidos ou uma casa colonial da Nova Inglaterra. John Pierson decerto mandara construir do zero, mas Tom, definitivamente, não tinha gostado do resultado.

— Eu queria ver o penhasco — declarou.

Será que Frank não tinha percebido?

— Tudo bem, por aqui.

Em seguida, eles avançaram pelo caminho de pedra e adentraram uma escuridão mais profunda.

As pedras no chão continuavam visíveis, e Frank caminhava como se estivesse seguro de cada passo. Os álamos se adensaram, em seguida se espaçaram, e eles chegaram ao penhasco, onde Tom pôde ver a borda, delimitada por pedrinhas ou seixos de cor clara.

— O mar fica aí na frente — apontou Frank, sem se aproximar da borda.

— Imaginei.

Tom ouviu ondas embaixo, suaves, sem quebrar com muita força, e não ritmadas, mas em uma ondulação constante. E bem longe, no escuro, Tom viu a luz branca da proa de um barco e imaginou ter visto a luz rosada de um porto. Algo semelhante a um morcego passou zunindo acima deles, mas Frank pareceu não reparar. Então tinha sido ali, pensou Tom. Viu o garoto passar por ele com as mãos nos bolsos de trás da calça jeans, ir até a beira do penhasco e olhar para baixo. Por alguns segundos, Tom foi tomado pelo medo, porque estava muito escuro e Frank parecia estar muito perto da borda, mas ele logo percebeu que também havia um leve aclive que delimitava a área. Frank se virou de repente e perguntou:

— Você conversou com mamãe hoje?

— Ah, um pouco, sim. Perguntei a ela sobre Teresa. Sei que Teresa já veio aqui. Ela não escreveu para você, imagino.

Parecia melhor perguntar logo do que não comentar nada sobre uma possível carta.

— Não, ainda não.

Tom chegou mais perto do garoto, que estava com a postura empertigada, até os dois ficarem cerca de apenas um metro e meio de distância um do outro.

— Eu sinto muito, Frank.

Estava pensando no fato de que a garota se dera ao trabalho de telefonar para Thurlow em Paris dias antes, mas, agora que Frank fora encontrado e estava em segurança, ela havia simplesmente saído de cena sem qualquer explicação.

— Foi só sobre isso que vocês conversaram? Sobre Teresa? — perguntou Frank, como se desse a entender que não havia muito a se dizer sobre esse assunto.

— Não. Eu perguntei se ela achava que a morte do seu pai tinha sido suicídio ou um acidente.

— E o que ela falou?

— Que não sabia. Veja, Frank... — começou Tom, bem baixinho. — Ela não desconfia *nem um pouco* de você... e é melhor você deixar essa história toda passar. Simples assim. Talvez já tenha passado. Acabou. Sua mãe disse: "Seja suicídio ou acidente, acabou." Algo desse tipo. Então você precisa se animar, Frank, e se livrar de... Queria que você não ficasse assim tão perto da borda.

De frente para o mar, o garoto subia e descia na ponta dos pés, Tom não soube dizer se de modo agressivo ou distraído.

Frank então se virou, andou até Tom e passou por ele à esquerda. Virou-se outra vez e disse:

— Eu empurrei mesmo a cadeira, entende? Sei que você conversou com minha mãe sobre o que ela talvez pense ou acredite, mas eu *contei* para você. Para minha mãe eu disse que meu pai tinha caído sozinho e ela acreditou, mas isso não é verdade.

— Tudo bem, tudo bem — disse Tom com brandura.

— Quando eu empurrei a cadeira do meu pai, pensava até que estivesse com Teresa... que ela... que ela gostasse de mim, digo.

— Certo, eu entendo.

— Eu pensei: vou tirar meu pai da minha vida, da nossa vida, por mim e por Teresa. Sentia que meu pai estava estragando... a vida. Engraçado que Teresa tenha me dado coragem nessa ocasião. Agora ela foi embora. Não sobrou nada a não ser silêncio... nada! — A voz dele falhou.

Que estranho, refletiu Tom, como algumas garotas significavam tristeza e morte. Algumas garotas eram como a luz do sol, a criatividade, a alegria, mas na verdade significavam a morte, e não era nem porque estivessem enfeitiçando suas vítimas. Na verdade, seria possível pôr a culpa nos rapazes por se deixarem enganar pela... Por nada, na realidade... Pela simples imaginação. De repente, Tom riu.

— Frank, você *precisa* entender que existem outras garotas no mundo! A esta altura já deve ter entendido que Teresa... Ela se afastou de você. Então você precisa se afastar dela.

— Eu me afastei. Fiz isso em Berlim, acho. A verdadeira crise foi lá, quando ouvi o que Johnny disse. — Frank deu de ombros, mas sem olhar para Tom. — Claro, eu procurei uma carta dela, admito.

— Então recomece daqui. As coisas agora parecem horríveis, mas você tem muitas semanas e anos pela frente. Vamos! — incentivou Tom, e deu um tapinha no ombro do garoto. — Vamos voltar para a casa já, já. Espere.

Tom queria ver a borda, e avançou em direção às pedras mais claras. Podia sentir seixos e um pouco de grama sob os sapatos. Podia também sentir o vazio lá embaixo, envolto na penumbra, mas que irradiava algo semelhante ao som de um espaço oco. E ali, impossíveis de ver naquele momento, estavam as pedras pontiagudas sobre as quais o pai de Frank caíra. Tom se virou ao ouvir o ruído dos passos do garoto vindo na direção dele, e na mesma hora se afastou da borda. Teve a sensação repentina de que o garoto poderia correr para cima dele e empurrá-lo no precipício. Seria loucura cogitar tais ideias? O garoto o adorava, isso ele sabia. Mas o amor também era estranho.

— Pronto para voltar? — perguntou Frank.

— Claro.

Tom sentiu o frescor do suor na própria testa. Sabia estar mais cansado do que pensava e que havia perdido a noção da hora por causa da viagem de avião.

21

Tom pegou no sono assim que se deitou na cama. Passado um tempo, acordou com um violento espasmo do corpo inteiro. Um pesadelo? Caso sim, não conseguia se lembrar de sonho nenhum. Quanto tempo teria passado dormindo? Uma hora?

— *Não!*

Fora um sussurro ou uma voz falando baixinho no corredor em frente ao quarto?

Tom saiu da cama. As vozes lá fora continuaram a falar, uma voz feminina melodiosa, semelhante ao arrulhar de um pombo, misturada à de Frank. Tom sabia que o quarto do garoto ficava ao lado do que ele estava, à direita, e conseguiu entender apenas algumas palavras ditas pela mulher: "... tão *impaciente*... eu *sei*... o que... *o que* você vai fazer... não tem importância para *mim*!"

Só podia ser Susie, e a voz dela soava zangada. Tom identificou o sotaque alemão. Outra pessoa teria encostado o ouvido na porta e escutado mais, mas ele tinha aversão a bisbilhotar. No escuro, andou com cuidado até a cama e encontrou a mesa de cabeceira, sobre a qual havia cigarros e fósforos. Riscou um fósforo, acendeu o abajur de leitura e um cigarro e se sentou na cama. Melhor assim.

Será que Susie tinha batido na porta de Frank? O mais provável era que Frank tivesse batido na dela! Tom riu e se recostou na cama. Ouviu uma porta se fechar suavemente ali perto, a de Frank, imaginava. Levantou-se, apagou o cigarro, calçou os sapatos que estavam mais uma vez lhe serviam de chinelos, como acontecera em Berlim, e saiu para o corredor. Viu uma luz pela fresta da porta de Frank. Bateu com a ponta dos dedos.

— Tom — falou ao ouvir passos leves e rápidos que se aproximavam da porta.

Frank abriu com um sorriso, apesar dos olhos fundos de cansaço.

— *Entre!* — sussurrou ele.

Tom entrou.

— Era Susie?

Frank assentiu.

— Tem algum cigarro aí? O meu está lá embaixo.

Tom estava com um maço no bolso do pijama.

— Bom, o que ela disse?

Ele acendeu o cigarro do garoto.

— Pffff! — respondeu Frank e soprou a fumaça, quase aos risos. — Ela insiste em dizer que me viu no penhasco.

Tom balançou a cabeça.

— Ela vai ter outro ataque do coração. Quer que eu converse com ela amanhã? Estou curioso para conhecer essa mulher. — Tom olhou para a porta fechada atrás de si, porque Frank tinha feito o mesmo. — Ela anda por aí à noite? Pensei que estivesse doente.

— Acho que ela é forte como um touro.

Frank cambaleou de cansaço e caiu para trás na cama, deixando os pés descalços suspensos no ar por um instante.

Tom estudou um pouco o quarto do garoto. Viu uma escrivaninha marrom antiga com um rádio, uma máquina de escrever, livros e um bloco de papel. No chão, ao lado das portas entreabertas do armário, viu botas de esqui e um par de botas de montaria. Cartazes de cantores pop estavam pregados em um imenso quadro verde com tachinhas acima da escrivaninha: os Ramones de calça jeans em uma pose relaxada, e abaixo deles algumas tirinhas e uma ou duas fotografias, talvez de Teresa, mas, como Tom não queria abordar esse assunto, não as examinou de perto.

— Ela que se dane — soltou, referindo-se a Susie. — Ela *não* viu você. Não está esperando outra visita dela hoje à noite, está?

— Bruxa velha — vociferou Frank, com os olhos semicerrados.

Tom deu um aceno de despedida e voltou para o quarto, quando reparou que havia uma chave por dentro na fechadura. Não a trancou.

Na manhã seguinte, após o ritual do café da manhã, Tom pediu permissão à Sra. Pierson para colher algumas flores do jardim e levar para Susie. Lily Pierson respondeu que sim, claro. Como Tom havia suposto, Frank sabia mais sobre o jardim do que a mãe, e lhe garantiu que ela não se importaria com o que pegassem. Colheram um buquê de rosas brancas. Tom preferia fazer uma visita a Susie sem preparação, por assim dizer, mas pediu a Evangelina, um nome apropriado, que anunciasse sua chegada. A empregada assim o fez, e em seguida pediu a Tom que aguardasse dois minutos no corredor.

— Susie gosta de se pentear — segredou ela com um sorriso alegre.

Após um ou dois minutos, Tom foi convocado por um "entre" gutural ou sonolento, e deu uma batidinha na porta antes de cruzar a soleira.

Susie estava recostada em travesseiros em um quarto branco que a luz do sol deixava mais branco ainda. Os cabelos de Susie também tinham um aspecto amarelado e cinza, o rosto redondo e enrugado, os olhos cansados e sábios. Fez Tom pensar em selos alemães de mulheres famosas das quais ele em geral nunca ouvira falar. O braço esquerdo dela, coberto por uma manga comprida da camisola branca, estava estendido por cima das cobertas.

— Bom dia. Meu nome é Tom Ripley.

"Amigo de Frank", pensou em acrescentar, mas se conteve. Talvez ela já tivesse ouvido falar nele, por Lily.

— Como a senhora está se sentindo hoje?

— Razoavelmente bem, obrigada.

Um televisor virado de frente para a cama fez Tom pensar em alguns quartos de hospital que visitara, mas o restante do quarto era bastante pessoal, com fotos antigas de família, descansos de crochê, uma estante repleta de bugigangas, suvenires, e até um velho boneco de cartola e *blackface* que talvez fosse uma relíquia da infância de Johnny.

— Fico feliz em ouvir isso. A Sra. Pierson me disse que a senhora teve um infarto. Deve ser assustador, tenho certeza.

— Quando é o primeiro, sim — respondeu ela com um resmungo e ao mesmo tempo encarou Tom com olhos azul-claros incisivos.

— Eu estava só... Frank passou vários dias na Europa comigo. Talvez a Sra. Pierson tenha lhe contado.

Na ausência de qualquer reação da mulher, Tom deu uma olhada ao redor para ver se achava um vaso no qual pudesse colocar as flores, mas não teve sucesso.

— Trouxe estas flores para alegrar um pouco o quarto da senhora. — Ele se aproximou com o buquê e um sorriso.

— Muito obrigada — disse Susie enquanto pegava o arranjo com uma das mãos (Frank havia enrolado os caules em um guardanapo) e com a outra apertava uma campainha na cabeceira da cama.

Em pouquíssimo tempo alguém bateu na porta e Evangelina entrou. Susie lhe entregou o buquê e pediu com gentileza que arrumasse um vaso.

Ninguém ofereceu uma cadeira a Tom, mas ele mesmo assim se acomodou em uma de espaldar reto.

— Imagino que a senhora saiba... — retomou Tom, desejando ter perguntado o sobrenome de Susie. — Talvez saiba que Frank ficou muito abalado com a morte do pai. Ele me procurou na França, onde eu moro. Foi assim que o conheci.

Ela o encarou, ainda com um olhar incisivo, e rebateu:

— Frank não é um bom garoto.

Tom reprimiu um suspiro e tentou soar agradável e educado:

— Para mim, ele parece um ótimo garoto... Passou vários dias na minha casa.

— *Por que* ele fugiu?

— Acho que ficou chateado. Bem, a única coisa que ele fez foi... — Tom começou a dizer e parou. Será que Susie sabia que Frank tinha pegado o passaporte do irmão? — Vários jovens fogem de casa. E depois voltam.

— Eu acho que Frank matou o pai — declarou Susie com a voz trêmula, agitando o indicador da mão que estava por cima das cobertas. — E isso é uma coisa terrível.

Tom inspirou devagar.

— Por que acha isso?

— Não está surpreso? Ele confessou para o senhor?

— Certamente que não. De jeito nenhum. Estou perguntando por que a senhora acha que ele fez isso. — Tom franziu a testa, a expressão séria, e fingiu também um pouco de surpresa.

— Porque eu o vi... Quase.

Tom demorou a falar.

— No penhasco lá fora, a senhora quer dizer?

— *Sim.*

— A senhora o viu... Estava no gramado?

— Não, eu estava no andar de cima, mas vi Frank sair com o pai. Ele *nunca* saía com o pai. Os dois tinham acabado de jogar uma partida de croquê. A Sra. Pierson...

— O Sr. Pierson jogava croquê?

— Jogava, claro! Ele conseguia mover a cadeira para onde quisesse. A Sra. Pierson vivia pedindo a ele que jogasse um pouco, para distrair a cabeça de... preocupações com o trabalho, o senhor sabe.

— Frank também estava jogando nesse dia?

— Sim, e Johnny também. Lembro que Johnny tinha um encontro... Ele saiu, mas todos jogaram.

Tom cruzou as pernas, sentiu vontade de fumar um cigarro, mas achou melhor não acender.

— A senhora disse à Sra. Pierson — começou Tom, com firmeza — que achava que Frank tinha empurrado o pai?

— Disse — respondeu, categórica.

— A Sra. Pierson não parece concordar com isso.

— O senhor perguntou a ela?

— Perguntei — respondeu Tom, igualmente categórico. — Ela acha que foi acidente ou suicídio.

Susie bufou e olhou na direção da TV, como se desejasse que estivesse ligada.

— A senhora disse a mesma coisa à polícia... sobre Frank? — insistiu ele.

— Disse.

— E o que a polícia falou?

— Ah, que eu não poderia ter visto porque estava no andar de cima. Mas existem certas coisas que um ser humano *sabe*. Olhe, senhor...

— Ripley. Tom. Sinto muito, eu não sei seu sobrenome.

— Schuhmacher — respondeu ela bem na hora em que Evangelina voltou com as rosas dentro de um vaso rosado. — Obrigada, Evangelina.

A mulher deixou o vaso na mesa de cabeceira entre Tom e Susie e se retirou.

— A menos que a senhora tenha visto Frank fazer isso, o que deve ter sido impossível se a polícia falou que era, não deveria dizer uma coisa dessas. O garoto ficou muito perturbado.

— Frank estava com o pai — repetiu ela. Mais uma vez, a mão roliça e levemente enrugada se ergueu e caiu sobre as cobertas. — Se foi um acidente, ou mesmo um suicídio, Frank poderia ter impedido, não?

De início Tom pensou que o argumento de Susie fazia sentido, então pensou na velocidade da qual deviam ser capazes os controles da cadeira. Ainda assim, preferiu não tocar nesse assunto com ela.

— O Sr. Pierson não poderia ter derrubado ele mesmo a cadeira antes de Frank se dar conta do que estava acontecendo? Foi o que *eu* pensei.

Ela negou com a cabeça.

— Frank voltou correndo, dizem. Eu só o vi quando desci para o térreo. Àquela altura todo mundo estava falando ao mesmo tempo. Frank disse que o pai derrubou a cadeira, eu sei.

Os olhos azul-claros estavam fixos em Tom.

— Foi o que Frank me disse também.

O momento da mentira devia ter sido como um segundo crime para Frank. Se o garoto tivesse apenas voltado para casa calmamente e deixado passar meia hora, como se o pai tivesse continuado sozinho no penhasco! Era isso que ele próprio teria feito, concluiu Tom. Ainda que ficasse nervoso, ele teria *planejado* um pouco.

— O que a senhora acha ou acredita... certamente nunca poderá ser provado.

— Frank nega, eu sei.

— Quer que o garoto tenha um colapso nervoso por causa da sua... acusação?

Pelo menos isso pareceu suscitar um momento de reflexão em Susie, e Tom aproveitou a vantagem, se tinha mesmo alguma. Por ora, preferiu acreditar que sim.

— A não ser que haja alguma testemunha ou alguma prova concreta do crime, um ato como o que a senhora descreve nunca poderá ser provado... nem mesmo, nesse caso, receber crédito.

Quando a velha senhora iria bater as botas, perguntou-se Tom, e deixar Frank em paz? Susie Schuhmacher parecia capaz de viver mais alguns anos, e Frank dificilmente conseguiria ficar longe dela, já que ela morava na casa de Kennebunkport, onde a família pelo visto ficava com bastante frequência. Provavelmente Susie também devia ser presença recorrente em Nova York, quando os Pierson estavam lá.

— Por que eu deveria me importar com o que Frank faz com a própria vida? Ele...

— A senhora não gosta do garoto? — interrompeu Tom, perplexo.

— Ele... ele não é simpático. É rebelde, infeliz. Nunca se sabe o que está pensando. Inventa ideias e se agarra a elas. Atitudes reprováveis.

Tom fechou a cara.

— Mas a senhora diria que ele é desonesto?

— Não. Ele é educado demais para isso. O que me aflige nele é algo que está além da desonestidade. Algo mais importante, até... — respondeu, com ar cansado. — E por que eu deveria me importar com o que ele faz ou deixa de fazer com a própria vida? O garoto tem tudo de mão beijada e não dá o devido valor, nunca deu. Deixou a mãe preocupada ao fugir como fugiu e não estava nem aí. Ele não é um bom garoto.

Tom pensou que não era o momento certo para abordar o temor ou desagrado de Frank pelo império de negócios do pai, nem mesmo para perguntar o que ela talvez soubesse sobre a influência de Teresa. De repente, ouviu um telefone tocar ao longe em algum lugar da casa.

— Mas o Sr. Pierson gostava muito de Frank, acho eu.

— Talvez até demais. E o garoto merecia todo esse amor? Veja só no que deu!

Tom descruzou as pernas, desconfortável.

— Acho que já tomei muito do seu tempo, Sra. Schuhmacher...

— Não faz mal.

— Vou embora amanhã, talvez hoje à tarde, então vou me despedir desde já e lhe desejar uma boa recuperação. Na verdade, acho que a senhora está muito bem — acrescentou, sincero, já de pé.

— O senhor mora na França.

— Sim.

— Acho que já ouvi o Sr. Pierson mencionar seu nome. O senhor conhece o pessoal de arte em Londres.

— Sim, conheço — confirmou Tom.

Ela tornou a erguer a mão esquerda, deixou-a cair e olhou na direção da janela.

— Adeus, Susie. — Tom fez uma mesura, mas Susie não viu.

Em seguida, ele saiu do quarto e, no corredor, esbarrou com Johnny, comprido e sorridente.

— Eu estava justamente vindo resgatar o senhor! Gostaria de ver meu quarto escuro?

— Claro — respondeu Tom.

Johnny o guiou até um cômodo do lado esquerdo do corredor. Acendeu a luz vermelha, que transformou o lugar em uma caverna escura com atmosfera rosada, efeito semelhante a um palco de teatro. As paredes eram pretas, até o estofado de um sofá era escuro, e no canto mais afastado Tom conseguiu com dificuldade discernir a palidez do que parecia ser uma longa pia. Johnny apagou a luz vermelha e acendeu a normal. Havia um par de câmeras apoiadas em tripés. Com a mudança de iluminação, as áreas escuras pareceram mínimas. Não era um cômodo grande. Tom não entendia muito de câmeras, e, quando Johnny apontou para uma que acabara de comprar, não soube o que dizer a não ser:

— Muito impressionante.

— Eu poderia lhe mostrar alguns dos meus trabalhos. Está quase tudo aqui, dentro de pastas, menos um que está na sala de jantar lá embaixo e eu chamo de *Domingo branco*, embora não tenha nada a ver com neve. Mas acho que agora mamãe quer falar com você.

— Agora? É mesmo?

— Sim, porque Ralph vai embora, e ela queria falar com você quando ele já não estivesse mais aqui. Como estava Susie?

O sorriso do rapaz era espirituoso, ou pretendia ser.

— Foi agradável, na medida do possível. Achei que ela parecia bem forte. Mas não sei qual é o aspecto habitual dela, claro.

— Ela é meio lelé. Não dê atenção a nada do que ela disser.

Ele se manteve empertigado, ainda sorrindo um pouco, mas suas palavras soaram como um alerta.

Tom sentiu que Johnny estava protegendo o irmão. O rapaz mais velho sabia o que Susie andava dizendo, e Frank comentara que o irmão não acreditava nas acusações dela. Juntos, Tom e Johnny desceram e encontraram a Sra. Pierson e Ralph Thurlow, com a capa de chuva pendurada no braço. O detetive devia ter dormido até mais tarde, pois Tom ainda não o tinha visto.

O sujeito estendeu a mão.

— Tom… Se algum dia precisar de um emprego… Nesta mesma linha… — começou a dizer, depois pescou algo dentro da carteira e lhe entregou um cartão de visita. — Ligue para o meu escritório, sim? Aí também tem o endereço da minha casa.

Tom sorriu.

— Vou me lembrar.

— Sério, vamos nos encontrar uma noite dessas em Nova York. Estou indo para lá agora. Adeus, Tom.

— *Bon voyage.*

Tinha imaginado que Thurlow fosse partir no carro preto estacionado em frente à casa, mas a Sra. Pierson e o detetive saíram para a varanda e seguiram andando para a esquerda. Tom viu que um helicóptero havia pousado ou sido trazido até o círculo de cimento no gramado de trás. A propriedade era tão imensa, supôs, que os Pierson talvez tivessem um hangar próprio, em algum lugar no fim da pista de pouso de cimento que desaparecia entre as árvores. Aquele helicóptero parecia menor do que o que os trouxera de Nova York, mas talvez Tom estivesse apenas se acostumando com a escala na qual aquela família vivia. Olhou para o Daimler-Benz preto cujo escapamento exalava uma fumaça quase invisível e viu que Frank estava ao volante, sozinho. O carro avançou uns dois metros e então deu ré, sem dificuldade.

— O que está fazendo? — perguntou Tom.

Frank sorriu. Estava só de camisa, a mesma peça amarela da Viyella, e sentado com as costas muito eretas, como se fosse um chofer.

— Nada.

— Você tem carteira de motorista?

— Ainda não, mas sei dirigir. Gostou do carro? Eu gosto. É conservador.

O carro era parecido com o que Eugene tinha dirigido em Nova York, mas o estofamento daquele era de couro marrom em vez de bege.

— Não vá a lugar nenhum sem carteira — aconselhou Tom. O garoto parecia estar com disposição para sair, embora estivesse passando as marchas de modo muito lento e meticuloso. — Vejo você mais tarde. Agora preciso falar com a sua mãe.

— Jura? — perguntou o garoto ao desligar o carro, observando Tom pela janela aberta. — E o que achou de Susie?

— Ela estava... igual ao que sempre foi, imagino.

Quis dizer que Susie insistia naquela história sobre a morte de John Pierson. A expressão de Frank era ao mesmo tempo pensativa e divertida, como se achasse graça da situação, e nesse momento pareceu muito bonito, talvez alguns anos mais velho do que era. Passou pela cabeça de Tom que Frank pudesse ter recebido um telefonema de Teresa naquela manhã, mas teve medo de perguntar. Tornou a entrar na casa.

Lily Pierson, vestida com uma calça azul-clara, dava instruções a Evangelina sobre o almoço. Parte dos pensamentos de Tom estava concentrada na própria viagem de volta. Será que deveria tentar chegar a Nova York naquela noite? Passar uma noite lá? Precisava ligar para Heloise o quanto antes.

Lily se virou para ele com um sorriso.

— Sente-se, Tom. Ah, não, vamos por aqui... É mais alegre.

Ela o conduziu até um cômodo ensolarado anexo à sala de estar. Era uma biblioteca cheia de livros de economia em sobrecapas novas brilhantes, como Tom viu à primeira olhada, e com uma grande escrivaninha quadrada na qual havia um suporte com cinco ou seis cachimbos. A cadeira giratória de couro verde-escuro atrás da escrivaninha parecia ao mesmo tempo antiga e pouco usada, e ocorreu-lhe que John Pierson talvez não julgasse valer a pena se transferir da cadeira de rodas para a de couro quando estava naquele cômodo.

— E o que achou de Susie? — perguntou Lily no mesmo tom dos filhos, e sorriu com os lábios bem unidos, assim como estavam as mãos dela. Parecia ansiosa para ouvir algo divertido.

Tom aquiesceu com um ar pensativo.

— Exatamente como Frank tinha me dito. Um pouco teimosa, talvez.

— E ela ainda acha que Frank empurrou o pai do penhasco? — perguntou Lily de uma forma que dava a entender que a ideia era absurda.

— Ela acha isso, sim — confirmou Tom.

— Ninguém acredita nela. Não há nada para acreditar. Ela não *viu* nada. Eu realmente não posso continuar a me preocupar com Susie. Aquela mulher seria capaz de fazer todo mundo parecer tão excêntrico quanto *ela*. Queria lhe dizer, Tom, que sei que você teve muitas despesas por causa de Frank, então, sem mais delongas, por favor, queira aceitar este cheque meu, da família. — Ela havia tirado um cheque dobrado do bolso da blusa.

Tom olhou para o papel. Vinte mil dólares.

— Minhas despesas não foram tão altas assim. De toda forma, foi um prazer conhecer seu filho. — Ele riu.

— E será um prazer *para mim* se você aceitar.

— Não gastei nem metade disso.

Em um instante, porém, ao observar a mulher afastar os cabelos da testa com um movimento desnecessário, Tom entendeu que ela ficaria feliz se ele aceitasse o cheque.

— Está bem, então — concordou, então guardou o cheque no bolso da calça e manteve a mão lá dentro. — Eu também lhe agradeço.

— Ralph me contou sobre Berlim. Você arriscou sua vida.

Tom não estava interessado naquele assunto no momento.

— Frank por acaso recebeu algum telefonema de Teresa hoje de manhã, você sabe?

— Acho que não. Por quê?

— Ele parecia mais animado agora há pouco, mas não sei.

Tom realmente não sabia de nada, apenas que Frank estava com outra disposição, inédita até então.

— Com Frank nunca se sabe — comentou Lily. — Pelo modo como ele se comporta, digo.

Quer dizer, ele podia se comportar de forma oposta a como se sentia? Lily estava tão aliviada com o retorno do filho que fatores como Teresa simplesmente não tinham grande importância, percebeu Tom.

— Meu amigo Tal Stevens vai chegar hoje à tarde, e eu gostaria que você o conhecesse — disse Lily quando estavam saindo da biblioteca. — Ele é um dos melhores advogados de John, embora nunca tenha sido funcionário da empresa e fosse apenas um prestador de serviços independente.

Aquele era o amigo de quem Lily gostava, segundo Frank. A mulher continuou a falar sobre o sujeito, que só devia chegar depois das seis por causa do trabalho.

— E eu preciso providenciar minha viagem de volta — comentou Tom. — Pensei em passar um dia ou dois em Nova York.

— Mas não vai embora *hoje*, espero. Ligue para sua esposa na França e avise a ela. É o melhor a fazer! Frank disse que vocês têm uma casa linda. Ele me contou sobre a sua estufa e... sobre os dois Derwatts que vocês têm na sala, e também sobre a espineta.

— Ele contou, é?

Tom imaginou a espineta francesa que ele e Heloise tinham em casa em meio a helicópteros, lagostas do Maine e uma empregada negra americana chamada Evangelina! Tom pensou que aquilo tinha um quê de surrealista.

— Com a sua permissão, senhora, vou dar alguns telefonemas.

— Sinta-se em casa, Tom!

Do quarto, ele ligou para o hotel Chelsea em Manhattan e perguntou se teriam um quarto individual disponível aquela noite. Uma voz simpática respondeu que provavelmente poderiam dar um jeito, com um pouco de sorte. Era o suficiente. Tom concluiu que seria melhor ir embora depois do almoço. Uns vizinhos de sobrenome Hunter iriam chegar às quatro, dissera Lily, porque gostavam muito de Frank e queriam vê-lo. Tom supôs que os Pierson poderiam lhe providenciar algum tipo de transporte até Bangor, de onde ele pegaria um avião para Nova York.

Lagostas do Maine foi exatamente o que eles comeram no almoço, como se o pensamento que Tom tivera mais cedo tivesse sido uma premonição. Antes do almoço, ele e Frank foram à cidade de Kennebunkport com Eugene ao volante de um furgão para buscar as lagostas encomendadas. A cidade fizera Tom ser engolfado por uma onda de nostalgia que quase lhe trouxera lágrimas aos olhos: fachadas brancas de casas e lojas, um frescor no ar marinho, luz do sol e pardais americanos em árvores ainda pesadas com a folhagem do verão, tudo isso o fizera pensar ter cometido um erro ao deixar os Estados Unidos. Ele afastou esse pensamento da cabeça na hora, pois era um sentimento deprimente e incompreensível, e lembrou a si mesmo de que iria trazer Heloise aos Estados Unidos no fim de outubro, ou quando ela tivesse voltado e se recuperado do cruzeiro, que, se Tom se recordava direito, seria à Antártida.

Embora Frank tivesse parecido surpreso e decepcionado ao ouvir os planos de Tom ir embora naquela tarde, durante o almoço o garoto pareceu alegre. Estaria ele fingindo aquele bom humor? Esse pensamento cruzou a mente de Tom. Embora ainda estivesse de jeans, Frank tinha vestido um belo paletó de linho azul-claro.

— O mesmo vinho que bebemos na casa de Tom — comentou ele com a mãe, erguendo a taça com um floreio. — Sancerre. Pedi a Eugene que achasse. Na verdade, fui com ele à adega pegar a garrafa.

— *Uma delícia* — elogiou Lily, sorrindo para Tom como se o vinho fosse dele, não dela.

— Heloise é muito bonita, mãe — contou Frank, e mergulhou uma garfada de lagosta na manteiga derretida.

— Você acha? Vou dizer isso a ela — disse Tom.

Frank levou uma das mãos ao estômago e fingiu arrotar, espetáculo silencioso que foi também uma espécie de mesura para Tom.

Johnny se dedicou à comida, mas em algum momento disse à mãe alguma coisa sobre uma garota chamada Christine, que devia chegar por volta das sete, e ele não sabia se os dois iriam sair para jantar em algum lugar ou ficar em casa.

— Garotas, garotas, garotas — resmungou Frank com desdém.

— Cale a boca, seu pirralho idiota — retrucou Johnny. — Por acaso está com ciúme?

— Parem com isso agora, vocês dois — ralhou Lily.

Aquilo parecia um almoço de família habitual.

Às três, Tom já tinha tomado providências: reservara um voo no início da noite de Bangor até o aeroporto Kennedy e Eugene o levaria de carro até lá. Fez a mala, mas não a fechou. Foi até o corredor e bateu na porta entreaberta de Frank. Não houve resposta. Empurrou a porta para aumentar a abertura e entrou. O quarto estava vazio e arrumado, a cama decerto feita por Evangelina. Na escrivaninha estava o urso de Berlim, com cerca de trinta centímetros de altura, os olhos miúdos castanhos rodeados de amarelo, a boca alegre porém fechada. Tom se lembrou de como Frank tinha achado graça na placa escrita a mão: 3 WÜRFE 1 MARK. Frank tinha achado "*Würfe*" uma palavra engraçada para tentativas, porque soava como algo para comer, ou, quem sabe, uma interjeição. Como o ursinho conseguira sobreviver a um sequestro, um assassinato, uma ou duas viagens de avião, e ainda continuar tão peludo e contente quanto antes? Tom queria convidar o garoto para outra caminhada até o penhasco. Tinha a sensação de que se conseguisse fazer Frank se acostumar com o penhasco, embora esses não fossem exatamente os termos certos, talvez a culpa que o assolava diminuísse um pouco.

— Acho que Frank foi com Johnny encher os pneus da bicicleta — avisou Lily no andar de baixo.

— Pensei que ele pudesse querer dar uma volta, já que tenho mais ou menos uma hora antes de partir — explicou Tom.

— Eles devem voltar a qualquer momento, e tenho *certeza* de que Frank vai querer sair para um passeio. Ele acha você *o tal*.

Tom não ouvia esse elogio desde que era adolescente, em Boston. Saiu para o gramado e foi até o caminho de pedra. Queria ver o penhasco à luz do dia. Por algum motivo a trilha pareceu mais longa, então de repente ele se viu do outro lado das árvores, de frente para a linda vista da água azul, talvez não tão azul quanto a do Pacífico, mas ainda assim muito azul e cristalina naquele momento. Gaivotas se deixavam carregar pelo vento, e três ou quatro pequenas embarcações, uma delas a vela, moviam-se vagarosamente pela superfície ampla. De repente o penhasco surgiu. Para Tom, aquilo foi uma feiura repentina. Chegou mais perto da borda, olhou para a grama que se misturava às pedras e depois à rocha, e por fim parou com os pés a uns vinte centímetros da borda. Lá embaixo, exatamente como havia imaginado, imensas pedras bege e brancas jaziam espalhadas, como após algum deslizamento ou desabamento em um passado não muito distante. No ponto em que a água começava, era possível ver pequenas ondas brancas batendo nas pedras menores. Por mais estúpido que parecesse, estava à procura de algum sinal da tragédia de John Pierson, como um pedaço cromado da cadeira. Não viu nada fabricado por mãos humanas lá embaixo. Se houvesse simplesmente feito a cadeira cair em uma velocidade moderada, John Pierson teria despencado sobre pedras pontiagudas dez metros mais abaixo e possivelmente desabado mais um ou dois metros. Não havia mais sequer manchas de sangue nas pedras, percebeu Tom, e estremeceu. Recuou para longe da borda e se virou.

Olhou na direção da casa, que mal se podia distinguir entre as árvores e da qual apenas a crista cinza-escura do telhado aparecia, e então viu Frank avançar pelo caminho, ainda usando o paletó azul. Será que estava procurando por ele? Sem pensar, Tom se moveu para a direita até um conjunto de árvores e atrás de alguns arbustos. Será que o garoto olharia em volta? Será que o chamaria se pensasse que poderia ter andado até lá? Tom percebeu que estava curioso, talvez apenas para ver a expressão no rosto de Frank quando se aproximasse do penhasco. A proximidade era tanta que foi possível ver os cabelos castanhos lisos do garoto balançarem um pouco conforme ele andava.

Os olhos de Frank se viraram para a esquerda e para a direita, na direção das árvores, mas Tom estava bem escondido.

Além do mais, pensou ele, a mãe não devia ter dito a Frank que ele fora até o penhasco, pois Tom não revelara o que planejara fazer.

De toda forma, Frank não chamou por ele nem tampouco tornou a olhar em volta. Estava com os polegares enganchados nos bolsos da frente da calça jeans Levi's e foi caminhando devagar até a borda do penhasco com o ar um pouco arrogante, balançando os pés. Seu contorno se destacava contra o lindo céu azul, talvez a apenas uns cinco, seis metros de Tom. Frank olhou para baixo, para o mar, principalmente, e Tom teve a impressão de que o garoto soltou um profundo suspiro e relaxou. Depois recuou um passo, como Tom havia feito, e baixou os olhos para os pés calçados com tênis. Deu um chute para trás com o pé direito, espalhando algumas pedrinhas, e tirou os polegares dos bolsos. Curvou-se para a frente e então, de repente, correu.

— Ei! — gritou Tom, disparando até o garoto.

De algum modo tropeçou, ou talvez tivesse simplesmente impelido o corpo para a frente a fim de alcançar Frank, mas estava com as mãos estendidas e conseguiu agarrá-lo por um dos tornozelos.

Frank estava estatelado de bruços, com o braço direito pendurado na borda do penhasco.

— Pelo amor de *Deus*! — exclamou Tom, e deu um puxão nervoso no tornozelo do garoto.

Levantou-se e segurou um dos braços dele para ajudá-lo a ficar em pé.

Frank estava sem ar, tinha os olhos vidrados e sem foco.

— Que diabos você estava fazendo? — Tom se deu conta de que sua voz tinha ficado subitamente rouca. — Acorde!

Tom amparou o corpo de Frank e sentiu-se ele próprio tomado pelo choque, então puxou o garoto pelo braço em direção à mata e ao caminho de pedra. Um pássaro piou nesse exato instante, um grasnado esquisito, como se também estivesse em choque. Tom endireitou mais as costas e tornou a falar.

— Está bem, Frank. Você quase conseguiu. É o mesmo que ter conseguido, não é? Foi um reflexo rápido por ter escutado a minha voz? Você se jogou feito um jogador de futebol americano!

Mas teria sido assim mesmo? Tom conseguira impedir a queda ao agarrar um dos tornozelos de Frank? Nervoso, deu um tapa nas costas do garoto.

— Está bem, agora já fez uma vez. Certo? — insistiu ele.

— É — disse Frank.

— Está falando sério — afirmou Tom, mas como se estivesse lhe fazendo uma pergunta. — Não diga apenas "é". Você provou o que queria provar. Está bem?

— Sim, senhor.

Eles caminharam em direção à casa, e aos poucos Tom foi deixando de sentir as pernas bambas, respirando fundo para se recompor.

— Não vou comentar sobre o assunto. Não vamos contar a ninguém. Combinado, Frank?

Olhou de relance para o garoto, que de repente lhe pareceu tão alto quanto ele.

Frank tinha o olhar fixo à frente, não na casa, e sim mais além.

— Certo, Tom, claro.

22

Ao retornarem à casa, os Hunter já tinham chegado, o que Tom só soube porque Frank apontou para um carro verde em frente à residência e disse a quem pertencia. Tom teria pensado que era só mais um dos carros dos Pierson.

— Tenho certeza de que eles estão na sala com *vista para o mar* — comentou o garoto, como se estivesse colocando "vista para o mar" entre aspas. — Mamãe sempre serve o chá lá.

Ele olhou para a mala de Tom, que alguém trouxera do andar de cima e colocara junto à porta da frente.

— Vamos beber alguma coisa. Estou precisando — disse Tom, e foi até o aparador ou mesa de bar com quase três metros de comprimento. — Será que tem Drambuie?

— Drambuie? Com certeza tem.

Tom observou o garoto se curvar por cima da dupla fileira de garrafas, com o indicador apontado para a esquerda, depois para a direita, então enfim encontrou a bebida, levantou a garrafa e sorriu.

— Me lembro disso da sua casa.

Frank serviu o Drambuie em dois copos de conhaque. Sua mão estava firme, percebeu Tom, mas o rosto ainda tinha um aspecto pálido quando ele ergueu o copo. Tom fez o mesmo e propôs um brinde.

— Vai lhe fazer bem.

Eles beberam. Tom reparou que o último botão do paletó estava pendurado por um fio, então o arrancou e guardou-o no bolso, limpando também um pouco de sujeira da roupa. O paletó do garoto tinha um pequeno rasgo na altura do peito direito.

Frank deu um giro e perguntou:

— A que horas você precisa sair?

— Por volta das cinco — respondeu, e viu no relógio de pulso que eram quatro e quinze. — Não estou com vontade de me despedir de Susie.

— Ah, não se preocupe com isso!

— Mas a sua mãe...

Eles subiram as escadas. As bochechas de Frank tinham recuperado um pouco da cor e seu passo era ligeiro. O garoto bateu em uma porta branca entreaberta e os dois entraram. Era um cômodo grande, com o piso todo acarpetado e três grandes janelas que ocupavam toda a parede oposta e descortinavam o mar. Lily Pierson estava sentada perto de uma mesa redonda baixa e um casal de meia-idade, que Tom supôs ser os Hunter, acomodado em poltronas. Johnny estava em pé, segurando um punhado de fotografias.

— Onde vocês estavam? — perguntou Lily. — Entrem, os dois. Betsy, este é Tom Ripley... de quem eu *tanto* tenho falado. Wally... Frank finalmente voltou.

— Frank! — exclamaram os Hunter quase em uníssono enquanto o garoto se adiantava para apertar a mão de Wally.

— Está enchendo essa gente com suas tralhas outra vez? — perguntou Frank ao irmão.

— Até que enfim tenho a chance de conhecer o senhor — disse Wally Hunter, apertando a mão de Tom e o encarando como se fosse alguém capaz de operar milagres, ou então alguém que talvez não existisse de fato. A mão de Tom doeu.

Os Hunter, ele de terno bege de algodão e a esposa de vestido de algodão lilás, pareciam um retrato da elegância ensolarada do Maine.

— Um chá, Frank? — ofereceu a mãe.

— Sim, por favor.

O garoto ainda estava em pé.

Tom recusou o chá.

— Tenho que ir andando, Lily — avisou, acatando o pedido da mulher para chamá-la assim. — Eugene disse que poderia me levar de carro até Bangor.

Johnny e a mãe falaram ao mesmo tempo. Claro que Eugene o levaria de carro até Bangor.

— Ou eu posso levar — sugeriu Johnny.

Mãe e filho disseram que ele poderia ficar mais uns dez minutinhos antes de precisar partir. Tom não quis discutir os acontecimentos na Europa, e Lily deu um jeito de fazer Wally Hunter mudar de assunto, ao prometer lhe contar sobre a França e Berlim em outra ocasião. Betsy Hunter manteve os olhos cinzentos um tanto frios cravados em Tom, mas ele estava indiferente ao que a mulher poderia estar pensando a respeito dele. Também se sentia indiferente à chegada de Talmadge Stevens, mais cedo do que o previsto. A julgar pelos cumprimentos que lhe fizeram, os Hunter pareciam conhecer e apreciar o homem.

Lily fez as devidas apresentações. Tal era um pouco mais alto que Tom, parecia ter 40 e poucos anos e tinha o tipo físico atlético de um corredor. Na mesma hora Tom pressentiu que Lily e Tal estavam tendo um caso. E daí? Onde estava Frank? O garoto tinha saído de fininho da sala. Tom fez o mesmo. Pensou ter escutado música um minuto antes, talvez um dos discos de Frank.

O quarto do garoto ficava do outro lado do corredor e mais para os fundos da casa. A porta estava fechada. Tom bateu e não obteve resposta, então abriu um pouco a porta.

— Frank?

O garoto não estava no quarto. O gramofone estava destampado e com um disco em cima, porém sem girar. Tom viu que era *Transformer*, de Lou Reed, o lado B, que Heloise pusera para tocar em Belle Ombre. Olhou para o relógio no pulso e viu que eram quase cinco horas, e ele e Eugene tinham combinado de sair dali a pouco. O chofer provavelmente devia estar lá embaixo, nos fundos da casa, onde parecia ficar a ala dos empregados.

Tom desceu até a sala vazia e bem nesse instante ouviu uma risada vindo do andar de cima, da sala com vista para o mar. Atravessou outro cômodo central com janelas que davam para o jardim, encontrou o corredor e seguiu em direção aos fundos da casa, onde supôs ficar a cozinha. As portas da cozinha estavam abertas, e as paredes reluziam repletas de panelas e frigideiras com fundo de cobre. Eugene estava em pé e tomava uma xícara de alguma coisa, as faces coradas, enquanto conversava com Evangelina, e ao ver Tom adotou uma postura atenta. Tom por algum motivo tinha esperado encontrar Frank ali.

— Com licença — pediu. — Vocês viram…

— Estou de olho na hora, senhor, às cinco. No meu relógio faltam sete minutos. Precisa de ajuda com a bagagem?

Eugene havia pousado a xícara e o pires.

— Não, obrigado, já está tudo aqui embaixo. Onde está Frank? Vocês sabem?

— Acho que lá em cima tomando chá, senhor — respondeu Eugene.

Não, não está, Tom fez menção de dizer, mas não disse. Ficou subitamente alarmado.

— Obrigado — falou para Eugene e atravessou a casa apressado até a saída mais próxima, que devia ser a porta da frente, depois uma varanda, e então dobrou à direita em direção ao gramado.

Talvez Frank estivesse outra vez lá em cima, na sala onde os outros estavam tomando chá, mas Tom queria ir primeiro ao penhasco. Imaginou ver novamente o garoto em pé na borda, contemplando… contemplando o quê? Correu o caminho inteiro. Frank não estava lá. Tom diminuiu o passo, arquejante, não por falta de ar, mas, sim, por alívio. Ao caminhar até mais perto da borda, voltou a ficar com medo. Seguiu em frente.

Lá embaixo estavam o paletó azul, o azul mais escuro da calça Levi's, a cabeça de cabelos escuros com um contorno vermelho semelhante a uma flor, uma imagem irreal, mas ao mesmo tempo real, que contrastava com as pedras quase brancas. Tom abriu a boca como se estivesse a ponto de gritar alguma coisa, mas não gritou. Nem sequer respirou durante vários segundos, até perceber que tremia e corria o risco de ele próprio cair do penhasco. O garoto estava morto e de nada adiantava fazer o que quer que fosse, nem tentar nada para salvá-lo.

Precisava contar para a mãe dele, pensou, e tomou novamente o rumo da casa. Céus, todas aquelas pessoas no andar de cima!

Ao entrar na casa, Tom encontrou Eugene, que estava rosado e alerta.

— Algum problema, senhor? Faltam só dois minutos para as cinco, então nós...

— Acho que precisamos chamar a polícia... Uma ambulância, ou algo assim.

Eugene o olhou de cima a baixo, como se em busca de alguma lesão.

— *Frank!* Ele está lá no penhasco — disse, enfim.

Eugene entendeu de súbito.

— Ele *caiu*?

O chofer estava a ponto de sair correndo.

— Tenho certeza de que ele está morto. Pode ligar para o hospital, ou tomar as providências necessárias? Vou avisar à Sra. Pierson. Primeiro o hospital! — instruiu Tom quando Eugene deu sinais de querer sair apressado pelas portas da varanda.

Tom reuniu coragem para subir e foi em frente. Bateu na porta dos convivas que tomavam chá e entrou. Todos pareciam à vontade, Tal recostado no canto do sofá perto de Lily, Johnny, ainda em pé, conversava com a Sra. Hunter.

— Posso falar com a senhora um instante? — perguntou Tom para a anfitriã.

Lily se levantou.

— Algum problema, Tom? — perguntou ela, como se pensasse que ele pudesse apenas ter mudado seus planos de viagem, o que não seria incômodo para ninguém.

Os dois saíram da sala e foram para o corredor. Tom fechou a porta.

— Frank acabou de pular do penhasco.

— O quê? Ah, *não*! Não!

— Eu saí atrás dele e o vi lá embaixo. Eugene está ligando para o hospital… mas acho que ele está morto.

Tal de repente abriu a porta, e sua expressão mudou na mesma hora.

— O que aconteceu?

Como Lily Pierson não conseguia falar, Tom respondeu:

— Frank acabou de pular do penhasco.

— *Daquele* penhasco?

Tal estava prestes a sair em disparada pelo corredor, mas Tom fez um gesto para indicar que seria inútil.

— O que houve? — perguntou Johnny ao sair pela porta, seguido do casal Hunter.

Tom ouviu Eugene subir correndo a escada e foi ao encontro dele.

— A ambulância e a polícia devem chegar em poucos minutos, senhor — anunciou o chofer, exasperado, e se afastou.

Tom olhou para mais adiante no corredor e viu uma silhueta esbranquiçada, azul-clara, mais clara do que o paletó de Frank: Susie. Eugene foi até lá e disse alguma coisa para a mulher, que aquiesceu e chegou a abrir um sorriso contido, pareceu a Tom. Nesse exato instante, Johnny passou a toda por ele a caminho da escada.

Duas ambulâncias chegaram, uma delas com equipamentos de reanimação, pelo que Tom pôde ver quando dois homens vestidos de branco atravessaram depressa o gramado, guiados por Eugene. Então surgiu uma escada dobrável. Teria Eugene os instruído, ou eles se lembravam do penhasco após o ocorrido com John Pierson? Tom continuou perto da casa. Com toda a certeza não queria ver o rosto esmagado do garoto. Na verdade, queria ir embora naquele segundo, ainda que soubesse que não podia. Teria que esperar até subirem com o corpo do garoto, até ter dito mais algumas palavras a Lily. Voltou a entrar na casa, deu uma olhada na mala, que continuava junto à porta da frente, depois subiu a escada. Sentiu um impulso de entrar novamente no quarto de Frank, pela última vez.

No corredor de cima, viu Susie Schuhmacher em pé na outra ponta, com as mãos espalmadas atrás de si tocando a parede. Ela o encarou e meneou a cabeça, ou Tom pensou que o tivesse feito. Ele foi até a porta de Frank e avançou mais um pouco. Susie ainda assentia. O que ela queria? Tom a encarou com certo fascínio, mas também com raiva.

— Viu? — perguntou a mulher.

— Não — respondeu ele com firmeza.

Seria uma tentativa de intimidá-lo, de convencê-lo? Tom sentiu por ela uma hostilidade quase selvagem, uma sensação de autopreservação que lhe permitiria suportar aquele instante. Continuou andando na direção da mulher. Parou cerca de dois metros dela.

— Do que a senhora está falando?

— De Frank, claro. Ele era um garoto mau, e pelo menos *sabia* que era. — Ela andou até Tom e passou à direita para voltar ao próprio quarto. Não parecia mais tão fraca. — E o senhor talvez seja igual — acrescentou.

Tom deu um passo para trás, a fim de manter alguma distância da mulher. Depois se virou e entrou no quarto de Frank. Fechou a porta, ainda tomado pela fúria, mas o sentimento arrefeceu um pouco. Aquela cama terrivelmente arrumada! Frank nunca mais dormiria nela. E o urso de Berlim. Tom se aproximou devagar, querendo o objeto para si. Quem iria saber, ou se importar, se ele levasse o urso? Pegou-o com toda a delicadeza pelos flancos peludos. Um quadradinho de papel em cima da mesa atraiu o olhar dele. Estava à esquerda de onde o urso estivera. "Teresa, eu te amo para sempre", tinha escrito Frank. Tom exalou o ar que estava prendendo. Não podia ser! Mas claro que era, porque Frank tinha morrido na última meia hora. Tom não tocou no bilhete, embora tenha lhe passado pela cabeça levar o papel embora e rasgá-lo em pedacinhos, uma espécie de favor a um amigo morto. Entretanto, saiu levando apenas o urso e fechou a porta.

No andar de baixo, enfiou o urso na mala, com o focinho virado para dentro de modo que não amassasse. A sala estava vazia. Estavam todos no gramado, ele viu, e uma das ambulâncias estava indo embora. Tom não quis olhar outra vez para o gramado. Vagou um pouco pelo cômodo e acendeu um cigarro.

Eugene apareceu e disse que tinha ligado para o aeroporto de Bangor. Havia um outro voo que Tom poderia pegar, caso desejasse e se eles saíssem em quinze minutos. Eugene tinha virado novamente o empregado, embora estivesse bem mais pálido.

— Está bem — concordou Tom. — Obrigado por cuidar disso.

Em seguida saiu para o gramado, determinado a falar com a mãe de Frank, bem na hora em que uma maca coberta de branco estava sendo carregada na traseira da ambulância que ficara.

Lily afundou o rosto no ombro dele. Todos disseram algo, mas o aperto firme da mulher no ombro de Tom teve mais significado. No momento seguinte, ele já estava no banco de trás de um dos carros grandes, sendo conduzido por Eugene em direção a Bangor.

Chegou ao hotel Chelsea à meia-noite. Pessoas cantavam no lobby, que tinha uma lareira quadrada e sofás de vinil pretos e brancos acorrentados no chão para impedir roubos. A letra era um jogo de palavras rimado, reconheceu Tom, e em meio a muitas risadas os garotos de calça jeans e umas poucas garotas tentavam encaixar os versos em uma melodia ao violão. Sim, havia um quarto para o Sr. Ripley, disse o homem vestido de tweed atrás do balcão. Tom olhou rapidamente para as pinturas a óleo nas paredes, algumas doadas por clientes que não tinham como pagar a conta, ele sabia. Teve uma impressão geral de vermelho-tomate. Por fim, subiu em um elevador antiquado.

Tomou um banho, vestiu a pior calça e passou alguns minutos deitado na cama enquanto tentava relaxar. Foi inútil. O melhor a fazer era comer alguma coisa, embora não estivesse com fome, andar um pouco e depois tentar dormir. No aeroporto Kennedy, tinha feito uma reserva para a noite do dia seguinte, com destino a Paris.

Ele saiu e começou a subir a Sétima Avenida, passou pelas delicatessens fechadas e pelas ainda abertas, pelas lanchonetes. A calçada reluzia com o brilho opaco de anéis de latinha de cerveja jogados no chão. Táxis avançavam bêbados para dentro de buracos no asfalto e seguiam sacolejando, o que fazia Tom pensar, por algum motivo, nos Citroëns na França, grandes, pesados e agressivos. Mais à frente erguiam-se edifícios pretos altos em ambos os lados da avenida, alguns prédios comerciais, outros residenciais, semelhantes a massas sólidas de terra lá no alto. Muitas janelas estavam acesas. Nova York nunca dormia.

Tom dissera a Lily: "Não há mais motivo para eu ficar." Quisera dizer que não ficaria para o enterro, mas também que não podia fazer mais nada por Frank. Não tinha contado a ela sobre a primeira tentativa de suicídio do garoto, menos de uma hora antes. Lily poderia ter dito "Por que não ficou de olho nele?". Bem, Tom tinha pensado, equivocadamente, que a crise de Frank havia passado.

Entrou em uma lanchonete de esquina com bancos altos diante de um balcão e pediu um hambúrguer e um café. Não queria se sentar, e ficar em pé certamente era permitido. Dois clientes negros discutiam sobre uma aposta que tinham feito, sobre a possível desonestidade do anotador que fizera o jogo de ambos. A discussão soava de uma extrema complexidade, e Tom parou de escutar. Poderia ligar para um ou dois amigos de Nova York no dia seguinte, pensou, só para dizer oi, mas logo descartou a ideia. Sentiu-se perdido e sem objetivo, péssimo. Comeu metade do hambúrguer, bebeu metade do café fraco, pagou, saiu e foi até a rua 42. Eram quase duas da madrugada.

Estava mais alegre na rua, como um circo maluco ou um cenário de teatro pelo qual ele pudesse vagar. Policiais imensos de camisa azul de mangas curtas balançavam cassetetes de madeira e brincavam com as prostitutas que deveriam estar prendendo, conforme Tom lera recentemente. Teriam eles prendido as moças tantas vezes que já estavam cansados? Ou estariam no processo de prender aquelas dali? Adolescentes maquiados e de olhar muito experiente avaliavam os homens mais velhos, alguns já com o dinheiro na mão, prontos para comprá-los.

— Não — recusou Tom, baixinho, e desviou a cabeça ao ver se aproximar uma loira cujas coxas escapavam de forma horrível da saia vinílica preta e brilhante.

Ele lia com assombro os títulos explícitos e banais dos filmes nas marquises de cinema. Quanta falta de talento no setor pornográfico! Mas aquela clientela não queria sutileza nem inteligência. E todas as fotos em close de homens com mulheres, homens com homens, mulheres com mulheres, todos nus e supostamente fazendo sexo, e Frank não tinha ido até o fim com Teresa na única vez que havia tentado! Tom riu um pouco, pois achara aquilo estranhamente engraçado. De repente ficou farto de tudo e começou a acelerar o passo entre os negros de passo arrastado e entre os brancos pálidos em direção ao canto mais escuro da grande biblioteca pública da Quinta Avenida. Não queria ir até lá, então dobrou para o sul na esquina da Sexta.

Um marinheiro saiu correndo de um bar à direita e colidiu com Tom, estabacando-se na calçada. Tom o ajudou a se levantar, equilibrou-o com uma das mãos e pegou a boina branca que havia caído no chão. O sujeito parecia muito jovem, um adolescente, talvez, e se balançava feito um mastro em dia de temporal.

— Onde estão seus amigos? — perguntou Tom. — Não tem nenhum amigo seu lá dentro?

— Quero um táxi e uma garota — respondeu o menino, sorrindo.

Ele parecia saudável. Talvez um ou dois uísques e seis cervejas o tivessem deixado naquele estado.

— Vamos.

Tom o segurou pelo braço, tornou a abrir a porta do bar com um empurrão e procurou outros uniformes de marinheiro. Viu dois ao balcão, mas um barman saiu lá de trás, aproximou-se de Tom e disse:

— Não queremos esse garoto aqui e não vamos lhe servir nada!

— Aqueles dali não são amigos dele? — perguntou Tom, apontando para os outros dois marinheiros.

— Não queremos olhar para a cara dele! — vociferou um dos marinheiros, também um pouco bêbado. — Ele pode dar o *fora* daqui!

O acompanhante de Tom estava apoiado no batente da porta, resistindo às tentativas do barman de expulsá-lo à força.

Tom foi até os dois no bar, sem ligar a mínima para a possibilidade de levar um murro na cara. Com o sotaque nova-iorquino mais durão que conseguiu imitar, ordenou:

— Cuidem do amigo de vocês! Isso não é jeito de se tratar um sujeito com o mesmo uniforme.

Em seguida olhou para o segundo marinheiro, que não parecia tão alcoolizado, e viu que suas palavras tinham surtido efeito, pois o rapaz apoiou-se no balcão com as mãos para se afastar. Tom andou em direção à porta e olhou para trás.

Com relutância, o marinheiro mais sóbrio se aproximava do amigo bêbado.

Bom, já era alguma coisa, pensou Tom ao sair, embora fosse muito pouco. Voltou para o Chelsea. Lá as pessoas no lobby estavam um pouco bêbadas, ou eufóricas, ou animadas, mas a cena parecia entorpecida em comparação com a Times Square. O Chelsea era famoso por seus clientes excêntricos, mas eles em geral se mantinham discretos e dentro de certos limites.

Como devia ser por volta das nove da manhã na França, Tom pensou em ligar para Heloise, mas mudou de ideia. Percebeu que estava destroçado. *Destroçado*. E como conseguira escapar de um soco nas costelas dos marinheiros naquele bar? Tinha dado sorte mais uma vez. Caiu na cama, sem se importar com a hora em que iria acordar.

Será que deveria ligar para Lily no dia seguinte, ou isso a perturbaria, a deixaria chateada? Será que estava ocupada decidindo coisas como o tipo de caixão mais adequado? Será que Johnny de repente amadureceria e assumiria as rédeas da situação, ou Tal se encarregaria de tudo? Será que alguém avisaria Teresa? E será que ela compareceria ao enterro, à cremação, ou ao que fosse? Será que ele precisava pensar nisso agora?, perguntou-se Tom enquanto se revirava na cama.

Apenas às nove horas da noite seguinte Tom recuperou novamente algum tipo de autocontrole, alguma sensação de voltar a ser ele mesmo. Os motores do avião tinham sido ligados, e ele de repente pareceu acordar, como se já estivesse em casa. Sentiu-se feliz, ou mais feliz, estava fugindo de... de quê? Havia comprado outra mala, na Mark Cross dessa vez, já que a Gucci tinha se tornado tão esnobe que ele estava inclinado a boicotar a marca, e a mala nova estava cheia de compras que tinha feito: um suéter para Heloise, um livro de arte da Doubleday, um avental listrado de azul e branco para Madame Annette, com um bolso vermelho no qual estava escrito SAÍ PARA ALMOÇAR, além de um pequeno broche de ouro também para a governanta, pois faltava pouco para o aniversário dela — um broche no formato de um ganso que voava acima de pequenas hastes pontudas de junco, douradas —, e uma bonita capa de passaporte para Eric Lanz. Tom não tinha esquecido Peter, de Berlim. Iria procurar algo especial para ele em Paris. Olhava a terra encantada das luzes de Manhattan subir e descer mansamente com o movimento do avião, e pensou em Frank sendo enterrado em breve naquele mesmo pedaço de terra. Quando o litoral sumiu de vista, ele fechou os olhos e tentou pegar no sono, mas não parava de pensar no garoto. Achava difícil acreditar que estivesse mesmo morto. Aquilo era um fato, mas esse fato era algo que Tom ainda não conseguira assimilar. Pensara que dormir fosse ajudar, mas tinha acordado naquela manhã com a mesma sensação em relação à morte do garoto, como se tudo não tivesse passado de um pesadelo, como se pudesse olhar para o outro lado do corredor do avião e ver Frank sentado ali, sorrindo para ele, surpreendendo-o. Forçou-se a se lembrar do lençol branco sobre a maca. Nenhum socorrista iria cobrir por completo a cabeça de alguém com o lençol, a menos que a pessoa já estivesse morta.

Ele teria que escrever para Lily Pierson, uma carta de verdade, manuscrita, e sabia que seria capaz disso, de escrever com educação, com carinho e tudo o mais, mas o que Lily algum dia conseguiria entender sobre a pequena casinha nos fundos de um jardim em Moret onde Frank tinha dormido, ou Berlim, ou mesmo o poder que Teresa tinha sobre o filho dela? Tom se perguntou qual teria sido o último pensamento de Frank enquanto estava caindo em direção às pedras. Teresa? Uma lembrança do pai na queda fatal em direção ao mesmo destino? Seria possível o garoto ter pensado nele, Tom? Ele se remexeu no assento e abriu os olhos. A aeromoça tinha começado a passar. Tom suspirou, sem ligar para o que iria pedir, cerveja, um uísque, comida ou mesmo nada.

Era uma grande piada, pensou. Como tinham sido inúteis os sermões tão cuidadosamente preparados que havia feito para Frank sobre temas como "dinheiro" ou "dinheiro e poder"! *Usufrua um pouco, aproveite um pouco até*, aconselhara Tom, *e pare de se sentir culpado. Doe um pouco para instituições de caridade, projetos artísticos, para o que quiser e para quem precisar.* Sim, e ele também tinha dito, assim como Lily, que havia outras pessoas capazes de assumir a administração dos negócios da família, pelo menos até Frank concluir os estudos e mesmo depois disso. Um dia, porém, Frank precisaria se envolver um pouco mais com a empresa, pôr o nome no topo da lista da diretoria (talvez junto com o do irmão), e nem isso Frank quisera fazer.

Em determinado momento, a quilômetros de altura e em meio ao céu escuro, Tom pegou no sono debaixo de um cobertor fornecido por uma aeromoça ruiva. Quando acordou, o sol nascia com um brilho forte, parecendo tão fora de sincronia com o tempo quanto tudo o mais, e o avião, segundo o anúncio que o havia acordado, já sobrevoava a França.

Roissy outra vez, e as escadas rolantes brilhantes dos satélites, por uma das quais ele desceu com a bagagem de mão. Poderia ter tido problemas com a mala nova e com o que ela continha, mas ostentou uma indiferença impassível e conseguiu passar pela faixa de NADA A DECLARAR. Verificou o horário de trens que tinha na carteira, escolheu um e em seguida ligou para Belle Ombre.

— Tome! — disse Heloise. — *Onde* você está?

Ela não acreditou que ele estivesse no aeroporto, e ele não acreditou que ela estivesse tão perto.

De repente, Tom começou a sorrir.

— Consigo chegar em Moret ao meio-dia e meia, fácil. Acabei de ver os horários. Está tudo bem?

Estava, sim, tirando o fato de Madame Annette ter torcido o joelho em uma queda ou em um escorregão na escada. Mas nem mesmo isso parecia grave, disse Heloise, já que ela estava fazendo tudo como de costume.

— Por que não escreveu para mim... nem telefonou?

— Eu fiquei tão pouco tempo! — respondeu Tom. — Só dois dias! Conto tudo a você quando nos encontrarmos. Meio-dia e trinta e um.

— *À bientôt, chéri!*

Ela iria buscá-lo.

Tom foi de táxi até a Gare de Lyon com a bagagem, que ainda não havia ultrapassado o limite de peso, e embarcou no trem para Moret com o *Le Monde* e o *Le Figaro*. Tinha quase acabado de passar os olhos pelos jornais quando percebeu que não havia procurado nada sobre Frank, mas que também mal teria havido tempo para uma notícia sobre a morte dele aparecer naqueles jornais. Será que aquilo seria noticiado, mais uma vez, como um possível "acidente"? O que a mãe dele diria? Na opinião dele, Lily admitiria que o filho tinha se matado. E deixaria a história ou as fofocas transformarem no que quisessem as duas mortes ocorridas na casa durante o mesmo verão.

Heloise esperava por ele junto ao Mercedes vermelho. A brisa agitava seus cabelos. Ela o viu e acenou, embora ele não pudesse acenar de volta por causa de tudo que carregava: as duas malas e uma sacola cheia de charutos holandeses, jornais e livros. Ele a beijou nas duas bochechas e no pescoço.

— Tudo bem? — perguntou Heloise.

— Ah — respondeu Tom enquanto colocava as bagagens no porta-malas.

— Pensei que você talvez fosse voltar com Frank — comentou a esposa, sorrindo.

Tom achou incrível como ela parecia feliz. Enquanto se afastavam da estação, começou a se questionar se deveria contar a ela sobre Frank. Heloise, que tinha dito querer dirigir, já havia se desvencilhado do tráfego e dos sinais de trânsito e seguia livremente em direção a Villeperce.

— É melhor eu contar logo: Frank morreu anteontem.

Tom olhou para o volante ao falar, mas as mãos de Heloise só se contraíram por um segundo.

— Como assim, *morreu*? — perguntou ela em francês.

— Ele pulou do mesmo penhasco onde o pai morreu. Explico melhor em casa, mas por algum motivo não queria dizer isso na frente de Madame Annette, mesmo em inglês.

— A que penhasco você está se referindo? — perguntou Heloise, ainda em francês.

— O que fica na propriedade deles no Maine. Que dá para o mar.

— Ah, sim! — respondeu Heloise, como se tivesse se lembrado, talvez por causa das matérias nos jornais. — Você estava lá? Você o *viu*?

— Eu estava na casa. Não o vi porque o penhasco fica um pouco distante. Eu... — Tom estava achando difícil falar. — Na verdade, não há muito o que contar. Passei só uma noite na casa. Tinha intenção de ir embora no dia seguinte... e fui. A mãe dele e alguns amigos tomavam chá e eu saí para procurar o garoto.

— E viu que ele tinha pulado? — perguntou Heloise, em inglês.

— Isso mesmo.

— Que horror, Tome! Por isso você está com uma cara tão... ausente.

— Estou? Ausente?

Os dois já se aproximavam de Villeperce, e Tom olhou para uma casa que conhecia e da qual gostava, depois para a agência dos Correios, depois para a padaria, antes de Heloise dobrar à esquerda. Ela havia escolhido o caminho que passava bem no meio do vilarejo, talvez por acidente, talvez por estar nervosa e querer usar uma rota mais demorada. Tom tornou a falar.

— Devo ter chegado lá uns dez minutos depois de ele pular. Não sei. Tive que voltar e contar para a família. É um penhasco bem íngreme... com pedras no fundo. Eu conto mais depois, querida, talvez.

Mas o que mais haveria para contar? Tom olhou para Heloise, que conduzia o carro pelos portões de Belle Ombre.

— Sim, você *precisa* me contar — insistiu ela e saltou do carro.

Tom pôde ver que a esposa esperava escutar a versão integral daquela história. Como ele não tinha feito nada de errado, contaria a Heloise todos os detalhes.

— Eu gostava de Frank, sabe? — admitiu ela, e seus olhos azul-lilases se fixaram nos dele por um instante. — No final, digo. No começo, não.

Tom sabia.

— Essa mala é nova?

Ele sorriu.

— E tem umas coisinhas dentro.

— Ah! Obrigada pela bolsa alemã, Tome!

— *Bonjour*, Monsieur Tome!

Madame Annette estava em pé na soleira ensolarada da porta, e Tom pôde ver a borda de uma tala abaixo da bainha da saia da governanta, por baixo das meias ou talvez da meia-calça bege, em volta de um dos joelhos.

— Como vai, cara Madame Annette? — perguntou Tom, enlaçando-a parcialmente com um dos braços, e ela respondeu que ia muito bem e lhe deu um beijo rápido no rosto, mas quase não fez pausa alguma antes de atravessar o cascalho para ir pegar a mala que Heloise estava carregando.

A governanta Annette insistiu para subir com as duas malas, uma de cada vez, apesar da torção no joelho, e Tom permitiu, porque aquilo a deixava feliz.

— Que coisa boa estar em *casa*! — exclamou ele, olhando ao redor da sala, para a mesa posta para o almoço, a espineta, o Derwatt falso acima da lareira. — Sabia que os Pierson têm *O arco-íris*? Cheguei a comentar sobre isso? Você sabe, um dos... um Derwatt muito bom.

— É mesmo? — perguntou Heloise, com certo tom de zombaria, como se tivesse, ou talvez não tivesse, ouvido falar desse Derwatt específico, ou talvez por desconfiar que fosse um dos falsos.

Tom simplesmente não soube dizer, mas riu de alívio, de felicidade. Madame Annette descia a escada com cuidado, segurando o corrimão. Pelo menos ele conseguira convencê-la anos antes a não encerar os degraus da escada.

— Como você pode estar tão alegre depois da morte do garoto?

Heloise tinha feito essa pergunta em inglês, e Madame Annette, com a mão estendida para pegar a segunda mala, não prestou atenção.

Heloise tinha razão. Tom não sabia por que estava tão alegre, mesmo naquelas condições.

— Talvez eu ainda não tenha assimilado o baque. Foi tão repentino... Um choque para todos na casa. O irmão mais velho de Frank estava lá, Johnny. Frank estava muito infeliz por causa de uma garota. Eu lhe contei isso. Teresa. Isso e a morte do pai...

Tom só estava disposto a ir até ali. A morte de John Pierson seria para sempre um suicídio ou um acidente, toda vez que ele comentasse sobre o assunto com Heloise.

— Mas que coisa horrível... Cometer suicídio aos 16 anos! Cada vez mais jovens estão se matando, sabia? Volta e meia leio sobre isso no jornal. Quer um pouco? Ou alguma outra coisa?

Heloise lhe estendeu a taça de vinho cheia de Perrier que Tom sabia que ela servira para si mesma, não para ele.

Ele fez que não com a cabeça.

— Quero lavar o rosto.

Então se encaminhou para o lavabo do térreo, e no caminho olhou de relance para a pequena pilha de quatro cartas na mesinha do telefone, a correspondência da véspera e daquele dia. Aquilo podia esperar.

Durante o almoço, Tom contou a Heloise sobre a casa dos Pierson em Kennebunkport, sobre a estranha criada chamada Susie Schuhmacher, que fora empregada e de certa forma governanta dos garotos anos antes, e que se encontrava acamada após um infarto. Em sua descrição, conseguiu fazer a casa parecer ao mesmo tempo luxuosa e lúgubre, o que era verdade, pensou, ou pelo menos fora essa a impressão que lhe causara. Pelo leve franzir da testa de Heloise, Tom percebeu que a esposa sabia que ele não contara toda a verdade.

— E você foi embora na mesma noite... logo depois de o garoto morrer? — perguntou ela.

— Sim. Não vi de que poderia adiantar ficar mais tempo. O enterro... talvez demorasse mais dois dias.

Talvez estivesse acontecendo naquele dia mesmo, pensou Tom, terça-feira.

— Não acho que você teria conseguido encarar o enterro — comentou Heloise. — Você gostava muito do garoto... não é? Eu sei.

— Sim, é verdade — admitiu Tom, e conseguiu encarar a esposa.

Tinha sido estranho conduzir uma jovem vida daquele jeito, como ele havia tentado fazer, e fracassado. Talvez um dia admitisse isso para Heloise. Mas talvez não, porque nunca poderia revelar a ela que o garoto tinha empurrado o pai do penhasco, motivo que o levara ao suicídio, uma explicação que Tom considerava mais importante do que Teresa.

— Você conheceu Teresa? — quis saber Heloise.

Já tinha pedido uma descrição completa de Lily Pierson, a ex-atriz que havia desposado um marido tão rico, e Tom tinha feito o melhor que pudera, incluída uma descrição do atencioso Tal Stevens, com quem desconfiava que Lily fosse se casar.

— Não, não, eu não conheci Teresa. Acho que ela estava em Nova York.

Tom duvidava que a garota sequer fosse comparecer ao enterro de Frank. E será que isso tinha importância, afinal? Teresa para Frank tinha sido uma ideia, algo quase intangível, e assim iria permanecer, como o garoto havia escrito, "para sempre".

Tom subiu depois do almoço para olhar a correspondência e desfazer as malas. Outra carta de Jeff Constant, da Galeria Buckmaster em Londres, e bastou uma olhada para perceber que tudo estava em ordem. A notícia era que a direção da Escola de Arte Derwatt, em Perúgia, fora assumida por dois jovens londrinos com inclinações artísticas (Jeff informava os nomes), e eles estavam com uma ideia de comprar um *palazzo* próximo e transformá-lo em hotel para os estudantes de arte. Tom gostava dessa ideia? Por acaso conhecia o *palazzo* que ficava a sudoeste da escola de arte? Os novos diretores londrinos mandariam uma foto na correspondência seguinte. Jeff escreveu:

```
Isso significa expansão, o que parece mui-
to bom, não acha, Tom? A não ser que você
tenha alguma informação privilegiada sobre
condições internas na Itália que possam tor-
nar essa compra pouco indicada no presen-
te momento.
```

Tom não tinha nenhuma informação privilegiada. Por acaso Jeff pensava que ele fosse um gênio? Sim. Tom sabia que iria concordar com a ideia da compra. Expansão, sim, expansão hoteleira. A maior parte do dinheiro arrecadado pela escola de arte vinha do hotel. O verdadeiro Derwatt se encolheria de vergonha.

Ele tirou o suéter, foi até o banheiro azul e branco e o jogou em uma cadeira atrás de si. Teve a fantasia de ouvir as formigas-carpinteiras se calarem com a aproximação dos passos dele, ou será que tinha sido só impressão? Encostou a orelha na lateral da prateleira de madeira. Não! Ele as havia escutado e elas não tinham se calado. Era possível ouvir um burburinho bem fraco, que aumentava à medida que ele escutava. As danadas continuavam em atividade! Sobre uma camisa de pijama em uma das prateleiras, Tom viu uma pirâmide em miniatura feita de um finíssimo pó amarelo-avermelhado caído de escavações mais acima. O que elas estariam construindo ali? Camas para elas próprias, repositórios para ovos? Teriam aquelas pequenas carpinteiras pensado em conjunto e construído, quem sabe, uma estante em miniatura lá dentro, composta de cuspe e serragem, um pequeno monumento ao seu saber, à sua vontade de viver? Tom teve que rir alto. Será que estava enlouquecendo?

Do canto da mala, Tom tirou o urso de Berlim, afofou o pelo com toda a delicadeza e o colocou na parte de trás da escrivaninha, apoiado em um par de dicionários. O pequeno urso fora feito para ficar sentado, as pernas não dobravam para que ele pudesse ficar de pé. Os olhinhos brilhantes encararam Tom com a mesma alegria inocente de Berlim, e Tom sorriu de volta para o urso pensando nos "*3 Würfe 1 Mark*" que o haviam ganhado.

— Você vai ter uma casa boa pelo resto da vida — disse ele ao urso.

Estava determinado a tomar um banho, esparramar-se na cama e verificar o restante das cartas. Aos poucos se ajustaria ao fuso, vinte para as três, horário francês. Frank seria sepultado em um túmulo naquele mesmo dia, teve certeza, mas ele não iria se dar ao trabalho de calcular exatamente a que horas seria, porque, para Frank, o tempo havia deixado de ter importância.

1ª edição	JULHO DE 2025
impressão	IMPRENSA DA FÉ
papel de miolo	IVORY BULK 65 G/M²
papel de capa	CARTÃO SUPREMO ALTA ALVURA 250 G/M²
tipografia	ADOBE GARAMOND PRO